OEUVRES

COMPLÈTES

DE GEORGE SAND

TOME VIII

OEUVRES

COMPLÈTES

DE

GEORGE SAND

NOUVELLE ÉDITION

REVUE PAR L'AUTEUR

ET ACCOMPAGNÉE DE MORCEAUX INÉDITS

LA DERNIÈRE ALDINI.
LES MAITRES MOSAISTES

PARIS

PERROTIN, ÉDITEUR

41, RUE TRAVERSIÈRE-SAINT-HONORE

M DCCC XLIII

PARIS, IMPRIMÉ PAR BÉTHUNE ET PLON.

LA

DERNIÈRE ALDINI.

LA
DERNIÈRE ALDINI.

—◆—

ALLA S.
CARLOTTA MARLIANI,
CONSULESSA DI SPAGNA.

Les mariniers de l'Adriatique ne mettent point en mer une barque neuve sans la décorer de l'image de la Madone. Que votre nom écrit sur cette page soit, ô ma belle et bonne amie, comme l'effigie de la céleste patronne, qui protège un frêle esquif livré aux flots capricieux.

GEORGE SAND.

—◆—

PREMIÈRE PARTIE.

A cette époque-là, le signor Lélio n'était plus dans tout l'éclat de sa jeunesse ; soit qu'à force de remplir leur office généreux, ses poumons eussent pris un développement auquel avaient obéi les muscles de la poitrine, soit le grand soin que les chanteurs apportent à l'hygiène conservatrice de l'harmonieux instrument, son corps, qu'il appelait joyeusement l'*étui* de sa voix, avait acquis un assez raisonnable degré d'embonpoint. Cependant sa jambe avait conservé toute son élégance, et l'habitude gracieuse de tous ses gestes en faisait encore ce que sous l'Empire les femmes appelaient un beau cavalier.

Mais si Lélio pouvait encore remplir, sur les planches de la Fenice et de la Scala, l'emploi de *primo uomo* sans choquer ni le goût ni la vraisemblance; si sa voix toujours admirable et son grand talent le maintenaient au premier rang des artistes italiens; si ses abondants cheveux d'un beau gris de perle, et son grand œil noir plein de feu, attiraient encore le regard des femmes, aussi bien dans les salons que sur la scène; Lélio n'en était pas moins un homme sage, plein de réserve et de gravité dans l'occasion. Ce qui nous semblait étrange, c'est qu'avec les agréments que le ciel lui avait départis, avec les succès brillants de son honorable carrière, il n'était point et n'avait jamais été un homme à bonnes fortunes. Il avait, disait-on, inspiré de grandes passions; mais, soit qu'il ne les eût point partagées, soit qu'il en eût enseveli le roman dans l'oubli d'une conscience généreuse, personne ne pouvait raconter l'issue délicate de ces épisodes mystérieux. De fait, il n'avait compromis aucune femme. Les plus opulentes et les plus illustres maisons de l'Italie et de l'Allemagne l'accueillaient avec empressement; nulle part il n'avait porté le trouble et le scandale. Partout il jouissait d'une réputation de bonté, de loyauté, de sagesse irréprochable.

Pour nous artistes, ses amis et ses compagnons, il était bien aussi le meilleur et le plus estimable des hommes. Mais cette gaieté sereine, cette grâce bienveillante qu'il portait dans le commerce du monde, ne nous cachaient pas absolument un fond de mélancolie et l'habitude d'un chagrin secret. Un soir, après souper, comme nous fumions le *serraglio* sous nos treilles embaumées de Sainte-Marguerite, l'abbé Panorio nous parlait de lui-même, et nous disait les poétiques élans et les combats héroïques de son propre cœur avec une candeur respectable et touchante. Lélio, gagné par cet exemple, et partageant notre effusion, pressé aussi un peu par les questions de l'abbé et les regards de Beppa, nous confessa enfin que l'art n'était pas la seule noble passion qu'il eût connue.

« *Ed io anchè!* s'écria-t-il avec un soupir ; et moi aussi, j'ai aimé, j'ai combattu, j'ai triomphé !

— Avais-tu donc fait vœu de chasteté comme lui ? dit Beppa en souriant et en touchant le bras de l'abbé du bout de son éventail noir.

— Je n'ai jamais fait aucun vœu, répondit Lélio ; mais j'ai toujours été impérieusement commandé par le sentiment naturel de la justice et de la vérité. Je n'ai jamais compris qu'on pût être vraiment heureux un seul jour en risquant toute la destinée d'autrui. Je vous raconterai, si vous le voulez, deux époques de ma vie où l'amour a joué le principal rôle, et vous comprendrez qu'il a pu m'en coûter un peu d'être, je ne dis pas un héros, mais un homme.

— Voilà un début bien grave, dit Beppa, et je crains que ton récit ne ressemble à une sonate française. Il te faut une introduction musicale, attends ! Est-ce là le ton qui te convient ? En même temps, elle tira de son luth quelques accords solennels, et joua les premières mesures d'un andante maestoso de Dusseck.

— Ce n'est pas cela, reprit Lélio en étouffant le son

1.

des cordes avec le manche de l'éventail de Beppa. Joue-moi plutôt une de ces valses allemandes, où la Joie et la Douleur voluptueusement embrassées semblent tourner doucement, et montrer tour à tour une face pâle baignée de larmes et un front rayonnant couronné de fleurs.

— Fort bien ! dit Beppa. Pendant ce temps Cupidon joue de la pochette, et marque la mesure à faux, ni plus ni moins qu'un maître de ballets ; la Joie impatientée frappe du pied pour exciter le fade musicien qui gêne son élan impétueux. La Douleur, exténuée de fatigue, tourne ses yeux humides vers l'impitoyable racleur pour l'engager à ralentir cette rotation obstinée, et l'auditoire, ne sachant s'il doit rire ou pleurer, prend le parti de s'endormir. »

Et Beppa se mit à jouer la ritournelle d'une valse sentimentale, ralentissant et pressant chaque mesure alternativement, conformant avec rapidité l'expression de sa charmante figure, tantôt sémillante de joie, tantôt lugubre de tristesse, à ce mode ironique, et portant dans cette raillerie musicale toute l'énergie de son patriotisme artistique.

« Vous êtes une femme bornée ! lui dit Lélio, en passant ses ongles sur les cordes, dont la vibration expira en un cri aigre et déchirant.

— Point-d'orgue germanique ! s'écria la belle Vénitienne en éclatant de rire et en lui abandonnant la guitare.

— L'artiste, reprit Lélio, a pour patrie le monde entier, la grande *Bohême*, comme nous disons. *Per Dio !* faisons la guerre au despotisme autrichien, mais respectons la valse allemande ! la valse de Weber, ô mes amis ! la valse de Beethoven et de Schubert ! Oh ! écoutez,

écoutez ce poème, ce drame, cette scène de désespoir, de passion et de joie délirante !»

En parlant ainsi, l'artiste fit résonner les cordes de l'instrument, et se mit à vocaliser, de toute la puissance de sa voix et de son âme, le chant sublime du *Désir* de Beethoven ; puis, s'interrompant tout à coup et jetant sur l'herbe l'instrument encore plein de vibration pathétique :

— Jamais aucun chant, dit-il, n'a remué mon âme comme celui-là. Il faut bien l'avouer, notre musique italienne ne parle qu'aux sens ou à l'imagination exaltée ; celle-ci parle au cœur et aux sentiments les plus profonds et les plus exquis. J'ai été comme vous, Beppa. J'ai résisté à la puissance du génie germanique ; j'ai long-temps bouché les oreilles de mon corps et celles de mon intelligence à ces mélodies du Nord, que je ne pouvais ni ne voulais comprendre. Mais les temps sont venus où l'inspiration divine n'est plus arrêtée aux frontières des États par la couleur des uniformes et la bigarrure des bannières. Il y a dans l'air je ne sais quels anges ou quels sylphes, messagers invisibles du progrès, qui nous apportent l'harmonie et la poésie de tous les points de l'horizon. Ne nous enterrons pas sous nos ruines ; mais que notre génie étende ses ailes et ouvre ses bras pour épouser tous les génies contemporains par-dessus les cimes des Alpes.

— Écoutez, comme il extravague ! s'écria Beppa en essuyant son luth déjà couvert de rosée ; moi qui le prenais pour un homme raisonnable !

— Pour un homme froid et peut-être égoïste, n'est-ce pas, Beppa ? reprit l'artiste en se rasseyant d'un air mélancolique. Eh bien ! j'ai cru moi-même être cet homme-là ; car j'ai fait des actes de raison, et j'ai sacrifié aux exigences de la société. Mais quand la musique des régiments autrichiens fait retentir, le soir, les échos de nos grandes places et nos tranquilles eaux des airs de Freyschütz et des fragments de symphonie de Beethoven, je m'aperçois que j'ai des larmes en abondance, et que mes sacrifices n'ont pas été de peu de valeur. Un sens nouveau semble se révéler à moi : la mélancolie des regrets, l'habitude de la tristesse et le besoin de la rêverie, ces éléments qui n'entrent guère dans notre organisation méridionale, pénètrent désormais en moi par tous les pores, et je vois bien clairement que notre musique est incomplète, et l'art que je sers insuffisant à l'expression de mon âme ; voilà pourquoi vous me voyez dégoûté du théâtre, blasé sur les émotions du triomphe, et peu désireux de conquérir de nouveaux applaudissements à l'aide des vieux moyens ; c'est que je voudrais m'élancer dans une vie d'émotions nouvelles, et trouver dans le drame lyrique l'expression du drame de ma propre vie ; mais alors je deviendrais peut-être triste et vaporeux comme un Hambourgeois, et tu me raillerais cruellement, Beppa ! C'est ce qu'il ne faut pas. O mes bons amis, buvons ! et vive la joyeuse Italie et Venise la belle ! »

Il porta son verre à ses lèvres ; mais il le remit sur la table avec préoccupation, sans avoir avalé une seule goutte de vin. L'abbé lui répondit par un soupir, Beppa lui serra la main, et, après quelques instants d'un silence mélancolique, Lélio, pressé de remplir sa promesse, commença son récit en ces termes :

« Je suis, vous le savez, fils d'un pêcheur de Chioggia. Presque tous les habitants de cette rive ont le thorax bien développé et la voix forte. Ils l'auraient belle, s'ils ne l'enrouaient de bonne heure à lutter sur leurs barques contre les bruits de la mer et des vents, à boire et à fumer immodérément pour conjurer le sommeil et la fatigue. C'est une belle race que nos Chioggiotes. On dit qu'un grand peintre français, *Leopoldo Roberto*, est maintenant occupé à illustrer le type de leur beauté dans un tableau qu'il ne laisse voir à personne.

Quoique je sois d'une complexion assez robuste, comme vous voyez, mon père, en me comparant à mes frères, me jugea si frêle et si chétif, qu'il ne voulut m'enseigner ni à jeter le filet, ni à diriger la chaloupe et le chasse-marée. Il me montra seulement le maniement de la rame à deux mains, le *voguer* de la barquette, et il m'envoya gagner ma vie à Venise en qualité d'aide-gondolier de place. Ce fut une grande douleur et une grande humiliation pour moi que d'entrer ainsi en servage, de quitter la maison paternelle, le rivage de la mer, l'honorable et périlleuse profession de mes pères. Mais j'avais une belle voix, je savais bon nombre de fragments de l'Arioste et du Tasse. Je pouvais faire un agréable gondolier, et gagner, avec le temps et la patience, cinquante francs par mois au service des amateurs et des étrangers.

Vous ne savez pas, Zorzi, dit Lélio en s'interrompant et en se tournant vers moi, comment se développent chez nous, gens du peuple, le goût et le sentiment de la musique et de la poésie. Nous avions alors et nous avons encore (bien que cet usage menace de se perdre) nos trouvères et nos bardes, que nous appelons *cupidons;* rapsodes voyageurs, ils nous apportent des provinces centrales les notions incorrectes de la langue-mère, altérée, je ferais mieux de dire enrichie, de tout le génie des dialectes du nord et du midi. Hommes du peuple

comme nous, doués à la fois de mémoire et d'imagination, ils ne se gênent nullement pour mêler leurs im-
provisations bizarres aux créations des poètes. Prenant
et laissant toujours sur leur passage quelque locution
nouvelle, ils embellissent et leur langage et le texte de
leurs auteurs d'une incroyable confusion d'idiomes. On
pourrait les appeler les conservateurs de l'instabilité du
langage dans les provinces frontières et sur tout le lit-
toral. Notre ignorance accepte sans appel les décisions de
cette académie ambulante ; et vous avez eu souvent
l'occasion d'admirer tantôt l'énergie, tantôt le grotesque
de l'italien de nos poètes, dans la bouche des chanteurs
des lagunes.

C'est le dimanche à midi, sur la place publique de
Chioggia, après la grand'messe, ou le soir dans les cabarets de la côte, que ces rapsodes charment, par
leurs récitatifs entrecoupés de chant et de déclamation,
un auditoire nombreux et passionné. Le *cupido* est ordinairement debout sur une table et joue de temps en
temps une ritournelle ou un finale de sa façon sur un
instrument quelconque, celui-ci sur la cornemuse ca-
labroise, celui-ci sur la vielle bergamasque, d'autres
sur le violon, la flûte ou la guitare. Le peuple chioggiote, en apparence flegmatique et froid, écoute d'a-
bord en fumant d'un air impassible et presque dédaigneux ; mais aux grands coups de lance des héros de
l'Arioste, à la mort des paladins, aux aventures des demoiselles délivrées et des géants pourfendus, l'auditoire
s'éveille, s'anime, s'écrie, et se passionne si bien, que les
verres et les pipes volent en éclats, les tables et les siè-
ges sont brisés, et souvent le cupido, prêt à devenir
victime de l'enthousiasme excité par lui, est forcé de
s'enfuir, tandis que les dilettanti se répandent dans la

campagne à la poursuite d'un ravisseur imaginaire, aux cris d'*amazza! amazza!* tue le monstre! tue le coquin! à mort le brigand! bravo, Astolphe! courage, bon compagnon! avance! avance! tue! tue! C'est ainsi que les Chioggiotes, ivres de fumée de tabac, de vin et de poésie, remontent sur leurs barques et déclament aux flots et aux vents les fragments rompus de ces épopées délirantes.

J'étais le moins bruyant et le plus attentif de ces dilettanti. Comme j'étais fort assidu aux séances, et que j'en sortais toujours silencieux et pensif, mes parents en concluaient que j'étais un enfant docile et borné, à la fois désireux et incapable d'apprendre les *beaux-arts*. On trouvait ma voix agréable; mais, comme j'avais en moi le sentiment d'une accentuation plus pure et d'une déclamation moins forcenée que celle des *cupidons* et de leurs imitateurs, on décréta que j'étais, comme chanteur aussi bien que comme barcarole, *bon pour la ville*, retournant ainsi votre locution française à propos de choses de peu de valeur, — *bon pour la campagne.*

Je vous ai promis le récit de deux épisodes, et non celui de ma vie; je ne vous dirai donc pas le détail de toutes les souffrances par lesquelles je passai pour arriver, moyennant le régime du riz à l'eau et des coups de rame sur les épaules, à l'âge de quinze ans et à un très-médiocre talent de gondolier. Le seul plaisir que j'eusse, c'était celui d'entendre passer les sérénades; et, quand j'avais un instant de loisir, je m'échappais pour chercher et suivre les musiciens dans tous les coins de la ville. Ce plaisir était si vif que, s'il ne m'empêchait point de regretter la maison paternelle, il m'eût empêché du moins d'y retourner. Du reste, ma passion pour la musique était à l'état de goût sympathique, et non de penchant personnel; car ma voix était en pleine mue, et me semblait si désagréable, lorsque j'en faisais le timide essai, que je ne concevais pas d'autre avenir que celui de battre l'eau des lagunes, toute ma vie, au service du premier venu.

Mon maître et moi occupions souvent le *traguetto*, ou station de gondoles, sur le grand canal, au palais Aldini, vers l'image de *saint Zandegola* (contraction patoise du nom de San-Giovanni Decollato). En attendant la pratique, mon patron dormait, et j'étais chargé de guetter les passants pour leur offrir le service de nos rames. Ces heures, souvent pénibles dans les jours brûlants de l'été, étaient délicieuses pour moi au pied du palais Aldini, grâce à une magnifique voix de femme accompagnée par la harpe, dont les sons arrivaient distinctement jusqu'à moi. La fenêtre par laquelle s'échappaient ces sons divins, était située au-dessus de ma tête, et le balcon avancé me servait d'abri contre la chaleur du jour. Ce petit coin était mon Éden, et je n'y repasse jamais sans que mon cœur tressaille au souvenir de ces modestes délices de mon adolescence. Une tendine de soie ombrageait alors le carré de balustrade de marbre blanc, brunie par les siècles et enlacée de liserons et de plantes pariétaires soigneusement cultivées par la belle hôtesse de cette riche demeure; car elle était belle; je l'avais entrevue quelquefois au balcon, et j'avais entendu dire aux autres gondoliers que c'était la femme la plus aimable et la plus courtisée de Venise. J'étais assez peu sensible à sa beauté, quoiqu'à Venise les gens du peuple aient des yeux pour les femmes du plus haut rang, et réciproquement, à ce qu'on assure. Pour moi, j'étais tout oreilles; et, quand je la voyais paraître, mon cœur battait de joie, parce que sa présence me donnait l'espoir de l'entendre bientôt chanter.

J'avais entendu dire aussi aux gondoliers du traguet que l'instrument dont elle s'accompagnait était une harpe; mais leurs descriptions étaient si confuses qu'il m'était impossible de me faire une idée nette de cet instrument. Ses accords me ravissaient, et c'est lui que je brûlais du désir de voir. Je m'en faisais un portrait fantastique; car on m'avait dit qu'il était tout d'or pur, plus grand que moi, et mon patron Masino en avait vu un qui était terminé par le buste d'une belle femme qu'on aurait dite prête à s'envoler, car elle avait des ailes. Je voyais donc la harpe dans mes rêves, tantôt sous la figure d'une sirène, et tantôt sous celle d'un oiseau; quelquefois je croyais voir passer une belle barque pavoisée, dont les cordages de soie rendaient des sons harmonieux. Une fois je rêvai que je trouvais une harpe au milieu des roseaux et des algues; mais au moment où j'écartais les herbes humides pour la saisir, je fus éveillé en sursaut, et ne pus jamais retrouver le souvenir distinct de sa forme.

Cette curiosité s'empara si fort de mon jeune cerveau qu'un jour je finis par céder à une tentation maintes fois vaincue. Pendant que mon patron était au cabaret, je grimpai sur la couverture de ma gondole, et de là aux barreaux d'une fenêtre basse; puis enfin je m'accrochai à la balustrade du balcon, je l'enjambai et je me trouvai sous les rideaux de la tendine.

Je pus alors contempler l'intérieur d'un magnifique cabinet; mais le seul objet qui me frappa, ce fut la harpe muette au milieu des autres meubles qu'elle dominait fièrement. Le rayon qui pénétra dans le cabinet

lorsque j'entr'ouvris le rideau, vint frapper sur la do-
rure de l'instrument, et fit étinceler le beau cygne
sculpté qui le surmontait. Je restai immobile d'admiration, ne pouvant me lasser d'en examiner les moindres
détails, la structure élégante, qui me rappelait la proue
des gondoles, les cordes diaphanes qui me semblèrent
toutes d'or filé, les cuivres luisants et la boîte de bois
satiné sur laquelle étaient peints des oiseaux, des fleurs
et des papillons richement coloriés et d'un travail exquis.

Cependant, il me restait un doute, au milieu de tant
de meubles superbes, dont la forme et l'usage m'étaient
peu connus ; ne m'étais-je pas trompé ? était-ce bien la
harpe que je contemplais ? Je voulus m'en assurer ; je
pénétrai dans le cabinet, et je posai une main gauche
et tremblante sur les cordes. O ravissement ! elles me
répondirent. Saisi d'un inexprimable vertige, je me mis
à faire vibrer au hasard et avec une sorte de fureur
toutes ces voix retentissantes, et je ne crois pas que
l'orchestre le plus savant et le mieux gouverné m'ait jamais fait depuis autant de plaisir que l'effroyable confusion de sons dont je remplis l'appartement de la signora Aldini.

Mais ma joie ne fut pas de longue durée. Un valet de
chambre qui rangeait les salles voisines accourut au
bruit, et, furieux de voir un petit rustre en haillons
s'introduire ainsi et s'abandonner à l'amour de l'art
avec un si odieux déréglement, se mit en devoir de me
chasser à coups de balai. Il ne me convenait guère
d'être congédié de la sorte, et je me retirai prudemment vers le balcon, afin de m'en aller comme j'étais
venu. Mais avant que j'eusse pu l'enjamber, le valet
s'élança sur moi, et je me vis dans l'alternative d'être

battu ou de faire une culbute ridicule. Je pris un parti violent, ce fut d'esquiver le choc en me baissant avec dextérité, et de saisir mon adversaire par les deux jambes, tandis qu'il donnait brusquement de la poitrine contre la balustrade. L'enlever ainsi de terre et le lancer dans le canal fut l'affaire d'un instant. C'est un jeu auquel les enfants s'exercent entre eux à Chioggia. Mais je n'avais pas eu le temps d'observer que la fenêtre était à vingt pieds de l'eau et que le pauvre diable de *cameriere* pouvait ne pas savoir nager.

Heureusement pour lui et pour moi, il revint aussitôt sur l'eau et s'accrocha aux barques du traguet. J'eus un instant de terreur en lui voyant faire le plongeon ; mais, dès que je le vis sauvé, je songeai à me sauver moi-même : car il rugissait de fureur et allait ameuter contre moi tous les laquais du palais Aldini. J'enfilai la première porte qui s'offrit à moi, et, courant à travers les galeries, j'allais franchir l'escalier, lorsque j'entendis des voix confuses qui venaient à ma rencontre. Je remontai précipitamment et me réfugiai sous les combles du palais, où je me cachai dans un grenier parmi de vieux tableaux rongés des vers, et des débris de meubles.

Je restai là deux jours et deux nuits sans prendre aucun aliment et sans oser me frayer un passage au milieu de mes ennemis. Il y avait tant de monde et de mouvement dans cette maison qu'on n'y pouvait faire un pas sans rencontrer quelqu'un. J'entendais par la lucarne les propos des valets qui se tenaient dans la galerie de l'étage inférieur. Ils s'entretenaient de moi presque continuellement, faisaient mille commentaires sur ma disparition, et se promettaient de m'infliger une rude correction s'ils réussissaient à me rattraper. J'en-

tendais aussi mon patron sur sa barque s'étonner de
mon absence, et se réjouir à l'idée de mon retour dans
des intentions non moins bienveillantes. J'étais brave
et vigoureux ; mais je sentais que je serais accablé par
le nombre. L'idée d'être battu par mon patron ne
m'occupait guère ; c'était une chance du métier d'apprenti qui n'entraînait aucune honte. Mais celle d'être
châtié par des laquais soulevait en moi une telle horreur que je préférais mourir de faim. Il ne s'en fallut
pas de beaucoup que mon aventure n'eût ce dénoûment. A quinze ans, on supporte mal la diète. Une
vieille camériste qui vint chercher un pigeon déserteur
sous les combles trouva , au lieu de son fugitif, le pauvre *barcarolino* évanoui et presque mort au pied
d'une vieille toile qui représentait une sainte Cécile. Ce
qu'il y eut de plus frappant pour moi dans ma détresse,
c'est que la sainte avait entre les bras une harpe de
forme antique que j'eus tout le loisir de contempler au
milieu des angoisses de la faim , et dont la vue me devint tellement odieuse que pendant bien long-temps,
par la suite, je ne pus supporter ni l'aspect ni le son
de cet instrument fatal.

La bonne duègne me secourut et intéressa la signora
Aldini à mon sort. Je fus promptement rétabli des suites du jeûne, et mon persécuteur, apaisé par cette expiation , agréa l'aveu de ma faute et l'expression brusque, mais sincère, de mes regrets. Mon père, en
apprenant de mon patron que j'étais perdu , était ac-
couru. Il fronça le sourcil lorsque madame Aldini lui
manifesta l'intention de me prendre à son service. C'é-
tait un homme rude , mais fier et indépendant. C'était
bien assez, selon lui, que je fusse condamné par ma
délicate organisation à vivre à la ville. J'étais de trop

bonne famille pour être valet, et quoique les gondoliers eussent de grandes prérogatives dans les maisons particulières, il y avait une distinction de rang bien marquée entre les gondoliers de la place et les *gondolieri di casa*. Ces derniers étaient mieux vêtus, il est vrai, et participaient au bien-être de la vie patricienne; mais ils étaient réputés laquais, et il n'y avait point de telle souillure dans ma famille. Néanmoins madame Aldini était si gracieuse et si bienveillante que mon brave homme de père, tortillant son bonnet rouge dans ses mains avec embarras, et tirant à chaque instant, par habitude, sa pipe éteinte de sa poche, ne sut que répondre à ses douces paroles et à ses généreuses promesses. Il résolut de me laisser libre, comptant bien que je refuserais. Mais moi, quoique je fusse bien dégoûté de la harpe, je ne songeais qu'à la musique. Je ne sais quelle puissance magnétique la signora Aldini exerçait sur moi; c'était une véritable passion, mais une passion d'artiste toute platonique et toute philharmonique. De la petite chambre basse où l'on m'avait recueilli pour me soigner; car j'eus, par suite de mon jeûne, deux ou trois accès de fièvre, je l'entendais chanter, et cette fois elle s'accompagnait avec le clavecin, car elle jouait également bien de plusieurs instruments. Enivré de ses accents, je ne compris pas même les scrupules de mon père, et j'acceptai sans hésiter la place de gondolier en second au palais Aldini.

Il était de bon goût à cette époque d'être *bien monté* en barcaroles, c'est-à-dire que, de même que la gondole équivaut, à Venise, à l'*équipage* dans les autres pays, de même les gondoliers sont un objet à la fois de luxe et de nécessité comme les chevaux. Toutes les gondoles étant à peu près semblables, d'après le

2.

décret somptuaire de la république, qui les condamna
indistinctement à être tendues de noir, c'était seulement par l'habit et par la tournure de leurs rameurs
que les personnes opulentes pouvaient se faire remarquer dans la foule. La gondole du patricien élégant devait être conduite, à l'arrière, par un homme robuste
et d'une beauté mâle, à l'avant, par un négrillon singulièrement accoutré, ou par un blondin indigène,
sorte de page ou de jockey vêtu avec élégance, et placé
là comme un ornement, comme la *poupée* à la proue
des navires.

J'étais donc tout à fait propre à cet honorable emploi. J'étais un véritable enfant des lagunes, blond,
rosé, très-fort; avec des contours un peu féminins,
ayant la tête, les pieds et les mains remarquablement
petits, le buste large et musculeux, le cou et les bras
ronds, nerveux et blancs. Ajoutez à cela une chevelure
couleur d'ambre, fine, abondante, et bouclée naturellement; imaginez un charmant costume demi-Figaro,
demi-Chérubin, et le plus souvent les jambes nues, la
culotte de velours bleu de ciel attachée par une ceinture de soie écarlate, et la poitrine couverte seulement
d'une chemise de batiste brodée plus blanche que la
neige; vous aurez une idée du pauvre histrion en herbe
qu'on appelait alors Nello, par contraction de son nom
véritable, Daniele Gemello.

Comme il est de la destinée des petits chiens d'être
cajolés par les maîtres imbéciles et battus par les valets
jaloux, le sort de mes pareils était généralement un mélange assez honteux de tolérance illimitée de la part des
uns, et de haine brutale de la part des autres. Heureusement pour moi, la Providence me jeta sur un coin
béni : Bianca Aldini était la bonté, l'indulgence, la

charité descendues sur la terre. Veuve à vingt ans, elle
passait sa vie à soulager les pauvres, à consoler les af-
fligés. Là où il y avait une larme à essuyer, un bienfait
à verser, on la voyait bientôt accourir dans sa gondole,
portant sur ses genoux sa petite fille âgée de quatre
ans; miniature charmante, si frêle, si jolie, et toujours
si fraîchement parée, qu'il semblait que les belles
mains de sa mère fussent les seules au monde assez ef-
filées, assez douces et assez moelleuses pour la toucher
sans la froisser ou sans la briser. Madame Aldini était
toujours vêtue elle-même avec un goût et une recherche
que toutes les dames de Venise essayaient en vain d'é-
galer ; immensément riche, elle aimait le luxe, et dé-
pensait la moitié de son revenu à satisfaire ses goûts
d'artiste et ses habitudes de patricienne. L'autre moitié
passait en aumônes, en services rendus, en bienfaits
de toute espèce. Quoique ce fût un assez beau *denier
de veuve*, comme elle l'appelait, elle s'accusait naïvement d'être une âme tiède, de ne pas faire ce qu'elle
devait ; et, concevant de sa charité plus de repentir
que d'orgueil, elle se promettait chaque jour de *quitter le siècle* et de s'occuper sérieusement de son salut.
Vous voyez, d'après ce mélange de faiblesse féminine
et de vertu chrétienne, qu'elle ne se piquait point d'ê-
tre une âme forte ; et que son intelligence n'était pas
plus éclairée que ne le comportaient le temps et le
monde où elle vivait. Avec cela, je ne sais s'il a jamais
existé de femme meilleure et plus charmante. Les autres femmes, jalouses de sa beauté, de son opulence et
de sa vertu, s'en vengeaient en assurant qu'elle était
bornée et ignorante. Il y avait de la vérité dans cette
accusation ; mais Bianca n'en était pas moins aimable.
Elle avait un fonds de bon sens qui l'empêchait d'être

jamais ridicule, et, quant à son manque d'instruction, la naïveté modeste qui en résultait était chez elle une grâce de plus. J'ai vu autour d'elle les hommes les plus éclairés et les plus graves ne jamais se lasser de son entretien.

Vivant ainsi à l'église et au théâtre, dans la mansarde du pauvre et dans les palais, elle portait avec elle en tous lieux la consolation ou le plaisir, elle imposait à tous la reconnaissance ou la gaieté. Son humeur était égale, enjouée, et le caractère de sa beauté suffisait à répandre la sérénité autour d'elle. Elle était de moyenne taille, blanche comme le lait et fraîche comme une fleur; tout en elle était douceur, jeunesse, aménité. De même que, dans toute sa gracieuse personne, on eût vainement cherché un angle aigu, de même son caractère n'offrit jamais la moindre aspérité, ni sa bonté la moindre lacune. A la fois active comme le dévouement évangélique et nonchalante comme la mollesse vénitienne, elle ne passait jamais plus de deux heures dans la journée au même endroit; mais dans son palais elle était toujours couchée sur un sofa, et dehors elle était toujours étendue dans sa gondole. Elle se disait faible sur les jambes, et ne montait ou ne descendait jamais un escalier sans être soutenue par deux personnes; dans ses appartements elle était toujours appuyée sur le bras de Salomé, une belle fille juive, qui la servait et lui tenait compagnie. On disait à ce propos que madame Aldini était boiteuse par suite de la chute d'un meuble que son mari avait jeté sur elle dans un accès de colère, et qui lui avait fracturé la jambe : c'est ce que je n'ai jamais su précisément, bien que pendant plus de deux ans elle se soit appuyée sur mon bras pour sortir de son palais et pour y rentrer, tant elle mettait d'art et de soin à cacher cette infirmité.

Malgré sa bienveillance et sa douceur, Bianca ne manquait ni de discernement ni de prudence dans le choix des personnes qui l'entouraient : il est certain que nulle part je n'ai vu autant de braves gens réunis. Si vous me trouvez un peu de bonté et assez de fierté dans l'âme, c'est au séjour que j'ai fait dans cette maison qu'il faut l'attribuer. Il était impossible de n'y pas contracter l'habitude de bien penser, de bien dire et de bien faire ; les valets étaient probes et laborieux, les amis fidèles et dévoués.... les amants même.... (car, il faut bien l'avouer, il y eut des amants) étaient pleins d'honneur et de loyauté. J'avais là plusieurs patrons ; de tous ces pouvoirs, la *signora* était le moins impératif. Au reste, tous étaient bons ou justes. Salomé, qui était le pouvoir exécutif de la maison, maintenait l'ordre avec un peu de sévérité ; elle ne souriait guère, et le grand arc de ses sourcils se divisait rarement en deux quarts de cercle au-dessus de ses longs yeux noirs. Mais elle avait de l'équité, de la patience et un regard pénétrant qui ne méconnaissait jamais la sincérité. Mandola, premier gondolier, et mon précepteur immédiat, était un Hercule lombard, qu'à ses énormes favoris noirs et à ses formes athlétiques on eût pris pour Polyphême. Ce n'en était pas moins le paysan le plus doux, le plus calme et le plus humain qui ait jamais passé de ses montagnes à la civilisation des grandes cités. Enfin le comte Lanfranchi, le plus bel homme de la république, que nous avions l'honneur de promener tous les soirs en gondole fermée avec madame Aldini, de dix heures à minuit, était bien le plus gracieux et le plus affable seigneur que j'aie rencontré dans ma vie.

Je n'ai jamais connu de feu monseigneur Aldini qu'un grand portrait en pied qui était à l'entrée de la galerie,

dans un cadre superbe un peu détaché de la muraille,
et semblant commander à une longue suite d'aïeux,
tous de plus en plus noirs et vénérables, qui s'enfon-
çaient, par ordre chronologique, dans la profondeur
sombre de cette vaste salle. Torquato Aldini était habillé
dans le dernier goût du temps, avec un jabot de dentelle de Flandre, et un habit du matin de gros d'été
vert-pomme, à brandebourgs rose-vif : il était admirablement crêpé et poudré. Mais, malgré la galanterie de
ce déshabillé pastoral, je ne pouvais le regarder sans
baisser les yeux ; car il y avait sur sa figure d'un jaune
brun, dans sa prunelle noire et ardente, dans sa bouche froide et dédaigneuse, dans son attitude impassible,
et jusque dans le mouvement absolu de sa main longue
et maigre, ornée de diamants, une expression de fierté
arrogante et de rigueur inflexible que je n'avais jamais
rencontrée sous le toit de ce palais. C'était un beau
portrait, et le portrait d'un beau jeune homme : il était
mort à vingt-cinq ans, à la suite d'un duel avec un
Foscari, qui avait osé se dire de meilleure famille que
lui. Il avait laissé une grande réputation de bravoure et
de fermeté ; mais on disait tout bas qu'il avait rendu sa
femme très-malheureuse, et les domestiques n'avaient
pas l'air de le regretter. Il leur avait imprimé une telle
crainte qu'ils ne passaient jamais le soir devant cette
peinture, saisissante de vérité, sans se découvrir la
tête, comme ils eussent fait devant la personne de leur
ancien maître.

Il fallait que la dureté de son âme eût fait beaucoup
souffrir la *signora*, et l'eût bien dégoûtée du mariage ;
car elle ne voulait point contracter de nouveaux liens,
et repoussait les meilleurs partis de la république. Cependant elle avait besoin d'aimer ; car elle souffrait les

assiduités du comte Lanfranchi, et ne semblait lui refuser des douceurs de l'hyménée que le serment indis-
soluble. Au bout d'un an, le comte, désespérant de
lui inspirer la confiance nécessaire pour un tel engagement, et cherchant fortune ailleurs, lui confessa qu'une
riche héritière lui donnait meilleure espérance. La signora lui rendit aussitôt généreusement sa liberté ; elle
parut triste et malade pendant plusieurs jours, mais,
au bout d'un mois, le prince de Montalegri vint occuper
dans la gondole la place que l'ingrat Lanfranchi avait
laissée vacante, et pendant un an encore, Mandola et
moi promenâmes sur les lagunes ce couple bénévole, et
en apparence fortuné.

J'avais un attachement très-vif pour la signora. Je ne
concevais rien de plus beau et de meilleur qu'elle sur
la terre. Quand elle tournait sur moi son beau regard
presque maternel, quand elle m'adressait en souriant
de douces paroles (les seules qui pussent sortir de ses
lèvres charmantes), j'étais si fier et si content que, pour
lui faire plaisir, je me serais jeté sous la carène tran-
chante du *Bucentaure*. Quand elle me donnait un
ordre, j'avais des ailes ; quand elle s'appuyait sur moi,
mon cœur palpitait de joie ; quand, pour faire remarquer ma belle chevelure au prince de Montalegri, elle
posait doucement sa main de neige sur ma tête, je de-
venais rouge d'orgueil. Et pourtant je promenais sans
jalousie le prince à ses côtés ; je répondais gaiement à
ces quolibets pleins de bienveillance que les seigneurs
de Venise aiment à échanger avec les barcaroles pour
éprouver en eux l'esprit de repartie ; et, malgré l'excessive liberté dont le gondolier provoqué jouit en pareil
cas, jamais je n'avais senti contre le prince le plus léger mouvement d'aigreur. C'était un bon jeune homme ;

je lui savais gré d'avoir consolé la signora de l'abandon de M. Lanfranchi. Je n'avais pas cette sotte humilité qui s'incline devant les prérogatives du rang. En fait d'amour, nous ne les connaissons guère dans ce pays, et nous les connaissions encore moins dans ce temps-là. Il n'y avait pas une telle différence d'âge entre la signora et moi, que je ne pusse être amoureux d'elle. Le fait est que je serais embarrassé aujourd'hui de donner un nom à ce que j'éprouvais alors. C'était de l'amour peut-être, mais de l'amour pur comme mon âge; et de l'amour tranquille, parce que j'étais sans ambition et sans cupidité.

Outre ma jeunesse, mon zèle et mon caractère facile et enjoué, j'avais plu particulièrement à la signora par mon amour pour la musique : elle prenait plaisir à voir l'émotion que j'éprouvais au son de sa belle voix, et chaque fois qu'elle chantait, elle me faisait appeler. Accorte et familière, elle me faisait entrer jusque dans son cabinet, et m'autorisait à m'asseoir auprès de Salomé. Il semblait qu'elle eût aimé à voir cette farouche cameriste se départir un peu avec moi de son austérité. Mais Salomé m'imposait beaucoup plus que la signora, et jamais je ne fus tenté de m'enhardir auprès d'elle.

Un jour la signora me demanda si j'avais de la voix. Je lui répondis que j'en avais eu, mais qu'elle s'était perdue. Elle voulut que j'en fisse l'essai devant elle. Je m'en défendis, elle insista, il fallut céder. J'étais fort troublé, et convaincu qu'il me serait impossible d'articuler un son; car il y avait bien un an que je ne m'en étais avisé. J'avais alors dix-sept ans. Ma voix était revenue, je ne m'en doutais pas. Je mis ma tête dans mes deux mains; je tâchai de me rappeler une strophe de la *Jérusalem*, et le hasard me fit rencontrer celle

qui exprime l'amour d'Olinde pour Sophronie, et qui
se termine par ce vers :

Brama assaï, poco spera, nulla chiede.

Alors, rassemblant mon courage et me mettant à crier
de toute ma force comme si j'eusse été en pleine mer,
je fis retentir les lambris étonnés de ce lai plaintif et
sonore, sur lequel nous chantons dans les lagunes les
prouesses de Roland et les amours d'Herminie. Je ne
me méfiais pas de l'effet que j'allais produire ; comptant
sur le filet enroué que j'avais fait sortir autrefois de
ma poitrine, je faillis tomber à la renverse, lorsque
l'instrument que je recélais en moi, à mon insu, manifesta sa puissance. Les tableaux suspendus à la muraille en frémirent, la signora sourit, et les cordes de
la harpe répondirent par une longue vibration au choc
de cette voix formidable.

« *Santo Dio !* s'écria Salomé en laissant tomber son
ouvrage et en se bouchant les oreilles, le lion de Saint-
Marc ne rugirait pas autrement ! » La petite Aldini, qui
jouait sur le tapis, fut si épouvantée qu'elle se mit à
pleurer et à crier.

Je ne sais ce que fit la signora. Je sais seulement
qu'elle, et l'enfant, et Salomé, et la harpe, et le cabinet, tout disparut, et que je courus à toutes jambes à travers les rues, sans savoir quel démon me
poussait, jusqu'à la *Quinta-Valle ;* là, je me jetai
dans une barque et j'arrivai à la grande prairie qu'on
nomme aujourd'hui le Champ-de-Mars, et qui est encore le lieu le plus désert de la ville. A peine me vis-je
seul et en liberté, que je me mis à chanter de toute la
force de mes poumons. O miracle ! j'avais plus d'énergie et d'étendue dans la voix qu'aucun des *cupidi* que

3

j'avais admirés à Chioggia. Jusque-là j'avais cru manquer de puissance, et j'en avais trop. Elle me débordait, elle me brisait. Je me jetai la figure dans les longues herbes, et, en proie à un accès de joie délirante, je fondis en larmes. O les premières larmes de l'artiste! elles seules peuvent rivaliser de douceur ou d'amertume avec les premières larmes de l'amant.

Je me remis ensuite à chanter et à répéter cent fois de suite les strophes éparses dont j'avais gardé souvenance. A mesure que je chantais, le rude éclat de ma voix s'adoucissait, je sentais l'instrument devenir à chaque instant plus souple et plus docile. Je ne ressentais aucune fatigue; plus je m'exerçais, plus il me semblait que ma respiration devenait facile et de longue haleine. Alors, je me hasardai à essayer les airs d'opéra et les romances que j'entendais chanter depuis deux ans à la signora. Depuis deux ans, j'avais bien appris et bien travaillé sans m'en douter. La méthode était entrée dans ma tête par routine, par instinct, et le sentiment dans mon âme par intuition, par sympathie. J'ai beaucoup de respect pour l'étude; mais j'avoue qu'aucun chanteur n'a moins étudié que moi. J'étais doué d'une facilité et d'une mémoire merveilleuses. Il suffisait que j'eusse entendu un trait pour le rendre aussitôt avec netteté. J'en fis l'épreuve dès ce premier jour, et je parvins à chanter presque d'un bout à l'autre les morceaux les plus difficiles du répertoire de madame Aldini.

La nuit vint m'avertir de mettre un terme à mon enthousiasme. Je m'aperçus alors que j'avais manqué tout le jour à mon service, et je retournai au palais confus et repentant de ma faute. C'était la première de ce genre que j'eusse commise, et je ne craignais rien tant qu'un reproche de la signora, quelque doux qu'il dût être.

Elle était en train de souper, et je me glissai timidement derrière sa chaise. Je ne la servais jamais à table; car j'étais resté fier comme un Chioggiote, et j'avais gardé toutes les franchises attachées à mon emploi privilégié. Mais, voulant réparer mon tort par un acte d'humilité, je pris des mains de Salomé l'assiette de porcelaine de Chine qu'elle allait lui présenter, et j'avançai la main avec gaucherie. Madame Aldini feignit d'abord de ne pas y faire attention et se laissa servir ainsi pendant quelques instants; puis, tout d'un coup, rencontrant à la dérobée mon regard piteux, elle partit d'un grand éclat de rire en se renversant sur son fauteuil.

« Votre seigneurie le gâte, dit la sévère Salomé en réprimant une imperceptible velléité de partager l'enjouement de sa maîtresse.

— Pourquoi le gronderais-je? repartit la signora. Il s'est fait peur à lui-même ce matin, et, pour se punir, il s'est enfui, le pauvret! Je parie qu'il n'a pas mangé de la journée. Allons, va souper, Nellino. Je te pardonne, à condition que tu ne chanteras plus. »

Ce sarcasme bienveillant me sembla très-amer. C'était le premier auquel je fusse sensible; car, malgré tous les éléments offerts au développement de ma vanité, c'était un sentiment que je ne connaissais pas encore. Mais l'orgueil venait de s'éveiller en moi avec la puissance, et, en raillant ma voix, on me semblait nier mon âme et attaquer ma vie.

Depuis ce jour, les leçons que me donnait à son insu la signora en s'exerçant devant moi, me devinrent de plus en plus profitables. Tous les soirs j'allais m'exercer au Champ-de-Mars, aussitôt que mon service était fini, et j'avais la conscience de mes progrès. Bientôt les

leçons de la signora ne me suffirent plus. Elle chantait
pour son plaisir, portant à l'étude une nonchalance superbe, et ne cherchant point à se perfectionner. J'avais
un désir immodéré d'aller au théâtre ; mais, pendant
tout le temps qu'elle y passait, j'étais condamné à garder la gondole, Mandola jouissant du privilége d'aller
au parterre, ou d'écouter dans les corridors. J'obtins
enfin de lui, un jour, qu'il me laissât entrer à sa place
pendant un acte d'opéra, à la Fenice. On jouait le *Mariage secret*. Je ne chercherai point à vous rendre ce
que j'éprouvai : je faillis devenir fou, et, manquant à
la parole que j'avais donnée à mon compagnon, je le
laissai se morfondre dans la gondole, et ne songeai à
sortir que quand je vis la salle vide et les lustres éteints.

Alors je sentis le besoin impérieux, irrésistible, d'aller au théâtre tous les soirs. Je n'osais point demander
la permission à madame Aldini : je craignais qu'elle ne
vînt encore à railler ma passion infortunée (comme elle
l'appelait) pour la musique. Cependant il fallait mourir,
ou aller à la Fenice. J'eus la coupable pensée de quitter
le service de la signora et de gagner ma vie en qualité
de *facchino* à la journée, afin d'avoir le temps et le
moyen d'aller le soir au théâtre. Je calculai qu'avec les
petites économies que j'avais faites au palais Aldini, et
en réduisant mon vêtement et ma nourriture au plus
strict nécessaire, je pourrais satisfaire ma passion. Je
pensai aussi à entrer au théâtre comme machiniste,
comparse ou allumeur ; l'emploi le plus abject m'eût
semblé doux, pourvu que je pusse entendre de la musique tous les jours. Enfin je pris le parti d'ouvrir mon
cœur au bienveillant Montalegri. On lui avait raconté
mon aventure musicale. Il commença par rire ; puis,
comme j'insistais courageusement, il exigea pour con-

dition que je lui fisse entendre ma voix. J'hésitai beaucoup : j'avais peur qu'il ne me désespérât par ses
railleries, et quoique je n'eusse pour l'avenir aucun
dessein formulé avec moi-même, je sentais que m'enlever l'espoir de savoir chanter un jour, c'était m'arracher la vie. Je me résignai pourtant. Je chantai
d'une voix tremblante le fragment d'un des airs que
j'avais entendus une seule fois au théâtre. Mon émotion
gagna le prince, je vis dans ses yeux qu'il prenait plaisir à m'entendre : je pris courage, je chantai mieux.
Il leva les mains deux ou trois fois pour m'applaudir,
puis il s'arrêta de peur de m'interrompre. Je chantai
alors tout à fait bien, et quand j'eus fini, le prince,
qui était un véritable dilettante, faillit m'embrasser et
me donna les plus grands éloges. Il me remmena chez
la signora et présenta ma pétition, qui fut ratifiée sur-le-
champ. Mais on voulut aussi me faire chanter, et jamais je ne voulus y consentir. La fierté de ma résistance étonna madame Aldini sans l'irriter. Elle pensait
la vaincre plus tard ; mais elle n'en vint pas à bout
aisément. Plus je suivais le théâtre, plus je faisais
d'exercices et de progrès, plus aussi je sentais tout ce
qui me manquait encore, et plus je craignais de me
faire entendre et juger avant d'être sûr de moi-même.
Enfin, un soir, au Lido, comme il faisait un clair
de lune superbe, et que la promenade de la signora
m'avait fait manquer et le théâtre et mon heure
d'étude solitaire, je fus pris du besoin de chanter,
et je cédai à l'inspiration. La signora et son amant
m'écoutèrent en silence ; et quand j'eus fini, ils ne
m'adressèrent pas un mot d'approbation ni de blâme.
Mandola fut le seul qui, sensible à la musique comme
un vrai Lombard, s'écria à plusieurs reprises, en écou-

tant mon jeune ténore: *Corpo del diavolo! che buon basso!*

Je fus un peu piqué de l'indifférence ou de l'inattention de ma patronne. J'avais la conscience d'avoir assez bien chanté pour mériter un encouragement de sa bouche. Je ne comprenais pas non plus la froideur du prince, d'après les éloges qu'il m'avait donnés deux mois auparavant. Plus tard je sus que ma maîtresse avait été émerveillée de mes dispositions et de mes moyens, mais qu'elle avait résolu, pour me punir de m'être tant fait prier, de paraître insensible à mon premier essai.

Je compris la leçon, et, quelques jours après, ayant été sommé par elle de chanter durant sa promenade, je m'en acquittai de bonne grâce. Elle était seule, étendue sur les coussins de la gondole, et paraissait livrée à une mélancolie qui ne lui était pas habituelle. Elle ne m'adressa pas la parole durant toute la promenade; mais en rentrant, lorsque je lui offris mon bras pour remonter le perron du palais, elle me dit ce peu de mots, qui me laissa une émotion singulière : «Nello, tu m'as fait beaucoup de bien. Je te remercie. »

Les jours suivants, je lui offris moi-même de chanter. Elle parut accepter avec reconnaissance. La chaleur était accablante et les théâtres déserts ; la signora se disait malade ; mais ce qui me frappa le plus, c'est que le prince, ordinairement si assidu à l'accompagner, ne venait plus avec elle qu'un soir sur deux, sur trois et même sur quatre. Je pensai que lui aussi commençait à être infidèle, et je m'affligeai pour ma pauvre maîtresse. Je ne concevais pas son obstination à repousser le mariage : il ne me paraissait pas juste que Montalegri, si doux et si bon en apparence, fût victime

des torts de feu Torquato Aldini. D'un autre côté, je
ne concevais pas davantage qu'une femme si aimable
et si belle n'eût pour amants que de lâches spécula-
teurs plus avides de sa fortune qu'attachés à sa personne, et dégoûtés de l'une aussitôt qu'ils désespéraient
d'obtenir l'autre.

Ces idées m'occupèrent tellement pendant quelques
jours, que, malgré mon respect pour ma maîtresse, je
ne pus m'empêcher de faire part de mes commentaires
à Mandola. « Détrompe-toi, me répondit-il ; cette fois,
c'est le contraire de ce qui s'est passé avec Lanfranchi.
C'est la signora qui se dégoûte du prince et qui trouve
chaque soir un nouveau prétexte pour l'empêcher de
la suivre. Quelle en est la raison ? Cela est impossible à
deviner, puisque nous qui la voyons, nous savons qu'elle
est seule, et qu'elle n'a aucun rendez-vous. Peut-être
qu'elle tourne tout à fait à la dévotion et qu'elle veut
se détacher du monde. »

Le soir même, j'essayai de chanter à la signora un
cantique de la Vierge ; mais elle m'interrompit brusquement en me disant qu'elle n'avait pas envie de
dormir et me demanda les amours d'Armide et de
Renaud. « Il s'est trompé, » dit Mandola qui ne manquait pas de finesse, en feignant de m'excuser. Je chan-
geai de mode et je fus écouté avec attention.

Je remarquai bientôt qu'à force de chanter en plein
air au balancement de la gondole, je me fatiguais beaucoup et que ma voix était en souffrance. Je consultai
un professeur de musique qui venait au palais pour
apprendre les éléments à la petite Alezia Aldini, alors
âgée de six ans. Il me répondit que, si je continuais
à chanter dehors, je perdrais ma voix avant la fin de
l'année. Cette menace m'effraya tellement que je résolus

de ne plus chanter ainsi. Mais le lendemain la signora me demanda la barcarole nationale de la *Biondina,* d'un air si mélancolique, avec un regard si doux et un visage si pâle, que je n'eus pas le courage de lui refuser le seul plaisir qu'elle parût capable de goûter depuis quelque temps.

Il était évident qu'elle maigrissait et qu'elle perdait de sa fraîcheur; elle éloignait de plus en plus le prince. Elle passait sa vie en gondole, et même elle négligeait un peu les pauvres. Elle semblait succomber à un accablement dont nous cherchions vainement la cause.

Pendant une semaine, elle parut chercher à se distraire. Elle s'entoura de monde, et le soir elle se fit suivre par plusieurs gondoles où se placèrent ses amis et des musiciens qui lui donnèrent la sérénade. Une fois elle me pria de chanter. Je déclinai ma compétence en présence de musiciens de profession et de nombreux dilettanti. Elle insista d'abord avec douceur, et puis avec un peu de dépit; je continuai de m'en défendre; et enfin elle m'ordonna d'un ton absolu de lui obéir. C'était la première fois de sa vie qu'elle s'emportait. Au lieu de comprendre que c'était la maladie qui changeait ainsi son caractère, et de faire acte de complaisance, je m'abandonnai à un mouvement d'orgueil invincible, et lui déclarai que je n'étais pas son esclave, que je m'étais engagé à conduire sa gondole et non à divertir ses convives; et, en un mot, que j'avais failli perdre ma voix pour la distraire, et que, puisqu'elle me récompensait si mal de mon dévouement, je ne chanterais plus ni pour elle ni pour personne. — Elle ne répondit rien : les amis qui l'accompagnaient, étonnés de mon audace, gardaient le silence. Au bout de quelques instants, Salomé fit un cri et saisit la petite Alezia, qui, endormie dans les bras

de sa mère, avait failli tomber à l'eau. La signora était
évanouie depuis quelques minutes, et personne ne s'en
était aperçu.

J'abandonnai la rame; je parlai au hasard; je m'approchai de la signora; j'étais si troublé que j'eusse fait
quelque folie si la prudente Salomé ne m'eût renvoyé
impérieusement à mon poste. La signora revint à elle,
on reprit à la hâte la route du palais. Mais la société
était surprise et consternée, la musique allait tout de
travers; et quant à moi, j'étais si désolé et si effrayé,
que mes mains tremblantes ne pouvaient plus soutenir
la rame. J'avais perdu la tête, j'accrochais toutes les
gondoles. Mandola me maudissait; mais, sourd à ses
avertissements, je me retournais à chaque instant pour
regarder madame Aldini, dont le front pâle, éclairé par
la lune, semblait porter l'empreinte de la mort.

Elle passa une mauvaise nuit; le lendemain elle eut
la fièvre, et garda le lit. Salomé refusa de me laisser
entrer. Je me glissai malgré elle dans la chambre à coucher, et je me jetai à genoux devant la signora, en fon-
dant en larmes. Elle me tendit sa main que je couvris
de baisers, et me dit que j'avais eu raison de lui résister. « C'est moi, ajouta-t-elle avec une bonté angélique,
qui suis exigeante, fantasque et impitoyable depuis quelque temps. Il faut me le pardonner, Nello; je suis malade, et je sens que je ne peux plus gouverner mon
humeur comme à l'ordinaire. J'oublie que vous n'êtes
pas destiné à rester gondolier, et qu'un brillant avenir
vous est réservé. Pardonnez-moi cela encore; mon
amitié pour vous est si grande que j'ai eu le désir égoïste
de vous garder près de moi, et d'enfouir votre talent
dans cette condition basse et obscure qui vous écrase.
Vous avez défendu votre indépendance et votre dignité,

vous avez bien fait. Désormais vous serez libre, vous
apprendrez la musique; je n'épargnerai rien pour que
votre voix se conserve, et pour que votre talent se
développe; vous ne me rendrez plus d'autres services
que ceux qui vous seront dictés par l'affection et la reconnaissance. »

Je lui jurai que je la servirais toute ma vie, que
j'aimerais mieux mourir que de la quitter; et, en vérité, j'avais pour elle un attachement si légitime et si
profond que je ne pensais pas faire un serment téméraire.

Elle fut mieux portante les jours suivants, et me
força de prendre mes premières leçons de chant. Elle
y assista et sembla y apporter le plus vif intérêt. Dans
l'intervalle, elle me faisait étudier et répéter les principes, dont jusque-là je n'avais pas eu la moindre idée,
bien que je m'y fusse conformé par instinct en m'abandonnant à mon chant naturel.

Mes progrès furent rapides; je cessai tout service
pénible. La signora prétendit que le double mouvement
des rames la fatiguait, et afin que Mandola ne se plai-
gnît pas d'être seul chargé de tout le travail, son salaire fut doublé. Quant à moi, j'étais toujours sur la
gondole, mais assis à la proue, et occupé seulement à
chercher dans les yeux de ma patronne ce qu'il fallait
faire pour lui être agréable. Ses beaux yeux étaient bien
tristes, bien voilés. Sa santé s'améliorait par instants,
et puis s'altérait de nouveau. C'était là mon unique chagrin; mais il était profond.

Elle perdait de plus en plus ses forces, et l'aide de
nos bras ne lui suffisait plus pour monter les escaliers.
Mandola était chargé de la porter comme un enfant,
comme je portais la petite Alezia. Cette fillette devenait

chaque jour plus belle ; mais le genre de sa beauté et
son caractère en faisaient bien l'antipode de sa mère.
Autant celle-ci était blanche et blonde, autant Alezia
était brune. Ses cheveux tombaient déjà en deux fortes
tresses d'ébène jusqu'à ses genoux ; ses petits bras ronds
et veloutés ressortaient comme ceux d'une jeune Mau-
resque sur ses vêtements de soie, toujours blancs comme
la neige ; car elle était vouée à la Vierge. Quant à son
humeur, elle était étrange pour son âge. Je n'ai jamais
vu d'enfant plus grave, plus méfiant, plus silencieux.
Il semblait qu'elle eût hérité de l'humeur altière du
seigneur Torquato. Jamais elle ne se familiarisait avec
personne ; jamais elle ne tutoyait aucun de nous. Une
caresse de Salomé lui semblait une offense, et c'est
tout au plus si, à force de la porter, de la servir et de
l'aduler, j'obtenais une fois par semaine qu'elle me
laissât baiser le bout de ses petits doigts rosés, qu'elle
soignait déjà comme eût fait une femme bien coquette.
Elle était très-froide avec sa mère, et passait des heures
entières assise auprès d'elle dans la gondole, les yeux
attachés sur les flots, muette, insensible à tout en apparence, et rêveuse comme une statue. Mais si la signora lui adressait la plus légère réprimande, ou se
mettait au lit avec un redoublement de fièvre, la petite
entrait dans des accès de désespoir qui faisaient craindre pour sa vie ou pour sa raison.

Un jour, elle s'évanouit dans mes bras, parce que
Mandola, qui portait sa mère, glissa sur une des marches du perron et tomba avec elle. La signora se blessa
légèrement, et depuis cet instant ne voulut plus se fier
à l'adresse du bon Hercule lombard. Elle me demanda
si j'aurais la force de remplir cet office. J'étais alors
dans toute ma vigueur, et je lui répondis que je porte-

rais bien quatre femmes comme elle, et huit enfants comme le sien. Dès lors je la portai toujours; car, jusqu'à l'époque où je la quittai, ses forces ne revinrent pas.

Bientôt arriva le moment où la signora me sembla moins légère et l'escalier plus difficile à monter. Ce n'était pas elle qui augmentait de volume, c'était moi qui perdais mes forces au moment de l'entourer de mes bras. Je n'y comprenais rien d'abord, et puis ensuite je m'en fis de grands reproches; mais mon émotion était insurmontable. Cette taille souple et voluptueuse qui s'abandonnait à moi, cette tête charmante qui se penchait vers mon visage, ce bras d'albâtre qui entourait mon cou nu et brûlant, cette chevelure embaumée qui se mêlait à la mienne, c'en était trop pour un garçon de dix-sept ans. Il était impossible qu'elle ne sentît pas les battements précipités de mon cœur, et qu'elle ne vît pas dans mes yeux le trouble qu'elle jetait dans mes sens. « Je te fatigue, » me disait-elle quelquefois d'un air mourant. Je ne pouvais pas répondre à cette languissante ironie; ma tête s'égarait, et j'étais forcé de m'enfuir aussitôt que je l'avais déposée sur son fauteuil. Un jour, Salomé ne se trouva pas, comme de coutume, dans le cabinet pour la recevoir. J'eus quelque peine à arranger les coussins pour l'asseoir commodément. Mes bras s'enlaçaient autour d'elle; je me trouvai à ses pieds, et ma tête mourante se pencha sur ses genoux. Ses doigts étaient passés dans mes cheveux. Un frémissement subit de cette main me révéla ce que j'ignorais encore. Je n'étais pas le seul ému, je n'étais pas le seul prêt à succomber. Il n'y avait plus entre nous ni serviteur, ni patronne, ni barcarole, ni signora : il y avait un jeune homme et une jeune femme amoureux l'un de l'autre.

Un éclair traversa mon âme et jaillit de mes yeux. Elle me repoussa vivement, et s'écria d'une voix étouffée : *Va-t'en !* J'obéis, mais en triomphateur. Ce n'était plus le valet qui recevait un ordre ; c'était l'amant qui faisait un sacrifice.

Un désir aveugle s'empara dès lors de tout mon être. Je ne fis aucune réflexion ; je ne sentis ni crainte, ni scrupule, ni doute ; je n'avais qu'une idée fixe, c'était de me trouver seul avec Bianca. Mais cela était plus difficile que sa position indépendante ne devait le faire présumer. Il semblait que Salomé devinât le péril et se fût imposé la tâche d'en préserver sa maîtresse. Elle ne la quittait jamais, si ce n'est le soir, lorsque la petite Alezia voulait se coucher à l'heure où sa mère allait à la promenade. Alors Mandola était l'inévitable témoin qui nous suivait sur les lagunes. Je voyais bien, aux regards et à l'inquiétude de la signora, qu'elle ne pouvait s'empêcher de désirer un tête-à-tête avec moi ; mais elle était trop faible de caractère, soit pour le provoquer, soit pour l'éviter. Je ne manquais pas de hardiesse et de résolution ; mais, pour rien au monde, je n'eusse voulu la compromettre, et d'ailleurs, tant que je n'étais pas vainqueur dans cette situation délicate, mon rôle pouvait être souverainement ridicule et même méprisable aux yeux des autres serviteurs de la signora.

Heureusement, le candide Mandola, qui n'était pas dépourvu de pénétration, avait pour moi une amitié qui ne s'est jamais démentie. Je ne serais pas étonné, quoiqu'il ne m'ait jamais donné le droit de l'affirmer, que, sous cette rude écorce, l'amour n'eût fait quelquefois tressaillir un cœur tendre, lorsqu'il portait la signora dans ses bras. C'était d'ailleurs une grande imprudence à une jeune femme, de livrer, comme elle l'avait fait, le secret et presque le spectacle de ses amours à deux hommes de notre âge, et il était bien impossible que nous fussions témoins, depuis deux ans, du bonheur d'autrui, sans avoir conçu, l'un et l'autre, quelque tentation importune. Quoi qu'il en soit, j'ai peine à croire que Mandola eût deviné si bien ce qui se passait en moi, si quelque chose d'analogue ne se fût passé en lui-même. Un soir qu'il me voyait absorbé, assis à la proue de la gondole et la tête cachée dans les deux mains, en attendant que la signora nous fît avertir, il me dit seulement ces mots : *Nello! Nello!!!* mais d'un ton qui me sembla renfermer tant de sens, que je levai la tête et le regardai avec une sorte d'épouvante, comme si mon sort eût été dans ses mains. — Il étouffa une sorte de soupir en ajoutant le dicton populaire : *Sara quel che sara!*

« Que veux-tu dire? m'écriai-je en me levant et en lui saisissant le bras. — Nello! Nello!..... » répéta-t-il en secouant la tête. On vint m'avertir en ce moment de monter pour transporter la signora dans la gondole ; mais le regard expressif de Mandola me suivit sur le perron et me jeta dans une émotion singulière.

Ce jour même, Mandola demanda à madame Aldini la permission de s'absenter pendant une semaine pour aller voir son père malade. Bianca parut effrayée et surprise de cette demande ; mais elle l'accorda aussitôt, en ajoutant : « Mais qui donc conduira ma gondole? — Nello, répondit Mandola en me regardant avec attention. — Mais il ne sait pas *voguer* [1] seul, reprit la signora.... Allons, rentrez-moi, nous chercherons demain un remplaçant provisoire. Va voir ton père, et soigne-le bien ; je prierai pour lui. »

[1] Ramer, *vogar*.

Le lendemain, la signora me fit appeler et me demanda si je m'étais enquis d'un barcarole. Je ne répondis que par un sourire audacieux. La signora devint pâle, et me dit d'une voix tremblante : « Vous y songerez demain, je ne sortirai pas aujourd'hui. »

Je compris ma faute; mais la signora avait montré plus de peur que de colère, et mon espoir accrut mon insolence. Vers le soir, je vins lui demander s'il fallait faire avancer la gondole au perron. Elle me répondit d'un ton froid : « Je vous ai dit ce matin que je ne sortirai pas. » Je ne perdis pas courage. « Le temps a changé, signora, repris-je, le vent souffle de sirocco. Il fait beau pour vous, ce soir. » Elle tourna vers moi un regard accablant, en disant : « Je ne t'ai pas demandé le temps qu'il fait. Depuis quand me donnes-tu des conseils? » La lutte était engagée, je ne reculai point. « Depuis que vous semblez vouloir vous laisser mourir, » répondis-je avec véhémence. Elle parut céder à une force magnétique; car elle pencha sa tête languissamment sur sa main, et me dit d'une voix éteinte de faire avancer la gondole.

Je l'y transportai. Salomé voulut la suivre. Je pris sur moi de lui dire d'un ton absolu que sa maîtresse lui commandait de rester près de la signora Alezia. Je vis la signora rougir et pâlir, tandis que je prenais la rame et que je repoussais avec empressement le perron de marbre qui bientôt sembla fuir derrière nous.

Quand je me vis seulement à quelques brasses de distance du palais, il me sembla que je venais de conquérir le monde et que, les importuns écartés, ma victoire était assurée. Je ramai *con furore* jusqu'au milieu des lagunes sans me détourner, sans dire un seul mot, sans reprendre haleine. J'avais bien plutôt

l'air d'un amant qui enlève sa maîtresse que d'un gondolier qui conduit sa patronne. Quand nous fûmes sans
témoins, je jetai ma rame, et laissai la barque s'en aller
à la dérive; mais, là, tout mon courage m'abandonna,
il me fut impossible de parler à la signora, je n'osai
même pas la regarder. Elle ne me donna aucun encouragement, et je la ramenai au palais, assez mortifié
d'avoir repris le métier de barcarole sans avoir obtenu
la récompense que j'espérais.

Salomé me montra de l'humeur et m'humilia plusieurs fois, en m'accusant d'avoir l'air brusque et préoccupé. Je ne pouvais dire une parole à la signora sans
que la camériste ne me reprît, prétendant que je ne
m'exprimais pas d'une manière respectueuse. La signora, qui prenait toujours ma défense, ne parut pas
seulement s'apercevoir, ce soir-là, des mortifications
qu'on me faisait éprouver. J'étais outré. Pour la première fois, je rougissais sérieusement de ma position,
et j'eusse songé à en sortir si l'invincible aimant du
désir ne m'eût retenu en servage.

Pendant plusieurs jours, je souffris beaucoup. La
signora me laissait impitoyablement exténuer mes forces
à la faire courir sur l'eau, en plein midi, par un temps
d'automne sec et brûlant, en présence de toute la ville,
qui m'avait vu long-temps assis dans sa gondole, à ses
pieds, presque à ses côtés, et qui me voyait maintenant, couvert de sueur, retourner de la sublime profession de barde au dur métier de rameur. Mon amour se
changea en colère. J'eus deux ou trois fois la tentation
coupable de lui manquer de respect en public; et puis
j'eus honte de moi-même, et je retombai dans l'accablement.

Un matin, il lui prit fantaisie d'aborder au Lido. La

rive était déserte, le sable étincelait au soleil; ma tête était en feu, la sueur ruisselait sur ma poitrine. Au moment où je me baissais pour soulever madame Aldini, elle passa sur mon front humide son mouchoir de soie et me regarda avec une sorte de compassion tendre.

« Poveretto! me dit-elle, tu n'es pas fait pour le métier auquel je te condamne!

— Pour vous j'irais à l'*arsenal*[1], répondis-je avec feu.

— Et tu sacrifierais, reprit-elle, ta belle voix, et le grand talent que tu peux acquérir, et la noble profession d'artiste à laquelle tu peux arriver?

— Tout! lui répondis-je en pliant les deux genoux devant elle.

— Tu mens! reprit la signora d'un air triste. Retourne à ta place, ajouta-t-elle en me montrant la proue. Je veux me reposer un peu ici. »

Je retournai à la proue, mais je laissai ouverte la porte du *camerino*. Je la voyais pâle et blonde, étendue sur les coussins noirs, enveloppée dans sa noire mantille, enfoncée et comme cachée dans le velours noir de cet habitacle mystérieux, qui semble fait pour les plaisirs furtifs et les voluptés défendues. Elle ressemblait à un beau cygne qui, pour éviter le chasseur, s'enfonce sous une sombre grotte. Je sentis ma raison m'abandonner; je me glissai sur mes genoux jusqu'auprès d'elle. Lui donner un baiser et mourir ensuite pour expier ma faute, c'était toute ma pensée. Elle avait les yeux fermés, elle faisait semblant de sommeiller; mais elle sentait le feu de mon haleine. Alors elle m'appela à voix haute comme si elle m'eût cru bien

[1] Aux galères.

4.

loin d'elle, et feignit de s'éveiller lentement, pour me donner le temps de m'éloigner. Elle m'ordonna de lui aller chercher à la *bottega du Lido* une eau de citron, et referma les yeux. Je mis un pied sur la rive, et ce fut tout. Je rentrai dans la gondole; je restai debout à la regarder. Elle rouvrit les yeux, et son regard semblait m'attirer par mille chaînes de fer et de diamant. Je fis un pas vers elle, elle referma les yeux de nouveau; j'en fis un second, elle les rouvrit encore, et affecta un air de surprise dédaigneuse. Je retournai vers la rive, et je revins encore dans la gondole. Ce jeu cruel dura plusieurs minutes. Elle m'attirait et me repoussait, comme l'épervier joue avec le passereau blessé à mort. La colère s'empara de moi; je poussai avec violence la porte du *camerino*, dont la glace vola en éclats. Elle jeta un cri auquel je ne daignai pas faire attention; et je m'élançai sur la rive, en chantant d'une voix de tonnerre, que je croyais folâtre et dégagée:

> La Biondina in gondoleta
> L'altra sera mi o mena;
> Dal piazer la povareta
> La x'a in boto adormenta.
> Ela dormivà su sto bracio
> Me intanto la svegliava;
> E la barca che ninava
> La tornava a adormenzar.

Je m'assis sur une des tombes hébraïques du Lido; j'y restai long-temps, je me fis attendre à dessein. Et puis tout à coup, pensant qu'elle souffrait peut-être de la soif, et pénétré de remords, je courus chercher le rafraîchissement qu'elle m'avait demandé et le lui portai avec sollicitude. Néanmoins, j'espérais qu'elle me ferait une réprimande; j'aurais voulu être chassé, car ma condition n'était plus supportable. Elle me reçut sans colère, et, me remerciant même avec douceur, elle prit le verre que je lui présentais. Je vis alors que sa main était ensanglantée, les éclats de la glace l'avaient blessée; je ne pus retenir mes larmes. Je vis que les siennes coulaient aussi; mais elle ne m'adressa pas la parole, et je n'osai pas rompre ce silence plein de tendres reproches et de timides ardeurs.

Je pris la résolution d'étouffer cet amour insensé et de m'éloigner de Venise. J'essayais de me persuader que la signora ne l'avait jamais partagé, et que je m'étais flatté d'un espoir insolent; mais à chaque instant son regard, le son de sa voix, l'expression de son geste, sa tristesse même, qui semblait augmenter et diminuer avec la mienne, tout me ramenait à une confiance délirante et à des rêves dangereux.

Le destin semblait travailler à nous ôter le peu de forces qui nous restait. Mandola ne revenait pas. J'étais un très-médiocre rameur, malgré mon zèle et mon énergie; je connaissais mal les lagunes, je les avais toujours parcourues avec tant de préoccupation ! Un soir j'égarai la gondole dans les paludes qui s'étendent entre le canal Saint-George et celui des Marane. La marée montante immergeait encore ces vastes bancs d'algues et de sables; mais le flot commença à se retirer avant que j'eusse pu regagner les eaux courantes : j'apercevais déjà la pointe des plantes marines qu'une douce brise balançait au milieu de l'écume. Je fis force de rames, mais en vain. Le reflux mit à sec une plaine immense, et la barque vint échouer doucement sur un lit de verdure et de coquillages. La nuit s'étendait sur le ciel et sur les eaux ; les oiseaux de mer s'abattaient par milliers autour de nous en remplissant l'air de leurs cris plaintifs. J'appelai long-temps, ma voix se perdit dans l'espace ; aucune barque de pêcheur ne se trouvait amarrée autour de la palude, aucune embarcation ne s'approchait de nos rives. Il fallait se résigner à attendre du secours du hasard ou de la marée montante du lendemain ; cette dernière alternative m'inquiétait beaucoup ; je craignais pour ma maîtresse la fraîcheur de la nuit, et surtout les vapeurs malsaines que les paludes exhalent au lever du jour ; j'essayai en vain de tirer la gondole vers une flaque d'eau. Outre que cela n'eût servi qu'à nous faire gagner quelques pas, il eût fallu plus de six personnes pour soulever la barque engravée. Alors je résolus de traverser le marécage en m'enfonçant dans la vase, de gagner les eaux courantes et de les franchir à la nage, pour aller chercher du secours. C'était une entreprise insensée ; car je ne connaissais pas la palude, et là, où les pêcheurs se dirigent habilement pour recueillir des *fruits de mer,* je me serais perdu dans les fondrières et dans les sables mouvants, au bout de quelques pas. Quand la signora vit que je résistais à sa défense et que j'allais m'aventurer, elle se leva avec vivacité, et trouvant la force de se tenir debout un instant, elle m'entoura de ses bras, et retomba en m'attirant presque sur son cœur. Alors j'oubliai tout ce qui m'inquiétait, et je m'écriai avec ivresse : « Oui ! oui ! restons ici, n'en sortons jamais ; mourons-y de bonheur et d'amour, et que l'Adriatique ne s'éveille pas demain pour nous en tirer ! »

Dans le premier moment de trouble, elle faillit s'abandonner à mes transports ; mais retrouvant bientôt la force dont elle s'était armée : « Eh bien ! oui, me dit-elle, en me donnant un baiser sur le front ; eh bien ! oui, je t'aime, et il y a déjà bien long-temps. C'est parce que je t'aimais que j'ai refusé d'épouser Lanfranchi, ne pouvant me résoudre à mettre un obstacle éternel entre toi et moi. C'est parce que je t'aimais que j'ai souffert l'amour de Montalegri, craignant de succomber à ma passion pour toi et voulant la combattre; c'est parce que je t'aime que je l'ai éloigné, ne pouvant plus supporter cet amour que je ne partageais pas; c'est parce que je t'aime que je ne veux pas encore m'abandonner à ce que j'éprouve aujourd'hui; car je veux te donner des preuves d'amour véritable, et je dois à ta fierté, longtemps humiliée, un autre dédommagement que de vaines caresses, un autre titre que celui d'amant. »

Je ne compris rien à ce langage. Quel autre titre que celui d'amant aurais-je pu désirer, quel autre bonheur que celui de posséder une telle maîtresse? J'avais eu de sots instants d'orgueil et d'emportement; mais c'est qu'alors j'étais malheureux, c'est que je croyais n'être pas aimé. « Pourvu que je le sois, m'écriai-je, pourvu que vous me le disiez comme à présent dans le mystère de la nuit, et que chaque soir à l'écart, loin des curieux et des envieux, vous me donniez un baiser comme tout à l'heure, pourvu que vous soyez à moi en secret, dans le sein de Dieu, ne serai-je pas plus fier et plus heureux que le doge de Venise? Que me faut-il de plus que de vivre près de vous et de savoir que vous m'appartenez? Ah! que tout le monde l'ignore; je n'ai pas besoin de faire des jaloux pour être glorieux, et ce n'est pas l'opinion des autres qui fera l'orgueil et la joie de mon âme.

— Et pourtant, répondit Bianca, tu seras humilié d'être mon serviteur, désormais? — Moi! m'écriai-je, je l'étais ce matin; demain j'en serai fier. — Quoi! dit-elle, tu ne me mépriserais pas si, m'étant abandonnée à ton amour, je te laissais dans l'abjection ? — Il ne peut pas y avoir d'abjection à servir qui nous aime, lui répondis-je. Si vous étiez ma femme, croyez-vous que je vous laisserais porter par un autre que moi ? Pourrais-je être occupé d'autre chose que de vous soigner et de vous distraire ? Salomé n'est pas humiliée de vous servir, et pourtant vous ne l'aimez pas autant que moi, n'est-ce pas, signora mia ?

— O mon noble enfant! s'écria Bianca en pressant ma tête sur son sein avec transport, ô âme pure et désintéressée! Qu'on vienne donc dire maintenant qu'il n'y a de grands cœurs que ceux qui naissent dans les palais! Qu'on vienne donc nier la candeur et la sainteté de ces natures plébéiennes, rangées si bas par nos odieux préjugés et notre dédain stupide! O toi, le seul homme qui m'ait aimée pour moi-même, le seul qui n'ait aspiré ni à mon rang, ni à ma fortune, eh bien! c'est toi qui partageras l'un et l'autre, c'est toi qui me feras oublier les malheurs de mon premier hymen, et qui remplaceras par ton nom rustique le nom odieux d'Aldini que je porte avec regret! C'est toi qui commanderas à mes assaux, et qui seras le seigneur de mes terres en même temps que le maître de ma vie. Nello, veux-tu m'épouser? »

Si la terre se fût entr'ouverte sous mes pieds, ou si la voûte des cieux se fût écroulée sur ma tête, je n'aurais pas éprouvé une commotion de surprise plus violente que celle qui me rendit muet devant une telle demande. Quand je fus un peu remis de ma stupéfaction, je ne sais ce que je répondis, ma tête se troublait, et il m'était impossible d'avoir une idée juste. Tout ce que put faire mon bon sens naturel fut de repousser des honneurs trop lourds pour mon âge et pour mon inexpérience.

Bianca insista. « Écoute, me dit-elle, je ne suis point heureuse. Mon enjouement couvre depuis long-temps des peines profondes, et maintenant tu me vois malade, et ne pouvant plus dissimuler mon ennui. Ma position dans le monde est fausse et amère ; celle que je me suis faite vis-à-vis de moi-même est pire encore, et Dieu est mécontent de moi. Tu sais que je ne suis point de famille patricienne. Torquato Aldini m'épousa pour les grands biens que mon père avait amassés dans le commerce. Ce seigneur altier ne vit jamais en moi que l'instrument de sa fortune, il ne daigna jamais me traiter comme son égale ; quelques-uns de ses parents l'encourageaient dans cette ridicule et cruelle attitude de maître et de seigneur qu'il avait prise avec moi dès le premier jour ; les autres le blâmaient hautement de s'être mésallié pour payer ses dettes , et le traitaient froidement depuis son mariage. Après sa mort, tous refusèrent de me voir, et je me trouvai sans famille ; car, en entrant dans celle d'un noble, je m'étais aliéné l'estime et l'affection de la mienne propre. J'avais épousé Torquato par amour, et ceux de mes parents qui ne me regardaient pas comme insensée, me croyaient imbue d'une sotte vanité et d'une basse ambition. Voilà pourquoi, malgré ma fortune, ma jeunesse , et un caractère serviable et inoffensif , tu vois que mes salons sont à peu près déserts et ma société fort restreinte. J'ai quelques excellents amis , et leur compagnie suffit à mon cœur. Mais je ne connais point l'enivrement du monde, et il ne m'a pas assez bien traitée pour que je lui fasse le sacrifice de mon bonheur. En t'épousant, je sais que je vais attirer sur moi, non plus seulement son indifférence, mais une malédiction irrévocable. Ne t'en effraie pas , tu vois que c'est de ma part un mince sacrifice.

— Mais pourquoi m'épouser? repris-je. Pourquoi braver inutilement cette malédiction? Puisque je n'ai pas besoin de votre fortune pour être heureux, puisque vous n'avez pas besoin d'un engagement solennel de ma part pour être bien sûre que je vous aimerai toujours?

— Que tu sois mon mari ou mon amant, repartit Bianca, le monde ne le saura pas moins, et je n'en serai pas moins maudite et méprisée. Puisqu'il faut que d'une manière ou de l'autre ton amour me sépare entièrement du monde, je veux du moins me réconcilier avec Dieu, et trouver dans cet amour sanctifié par l'église la force de mépriser le monde à mon tour. Depuis long-temps, je vis mal, je pèche sans profit pour mon bonheur, j'expose mon salut éternel sans trouver la joie de mon âme. Maintenant je l'ai trouvée et je veux la goûter pure et sans nuage; je veux dormir sans remords sur le sein d'un homme que j'aime; je veux pouvoir dire au monde : C'est toi qui perds et corromps les cœurs. L'amour de Nello m'a sauvée et purifiée, et j'ai un refuge contre toi; c'est Dieu qui m'a permis d'aimer Nello, et qui désormais me commande de l'aimer jusqu'à la mort. »

Bianca me parla long-temps encore de la sorte. Il y avait de la faiblesse, de l'enfantillage et de la bonté dans ces naïfs calculs de sa fierté, de son amour et de sa dévotion. Je n'étais pas moi-même un esprit fort. Il n'y avait pas long-temps que je ne m'agenouillais plus soir et matin, dans la chaloupe paternelle, devant l'image de saint Antoine peinte sur la voile, et quoique les belles dames de Venise me donnassent bien des distractions dans la basilique, je ne manquais jamais la messe, et j'avais encore au cou le scapulaire que ma mère y avait cousu en me donnant sa bénédiction le jour où je quittai Chioggia. Je me laissai donc vaincre et persuader par madame Aldini; et, sans résister ni m'engager davantage, je passai la nuit à ses pieds, soumis comme un enfant à ses scrupules religieux, enivré du seul bonheur de baiser ses mains et de respirer le parfum de son éventail. Ce fut une belle nuit; les étoiles étincelantes tremblotaient dans les petites mares d'eau que la mer avait oubliées sur la palude, la brise murmurait dans les varecs verdoyants. De temps en temps nous apercévions au loin le fanal d'une gondole glissant sur les flots, et nous ne songions plus à l'appeler à notre aide. La voix de l'Adriatique brisant de l'autre côté du Lido nous arrivait monotone et majestueuse. Nous nous livrions à mille rêves enchanteurs, nous formions mille projets délicieusement puérils. La lune se coucha lentement et s'ensevelit dans les flots assombris de l'horizon, comme une chaste vierge dans un linceul. Nous étions chastes comme elle, et elle sembla nous jeter un regard protecteur avant de se plonger dans les eaux.

Mais bientôt le froid se fit sentir, et une nappe de brume blanche s'étendit sur le marais. Je fermai le *camerino*, j'enveloppai Bianca dans ma cape rouge. Je m'assis tout près d'elle, je l'entourai de mes bras pour la préserver, je réchauffai ses mains et ses bras de mon haleine. Un calme délicieux semblait être descendu dans son cœur depuis qu'elle m'avait presque arraché la promesse de l'épouser. Elle pencha doucement sa tête sur mon épaule. La nuit était avancée; depuis plus de six heures nous exhalions en discours tendres et passionnés l'ardeur de nos âmes. Une douce fatigue s'empara aussi de moi, et nous nous endormîmes dans les bras l'un de l'autre, aussi purs que l'aube qui commençait à blanchir l'horizon. Ce fut notre nuit de noces, notre seule nuit d'amour, nuit virginale qui ne revint jamais, et dont le souvenir ne fut jamais souillé.

Des voix rudes m'éveillèrent; je courus à l'avant de la gondole, je vis plusieurs hommes qui venaient à nous. A l'heure du départ pour la pêche, l'embarcation échouée avait été signalée par une famille de mariniers qui m'aida à la pousser jusqu'au canal des Marane, d'où je la ramenai rapidement au palais.

Que j'étais heureux en posant le pied sur la première marche! Je ne songeais pas plus au palais qu'à la fortune de Bianca; c'était elle que je portais dans mes bras, qui, désormais, était mon bien, ma vie, ma maîtresse dans le sens noble et adorable du mot! Mais là finit ma joie. Salomé parut au seuil de cette maison consternée, où personne n'avait dormi depuis la veille. Salomé était pâle, on voyait qu'elle avait pleuré; c'était peut-être la seule fois de sa vie. Elle ne se permit pas d'interroger sa maîtresse : peut-être avait-elle déjà lu sur mon front la raison qui m'avait fait trouver cette nuit si courte. Elle avait été bien longue pour tous les autres habitants du palais. Tous croyaient qu'un accident funeste était arrivé à leur chère patronne. Plusieurs avaient erré toute la nuit pour nous chercher; d'autres l'avaient passée en prières, à brûler de petites bougies devant l'image de la Vierge. Quand l'inquiétude fut apaisée et la curiosité satisfaite, je remarquai que les idées prenaient un autre cours et les physionomies une autre expression. On examinait la mienne, et les femmes surtout, avec une avidité blessante. Quant au regard de Salomé, il était si accablant que je ne pouvais le supporter. Mandola arriva de la campagne au milieu de cette confusion. Il comprit en un instant de quoi il s'agissait; et, se pen-

chant vers mon oreille, il me supplia d'avoir de la prudence ; je feignis de ne pas savoir ce qu'il voulait dire ;
je m'efforçai de supporter ingénument toutes les inves-
tigations des autres. Mais, au bout de quelques instants,
je ne pus résister à mon inquiétude, je m'introduisis
dans l'appartement de Bianca.

Je la trouvai baignée de larmes auprès du lit de sa
fille. L'enfant avait été éveillée au milieu de la nuit par
le bruit des allées et venues des domestiques inquiets.
Elle avait écouté leurs commentaires sur l'absence prolongée de la signora, et, s'imaginant que sa mère était
noyée, elle était tombée en convulsion. Elle était à
peine calmée en cet instant, et Bianca s'accusait des
souffrances de sa fille, comme si elle en eût été la cause
volontaire. « O ma Bianca, lui dis-je, consolez-vous,
réjouissez-vous au contraire de ce que votre enfant et
tous les êtres qui vous entourent vous aiment avec tant
de passion. Eh bien ! je veux vous aimer encore plus,
afin que vous soyez la plus heureuse des femmes. — Ne
dis pas que les autres m'aiment, répondit la signora avec
un peu d'amertume. Il semble qu'ils me fassent tout
bas un crime de cet amour qu'ils ont déjà deviné. Leurs
regards m'offensent, leurs discours me blessent, et je
crains qu'ils n'aient laissé échapper devant ma fille quelque parole imprudente. Salomé est franchement impertinente avec moi ce matin. Il est temps que je ferme la
bouche à ces indiscrets commentaires. Tu le vois, Nello,
on me fait un crime de t'aimer, et on m'approuvait
presque d'aimer le cupide Lanfranchi. Toutes ces âmes
sont basses ou folles. Il faut que, dès aujourd'hui, je
leur déclare que ce n'est point avec mon amant, mais
avec mon mari que j'ai passé la nuit. C'est le seul moyen
qu'ils te respectent et qu'ils ne me trahissent pas. » Je

la détournai d'agir aussi vite ; je lui représentai qu'elle s'en repentirait peut-être, qu'elle n'avait pas assez réfléchi, que moi-même j'avais besoin de bien songer à ses offres, et que, dans tout ceci, elle n'avait pas assez pesé les suites de sa détermination en ce qui pourrait un jour concerner sa fille. J'obtins d'elle qu'elle prendrait patience et qu'elle se gouvernerait prudemment.

Il m'était impossible de porter un jugement éclairé sur ma situation. Elle était enivrante, et j'étais un enfant. Néanmoins, une sorte de répugnance instinctive m'avertissait de me méfier des séductions de l'amour et de la fortune. J'étais agité, soucieux, partagé entre le désir et la terreur. Dans le sort brillant qui m'était offert, je ne voyais qu'une seule chose, la possession de la femme aimée. Toutes les richesses qui l'environnaient n'étaient pas même des accessoires à mon bonheur, c'étaient des conditions pénibles à accepter pour mon insouciance. J'étais comme les gens qui n'ont jamais souffert et qui ne conçoivent d'état meilleur ni pire que celui où ils ont vécu. J'étais libre et heureux dans le palais Aldini. Choyé de tous, autorisé à satisfaire toutes mes fantaisies, je n'avais aucune responsabilité, aucune fatigue de corps ni d'esprit. Chanter, dormir et me promener, c'était à peu près là toute ma vie, et vous savez, vous autres Vénitiens qui m'entendez, s'il en est une plus douce et mieux faite pour notre paresse et notre légèreté. Je me représentais le rôle d'époux et de maître comme quelque chose d'analogue à la surveillance exercée par Salomé sur les détails de l'intérieur, et ce rôle était loin de flatter mon ambition. Ce palais, dont j'avais la jouissance, était ma propriété dans le sens le plus agréable, celui de jouir de tout sans m'y occuper de rien. Que ma maîtresse y eût ajouté les voluptés de son amour, et j'eusse été le roi de l'Italie.

Ce qui m'attristait aussi, c'était l'air sombre de Salomé et l'attitude embarrassée, mystérieuse et défiante de tous les autres serviteurs. Ils étaient nombreux, et c'étaient tous d'honnêtes gens, qui jusque-là m'avaient traité comme l'enfant de la maison. Dans ce blâme silencieux que je sentais peser sur moi, il y avait un avertissement que je ne pouvais pas, que je ne voulais pas mépriser; car, s'il partait un peu du sentiment naturel de la jalousie, il était dicté encore plus par l'intérêt affectueux qu'inspirait la signora.

Que n'eussé-je pas donné en ces instants d'angoisses pour avoir un bon conseil! Mais je ne savais à qui m'adresser, et j'étais le seul dépositaire des intentions secrètes de ma maîtresse. Elle passa la journée dans son lit avec sa fille, et le lendemain elle me fit venir pour me répéter encore tout ce qu'elle m'avait dit dans la palude. Tout le temps qu'elle me parla, il me sembla qu'elle avait raison, et qu'elle répondait victorieusement à tous mes scrupules; mais quand je me retrouvai seul, je retombai dans le malaise et dans l'irrésolution.

Je montai dans la galerie et je me jetai sur une chaise. Mes yeux distraits se promenaient sur cette longue file d'aïeux dont les portraits formaient le seul héritage que Torquato Aldini eût pu léguer à sa fille. Leurs figures enfumées, leurs barbes taillées en carré, en pointe, en losange, leurs robes de velours noir et leurs manteaux doublés d'hermine, leur donnaient un aspect imposant et sombre. Presque tous avaient été sénateurs, procurateurs ou conseillers; il y avait une foule d'oncles inquisiteurs; les moindres étaient abbés canoniques ou *capitani grandi*. — Au bout de la

5.

galerie, on voyait le ferral de la dernière galère équipée contre les Turcs par Tibério Aldini, grand-père de Torquato, alors que les puissants seigneurs de la république allaient à la guerre à leurs frais et mettaient leur gloire à servir volontairement la patrie de leurs biens et de leur personne. C'était une haute lanterne de cristal montée en cuivre doré, surmontée et soutenue par des enroulements de métal d'un goût bizarre et des ornements surchargés qui terminaient en pointe la proue du navire. Au-dessous de chaque portrait on voyait de longs bas-reliefs de chêne, retraçant les glorieux faits et gestes de ces illustres personnages. Je me mis à penser que si nous avions la guerre, et que si l'occasion m'était offerte de combattre pour mon pays, j'aurais bien autant de patriotisme et de courage que tous ces nobles aristocrates. Il ne me paraissait ni si étrange ni si méritoire de faire de grandes choses quand on avait la richesse et la puissance, et je me dis que le métier de grand seigneur ne devait pas être bien difficile. — Mais à l'époque où je me trouvais, nous n'avions plus, nous ne devions plus et nous ne pouvions plus avoir de guerre. La république n'était plus qu'un vain mot, sa force n'était qu'une ombre, et ses patriciens énervés n'avaient de grandeur que celle de leur nom. Il était d'autant plus difficile de s'élever jusqu'à eux dans leur opinion qu'il était plus aisé de les surpasser en réalité. Entrer en lutte avec leurs préjugés et leurs dédains, c'était donc une tâche indigne d'un homme, et les plébéiens avaient bien raison de mépriser ceux d'entre eux qui croyaient s'élever en recherchant la société et en copiant les ridicules des nobles.

Ces réflexions me vinrent d'abord confusément, puis

elles se firent jour, et je m'aperçus que je pensais, comme je m'étais aperçu un beau matin que je pouvais chanter. Je commençai à me rendre compte de la répugnance que j'éprouvais à sortir de ma condition pour me donner en spectacle à la société comme un vaniteux et un ambitieux, et je me promis d'ensevelir dans le mystère mes amours avec Bianca.

En proie à ces réflexions, je me promenais le long de la galerie, et je regardais avec fierté cette orgueilleuse lignée à laquelle un enfant du peuple, un barcarole de Chioggia, dédaignait de succéder. Je me sentais joyeux; je songeais à mon vieux père, et, au souvenir de la maison paternelle, long-temps oubliée et négligée, mes yeux s'humectaient de larmes. Je me trouvai au bout de la galerie, face à face avec le portrait de messer Torquato, et, pour la première fois, je le toisai hardiment de la tête aux pieds. C'était bien la noblesse titulaire incarnée. Son regard semblait repousser comme la pointe d'une épée, et sa main avait l'air de ne s'être jamais ouverte que pour commander à des inférieurs. Je pris plaisir à le braver. « Eh bien ! lui disais-je en moi-même, tu aurais eu beau faire, je n'aurais jamais été ton valet. Ton air superbe ne m'eût pas intimidé, et je t'aurais regardé en face, comme je regarde cette toile. Tu n'aurais jamais eu de prise sur moi, parce que mon cœur est plus fier que le tien ne le fut jamais, parce que je dédaigne cet or devant lequel tu t'es incliné, parce que je suis plus grand que toi aux yeux de la femme que tu as pos·édée. Malgré tout l'orgueil de ton sang, tu as courbé le genou devant elle pour obtenir ses richesses ; et, quand tu as été riche par elle, tu l'as brisée et humiliée. C'est la conduite d'un lâche, et la mienne est celle d'un véritable noble, car je ne veux

de toutes les richesses de Bianca que son cœur, dont tu
n'étais pas digne. Et moi, je refuse ce que tu as im-
ploré, afin de posséder ce qui est au-dessus de toutes
choses à mes yeux, l'estime de Bianca. Et je l'aurai,
car elle comprendra combien mon âme est au-dessus
de celle d'un patricien endetté. Je n'ai pas de patri-
moine à racheter, moi! Il n'y a pas d'hypothèques sur
la chaloupe de mon père; et les habits que je porte sont
à moi, parce que je les ai gagnés par mon travail. Eh
bien! c'est moi qui serai le bienfaiteur, et non pas
l'obligé, parce que je rendrai le bonheur et la vie à ce
cœur brisé par toi, parce que je saurai me faire bénir
et honorer, moi valet et amant, tandis que tu as été
maudit et méprisé, toi époux et seigneur. »

Un léger bruit me fit tourner la tête. Je vis derrière
moi la petite Alezia, qui traversait la galerie en traînant
une poupée plus grande qu'elle. J'aimais cet enfant,
malgré son caractère altier, à cause de l'amour qu'elle
avait pour sa mère. Je voulus l'embrasser; mais,
comme si elle eût senti dans l'atmosphère la réprobation
qui, dans cette maison, pesait sur moi depuis deux
jours, elle recula d'un air courroucé, et, s'enfuyant
comme si elle eût eu quelque chose à craindre de moi,
elle se pressa contre le portrait de son père. Je fus
étonné en cet instant de la ressemblance que sa jolie
petite tête brune avait déjà avec la figure hautaine de
Torquato, et je m'arrêtai pour l'examiner avec un sentiment de tristesse profonde. Elle aussi semblait m'examiner attentivement. Tout d'un coup elle rompit le
silence pour me dire d'un ton aigre et avec une expression d'indignation au-dessus de son âge : « Pourquoi
donc avez-vous volé la bague de mon papa? »

En même temps elle allongeait son petit doigt vers

moi pour désigner une belle bague en diamants montée
à l'ancienne mode, que sa mère m'avait donnée quelques jours auparavant, et que j'avais eu l'enfantillage
d'accepter; puis, se retournant et se dressant sur la
pointe des pieds, elle posa le bout de son doigt sur
celui du portrait, qui était orné de la même bague
exactement rendue, et je m'aperçus que l'imprudente
Bianca avait fait présent à son gondolier d'un des plus
précieux joyaux de famille de son époux.

Le rouge me monta au visage, et je reçus de cet
enfant la leçon qui devait le plus me dégoûter des richesses mal acquises. Je souris, et lui remettant la
bague : «C'est votre maman qui l'a laissée tomber de son
doigt, lui dis-je, et je l'ai trouvée tout à l'heure dans la
gondole.

— Je vais la lui porter, » dit la petite fille en l'arrachant plutôt qu'elle ne l'accepta de ma main. Elle sortit
en courant, abandonnant sa poupée par terre. Je ra-
massai ce jouet, afin de m'assurer d'un petit fait que
j'avais souvent observé déjà. Alezia s'amusait à percer
toutes ses poupées, à l'endroit du cœur, avec de
longues épingles, et quelquefois elle restait des heures
entières absorbée dans le plaisir muet et profond de ce
jeu étrange.

Le soir, Mandola vint me trouver dans ma chambre.
Il avait l'air gauche et embarrassé. Il avait beaucoup à
me dire, mais il ne trouvait pas un mot. Sa figure était
si bizarre que je partis d'un éclat de rire. « Vous avez
tort, Nello, me dit-il d'un air peiné; je suis votre ami;
vous avez tort! » Il voulait se retirer, je courus après
lui, j'essayai de le faire s'expliquer; ce fut impossible.
Je voyais bien qu'il avait le cœur plein de sages réflexions et de bons conseils; mais l'expression lui man-

quait, et toutes ses phrases avortées se terminaient,
dans son patois mêlé de toutes les langues, par cette
sentence : *E motto delica, delicatissimo.*

Enfin je réussis à comprendre que le bruit s'était
répandu, dans la maison, de mon prochain mariage
avec la signora. Quelques mots d'impatience qu'on lui
avait entendu dire à Salomé, avaient suffi pour faire
naître cette opinion. La signora aurait dit textuellement
en parlant de moi : « Le temps n'est pas loin où vous
le servirez, au lieu de lui commander. » Je niai obstinément l'application de ces paroles, et prétendis que je
n'y comprenais rien du tout. « C'est bien, me dit Mandola ; c'est ainsi que tu dois répondre, même à moi qui
suis ton ami. Mais j'ai des yeux, je ne te fais pas de
questions ; je ne t'en ai jamais fait, Nello ; seulement je
viens t'avertir qu'il faut de la prudence. Les Aldini ne
cherchent qu'un prétexte pour ôter à la signora la tu-
telle de la signorina Alezia, et la signora mourra de
chagrin si on lui enlève sa fille.

— Que dis-tu ? m'écriai-je ; quoi ! on lui enlèverait
sa fille à cause de moi !

— S'il était question de mariage, certainement, reprit l'honnête barcarole ; *autrement....* comme ce
sont des choses qu'on ne peut jamais prouver... —
Surtout quand elles n'existent pas, repris-je vivement.
— Tu parles comme il faut, répondit Mandola ; conti-
nue à te tenir sur tes gardes ; ne te confie à personne,
pas même à moi, et si tu as un peu d'influence sur la signora, engage-la à se bien cacher, surtout de Salomé.
Salomé ne la trahira jamais ; mais elle a la voix trop
forte, et, quand elle querelle la signora, toute la maison entend ce qu'elles se disent. Si quelqu'un des amis
de la signora venait à se douter de ce qui se passe, tout

irait mal; car les amis, ce n'est pas comme les domestiques : cela ne sait pas garder un secret, et pourtant
on se fie à eux plus qu'à nous ! »

Les conseils du candide Mandola n'étaient point à
dédaigner, d'autant plus qu'ils s'accordaient parfaitement avec mon instinct. Nous conduisîmes, le lendemain soir, la signora sur le canal de la Zucca, et Mandola, comprenant que j'avais à lui parler, s'endormit
complaisamment sur sa poupe. J'éteignis le fanal, je me
glissai dans l'habitacle, et je causai long-temps avec
Bianca. Elle s'étonna de mes refus, et me dit encore
tout ce qu'elle crut propre à les vaincre. Je lui parlai
avec fermeté, je lui dis que jamais je ne laisserais dire
de moi que j'avais aimé une femme pour ses richesses,
que je tenais autant au bon renom de ma famille qu'aucun patricien de Venise, que mes parents ne me par-
donneraient jamais si je donnais un pareil scandale, et
que je ne voulais pas plus me brouiller avec mon honnête homme de père, que brouiller la signora avec sa
fille; car Alezia était ce qu'elle devait préférer et ce
qu'elle préférait sans doute à tout au monde. Ce dernier argument eut plus de puissance que tous les autres. Elle fondit en larmes, et m'exprima son admiration
et sa reconnaissance avec l'enthousiasme de la passion.

A partir de ce jour, tout rentra dans le repos au palais Aldini. Ce petit monde subalterne avait eu sa crise
révolutionnaire. Il eut son pacificateur, et je m'amusai
en secret de mon rôle de grand citoyen avec un héroïsme enfantin. Mandola, qui commençait à devenir
lettré, me regardait avec étonnement m'occuper des
plus rudes travaux, et, me parlant tout bas d'un air paternel, m'appelait à la dérobée son *Cincinnato* et son
Pompilio.

J'avais pris en effet avec moi-même, et je tins courageusement la résolution de ne plus recevoir le moindre bienfait de la femme dont je voulais être l'amant.
Puisque le seul moyen de la posséder en secret, c'était
de rester dans sa maison sur le pied de valet, il me
semblait que je pouvais rétablir l'égalité entre elle et
moi en proportionnant mes services à mon salaire. Jusque-
que-là, ce salaire avait été considérable et non propor-
tionné à mon travail, qui, pendant quelque temps
même, avait été tout à fait nul. Je résolus de réparer
le temps perdu ; je me mis à tout ranger, à tout net-
toyer, à faire les commissions, à porter même l'eau et
le bois, à vernir et à brosser la gondole, en un mot à
faire la besogne de dix personnes, et je la fis gaiement,
en fredonnant mes plus beaux airs d'opéra et mes plus
belles strophes épiques. Ce qui m'amusa le plus, ce fut
de prendre soin des tableaux de famille et de secouer
la poussière qui obscurcissait, chaque matin, le majestueux regard de Torquato. Quand j'avais fini sa toilette, je lui ôtais respectueusement mon bonnet en lui
adressant ironiquement quelque parodie de mes vers
héroïques.

Les prolétaires vénitiens, et les gondoliers particulièrement, ont, vous le savez, le goût des joyaux. Ils
dépensent une bonne partie de ce qu'ils gagnent en bagues antiques, en camées de chemise, en épingles de
cravate, en chaînes à breloques, etc. Je m'étais laissé
donner beaucoup de ces hochets. Je les reportai tous à
madame Aldini, et ne voulus même plus porter de
boucles d'argent à mes souliers. Mais mon sacrifice le
plus méritoire fut de renoncer à la musique. Je consi-
dérai que mon travail, quelque laborieux qu'il fût, ne
pouvait compenser les dépenses que mon assiduité au

théâtre et les leçons du professeur de chant occasion-
naient à la signora. Je me déclarai enrhumé à perpétuité, et, au lieu d'aller à la Fenice avec elle, je me
mis à lire dans les vestibules du théâtre. Je comprenais
aussi que j'étais ignorant, et, bien que ma maîtresse
ne le fût guère moins, je voulais étendre un peu mes
idées et ne pas la faire rougir de mes bévues. J'étudiai
la langue-mère avec ardeur, et je m'attachai à ne plus
estropier misérablement les vers, comme toutes les
barcaroles ont coutume de le faire. Quelque chose aussi
me disait, au fond du cœur, que cette étude me serait
utile par la suite, et que ce que je perdais en progrès,
sous le rapport du chant, je le regagnais de l'autre en
réformant mon accent et ma prononciation.

Quelques jours de cette louable conduite suffirent à
me rendre le calme. Jamais je n'avais été plus fort,
plus gai, et, au dire de Salomé, plus beau qu'avec mes
habits propres et modestes, mon air doux et mes mains
brunies par le hâle. Tout le monde m'avait rendu la
confiance, l'estime et les mille petits soins dont je jouis-
sais auparavant. La belle Alezia, qui avait une grande
déférence pour le jugement de sa gouvernante juive,
me laissait même baiser le bout de ses tresses noires,
ornées de nœuds écarlates et de perles fines.

Une seule personne restait triste et tourmentée, c'é-
tait la signora ; sa santé, loin de revenir, empirait de
jour en jour. A chaque instant, je surprenais ses beaux
yeux bleus pleins de larmes, attachés sur moi avec un
air de tendresse et de douleur inexprimable. Elle ne
pouvait pas s'habituer à me voir travailler ainsi. J'aurais été son fils qu'elle ne se serait pas affligée davantage de me voir porter des fardeaux et recevoir la pluie.
Sa sollicitude m'impatientait même un peu, et les ef-

forts qu'elle faisait pour la renfermer la lui rendaient plus pénible encore. Il s'était opéré en elle je ne sais quelle révolution imprévue. Cet amour qui avait fait jusque-là, comme elle me le disait elle-même, son tourment et sa joie, semblait ne plus faire désormais que sa consternation et sa honte. Elle n'évitait plus, comme autrefois, les occasions d'être seule avec moi ; au contraire, elle les faisait naître : mais dès que je me mettais à ses genoux, elle éclatait en sanglots et changeait en scènes d'attendrissement les heures promises à la volupté. Je m'efforçais en vain de comprendre ce qui se passait en elle. Elle se faisait arracher des réponses vagues, toujours bonnes et tendres, mais déraisonnables, et qui me jetaient dans mille perplexités. Je ne savais comment m'y prendre pour consoler et fortifier cette âme abattue. J'étais dévoré de désirs, et il me semblait qu'une heure d'effusion et d'enthousiasme réciproque eût été plus éloquente que toutes ces paroles et toutes ces larmes ; mais je ressentais pour elle trop de respect et trop de dévouement pour ne pas lui faire le sacrifice de mes transports. Je sentais qu'il m'eût été facile de surprendre les sens de cette femme faible de corps et d'esprit ; mais je craignais trop les pleurs du lendemain, et je ne voulais devoir mon bonheur qu'à sa confiance et à son amour. Ce jour ne vint pas, et je dois dire, à la honte de la faiblesse féminine, que mes vœux eussent été comblés si j'avais eu moins de délicatesse et de désintéressement. J'avais espéré que Bianca m'encouragerait ; je vis bientôt qu'elle me craignait au contraire, et qu'à mon approche elle frémissait comme si je lui eusse apporté le crime et les remords. Je ne réussissais à la rassurer que pour la voir s'affliger davantage, et accuser la destinée comme s'il n'eût pas dépendu de sa volonté d'en tirer un meilleur parti. Puis, une secrète honte brisait cette âme timorée. La dévotion s'emparait d'elle de plus en plus ; son confesseur la gouvernait et l'épouvantait. Il lui défendait d'avoir des amants, et elle qui avait su résister au confesseur, quand il s'était agi de M. Lanfranchi et de M. Montalegri, ne trouvait pas pour moi le même courage. Peu à peu je parvins à lui arracher l'aveu de toutes ses souffrances et de tous ses combats. Elle avait révélé à son directeur tous les détails de notre amour, et il lui avait fait un crime énorme de cette affection basse et criminelle. Il lui avait interdit de penser au mariage avec moi, encore plus peut-être que de s'abandonner à la passion; et il l'avait tellement effrayée en la menaçant de la repousser du sein de l'église, que son esprit doux et craintif, partagé entre le désir de me rendre heureux et la peur de se damner, était en proie à une véritable agonie.

Madame Aldini avait eu jusque-là une dévotion si facile, si tolérante, si véritablement italienne, que je ne fus pas peu surpris de la voir tourner au sérieux précisément au milieu d'une de ces crises de la passion qui semblent le plus exclure de pareilles recrudescences. Je fis de grands efforts sur ma pauvre tête inexpérimentée pour comprendre ce phénomène, et j'en vins à bout. Bianca m'aimait peut-être plus qu'elle n'avait aimé le comte et le prince ; mais elle n'avait pas l'âme assez forte ni l'esprit assez éclairé pour s'élever au-dessus de l'opinion. Elle se plaignait de la morgue des autres ; mais elle donnait à cette morgue une valeur réelle par la peur qu'elle en avait. En un mot, elle était soumise plus que personne au préjugé qu'un instant elle avait voulu braver. Elle avait espéré trouver, dans l'appui de

l'église, par le sacrement et un redoublement de ferveur catholique, la force qu'elle ne trouvait pas en elle-
même, et dont pourtant elle n'avait pas eu besoin avec
ses précédents amants, parce qu'ils étaient patriciens et
que le monde était pour eux. Mais maintenant l'église
la menaçait, le monde allait la maudire ; combattre à la
fois et le monde et l'église était une tâche au-dessus de
son énergie.

Et puis encore, peut-être son amour avait-il diminué
au moment où j'en étais devenu digne ; peut-être, au
lieu d'apprécier la grandeur d'âme qui m'avait fait re-
descendre volontairement du salon à l'office, elle avait
cru voir, dans cette conduite courageuse, le manque
d'élévation et le goût inné de la servitude. Elle croyait
aussi que les menaces et les sarcasmes de ses autres valets m'avaient intimidé. Elle s'étonnait de ne me point
trouver ambitieux, et cette absence d'ambition lui semblait la marque d'un esprit inerte ou craintif. Elle ne
m'avoua point toutes ces choses ; mais, dès que je fus
sur la voie, je les devinai. Je n'en eus point de dépit.
Comment pouvait-elle comprendre mon noble orgueil et
ma chatouilleuse probité, elle qui avait accepté et partagé l'amour d'un Aldini et d'un Lanfranchi ?

Sans doute elle ne me trouvait plus beau depuis que
je ne voulais plus porter ni dentelle ni rubans. Mes
mains, endurcies à son service, ne lui semblaient plus
dignes de serrer la sienne. Elle m'avait aimé barcarole,
dans l'idée et dans l'espoir de faire de moi un agréable
sigisbé ; mais, du moment que je voulais rétablir entre elle
et moi l'échange impartial des services, toutes ses illusions s'évanouissaient, et elle ne voyait plus en moi que le
Chioggiote grossier, espèce de bœuf stupide et laborieux.

A mesure que ma raison s'éclaira de ces découvertes,

l'orage de mes sens s'apaisa. Si j'avais eu affaire à une
grande âme, ou seulement à un caractère énergique,
c'eût été à mes yeux une tâche glorieuse que d'effacer
les tristes souvenirs laissés dans ce cœur douloureux
par mes prédécesseurs. Mais succéder à de tels hommes
pour n'être pas compris, pour être sans doute un jour
délaissé et oublié de même, c'était un bonheur que je
ne pouvais plus acheter au prix d'une grande dépense
de passion et de volonté. La signora Aldini était une
bonne et belle femme; mais ne pouvais-je pas trouver
dans une chaumière de Chioggia la beauté et la bonté
réunies sans faire couler de larmes, sans causer de remords, et surtout sans laisser de honte?

Mon parti fut bientôt pris. Je résolus de quitter non-
seulement la signora, mais le métier de valet. Tant que
j'avais été amoureux de sa harpe et de sa personne, je
n'avais pas eu le loisir de faire des réflexions sérieuses
sur ma condition. Mais, du moment où je renonçais à
d'imprudentes espérances, je voyais combien il est difficile de conserver sa dignité sauve sous la protection
des grands, et je me rappelais les salutaires représentations que mon père m'avait faites autrefois et que j'avais
mal écoutées.

Lorsque je lui fis pressentir mon dessein, quoiqu'elle
le combattît, je vis qu'elle recevait un grand allége-
ment; le bonheur pouvait revenir habiter cette âme
tendre et bienfaisante. La douce frivolité, qui faisait le
fond de son caractère, reparaîtrait à la surface avec le
premier amant qui saurait mettre de son côté le confesseur, les valets et le monde. Une grande passion l'eût
brisée. Une suite d'affections faciles et une multitude
de petits dévouements devaient la faire vivre dans son
élément naturel.

6.

Je la forçai de convenir de tout ce que j'avais deviné.
Elle ne s'était jamais beaucoup étudiée elle-même, et
pratiquait une grande sincérité. Si l'héroïsme n'était
pas en elle, du moins la prétention à l'héroïsme, et
l'exigence altière qui en est la suite, n'y étaient pas
non plus. Elle approuva ma résolution, mais en pleurant et en s'effrayant des regrets que j'allais lui laisser;
car elle m'aimait encore, je n'en doute pas, de toute
la puissance de son être.

Elle voulait s'inquiéter et s'occuper de ce que je deviendrais. Je ne le lui permis pas. La manière haute et
brusque dont je l'interrompis lorsqu'elle parla d'offres
de service lui ferma la bouche une fois pour toutes à
cet égard. Je ne voulus même pas emporter les habits
qu'elle m'avait fait faire. J'allai acheter, la veille de
mon départ, un costume complet de marinier chioggiote, tout neuf, mais des plus grossiers, et je reparus
ainsi devant elle pour la dernière fois.

Elle m'avait prié de venir à minuit, afin qu'elle pût
me faire ses adieux sans témoins. Je lui sus gré de la
tendresse familière avec laquelle elle m'embrassa. Il n'y
avait peut-être pas, dans tout Venise, une seconde
femme du monde assez sincère et assez sympathique
pour vouloir renouveler cette assurance de son amour
à un homme vêtu comme je l'étais. Des larmes coulèrent de ses yeux lorsqu'elle passa ses petites mains
blanches sur la rude étoffe de ma cape bége doublée
d'écarlate; puis elle sourit, et, relevant le capuchon
sur ma tête, elle me regarda avec amour, et s'écria
qu'elle ne m'avait jamais vu si beau, et qu'elle avait
eu bien tort de me faire habiller autrement. L'effusion
et la sincérité des remerciments que je lui adressai,
les serments que je lui fis de lui être dévoué jusqu'à la

mort et de ne jamais songer à elle que pour la bénir
et la recommander à Dieu la touchèrent beaucoup.
Elle n'était pas habituée à être quittée ainsi. « Tu as
l'âme plus chevaleresque, me dit-elle, qu'aucun de
ceux qui portent le titre de chevalier. »

Puis elle fut prise d'un accès d'enthousiasme : l'indépendance de mon caractère, l'insouciance avec laquelle j'allais braver la vie la plus dure au sortir du
luxe et de la mollesse, le respect que j'avais conservé
pour elle lorsqu'il m'était si facile d'abuser de sa faiblesse pour moi ; tout, disait-elle, m'élevait au-dessus
des autres hommes. Elle se jeta dans mes bras, presque
à mes pieds, et me supplia encore de ne point partir et
de l'épouser.

Cet élan était sincère, et, s'il ne fit point varier ma
résolution, il rendit du moins la signora si belle et si
attrayante pendant quelques instants, que je faillis manquer à mon héroïsme et me dédommager, dans cette
dernière nuit, de tous les sacrifices faits à mon repos.
Mais j'eus la force de résister et de sortir chaste d'un
amour qui s'était cependant allumé par le désir des
sens. Je partis baigné de ses pleurs et n'emportant,
pour tout trésor et pour tout trophée, qu'une boucle
de ses beaux cheveux blonds. En me retirant, je m'approchai du lit de la petite Alezia, et j'entr'ouvris doucement les rideaux pour la regarder une dernière fois.
Elle s'éveilla aussitôt et ne me reconnut pas d'abord ;
car elle eut peur, mais à sa manière, sans crier, et en
appelant sa mère d'une voix qu'elle s'efforçait de rendre
ferme. « Signorina, lui dis-je, je suis l'*Orco* [1], et je
viens vous demander pourquoi vous percez le cœur de
vos poupées avec des épingles ? »

[1] Le diable rouge ou le follet des lagunes.

Elle se leva sur son séant, et, me regardant d'un air malicieux, elle me répondit : « C'est pour voir si elles ont le sang bleu. »

Vous savez que *sangue blu*, dans le langage populaire de Venise, est le synonyme de noble.

« Mais elles n'ont pas de sang, repris-je, elles ne sont pas nobles !

— Elles sont plus nobles que toi, répondit-elle, elles n'ont pas de sang noir. »

Vous savez encore que le noir est la couleur des *nicoloti*, c'est-à-dire de la confrérie des bateliers.

« Mia signora, dis-je tout bas à madame Aldini en refermant le rideau de l'enfant, vous avez bien fait de ne pas répandre de l'encre sur votre écusson d'azur. Voilà une petite patricienne qui ne vous l'eût jamais pardonné.

— Et c'est moi, répondit-elle tristement, dont le cœur est percé, non pas d'une épingle, mais de mille épées ! »

Quand je fus dans la rue, je m'arrêtai pour regarder l'angle du palais que la lune découpait depuis le comble jusque dans les profondeurs fantastiques du grand canal. Une barque vint à passer, et, en agitant l'eau, coupa et brisa le reflet de cette grande ligne pure. Il me sembla que je venais de faire un beau rêve et que je m'éveillais dans les ténèbres. Je me mis à courir de toutes mes forces sans regarder derrière moi, et ne m'arrêtai qu'au pont della Paglia, là où les barques chioggiotes attendent les passagers, tandis que les mariniers, enveloppés hiver comme été dans leurs capes, dorment étendus sur les parapets et même en travers des degrés sous les pieds des passants. Je demandai si quelqu'un de mes compatriotes voulait me conduire

chez mon père. « C'est toi , *parent ?* » s'écrièrent-ils
avec surprise. Ce mot de *parent* , que les Vénitiens
ont donné ironiquement aux Chioggiotes, et que ceux-
ci ont eu le bon sens d'accepter [1], fut si doux à mon
oreille que j'embrassai le premier qui me l'adressa. On
me promit un départ dans une heure , et on m'adressa
quelques questions dont on n'écouta pas la réponse. Le
Chioggiote ne connaît guère l'usage des lits ; mais en
revanche il dort la nuit en marchant, en parlant, en ra-
mant même. On m'offrit de faire un somme sur le lit
commun, c'est-à-dire sur les dalles du quai. Je m'é-
tendis par terre , la tête appuyée sur un de ces bons
compagnons, tandis qu'un autre se servait de moi pour
oreiller, et ainsi à la ronde. Je dormis comme aux meilleurs jours de mon enfance , et je rêvai que ma pauvre
mère (qui était morte depuis un an) m'apparaissait au
seuil de ma chaumière et me félicitait de mon retour.
Je m'éveillai aux cris de *Chiosa ! Chiosa* [2] ! mille
fois répétés, dont nos mariniers font retentir les voûtes
du palais ducal et des prisons pour appeler les passagers. Il me semblait que c'était un cri de triomphe
comme l'*Italiam ! Italiam !* des Troyens dans l'É-
néide. Je me jetai gaiement dans une barque, et, pensant à la nuit qu'avait dû passer Bianca , je me repro-
chai un peu mon bon sommeil. Mais je me réconciliai
avec moi-même par la pensée de n'avoir pas empoisonné
le repos de son lendemain.

On était en plein hiver, les nuits étaient longues ;
nous arrivâmes à Chioggia une heure avant le jour. Je
courus à ma cabane. Mon père était déjà en mer : le

[1] La presqu'île de Chioggia fut originairement peuplée de
cinq ou six familles qui ne se sont jamais alliées qu'entre elles.
[2] Chioggia ! Chioggia !

plus jeune de mes frères gardait seul la maison. Il lui fallut bien du temps pour s'éveiller et me reconnaître. On voyait qu'il était habitué à dormir au bruit de la mer et des orages ; car je faillis briser la porte pour me faire entendre. Enfin, il me sauta au cou, passa sa cape, et me conduisit dans une barque à une demi-lieue en mer, à l'endroit où était ancrée celle de mon père. Le brave homme, en attendant l'heure favorable pour tendre ses filets, dormait là, suivant la coutume des vieux pêcheurs, étendu sur le dos, le corps et le visage abrités d'une couverture de crin, au claquement d'une bise aiguë. Les flots moutonnaient autour de lui et le couvraient d'écume ; aucun bruit humain ne se faisait entendre dans les vastes solitudes de l'Adriatique. J'écartai doucement la couverture pour le regarder. Il était l'image de la force dans son repos. Sa barbe grise, aussi mêlée que les algues à la montée des flots, son sayon couleur de vase et son bonnet de laine d'un vert limoneux, lui donnaient l'aspect d'un vieux Triton endormi dans sa conque. Il ne montra pas plus de surprise en s'éveillant que s'il m'eût attendu. « Oh! oh! dit-il, je rêvais de cette pauvre femme, et elle me disait : Lève-toi, vieux, voilà notre fils Daniel qui revient. »

DEUXIÈME PARTIE.

Il ne s'agit pas, mes amis, continua le bon Lélio, de vous raconter toutes les vicissitudes par lesquelles je passai des grèves de Chioggia aux planches des premiers théâtres de l'Italie, et du métier de pêcheur à l'emploi de *primo tenore* ; ce fut l'ouvrage de quelques années, et ma réputation grandit rapidement dès que le premier pas fut fait dans la carrière. Si jusque-là les circonstances furent souvent rebelles, mon facile caractère sut en tirer le meilleur parti possible, et je puis dire que mes grands succès et mes beaux jours ne furent pas payés trop cher.

Dix ans après mon départ de Venise, j'étais à Naples, et je jouais Roméo sur le théâtre de Saint-Charles. Le roi Murat et son brillant état-major, et toutes les beautés vaniteuses ou vénales de l'Italie, étaient là. Je ne me piquais pas d'être un patriote bien éclairé ; mais je ne partageais pas l'engouement de cette époque pour la domination étrangère. Je ne me retournais pas vers un passé plus avilissant encore ; je me nourrissais de ces premiers éléments du carbonarisme, qui fermentaient dès lors, sans forme et sans nom, de la Prusse à la Sicile.

Mon héroïsme était naïf et brûlant, comme le sont les religions à leur aurore. Je portais dans tout ce que je faisais, et principalement dans l'exercice de mon art, le sentiment de fierté railleuse et d'indépendance dé-

mocratique dont je m'inspirais chaque jour dans les
clubs et dans les pamphlets clandestins. Les *Amis de
la vérité*, les *Amis de la lumière*, les *Amis de
la liberté*, telles étaient les dénominations sous lesquelles se groupaient les sympathies libérales; et jusque
dans les rangs de l'armée française, aux côtés mêmes
des chefs conquérants, nous avions des affiliés, enfants
de votre grande révolution, qui, dans le secret de leur
âme, se promettaient de laver la tache du 18 bru-
maire.

J'aimais ce rôle de Roméo, parce que j'y pouvais exprimer des sentiments de lutte guerrière et de haine
chevaleresque. Lorsque mon auditoire, à demi français,
battait des mains à mes élans dramatiques, je me sentais vengé de notre abaissement national ; car c'était à
leur propre malédiction, au souhait et à la menace de
leur propre mort que ces vainqueurs applaudissaient à
leur insu.

Un soir, au milieu d'un de mes plus beaux moments
et lorsque la salle semblait prête à crouler sous des ex-
plosions d'enthousiasme, mes regards rencontrèrent,
dans une loge d'avant-scène tout à fait appuyée sur le
théâtre, une figure impassible dont l'aspect me glaça su-
bitement. Vous ne savez pas, vous autres, quelles mystérieuses influences gouvernent l'inspiration du comédien,
comme l'expression de certains visages le préoccupe et
stimule ou enchaîne son audace. Quant à moi du moins,
je ne sais pas me défendre d'une immédiate sympathie
avec mon public, soit pour m'exalter si je le trouve ré-
calcitrant et le dominer par la colère, soit pour me
fondre avec lui dans un contact électrique et retremper
ma sensibilité à l'effusion de la sienne. Mais certains
regards, certaines paroles dites près de moi à la dérobée

m'ont quelquefois troublé intérieurement au point qu'il m'a fallu tout l'effort de ma volonté pour en combattre l'effet.

La figure qui me frappait en cet instant était d'une beauté vraiment idéale ; c'était incontestablement la plus belle femme qu'il y eût dans toute la salle de San-Carlo. Cependant toute la salle rugissait et trépignait d'admiration, et elle seule, la reine de cette soirée, semblait m'étudier froidement et apercevoir en moi des défauts inappréciables à l'œil vulgaire. C'était la muse du théâtre, c'était la sévère Melpomène en personne, avec son ovale régulier, son noir sourcil, son large front, ses cheveux d'ébène, son grand œil brillant d'un sombre éclat sous un vaste orbite, et sa lèvre froide, dont le sourire n'adoucit jamais l'arc inflexible ; tout cela cependant avec une admirable fleur de jeunesse et des formes riches de santé, de souplesse et d'élégance.

« Quelle est donc cette belle fille brune à l'œil si froid ? demandai-je dans l'entr'acte au comte Nasi, qui m'avait pris en grande amitié, et venait tous les soirs sur le théâtre pour causer avec moi.

— C'est la fille ou la nièce de la princesse Grimani, me répondit-il. Je ne la connais pas ; car elle sort de je ne sais quel couvent, et sa mère ou sa tante est elle-même étrangère à nos contrées. Tout ce que je puis vous dire, c'est que le prince Grimani l'aime comme sa fille, qu'il la dotera bien et que c'est un des plus beaux partis de l'Italie ; ce qui n'empêche pas que je ne me mettrai pas sur les rangs.

— Et pourquoi ?

— Parce qu'on la dit insolente et vaine, infatuée de sa naissance, et d'un caractère altier. J'aime si peu les femmes de cette trempe que je ne veux seulement pas

7

regarder celle-là lorsque je la rencontre. On dit qu'elle sera la reine des bals de l'hiver prochain, et que sa beauté est merveilleuse. Je n'en sais rien, je n'en veux rien savoir. Je ne puis souffrir non plus le Grimani : c'est un vrai hidalgo de comédie ; et, s'il n'avait pas une belle fortune et une jeune femme qu'on dit aimable, je ne sais qui pourrait se résoudre à l'ennui de sa conversation ou à la roideur glaciale de son hospitalité.

Pendant l'acte suivant, je regardai de temps en temps la loge d'avant-scène. Je n'étais plus préoccupé de l'idée que j'avais là des juges malveillants, puisque ces Grimani avaient l'habitude d'un maintien superbe même avec les gens qu'ils estimaient être de leur classe. Je regardai la jeune fille avec l'impartialité d'un sculpteur ou d'un peintre : elle me parut encore plus belle qu'au premier aspect. Le vieux Grimani, qui était avec elle sur le devant de la loge, avait une assez belle tête austère et froide. Ce couple guindé me parut échanger quelques monosyllabes d'heure en heure, et à la fin de l'opéra il se leva lentement et sortit sans attendre le ballet.

Le lendemain je retrouvai le vieillard et la jeune fille à la même place et dans la même attitude flegmatique ; je ne les vis pas s'émouvoir une seule fois, et le prince Grimani dormit délicieusement pendant les derniers actes. La jeune personne me parut au contraire donner toute son attention au spectacle. Ses grands yeux étaient attachés sur moi comme ceux d'un spectre, et ce regard fixe, scrutateur et profond finit par m'être si gênant que je l'évitai avec soin. Mais, comme si un mauvais sort eût été jeté sur moi, plus j'essayais d'en détourner mes yeux, plus ils s'obstinaient à rencontrer ceux de la magicienne. Il y eut dans ce mystérieux ma=

gnétisme quelque chose de si étrangement puissant que j'en ressentis une terreur puérile et que je craignis de ne pouvoir achever la pièce. Jamais je n'avais éprouvé rien de semblable. Il y avait des instants où je m'imaginais reconnaître cette figure de marbre, et je me sentais prêt à lui adresser amicalement la parole. D'autres fois je croyais voir en elle mon ennemi, mon mauvais génie, et j'étais tenté de lui jeter de violents reproches.

La *seconda donna* vint ajouter à ce malaise vraiment maladif en me disant tout bas : « Lélio, prends garde à toi, tu vas attraper la fièvre. Il y a là une femme qui te donnera la *jettatura* [1]. »

J'avais cru fermement à la *jettatura* pendant la plus longue moitié de ma vie. Je n'y croyais plus ; mais l'amour du merveilleux, qu'on ne déloge pas aisément d'une tête italienne et surtout de celle d'un enfant du peuple, m'avait jeté dans les rêveries les plus exagérées du magnétisme animal. C'était l'époque où ces belles fantaisies étaient en pleine floraison par le monde ; Hoffmann écrivait ses contes fantastiques, et le magnétisme était le pivot mystérieux sur lequel tournaient toutes les espérances de l'illuminisme. Soit que cette faiblesse se fût emparée de moi au point de me gouverner, soit qu'elle me surprît dans un moment où j'étais disposé à la maladie, je me sentis saisi de frissons, et je faillis m'évanouir en rentrant en scène. Ce misérable accablement fit enfin place à la colère, et, dans un moment où je m'approchais de l'avant-scène avec la Checchina (cette *seconda donna* qui m'avait signalé le mauvais œil), je lui dis, en lui désignant ma belle ennemie et de ma-

---

[1] Le regard du mauvais œil. C'est une superstition répandue dans toute l'Italie. A Naples, on porte des talismans en corail pour s'en préserver.

nière à n'être pas entendu par le public, ces mots pa-
rodiés d'une de nos plus belles tragédies :

Bella e stupida.

L'éclat de la colère monta au front de la signora. Elle
fit un mouvement pour réveiller le prince Grimani qui
dormait de toute son âme ; puis elle s'arrêta tout d'un
coup, comme si elle eût changé d'avis, et resta les
yeux toujours attachés sur moi, mais avec une expression de vengeance et de menace qui semblait dire : *Tu
t'en repentiras.*

Le comte Nasi s'approcha de moi comme je quittais
le théâtre après la représentation : « Lélio, me dit-il,
vous êtes amoureux de la Grimani. — Suis-je donc
ensorcelé? m'écriai-je, et d'où vient que je ne puis
me débarrasser de cette apparition ? — Et tu ne t'en
débarrasseras pas de long-temps, pauvret, me dit la
Checchina d'un air demi-naïf, demi-moqueur ; cette
Grimani, c'est le diable. Attends, ajouta-t-elle en me
prenant le bras, je me connais en fièvre, et je gagerais....... *Corpo della Madona!* s'écria-t-elle en
pâlissant, tu as une fièvre terrible, mon pauvre Lélio !

— On a toujours la fièvre quand on joue et quand
on chante de manière à la donner aux autres, dit le
comte ; venez souper avec moi, Lélio. »

Je refusai cette offre ; j'étais malade en effet. Dans
la nuit, j'eus une fièvre violente, et le lendemain je
ne pus me lever. La Checchina vint s'installer à mon
chevet, et ne me quitta pas tout le temps que je fus
malade.

La Checchina était une fille de vingt ans, grande,
forte, et d'une beauté un peu virile, quoique blanche
et blonde. Elle était ma sœur et ma *parente*, c'est-à-

dire qu'elle était de Chioggia comme moi. Comme moi,
fille d'un pêcheur, elle avait long-temps employé sa
force à battre, à coups de rames, les flots de l'Adriatique. Un amour sauvage de l'indépendance lui fit chercher dans la beauté de sa voix le moyen de s'assurer
une profession libre et une vie nomade. Elle avait fui
la maison paternelle et s'était mise à courir le monde à
pied, chantant sur les places publiques. Le hasard me
l'avait fait rencontrer à Milan, dans un hôtel garni où
elle chantait devant la table d'hôte. A son accent je
l'avais reconnue pour une Chioggiote ; je l'avais inter-
rogée ; je m'étais rappelé l'avoir vue enfant ; mais je
m'étais bien gardé de me faire connaître d'elle pour un
parent, et surtout pour ce Daniele Gemello qui avait
quitté le pays un peu brusquement, à la suite d'un
duel malheureux. Ce duel avait coûté la vie à un pauvre diable et le repos de bien des nuits à son meur-
trier.

Permettez-moi de glisser rapidement sur ce fait, et
de ne pas évoquer un souvenir amer durant notre pla-
cide veillée. Il me suffira de dire à Zorzi que le duel
à coups de couteau était encore en pleine vigueur à
Chioggia dans ma jeunesse, et que toute la population
servait de témoin. On se battait en plein jour, sur la
place publique, et on vengeait une injure par l'épreuve
des armes, comme aux temps de la chevalerie. Le
triste succès des miennes m'exila du pays ; car le po-
destat n'était pas tolérant à cet égard, et les lois pour-
suivaient avec sévérité les restes de ces vieilles coutumes
féroces. Ceci vous expliquera pourquoi j'avais toujours
caché l'histoire de mes premières années, et pourquoi
je courais le monde sous le nom de Lélio, faisant passer
en secret de l'argent à ma famille, lui écrivant avec

7.

précaution, et ne lui révélant même pas quels étaient mes moyens d'existence, de crainte qu'en correspondant avec moi, elle ne s'attirât trop ouvertement l'inimitié des familles chioggiotes que la mort de mon agresseur avait plus ou moins irritées.

Mais comme un reste d'accent vénitien trahissait mon origine, je me donnais pour natif de Palestrina, et la Checchina avait pris l'habitude de m'appeler tour à tour son *pays*, son *cousin* et son *compère*.

Grâce à mes soins et à ma protection, la Checchina acquit rapidement un assez beau talent, et, à l'époque de ma vie dont je vous fais le récit, elle venait d'être engagée honorablement dans la troupe de San-Carlo.

C'était une étrange et excellente créature que cette Checchina : elle avait singulièrement gagné depuis le moment où je l'avais ramassée pour ainsi dire sur le pavé; mais il lui restait et il lui reste encore une certaine rusticité qu'elle ne perd pas toujours à point sur la scène, et qui fait d'elle la première actrice du monde dans les rôles de Zerlina. Dès lors elle avait corrigé beaucoup de l'ampleur de ses gestes et de la brusquerie de son intonation; mais elle en conservait encore assez pour être bien près du comique dans le pathétique. Cependant, comme elle avait de l'intelligence et de l'âme, elle s'élevait à une hauteur relative, dont le public ne pouvait pas lui savoir tout le gré qu'elle méritait. Les avis étaient partagés sur son compte, et un abbé disait qu'elle frisait le sublime et le bouffon de si près qu'entre les deux il ne restait plus assez de place pour ses grands bras.

Par malheur, la Checchina avait un travers dont ne sont pas exempts du reste les plus grands artistes. Elle ne se plaisait qu'aux rôles qui lui étaient défavorables, et, méprisant ceux où elle pouvait déployer sa verve, sa franchise et son allégresse pétulante, elle voulait absolument produire de grands effets dans la tragédie. En véritable villageoise, elle était enivrée de la richesse du costume, et s'imaginait réellement être reine quand elle portait le diadème et le manteau. Sa grande taille bien découplée, son allure dégagée et quasi-martiale, faisaient d'elle une magnifique statue lorsqu'elle était immobile. Mais à chaque instant le geste exagéré trahissait la jeune barcarole, et quand je voulais l'avertir en scène de se modérer, je lui disais tout bas : « *Per Dio, non vogar! non siamo qui sull' Adriatico.* »

Si la Checchina a été ma maîtresse, c'est ce qu'il vous importe peu de savoir, je présume ; je puis affirmer seulement qu'elle ne l'était point à l'époque dont je vous entretiens, et que je ne devais ses soins affectueux qu'à la bonté de son cœur et à la fidélité de sa reconnaissance. Elle a toujours été pour moi une amie et une sœur dévouée, et s'exposa hardiment mainte fois à rompre avec ses amants les plus brillants, plutôt que de m'abandonner ou de me négliger quand ma santé ou mes intérêts réclamaient son zèle ou son concours.

Elle s'installa donc au pied de mon lit, et ne me quitta pas qu'elle ne m'eût guéri. Son assiduité auprès de moi contrariait bien un peu le comte Nasi, qui pourtant était mon ami sincère, et se fiait à ma parole, mais qui m'avouait à moi-même ce qu'il appelait sa misérable faiblesse. Lorsque j'exhortais la Checchina à ménager les susceptibilités involontaires de cet excellent jeune homme : « Laisse donc, me disait-elle, ne vois-tu pas qu'il faut l'habituer à respecter mon indépendance? Crois-tu que, quand je serai sa femme, je consentirai

à abandonner mes amis du théâtre et à m'occuper de ce
que les gens du monde penseront de moi ? N'en crois
rien, Lélio ; je veux rester libre et n'obéir jamais qu'à
la voix de mon cœur. » Elle se persuadait assez gratui-
tement que le comte était bien déterminé à l'épouser ;
et, à cet égard, elle avait, à un merveilleux degré, le
don de se faire illusion sur la force des passions qu'elle
inspirait : rien ne pouvait se comparer à sa confiance en
face d'une promesse, si ce n'est sa philosophique insouciance et son détachement héroïque en face d'une dé-
ception.

Je souffris beaucoup : ma maladie faillit même prendre un caractère grave. Les médecins me trouvaient
dans une disposition hypertrophique très-prononcée, et
les vives douleurs que je ressentais au cœur, l'affluence
du sang vers cet organe, nécessitèrent de nombreuses
saignées. Le reste de cette saison fut donc perdu pour
moi, et, dès que je fus convalescent, j'allai prendre du
repos et respirer un air doux au pied des Apennins,
vers Cafaggiolo, dans une belle villa que le comte pos-
sédait à quelques lieues de Florence. Il me promit de
venir m'y rejoindre avec la Checchina, aussitôt que les
représentations pour lesquelles elle était engagée lui
permettraient de quitter Naples.

Quelques jours de cette charmante solitude me remi-
rent assez bien pour qu'il me fût permis d'essayer, tantôt
à cheval et tantôt à pied, d'assez longues promenades à
travers les gorges étroites et les ravines pittoresques qui
forment comme un premier degré aux masses imposantes
de l'Apennin. Dans mes rêveries j'appelais cette région
le *proscenium* de la grande montagne, et j'aimais à y
chercher quelque amphithéâtre de collines ou quelque
terrasse naturelle bien disposée pour m'y livrer tout seul

et loin des regards à des élans de déclamation lyrique, auxquels répondaient les sonores échos ou le bruit mystérieux des eaux murmurantes fuyant sous les rochers.

Un jour je me trouvai, sans m'en apercevoir, vers la route de Florence. Elle traversait, comme un ruban éclatant de blancheur, des plaines verdoyantes doucement ondulées et semées de beaux jardins, de parcs touffus et d'élégantes villas. En cherchant à m'orienter, je m'arrêtai à la porte d'une de ces belles habitations. Cette porte se trouvait ouverte et laissait voir une allée de vieux arbres entrelacés mystérieusement. Sous cette voûte sombre et voluptueuse se promenait à pas lents une femme d'une taille élancée et d'une démarche si noble que je m'arrêtai pour la contempler et la suivre des yeux le plus long-temps possible. Comme elle s'éloignait sans paraître disposée à se retourner, il me prit une irrésistible fantaisie de voir ses traits, et j'y succombai sans trop me soucier de faire une inconvenance et de m'attirer une mortification. « Que sait-on ? me disais-je, on trouve parfois dans notre doux pays des femmes si indulgentes ! » Et puis je me disais que ma figure était trop connue pour qu'il me fût possible d'être jamais pris pour un voleur. Enfin je comptais sur cette curiosité qu'on éprouve généralement à voir de près les manières et les traits d'un artiste un peu renommé.

Je m'aventurai donc dans l'allée couverte, et, marchant à grands pas, j'allais atteindre la promeneuse lorsque je vis venir à sa rencontre un jeune homme mis à la dernière mode et d'une jolie figure fade, qui m'aperçut avant que j'eusse le temps de m'enfoncer sous le taillis. J'étais à trois pas du noble couple. Le jeune homme s'arrêta devant la dame, lui offrit son bras, et lui dit en me regardant d'un air aussi surpris que possible pour un homme parfaitement cravaté :

« Ma chère cousine, quel est donc cet homme qui vous suit? »

La dame se retourna, et à sa vue j'éprouvai une émotion assez vive pour réveiller un instant mon mal. Mon cœur eut un tressaillement nerveux très-aigu en reconnaissant la jeune personne qui me regardait si étrangement de sa loge d'avant-scène, lors de l'invasion de ma maladie, à Naples. Sa figure se colora légèrement, puis pâlit un peu. Mais aucun geste, aucune exclamation ne trahit son étonnement ou son indignation. Elle me toisa de la tête aux pieds avec un calme dédaigneux, et répondit avec une assurance inconcevable :

« Je ne le connais pas. »

Cette singulière assertion piqua ma curiosité. Il me sembla voir dans cette jeune fille un orgueil si bizarre et une dissimulation si consommée que je me sentis entraîné tout d'un coup à risquer quelque folle aventure. Nous autres bohémiens, nous ne nous laissons pas beaucoup imposer par les usages du monde et par les lois de la convenance ; nous n'avons pas grand' peur d'être repoussés de ces théâtres particuliers où le monde à son tour pose devant nous, et où nous sentons si bien la supériorité de l'artiste ; car là, personne ne sait nous rendre les vives émotions que nous savons donner. Les salons nous ennuient et nous glacent, en retour de la chaleur et de la vie que nous y portons. J'abordai donc fièrement mes nobles hôtes, fort peu soucieux de la manière dont ils m'accueilleraient, et résolu à m'introduire dans la maison sous le premier prétexte venu.

Je saluai gravement, et me donnai pour un accordeur d'instruments qu'on avait envoyé chercher à Flo-

rence d'une maison de campagne dont j'affectai d'estropier le nom.

« Ce n'est point ici. Vous pouvez vous en aller, me
répondit sèchement la signora. » Mais en véritable fiancé
le cousin vint à mon aide.

« Chère cousine, dit-il, votre piano est tout à fait
discord ; si monsieur avait le temps d'y passer une heure,
nous pourrions faire de la musique ce soir. Je vous en
prie ! Est-ce que vous n'y consentirez pas ? »

La jeune Grimani eut un méchant sourire sur les
lèvres en répondant : « C'est comme il vous plaira,
mon cousin. »

Veut-elle se divertir de moi ou de lui ? pensai-je.
Peut-être de tous les deux. Je m'inclinai légèrement en
signe d'assentiment. Alors le cousin, avec une politesse
nonchalante, me montra une porte de glaces au bout de
l'avenue, qui, s'abaissant en berceau, cachait la façade
de la villa.

« Voyez, monsieur, me dit-il, au fond du grand salon de compagnie, vous trouverez un salon d'étude. Le
forte-piano est là. J'aurai l'honneur de vous revoir
quand vous aurez fini. » Et s'adressant à sa cousine :
« Voulez-vous, lui dit-il, que nous allions jusqu'à la
pièce d'eau ? »

Je la vis encore sourire imperceptiblement, mais
avec une joie concentrée de la mortification que j'é-
prouvais, tandis qu'elle me laissait aller d'un côté et
continuait sa promenade en sens opposé, appuyée sur
son gracieux et honorable cousin.

Ce n'est pas une chose bien difficile que d'accorder
à *peu près* un piano, et, quoique je ne l'eusse jamais
essayé, je m'en tirai assez bien ; seulement j'y mis beaucoup plus de temps qu'il n'en eût fallu à une main ex-

périmentée, et je voyais, avec un peu d'impatience, le soleil s'abaisser vers la cime des arbres ; car je n'avais d'autre prétexte, pour revoir ma singulière héroïne, que de lui faire essayer le piano lorsqu'il serait d'accord. Je me hâtais donc assez maladroitement, lorsqu'au milieu du monotone carillon dont je m'étourdissais, je levai la tête et vis la signora devant moi, à demi tournée vers la cheminée, mais m'observant dans la glace avec une malicieuse attention. Rencontrer son oblique regard et l'éviter fut l'affaire d'une seconde. Je continuai ma besogne avec le plus grand sang-froid, résolu à mon tour d'observer l'ennemi et de le voir venir.

La Grimani (je continuai à lui donner ce nom en moi-même, ne lui en connaissant pas d'autre) feignit d'arranger avec beaucoup de soin des fleurs dans les vases de la cheminée ; puis elle dérangea un fauteuil, le remit à la place d'où elle venait de l'ôter, laissa tomber son éventail, le ramassa avec un grand frôlement de robe, ouvrit une fenêtre qu'elle referma aussitôt, et voyant que j'étais décidé à ne m'apercevoir de rien, elle prit le parti de laisser tomber un tabouret sur le bout de son joli petit pied et de faire une exclamation douloureuse. Je fus assez sot pour laisser brusquement tomber la clef à marteau sur les cordes métalliques qui exhalèrent un gémissement lamentable. La signora frissonna, haussa les épaules, et reprenant tout d'un coup son sang-froid, comme si nous eussions joué une scène de parodie, elle me regarda fixement en disant : « *Cosa, signore?*

— J'ai cru que votre seigneurie me parlait, » répondis-je avec la même tranquillité. Et je me remis à l'ouvrage. Elle resta debout au milieu de la chambre, comme pétrifiée d'étonnement devant tant d'audace, ou comme

frappée d'une incertitude subite sur mon identité avec
le personnage qu'elle avait cru reconnaître. Enfin, elle
s'impatienta et me demanda presque grossièrement si
j'avais bientôt fini.

« Oh! mon Dieu, non! signora, lui répondis-je, car
voici une corde cassée. » En même temps, je tournai
brusquement la clef sur la cheville que je serrais, et je fis
sauter la corde. « Il me semble, reprit-elle, que ce piano
vous donne beaucoup de peine. — Beaucoup, repris-je,
toutes les cordes cassent. » Et j'en fis sauter une seconde. « C'est comme un fait exprès, s'écria-t-elle. —
Oui, en vérité, repris-je encore, c'est un fait exprès. »
Le cousin entra dans cet instant, et, pour le saluer, je
fis sauter une troisième corde. C'était une des dernières
basses, elle fit une détonation épouvantable. Le cousin,
qui ne s'y attendait point, fit un pas en arrière, et la
signora partit d'un éclat de rire. Ce rire me parut
étrange. Il n'allait ni à sa figure, ni à son maintien; il
avait quelque chose d'âpre et de saccadé, qui décon-
certa le cousin, si bien que j'en eus presque pitié. « Je
crains bien, dit la signora, lorsque la fin de cette crise
nerveuse lui permit de parler, que nous ne puissions
pas faire de musique ce soir. Ce pauvre vieux *cembalo*
est ensorcelé, toutes les cordes cassent. C'est un fait
surnaturel, je vous assure, Hector; il suffit de les regarder pour qu'elles se tordent et se brisent avec un
bruit affreux. » Puis elle recommença à rire aux éclats,
sans que sa figure en reçût le moindre enjouement. Le
cousin se mit à rire par obéissance, et fut tout à coup
interrompu par ces mots de la signora : « Mon Dieu!
mon cousin, ne riez donc pas; vous n'en avez pas la
moindre envie. »

Le cousin me parut très-habitué à être raillé et tourmenté. Mais il fut blessé sans doute que la chose se passât devant moi; car il dit d'un ton fâché : « Et pourquoi donc, cousine, n'aurais-je pas envie de rire aussi bien que vous? — Parce que je vous dis que cela n'est pas, répondit la signora. Mais, dites-moi donc, Hector, ajouta-t-elle sans se soucier de la bizarrerie de la transition, avez-vous été à San-Carlo cette année? — Non, ma cousine. — En ce cas, vous n'avez pas entendu le fameux Lélio? »

Elle prononça ces derniers mots avec emphase; mais elle n'eut pas l'impudence de me regarder tout de suite après, et j'eus le temps de réprimer le tressaillement que me causa ce coup de pierre au beau milieu du visage.

« Je ne l'ai ni entendu, ni vu, dit le naïf cousin, mais j'en ai beaucoup ouï parler. C'est un grand artiste, à ce qu'on assure.

— Très-grand, repartit la Grimani, plus grand que vous de toute la tête. Tenez! il est de la taille de monsieur... Le connaissez-vous, monsieur? ajouta-t-elle en se tournant vers moi. — Je le connais beaucoup, signora, répondis-je d'un ton acerbe; c'est un très-beau garçon, un très-grand comédien, un admirable chanteur, un causeur très-spirituel, un aventurier hardi et facétieux, et de plus intrépide duelliste, ce qui ne gâte rien. »

La signora regarda son cousin, et me regarda ensuite d'un air insouciant comme pour me dire : « Peu m'importe. » Puis elle éclata de nouveau d'un rire inextinguible, qui n'avait rien de naturel et qui ne se communiqua ni au cousin, ni à moi. Je me remis à poursuivre la dominante sur le clavier, et le signor Ettore piétina avec impatience, et fit crier ses bottes

neuves sur le parquet, comme un homme fort mécontent de la conversation qui s'établissait si cavaliè-
rement entre un ouvrier de mon espèce et sa noble
fiancée.

« Ah çà ! mon cousin, n'allez pas croire ce que monsieur vous dit de Lélio, reprit brusquement la signora
en interrompant son rire convulsif. Quant à la grande
beauté du personnage, je n'y saurais contredire ; car je
ne l'ai pas regardé : et d'ailleurs, sous le fard, sous les
faux cheveux et les fausses moustaches, un acteur peut
toujours sembler jeune et beau. Mais quant à être un
admirable chanteur et un bon comédien , je le nie. Il
chante faux d'abord, et ensuite il joue détestablement.
Sa déclamation est emphatique, son geste vulgaire,
l'expression de ses traits guindée. Quand il pleure, il
grimace ; quand il menace, il hurle ; quand il est majestueux, il est ennuyeux ; et, dans ses meilleurs moments, c'est-à-dire lorsqu'il se tient coi et ne dit mot,
on peut lui appliquer le refrain de la chanson :

Brutto è quanto stupido.

Je suis fâchée de n'être pas de l'avis de monsieur ;
mais je suis de l'avis du public , moi ! Ce n'est pas ma
faute si Lélio n'a pas eu le moindre succès à San-Carlo,
et je ne vous conseille pas, mon cousin, de faire le
voyage de Naples pour le voir. »

Ayant reçu cette cinglante leçon, je faillis un instant
perdre la tête et chercher querelle au cousin pour punir la signora ; mais le digne garçon ne m'en laissa pas
le temps. « Voilà bien les femmes ! s'écria-t-il, et surtout voilà bien vos inconcevables caprices, ma cousine !
Il n'y a pas plus de trois jours, vous me disiez que Lé-

lio était le plus bel acteur et le plus inimitable chanteur de toute l'Italie. Sans doute, vous me direz demain le contraire de ce que vous dites aujourd'hui, sauf à revenir après-demain.... — Demain et après, et tous les jours de ma vie, cher cousin, interrompit précipitamment la signora, je dirai que vous êtes un fou, et Lélio un sot. — Brava, signora ! reprit le cousin à demi-voix en lui offrant son bras pour sortir du salon ; on est un fou quand on vous aime, et un sot quand on vous déplaît. — Avant que vos seigneuries se retirent, dis-je alors sans trahir la moindre émotion, je leur ferai observer que ce piano est en trop mauvais état pour que je puisse le réparer entièrement aujourd'hui. Je suis forcé de me retirer ; mais, si vos seigneuries le désirent, je reviendrai demain. — Certainement, monsieur, répondit le cousin avec une courtoisie protectrice et se retournant à demi vers moi ; vous nous obligerez si vous revenez demain. » La Grimani, l'arrêtant d'un geste brusque et vigoureux, le força de se retourner tout à fait, resta immobile appuyée sur son bras, et me toisant d'un air de défi : « Monsieur reviendra demain ? dit-elle en me voyant fermer le piano et prendre mon chapeau. — Je n'y manquerai certainement pas, » répondis-je en la saluant jusqu'à terre. Elle continua à tenir son cousin immobile à l'entrée de la salle, jusqu'à ce que, forcé de passer devant eux pour me retirer, je les saluai de nouveau en regardant cette fois ma Bradamante avec une assurance digne de la lutte qui s'engageait. Une étincelle de courage jaillit de son regard. J'y lus clairement que mon audace ne lui déplaisait pas, et que la lice ne me serait pas fermée.

Aussi je fus à mon poste le lendemain avant midi, et je trouvai l'héroïne au sien, assise au piano et frappant

les touches muettes ou grinçantes avec une impassibilité admirable, comme si elle eût voulu me prouver
par cette diabolique symphonie la haine et le mépris
qu'elle avait pour la musique.

J'entrai avec calme et la saluai avec autant de respectueuse indifférence que si j'eusse été en effet l'accordeur de piano. Je posai trivialement mon chapeau sur
une chaise, j'ôtai péniblement mes gants, imitant la
gaucherie d'un homme qui n'est pas habitué à en porter. Je tirai de ma poche une boîte de sapin remplie de
bobines de laiton, et je commençai à en dérouler la
longueur d'une corde, le tout avec gravité et simplicité.
La signora allait toujours battant d'une manière impitoyable le malheureux piano qui ne rendait plus que
des sons à faire fuir les barbares les plus endurcis. Je
vis alors qu'elle se divertissait à le fausser et à le briser
de plus en plus, afin de me donner de la besogne, et je
trouvai dans cette espièglerie plus de coquetterie que
de méchanceté; car elle paraissait assez disposée à me
tenir compagnie. Alors je lui dis du plus grand sérieux : « Votre seigneurie trouve-t-elle que le piano
commence à être d'accord? — J'en trouve l'harmonie
satisfaisante, répondit-elle en se pinçant la lèvre pour
ne pas rire, et les sons qu'il rend sont extrêmement
agréables. — C'est un bel instrument, repris-je. — Et
en très-bon état, ajouta-t-elle. — Votre seigneurie a
un très-beau talent sur le piano. — Comme vous voyez.
— Voilà une walse charmante et très-bien exécutée. —
N'est-ce pas? comment ne jouerait-on pas bien sur un
instrument aussi bien accordé? Vous aimez la musique,
monsieur? — Peu, signora; mais celle que vous faites
me va à l'âme. — En ce cas, je vais continuer. » Et
elle écorcha avec un sourire féroce un des airs de *bra-*

vura qu'elle m'avait entendu chanter avec le plus de succès au théâtre.

« Monsieur votre cousin se porte bien? lui dis-je, lorsqu'elle eut fini. — Il est à la chasse. — Votre seigneurie aime le gibier? — Je l'aime démesurément. Et vous, monsieur? — Je l'aime sincèrement et profondément. — Lequel aimez-vous mieux, du gibier ou de la musique? — J'aime la musique à table; mais, dans ce moment-ci, j'aimerais mieux le gibier. »

Elle se leva et sonna. A l'instant même un laquais parut comme s'il eût été une pièce de mécanique obéissant au ressort de la sonnette. « Apportez ici le pâté de gibier que j'ai vu ce matin dans l'office, » dit la signora, et deux minutes après le domestique reparut avec un pâté colossal, qu'à un signe de sa maîtresse il posa majestueusement sur le piano. Un grand plateau, couvert de vaisselle et de tout l'attirail nécessaire à la réfection des êtres civilisés, vint se placer comme par enchantement à l'autre bout de l'instrument, et la signora, d'une main forte et légère, brisa le rempart de croûte appétissante et fit une large brèche à la forteresse.

« Voilà une conquête à laquelle nos seigneurs les Français n'auront point de part, » dit-elle en s'emparant d'une perdrix qu'elle mit sur une assiette du Japon, et qu'elle alla dévorer à l'autre bout de la chambre, accroupie sur un coussin de velours à glands d'or.

Je la regardais avec étonnement, ne sachant pas trop si elle était folle ou si elle voulait me mystifier. « Vous ne mangez pas? me dit-elle sans se déranger. — Votre seigneurie ne me l'a pas commandé, répondis-je. —

Oh ! ne vous gênez pas , » dit-elle en continuant à manger à belles dents.

Ce pâté avait une si bonne mine et un si bon fumet que j'écoutai les conseils philosophiques de la raison positive. J'attirai une autre perdrix dans une autre assiette du Japon , que je posai sur le clavier du piano , et que je me mis à dévorer de mon côté avec autant de zèle que la signora.

Si ce château n'est pas celui de la belle au bois dormant , pensai-je , et que cette maligne fée n'en soit pas le seul être animé , il est évident que nous allons voir arriver un oncle , un père , ou une tante , ou une gouvernante , ou quelque chose qui soit censé , aux yeux des bonnes gens , servir de chaperon à cette tête indomptée. En cas d'une apparition de ce genre , je voudrais bien savoir jusqu'à quel point cette bizarre manière de déjeuner sur un piano en tête-à-tête avec la demoiselle de la maison sera trouvée séante. Peu m'importe , après tout ; il faut bien voir où me mèneront ces extravagances , et , s'il y a là-dessous une haine de femme , j'aurai mon tour, dussé-je l'attendre dix ans !

En même temps , je regardais par-dessus le pupitre du piano ma belle hôtesse , qui mangeait d'une manière surnaturelle , et qui ne semblait nullement possédée de cette sotte manie qu'ont les demoiselles de ne manger qu'en secret, et de pincer les lèvres à table d'un air sentimental, comme si elles étaient d'une nature supérieure à la nôtre. Lord Byron n'avait pas encore mis à la mode le manque d'appétit chez le beau sexe. De sorte que ma fantasque signora s'en donnait à cœur joie , et qu'au bout de peu d'instants , elle revint auprès de moi , pour tirer du pâté ébréché un filet de lièvre et une aile de faisan. Elle me regarda sans rire, et me dit d'un ton sentencieux : « Ce vent d'est donne faim. — Il me paraît que votre seigneurie est douée d'un bon estomac, lui dis-je. — Si on n'avait pas un bon estomac à quinze ans, répondit-elle, il faudrait y renoncer. — Quinze ans ! m'écriai-je en la regardant avec attention et en laissant tomber ma fourchette. — Quinze ans et deux mois, répondit-elle en retournant à son coussin avec son assiette de nouveau remplie ; ma mère n'en a pas encore trente-deux, et elle s'est remariée l'an dernier. N'est-ce pas singulier, dites-moi, une mère qui se marie avant sa fille ? Il est vrai que, si ma petite mère chérie eût voulu attendre mon mariage, elle eût attendu long-temps. Qui donc voudrait épouser une personne, belle à la vérité, mais *stupide* au delà de tout ce qu'on peut imaginer ? »

Il y avait tant de gaieté et de bonhomie dans l'air sérieux dont elle me plaisantait ; c'était un si joli *tous-tig* que cette grande fille aux yeux noirs et aux longues boucles de cheveux tombant sur un cou d'albâtre ; elle était assise sur son coussin avec une naïveté si gracieuse et en même temps si chaste, que toute ma défiance et tous mes mauvais desseins m'abandonnèrent. J'avais résolu de vider le flacon de vin afin d'endormir tout scrupule. Je repoussai le flacon, et, abandonnant mon assiette, appuyant mon coude sur le piano, je me mis à la considérer de nouveau et sous un nouvel aspect. Ce chiffre de quinze ans avait bouleversé toutes mes idées. J'ai toujours attaché beaucoup d'importance, quand j'ai voulu juger une personne, et surtout une personne du sexe féminin, à m'enquérir de son âge de la manière la plus authentique possible. L'habileté croît si rapidement chez le sexe que six mois de plus

ou de moins font souvent que la candeur est fourberie
ou la fourberie candeur. Jusque-là je m'étais imaginé
que la Grimani avait au moins vingt ans ; car elle était
si grande, si forte, si brune, et douée dans son regard, dans son maintien, dans ses moindres mouvements, d'une telle assurance, que tout le monde faisait
le même anachronisme que moi à son premier abord.
Mais, en la regardant mieux, je reconnus mon erreur.
Ses épaules étaient larges et puissantes ; mais sa poitrine
n'était pas encore développée. S'il y avait de la femme
dans toute son attitude, il y avait certains airs et certaines expressions de visage qui révélaient l'enfant. Ne
fût-ce que ce robuste appétit, cette absence totale de
coquetterie, et l'inconvenance audacieuse du tête-à-
tête qu'elle s'était réservé avec moi, il devint mani-
feste à mes yeux que je n'avais point affaire, comme
je l'avais cru d'abord, à une femme orgueilleuse et
rusée, mais à une pensionnaire espiègle, et je repoussai avec horreur la pensée d'abuser de son imprudence.

Je restais plongé dans cet examen, oubliant de répondre à la provocation significative que je venais de
recevoir. Elle me regarda fixement, et cette fois je ne
songeai pas à éviter son regard, mais à l'analyser. Elle
avait les plus beaux yeux du monde, à fleur de tête,
et très-ouverts ; leur direction était toujours nette,
brusque et saisissant d'emblée l'objet de l'attention. Ce
regard, très-rare chez une femme, était absolu, et non
effronté. C'était la révélation et l'action d'une âme courageuse, fière et franche. Il interrogeait toutes choses
avec autorité, et semblait dire : Ne me cachez rien ;
car, moi, je n'ai rien à cacher à personne.

Lorsqu'elle vit que je bravais son attention, elle fut

alarmée, mais non intimidée ; et, se levant tout d'un coup, elle provoqua l'explication que je voulais lui demander. « Signor Lélio, me dit-elle, si vous avez fini de déjeuner, vous allez me dire ce que vous êtes venu faire ici.

— Je vais vous obéir, signora, répondis-je en allant ramasser son assiette et son verre qu'elle avait posés sur le parquet, et en les reportant sur le piano ; seulement, je prie votre seigneurie de me dire si l'accordeur de piano doit, pour vous répondre, s'asseoir devant le clavier, ou si le comédien Lélio doit se tenir debout, le chapeau à la main, et prêt à se retirer après avoir eu l'honneur de vous parler.

— Monsieur Lélio voudra bien s'asseoir sur ce fauteuil, dit-elle en me désignant un siége placé à droite de la cheminée, et moi sur celui-ci, ajouta-t-elle en s'asseyant du côté gauche, en face de moi, à dix pieds environ de distance.

— Signora, lui dis-je en m'asseyant, il faut, pour vous obéir, que je reprenne les choses d'un peu haut. Il y a environ deux mois, je jouais *Roméo et Juliette* à San-Carlo. Il y avait dans une loge d'avant-scène...

— Je puis aider votre mémoire, reprit la Grimani. Il y avait dans une loge d'avant-scène, à droite du théâtre, une jeune personne qui vous parut belle ; mais, en la regardant de plus près, vous trouvâtes que son visage était si dépourvu d'expression que vous vîntes à vous écrier,.... en parlant à une de ces dames du théâtre, et assez haut pour que la jeune personne l'entendît....

— Au nom du ciel ! signora, interrompis-je, ne répétez pas les paroles échappées à mon délire, et sachez que je suis sujet à des irritations nerveuses qui me rendent presque fou. Dans cette disposition, tout me porte ombrage, tout me fait souffrir....

— Je ne vous demande pas pourquoi il vous plut de dire votre avis d'une façon si nette sur le compte de la demoiselle de l'avant-scène ; je vous prie seulement de me raconter le reste de l'histoire.

— Je suis obligé, pour être véridique et conséquent, d'insister sur le prologue. En proie à un premier accès de fièvre, début d'une maladie grave dont je suis à peine rétabli, je m'imaginai lire un profond dédain et une froide ironie sur le visage incomparablement beau de la demoiselle de l'avant-scène. J'en fus impatienté, puis troublé, puis bouleversé au point que je perdis la tête, et que je me laissai aller à un mouvement brutal pour faire cesser le charme funeste qui enchaînait toutes mes facultés, et me paralysait au moment le plus énergique et le plus important de mon rôle. Il faut que votre seigneurie me pardonne une folie ; je crois au magnétisme, surtout les jours où je suis malade, et où mon cerveau est faible comme mes jambes. Je m'imaginai que la demoiselle de l'avant-scène avait sur moi une influence pernicieuse ; et, durant la cruelle maladie qui s'empara de moi le lendemain de ma faute, je vous avouerai qu'elle m'apparut souvent dans mon délire ; mais toujours altière, toujours menaçante, et me promettant que je payerais cher le blasphème qui m'était échappé. Telle est, signora, la première partie de mon histoire. »

Je préparais mon bouclier pour recevoir une bordée d'épigrammes, en manière de commentaires, sur ce récit bizarre et, quoique vrai, très-invraisemblable, il faut l'avouer. Mais la jeune Grimani, me regardant avec une douceur que je ne soupçonnais pas pouvoir s'allier avec le caractère de sa beauté, me dit, en se penchant un peu sur le bras de son fauteuil : « En effet ,seigneur Lélio , votre visage atteste de vives souffrances ; et , s'il faut tout vous avouer, lorsque je vous ai reconnu hier, je me suis dit que je vous avais bien mal regardé sur la scène ; car vous me paraissiez alors plus jeune de dix ans : et aujourd'hui je ne vous trouve pas plus âgé que vous ne m'aviez semblé au théâtre ; seulement je vous trouve l'air malade, et je suis bien affligée d'avoir été un sujet d'irritation pour vous.... »

Je rapprochai involontairement mon fauteuil ; mais aussitôt mon interlocutrice reprit son ton railleur et fantasque.

« Passons à la seconde partie de votre histoire, monsieur Lélio, me dit-elle en jouant de l'éventail, et veuillez m'apprendre comment , au lieu de la fuir, vous êtes venu jusqu'ici relancer cette personne dont la vue vous est si odieuse et si funeste.

— C'est ici que l'auteur s'embarrasse, répondis-je en reculant mon fauteuil, qui roulait très-aisément au moindre mouvement de la conversation. Dirai-je que le hasard seul m'a conduit ici ? Si je le dis, votre seigneurie le croira-t-elle ; et si je dis que ce n'est pas le hasard , votre seigneurie le souffrira-t-elle ?

— Il m'importe assez peu, dit-elle, que ce soit le hasard ou l'attraction magnétique, comme vous le diriez peut-être , qui vous amène dans ce pays ; je désire seulement savoir quel est le hasard qui vous a fait devenir accordeur de pianos.

— Le hasard de l'inspiration , signora ; le premier prétexte m'était bon pour m'introduire ici.

— Mais pourquoi vous introduire ici ?

— Je répondrai sincèrement si votre seigneurie daigne me dire auparavant quel est le hasard qui l'a déter-

minée à m'y laisser pénétrer, bien qu'elle m'eût reconnu
au premier coup d'œil.

— Le hasard de la fantaisie, seigneur Lélio. Je m'en-
nuyais en tête-à-tête avec mon cousin, ou avec une
vieille tante dévote que je connais à peine ; et, tandis
que l'un est à la chasse et l'autre à l'église, j'ai pensé
que je pourrais égayer par une folie la maussade solitude où on me laisse languir. »

Mon fauteuil se rapprocha de lui-même, et j'hésitai
à prendre la main de la signora. Elle me paraissait ef-
frontée en cet instant. Il y a des jeunes filles qui naissent femmes, et qui sont corrompues avant d'avoir perdu
leur innocence. Celle-ci est bien un enfant, pensais-je,
mais un enfant ennuyé de l'être, et je serais un grand
sot de ne pas répondre à des agaceries faites avec tant
de sang-froid et de hardiesse. Ma foi, tant pis pour le
cousin ! Pourquoi aime-t-il la chasse plus que sa cousine ?...

Mais la signora ne fit aucune attention à l'agitation
qui s'emparait de moi, et elle ajouta : « Maintenant la
farce est jouée ; nous avons mangé le gibier de mon
cousin, et j'ai parlé avec un acteur. Voilà ma tante et
mon prétendu mystifiés. La semaine dernière, mon
cousin était furieux, parce que, selon lui, je faisais votre
éloge avec trop d'enthousiasme. Maintenant, quand il
me parlera de vous, et quand ma tante dira que les ac-
teurs sont tous excommuniés en France, je baisserai les
yeux d'un air modeste et béat, et je rirai en moi-même
de penser que je connais le seigneur Lélio, et que
j'ai déjeuné avec lui, ici même, sans que personne s'en
doute. Mais maintenant il vous reste, monsieur Lélio,
à me dire pourquoi vous avez voulu vous introduire ici
à l'aide d'un faux rôle.

— Pardon, signora... vous avez dit un mot qui me frappe beaucoup... Vous avez fait la semaine dernière mon éloge avec *enthousiasme?*

— Oh! c'était uniquement pour faire enrager mon cousin. Je ne suis point enthousiaste de ma nature. »

Lorsqu'elle me raillait, je reprenais goût à l'aventure et j'étais prêt à m'enhardir. « Puisque vous êtes si sincère envers moi, répondis-je, je ne le serai pas moins envers votre seigneurie. Je me suis introduit ici avec l'intention de réparer mon crime et de demander humblement pardon à la beauté divine que j'ai blasphémée. »

En même temps je me laissai glisser de mon fauteuil, et je me trouvai aux genoux de la Grimani, bien près de m'emparer de ses belles mains. Elle ne parut pas s'en émouvoir beaucoup; seulement je vis que, pour dissimuler un peu d'embarras, elle feignait d'examiner les mandarins chinois dont les robes d'or et de pourpre chatoyaient sur son éventail. « Oh! mon Dieu! monsieur, me dit-elle sans me regarder, vous êtes bien bon de croire que vous ayez à me demander pardon. D'abord, si j'ai l'air stupide, vous n'êtes pas du tout coupable de vous en être aperçu; en second lieu, si je ne l'ai pas, il m'est absolument indifférent que vous vous le persuadiez.

— Je jure par tous les dieux, et par Apollon en particulier, que je n'ai parlé ainsi que par colère, par folie, par un autre sentiment peut-être, qui alors ne faisait que de naître et troublait déjà mon esprit. Je voyais que vous me trouviez détestable, et que vous n'aviez pour moi aucune indulgence; pouvais-je me résigner tranquillement à perdre le seul suffrage qu'il m'eût été doux et glorieux de conquérir? Enfin, signora, je suis ici, j'ai découvert votre demeure, et, sachant à peine votre

nom, je vous ai cherchée, poursuivie, atteinte, malgré
la distance et les obstacles ; me voici à vos pieds. Pensez-vous que j'aurais surmonté de telles difficultés si je
n'avais été tourmenté de remords, non à cause de vous
qui dédaignez avec raison l'effet de vos charmes sur un
pauvre histrion comme moi, mais à cause de Dieu dont
j'ai outragé et dont j'ai méconnu la plus belle œuvre? »

Je me hasardai en parlant ainsi à prendre une de ses
mains ; mais elle se leva brusquement, en disant : « Levez-vous, monsieur, levez-vous ; voici mon cousin qui
revient de la chasse. »

En effet, à peine avais-je eu le temps de courir au
piano et de l'ouvrir, que le signor Ettore Grimani, en
costume de chasse et le fusil à la main, entra et vint
déposer aux pieds de sa cousine son carnier plein de gibier.

« Oh ! ne vous approchez pas tant de moi, lui dit la
signora, vous êtes horriblement crotté, et toutes ces
bêtes ensanglantées me dégoûtent. Ah ! Hector, je vous
en prie, allez-vous-en, et emmenez tous ces grands vi-
lains chiens qui sentent la vase et qui salissent le parquet. »

Force fut au cousin de se contenter de cet élan de
reconnaissance et d'aller se parfumer à loisir dans sa
chambre. Mais à peine était-il sorti de l'appartement
qu'une sorte de duègne entra, et annonça à la signora
que sa tante venait de rentrer et la priait de se rendre
auprès d'elle.

« J'y vais, répondit la Grimani ; et vous, monsieur,
dit-elle en se retournant vers moi, puisque cette touche
est recassée, veuillez l'emporter et la recoller solidement. Il faudra la rapporter demain et achever de replacer les cordes qui manquent. N'est-ce pas, mon-

sieur, on peut compter sur votre parole? Vous serez
exact?

— Oui, signora, vous pouvez y compter, » répondis-
je, et je me retirai, emportant la touche d'ivoire qui
n'était pas cassée.

Je fus exact au rendez-vous. Mais ne pensez point,
mes chers amis, que je fusse amoureux de cette petite
personne; c'est tout au plus si elle me plaisait. Elle était
extrêmement belle; mais je voyais sa beauté par les
yeux du corps, je ne la sentais pas par ceux de l'âme;
si, par instants, je me prenais à aimer cette pétulance
enfantine, bientôt après je retombais dans mes doutes et
me disais qu'elle pouvait bien m'avoir menti, elle qui
mentait à son cousin et à sa gouvernante avec tant d'a-
plomb; qu'elle avait peut-être bien une vingtaine d'années, comme je l'avais cru d'abord, et que peut-être
aussi elle avait fait déjà plusieurs escapades pour lesquelles on l'avait séquestrée dans ce triste château,
sans autre société que celle d'une vieille dévote destinée à la gourmander, et d'un excellent cousin prédes-
tiné à endosser innocemment ses erreurs passées, présentes et futures.

Je la trouvai au salon avec ce cher cousin et trois ou
quatre grands chiens de chasse, qui faillirent me dévorer.
La signora, éminemment capricieuse, faisait ce jour-là
à ces nobles animaux un accueil tout différent de la
veille, et quoiqu'ils ne fussent guère moins crottés et
moins insupportables, elle les laissait complaisamment
s'étendre tour à tour ou pêle-mêle sur un vaste sofa en
velours rouge à crépines d'or. De temps en temps elle
s'asseyait au milieu de cette meute pour caresser les
uns, pour taquiner amicalement les autres,

Il me sembla bientôt que ce retour d'amitié vers les

chiens était une coquetterie tendre envers son cousin, car le blond signor Ettore en paraissait très-flatté, et je ne sais lequel il aimait le mieux, de sa cousine ou de ses chiens.

Elle était d'une vivacité étourdissante, et son humeur me semblait montée à un tel diapason, elle m'envoyait dans la glace des œillades si acérées, que j'aspirais à voir le cousin s'éloigner. Il s'éloigna en effet bientôt. La signora lui donna une commission. Il se fit un peu prier, puis il obéit à un regard impérieux, à un : « *Vous ne voulez pas y aller?* » proféré d'un ton qu'il paraissait tout à fait incapable de braver.

A peine fut-il sorti, qu'abandonnant la tablature, je me levai en cherchant dans les yeux de la signora si je devais m'approcher d'elle, ou attendre qu'elle s'approchât de moi. Elle aussi était debout et semblait vouloir deviner dans mon regard ce à quoi j'allais me décider. Mais elle m'encourageait si peu, et ses lèvres semblaient entr'ouvertes pour me donner une telle leçon (si je venais par malheur à manquer d'esprit dans cette périlleuse rencontre), que je me sentis un peu troublé intérieurement. Je ne sais comment cet échange de regards à la fois provocateurs et méfiants, ce bouillonnement de tout notre être qui nous retenait l'un et l'autre dans l'immobilité, cette alternative d'audace et de crainte qui me paralysait au moment peut-être décisif de mon aventure, tout jusqu'à la robe de velours noir de la Grimani, et le brillant soleil qui, pénétrant en rayons d'or à travers les sombres rideaux de soie de l'appartement, venait s'éteindre à nos pieds dans un clair-obscur fantastique, l'heure, l'atmosphère brûlante, et le battement comprimé de mon cœur; tout me rappela vivement une scène de ma jeunesse assez analogue : la signora

9.

Bianca Aldini, dans l'ombre de sa gondole, enchaînant d'un regard magnétique un de mes pieds posé sur la barque et l'autre sur le rivage du Lido. Je ressentais le même trouble, la même agitation intérieure, le même désir, prêts à faire place à la même colère. Serait-ce donc, pensai-je, que je désirai autrefois la Bianca par amour-propre, ou que je désire aujourd'hui la Grimani par amour?

Il n'y avait pas moyen de m'élancer, en chantant d'un air dégagé, dans la campagne, comme jadis j'avais bondi sur la grève du Lido, pour me venger d'une innocente coquetterie. Je n'avais pas d'autre parti à prendre que de me rasseoir, et je n'avais d'autre vengeance à exercer que de recommencer sur le piano la quinte majeure: *A-mi-la-E-si-mi.*

Il faut convenir que cette façon d'exhaler mon dépit ne pouvait pas être bien triomphante. Un imperceptible sourire voltigea au coin de la lèvre de la signora, lorsque je pliai les genoux pour me rasseoir, et il me sembla lire ces mots charmants écrits sur sa physionomie: Lélio, vous êtes un enfant. Mais, lorsque je me relevai brusquement, prêt à faire rouler le piano au fond de la chambre pour voler à ses pieds, je lus clairement dans sa noire prunelle ces mots terribles: Monsieur, vous êtes un fou.

La signora Aldini, pensai-je, avait vingt-deux ans, j'en avais quinze ou seize, et j'en ai plus de vingt-deux. Que j'aie été dominé par la Bianca, c'est tout simple; mais que je sois joué par celle-ci, ce n'est pas dans l'ordre. Donc, il faut du sang-froid. Je me rassis avec calme, en disant:

« Pardon, signora, si je regarde l'heure à la pendule; je ne puis rester long-temps, et ce piano me pa-

raît en assez bon état pour que je retourne à mes affaires.

— En bon état! répondit-elle avec un mouvement
d'humeur bien marqué. Vous l'avez mis en si bon état
que je crains de n'en jouer de ma vie. Mais j'en suis
bien fâchée; vous avez entrepris de l'accorder : il faut,
seigneur Lélio, que vous en veniez à votre honneur.

— Signora, repris-je, je ne tiens pas plus à accorder
ce piano que vous ne tenez à en jouer. Si j'ai obéi à
votre commandement en revenant ici, c'est afin de ne
pas vous compromettre en cessant brusquement cette
feinte. Mais votre seigneurie doit comprendre que la
plaisanterie ne peut pas durer éternellement, que le
troisième jour cela commence à n'être plus divertissant
pour elle, et que le quatrième cela serait un peu dangereux pour moi-même. Je ne suis ni assez riche ni
assez illustre pour avoir du temps à perdre. Votre seigneurie voudra bien permettre que je me retire dans
quelques minutes, et que ce soir un véritable accordeur
vienne achever ma besogne, en alléguant que son con-
frère est malade et l'a envoyé à sa place. Je puis, sans
livrer notre petit secret et sans me faire connaître,
trouver un remplaçant qui me saura gré d'une bonne
pratique de plus. »

La signora ne répondit pas un mot; mais elle devint
pâle comme la mort, et de nouveau je me sentis vaincu.
Le cousin rentra. Je ne pus réprimer un mouvement
d'impatience. La signora s'en aperçut, et de nouveau
elle triompha; et de nouveau, voyant bien que je ne
voulais pas m'en aller, elle se fit un jeu de mes secrètes
agitations.

Elle redevint vermeille et sémillante. Elle fit à son
cousin mille agaceries qui tenaient un milieu si juste

entre la tendresse et l'ironie, que ni lui ni moi ne
sûmes bientôt à quoi nous en tenir. Puis tout d'un
coup, lui tournant le dos et s'approchant de moi, elle
me pria, à voix basse et d'un air mystérieux, de tenir
le piano à un quart de ton au-dessous du diapason,
parce qu'elle avait une voix de contr'alto. Qui voulait-
elle mystifier du cousin ou de moi, en me disant ce
grand secret d'un air si important ? Je faillis aller donner une poignée de main à Hector, tant notre figure
me parut également sotte et notre position ridicule.
Mais je vis que le bon jeune homme y attachait plus
d'importance que moi, et il me regarda de travers d'un
air si sournois et si profond que j'eus de la peine à
m'empêcher de rire. Je répondis tout bas à la Grimani
et d'un air encore plus confidentiel : « Signora, j'ai
prévenu vos désirs, et le piano est juste au ton de l'orchestre de San-Carlo, qu'on baissa la saison dernière à
cause de mon rhume. »

La signora prit alors le bras de son cousin d'un air
théâtral, et l'emmena dans le jardin avec précipitation.
Comme ils restèrent à se promener devant la façade, et
que je voyais leurs ombres passer et repasser sur le rideau, je me mis derrière ce rideau, et j'écoutai leur
conversation.

« C'est précisément ce que je voulais vous dire, cher
cousin, disait la signora. Cet homme a une figure bizarre, effrayante ; il ne se doute pas de ce que c'est
qu'un piano, et jamais il ne viendra à bout de l'accorder. Vous verrez ! C'est un chevalier d'industrie, n'en
doutez pas. Ayons toujours l'œil sur lui, et tenez votre
montre dans votre main quand il passera près de vous.
Je vous jure que, pendant que je me penchais, sans
me douter de rien, vers le piano, pour lui dire de le

baisser, il a avancé la main pour me voler ma chaîne d'or.

— Eh ! vous raillez , ma cousine ! Il est impossible qu'un filou ait tant d'audace. Ce n'est pas du tout là ce que je veux vous dire , et vous feignez de ne pas me comprendre.

— Je feins , Hector ? Vous m'accusez de feindre ? Moi, feindre ! En vérité, dites-moi si vous valez la peine que je me donnerais pour inventer un mensonge ?

— Cette dureté est fort inutile , ma cousine. Il paraît que je vaux du moins la peine que vous cherchiez l'occasion de m'adresser des paroles mortifiantes.

— Mais, pour Dieu, de quoi parlez-vous, mon cousin ? Et pourquoi dites-vous que cet homme...

— Je dis que cet homme n'est point un accordeur de pianos, qu'il n'accorde pas votre piano, qu'il n'a jamais accordé aucun piano. Je dis qu'il ne vous quitte pas de l'œil , qu'il épie tous vos mouvements , qu'il aspire toutes vos paroles. Je dis que c'est un homme qui vous aura vue quelque part , à Naples ou à Florence , au théâtre ou à la promenade , et qui est tombé amoureux de vous.

— Et qui s'est introduit ici *sous un déguisement,* pour me voir et pour me séduire peut-être, l'infâme ! le scélérat ! » En prononçant ces paroles d'un ton emphatique, la signora se renversa sur un banc en riant aux éclats. Comme je vis le cousin s'approcher de la porte du salon d'un air presque furieux, je retournai à mon poste, et, m'armant du marteau d'accordage , je résolus de l'en assommer s'il essayait de m'outrager ; car j'avais déjà pressenti l'homme qui s'arrange de manière à ne pas se battre , et qui appelle ses valets quand on le brave à portée de l'antichambre. Il tombera roide mort avant de tirer le cordon de cette sonnette, pensai-je en serrant le marteau dans ma main et en jetant un rapide regard autour de moi. Mais mon aventure ne garda pas long-temps cette tournure dramatique.

Je revis la signora au bras de son cousin, se promenant sur la terrasse, et de temps en temps s'arrêtant devant la porte de glaces entr'ouverte, pour me regarder, elle, d'un air railleur, lui, d'un air embarrassé. Je ne savais plus ce qui se passait entre eux, et la colère me montait de plus en plus à la gorge.

Une jolie soubrette se trouva tout d'un coup en tiers sur la terrasse. La signora lui parlait d'un ton animé, tantôt riant, tantôt prenant un air absolu. La soubrette semblait hésiter; le cousin semblait supplier sa cousine de ne pas faire d'extravagance. Enfin la soubrette vint à moi d'un air confus, et me dit en rougissant jusqu'à la racine des cheveux : « Monsieur, la signora m'ordonne de vous dire, en propres termes, que vous êtes un insolent, et que vous feriez bien mieux d'accorder le piano que de la regarder comme vous faites. Pardon, monsieur... Je crois bien que c'est une plaisanterie. — Et je le prends ainsi, répondis-je; mais répondez à la signora que je lui présente mon profond respect, et que je la prie de ne pas me croire assez insolent pour la regarder. Je n'y pensais pas le moins du monde; et, s'il faut vous dire la vérité, à vous, ma belle enfant, c'est vous que je voyais au milieu de la prairie, et qui m'occupiez tellement que je ne songeais plus à continuer ma besogne.

— Moi! monsieur, dit la soubrette en rougissant encore plus, et en inclinant sa jolie tête sur son sein avec embarras. Comment pourrais-je occuper monsieur?

— Parce que vous êtes plus jolie cent fois que votre

maîtresse, » lui dis-je en passant un bras autour d'elle et en lui donnant un baiser avant qu'elle eût le temps de se douter de ma fantaisie.

C'était une belle villageoise, une sœur de lait de la signora. Elle était brune aussi, grande et svelte, mais timide dans sa démarche, et aussi naïve, aussi douce dans son maintien que sa jeune maîtresse était résolue et rusée. Elle tomba dans un tel trouble en se voyant ainsi embrassée par surprise devant la signora, qui s'était approchée presqu'au seuil du salon, entraînant son imbécile cousin, qu'elle s'enfuit en cachant son visage dans son tablier bleu brodé d'argent. La signora, qui ne s'attendait pas davantage à me voir prendre si philosophiquement ses impertinences, recula d'un pas, et le cousin, qui n'avait rien vu, répéta plusieurs fois de suite : « Qu'est-ce qu'il y a? Qu'est-ce que c'est? » La pauvre fillette continua de fuir sans vouloir répondre, et la signora éclata d'un rire forcé dont je feignis de ne pas m'apercevoir.

Au bout de peu d'instants, je la vis reparaître seule. Elle avait une expression de visage qui voulait être sévère, et qui était émue et troublée. « Il est heureux pour vous et pour moi, monsieur, dit-elle d'une voix un peu altérée, que mon cousin soit crédule et simple; car sachez qu'il est jaloux et querelleur.

— En vérité, mademoiselle? répondis-je gravement.

— Ne raillez pas, monsieur, reprit-elle avec dépit. On peut être aisé à tromper quand on aime; mais on est brave quand on s'appelle Grimani.

— Je n'en doute point, mademoiselle, continuai-je sur le même ton.

— Je vous prie donc, monsieur, reprit-elle encore avec une véhémence involontaire, de ne plus vous montrer ici ; car toutes ces plaisanteries pourraient mal finir.

— C'est comme il vous plaira, mademoiselle, répondis-je, toujours imperturbable.

— Il me paraît cependant, monsieur, qu'elles vous divertissent beaucoup ; car vous ne paraissez pas disposé à les terminer.

— Si je m'en amuse, signora, c'est par obéissance, comme on s'amuse en Italie sous le règne du grand Napoléon. Je voulais me retirer il y a une heure, et c'est vous qui n'avez pas voulu.

— Je ne l'ai pas voulu ? Osez-vous dire que je ne l'ai pas voulu ?

— Je voulais dire, signora, que vous n'y avez pas songé ; car j'attendais que vous me donnassiez un prétexte pour me retirer d'une manière tant soit peu vraisemblable au beau milieu de ma besogne, et il m'était impossible, quant à moi, de l'imaginer. Cela serait si peu naturel dans l'état où est le piano, et j'ai une si ferme volonté de ne rien faire qui puisse vous compromettre, que je reviendrai demain...

— Vous ne le ferez pas...

— J'en demande bien pardon à votre seigneurie, je reviendrai.

— Et pourquoi donc, monsieur ? Et de quel droit ?

— Je reviendrai pour satisfaire la curiosité du seigneur Hector, qui est fort intrigué de savoir qui je suis, et j'y reviendrai du droit que vous m'avez donné de faire face à l'homme avec qui vous avez voulu rire de moi.

— Est-ce une menace, seigneur Lélio ? dit-elle en cachant sa frayeur sous le manteau de son orgueil.

— Non, signora. Un homme qui ne veut pas reculer devant un autre homme n'est pas un homme qui menace.

— Mais mon cousin ne vous a rien dit, monsieur ; c'est contre son gré que je vous ai fait ces plaisanteries.

— Mais il est jaloux et querelleur.... De plus, il est brave. Moi, je ne suis pas jaloux, signora, je n'en ai ni le droit ni la fantaisie. Mais je suis querelleur aussi, et peut-être que, moi aussi, bien que je ne m'appelle pas Grimani, je suis brave ; qu'en savez-vous ?

— Oh ! je n'en doute pas, Lélio ! » s'écria-t-elle avec un accent qui me fit frémir de la tête aux pieds, tant il était différent de ce que j'entendais depuis trois jours.

Je la regardai avec surprise ; elle baissa les yeux d'un air à la fois modeste et fier. Je fus désarmé encore une fois. « Signora, repris-je, je ferai ce que vous voudrez, rien que ce que vous voudrez, comme vous le voudrez. »

Elle hésita un instant. « Vous ne pouvez pas revenir comme accordeur de pianos, dit-elle, vous me compromettriez ; car mon cousin va certainement dire à ma tante qu'il vous soupçonne d'être un chercheur d'aventures galantes, et, si ma tante le sait, elle le dira à ma mère. Or, monsieur Lélio, sachez que je ne me soucie que d'une personne au monde, c'est de ma mère ; que je ne crains qu'une chose au monde, c'est le déplaisir de ma mère. Elle m'a pourtant bien mal élevée, vous le voyez ; elle m'a horriblement gâtée... mais elle est si bonne, si douce, si tendre, si triste... Elle m'aime tant... si vous saviez !... » Une grosse larme roula sur la noire paupière de la signora ; elle essaya quelques instants de la retenir, mais elle vint tomber sur sa main. Ému, pénétré et terrassé par le terrible dieu avec lequel on ne joue pas en vain, je portai mes lèvres sur

cette belle main, et je dévorai cette belle larme, poison
subtil qui mit le feu dans mon sein. J'entendis revenir
le cousin, et me levant précipitamment : « Adieu, signora, lui dis-je, je vous obéirai aveuglément, je le jure
sur mon honneur : si monsieur votre cousin m'offense,
je me laisserai insulter ; je serai lâche plutôt que de
vous faire verser une seconde larme... » Et, la saluant
jusqu'à terre, je me retirai. Le cousin ne me parut pas
aussi belliqueux qu'elle me l'avait dépeint ; car il me
salua le premier, lorsque je passai devant lui. Je me
retirai lentement, pénétré de tristesse ; car j'aimais, et
je devais ne pas revenir. En devenant sincère, mon
amour devenait généreux.

Je me retournai plusieurs fois pour voir la robe de
velours de la signora ; mais elle avait disparu. Au moment où je franchissais la grille du parc, je l'aperçus
dans une petite allée qui longeait la muraille intérieurement. Elle avait couru pour se trouver là en même
temps que moi, et elle s'efforçait de prendre une démarche lente et rêveuse pour me faire croire que le
hasard amenait cette rencontre ; mais elle était tout essoufflée, et ses beaux bandeaux de cheveux noirs s'é-
taient dérangés le long des branches qu'elle avait rapidement écartées pour venir à travers le taillis. Je voulus
m'approcher d'elle, elle me fit un signe comme pour
m'indiquer qu'on la suivait. J'essayai de franchir la
grille ; je ne pouvais pas m'y décider. Elle me fit alors
un signe d'adieu accompagné d'un regard et d'un sourire ineffables. En cet instant elle fut belle comme je ne
l'avais point encore vue. Je mis une main sur mon
cœur, l'autre sur mon front, et je m'enfuis, heureux et
amoureux déjà comme un fou. Les branches avaient frémi
à quelques pas derrière la signora ; mais, là comme ail-

leurs, le cousin n'arrivait pas à temps : j'avais disparu.

Je trouvai chez moi une lettre de la Checchina. « Je me suis mise en route pour aller te rejoindre, me disait-elle, et me reposer sous les doux ombrages de Cafaggiolo des fatigues du théâtre. J'ai versé à San-Giovani; j'en suis quitte pour quelques contusions; mais ma voiture est brisée. Les maladroits ouvriers de ce village me demandent trois jours pour la réparer. Prends ta calèche, et viens me chercher, si tu ne veux que je périsse d'ennui dans cette auberge de muletiers, etc. » Je partis une heure après, et au point du jour j'arrivai à San-Giovani. « Comment se fait-il que tu sois seule? » lui dis-je en essayant de me débarrasser de ses grands bras et de ses fraternelles accolades, insupportables pour moi depuis ma maladie, à cause des parfums dont elle faisait un usage immodéré, soit qu'elle crût ainsi imiter les grandes dames, soit qu'elle aimât de passion tout ce qui flatte les sens. « Je me suis brouillée avec Nasi, me dit-elle; je l'ai planté là, et je ne veux plus entendre parler de lui ! — Ce n'est pas très-sérieux, repris-je, puisque pour le fuir tu vas t'installer chez lui. — C'est très-sérieux, au contraire; car je lui ai défendu de me suivre. — Et c'est pour lui en ôter les moyens, apparemment, que tu prends sa voiture pour te sauver, et que tu la brises en chemin? — C'est sa faute; il fallait bien presser les postillons; pourquoi a-t-il la mauvaise habitude de courir après moi? J'aurais voulu me tuer en versant, et qu'il arrivât pour me voir expirer, et pour apprendre ce que c'est que de contrarier une femme comme moi. — C'est-à-dire une folle. Mais tu n'auras pas le plaisir de mourir pour te venger, puisque d'une part tu ne t'es pas fait de mal, et que de l'autre il n'a pas couru après toi. — Oh ! il aura passé ici cette nuit sans se douter que j'y suis, et tu l'auras croisé en venant. Nous allons le trouver à Cafaggiolo. — Il est assez insensé pour cela. — Si j'en étais sûre, je voudrais rester ici huit jours cachée, afin de l'inquiéter, et de lui faire croire que je suis partie pour la France, comme je l'en ai menacé. — A ton plaisir, ma belle; je te salue et te laisse ma voiture. Quant à moi, j'ai peu de goût pour ce pays et pour cette auberge. — Si tu n'étais pas un sot, tu me vengerais, Lélio! — Merci! je ne suis pas offensé; tu ne l'es pas davantage, peut-être? — Oh! je le suis mortellement, Lélio! — Il aura refusé de te donner pour vingt-cinq mille francs de gants blancs, et il aura voulu te donner cinquante mille francs de diamants; quelque chose comme cela, sans doute? — Non, non, Lélio, il a voulu se marier! — Pourvu que ce ne soit pas avec toi, c'est une envie très-pardonnable. — Et ce qu'il y a de plus affreux, c'est qu'il s'était imaginé de me faire consentir à son mariage, et conserver mes bonnes grâces. Après une pareille insulte, crois-tu qu'il a eu l'audace de m'offrir un million, à condition que je le laisserais se marier, et que je lui resterais fidèle! — Un million! diable! Voilà bien le quarantième million que je te vois refuser, ma pauvre Checchina. Il y aurait de quoi entretenir une famille royale avec les millions que tu as méprisés! — Tu plaisantes toujours, Lélio. Un jour viendra où tu verras que, si j'avais voulu, j'aurais pu être reine tout comme une autre. Les sœurs de Napoléon sont-elles donc plus belles que moi? Ont-elles plus de talent, plus d'esprit, plus d'énergie? Ah! que je m'entendrais bien à tenir un royaume! — A peu près comme à tenir des livres en partie double dans un comptoir de commerce. Allons! tu as mis ta robe de chambre à l'envers, et tu essuies les pleurs de tes beaux yeux avec un de tes bas de soie. Fais trêve pour quelques instants à ces rêves d'ambition, habille-toi, et partons. »

Tout en regagnant la villa de Cafaggiolo et en laissant ma compagne de voyage donner un libre cours à ses déclamations héroïques, à ses divagations et à ses hâbleries, j'arrivai, non sans peine, à savoir que le bon Nasi avait été fasciné dans un bal par une belle personne et l'avait demandée en mariage ; qu'il était venu signifier sa résolution à Checchina ; que, celle-ci ayant pris le parti de s'évanouir et d'avoir des convulsions, il avait été tellement épouvanté par la violence de son désespoir qu'il l'avait suppliée d'accepter un terme moyen et de rester sa maîtresse malgré le mariage. Alors la Checchina, le voyant faiblir, avait orgueilleusement refusé de partager le cœur et la bourse de son amant. Elle avait demandé des chevaux de poste et signé ou feint de signer un engagement avec l'Opéra de Paris. Le débonnaire Nasi n'avait pu supporter l'idée de perdre une femme qu'il n'était pas sûr de ne plus adorer pour une femme que peut-être il n'adorait pas encore. Il avait demandé pardon à la cantatrice ; il avait retiré sa demande et cessé ses démarches de mariage auprès de l'illustre beauté dont la Checchina ignorait le nom. Checchina s'était laissé attendrir ; mais elle avait appris indirectement, le lendemain de ce grand sacrifice, que Nasi n'avait pas eu un grand mérite à le faire, puisqu'il venait, entre la scène de fureur et la scène de raccommodement, d'être débouté de sa demande de mariage et dédaigné pour un heureux rival. La Checchina, outrée, était partie, laissant au comte une lettre foudroyante dans laquelle elle lui déclarait qu'elle ne le reverrait jamais ; et, prenant la route de France, car

10.

tout chemin mène à Paris aussi bien qu'à Rome, elle courait attendre à Cafaggiolo que son amant la poursuivît et vînt mettre son corps en travers du chemin pour l'empêcher de pousser plus avant une vengeance dont elle commençait à s'ennuyer un peu.

Tout cela n'était pas dans le cerveau de la Checchina à l'état de calcul étroit et d'intrigue cupide. Elle aimait l'opulence, il est vrai, et ne pouvait s'en passer; mais elle avait tant de foi en sa destinée et tant d'audace dans le caractère, qu'elle risquait à chaque instant la fortune du jour pour celle du lendemain. Elle passait le Rubicon tous les matins, certaine de trouver sur l'autre rive un empire plus florissant que celui qu'elle abandonnait. Il n'y avait donc dans ces féminines roueries rien de vil, parce qu'il n'y avait rien de craintif. Elle ne jouait pas la douleur, elle ne faisait ni fausses promesses ni feintes prières. Elle avait dans ses moments de contrariété de très-véritables attaques de nerfs. Pourquoi ses amants étaient-ils assez crédules pour prendre l'impétuosité de sa colère pour l'effet d'une douleur profonde combattue par l'orgueil? N'est-ce pas notre faute à tous quand nous sommes dupes de notre propre vanité?

D'ailleurs, quand même, pour conserver son empire, la Checchina aurait un peu joué la tragédie dans son boudoir, elle avait son excuse dans la grande sincérité de sa conduite. Je n'ai jamais rencontré de femme plus franche, plus fidèle aux amants qui lui étaient fidèles, plus téméraire dans ses aveux lorsqu'elle était vengée, plus incapable de ressaisir sa domination au prix d'un mensonge. Il est vrai qu'elle n'aimait pas assez pour cela, et que nul homme ne lui semblait valoir la peine de se contraindre et de s'humilier à ses propres yeux par une dissimulation prolongée. J'ai sou-

vent pensé que nous étions bien fous, nous autres,
d'exiger tant de franchise quand nous apprécions si peu
le mérite de la fidélité. J'ai souvent éprouvé par moi-
même qu'il faut plus de passion pour soutenir un mensonge qu'il ne faut de courage pour dire la vérité. Il est
si facile d'être sincère avec ce qu'on n'aime pas! il est
si agréable de l'être avec ce qu'on n'aime plus!

Cette simple réflexion vous expliquera pourquoi il me
fut impossible d'aimer long-temps la Checchina, et comment il me fut impossible aussi de ne pas l'estimer toujours, en dépit de ses frasques insolentes et de son
ambition démesurée. Je compris vite que c'était une
détestable amante et une excellente amie; et puis, il y
avait une sorte de poésie dans cette énergie d'aventurière, dans ce détachement des richesses, inspiré par
l'amour même des richesses; dans cette fatuité inconcevable, couronnée toujours d'un succès plus inconcevable encore. Elle se comparait sans cesse aux sœurs de
Napoléon pour se préférer à elles, et à Napoléon pour
s'égaler à lui. Cela était plaisant et pas trop ridicule.
Dans sa sphère, elle avait autant d'audace et de bonheur que le grand conquérant. Elle n'eut jamais pour
amants que des hommes jeunes, riches, beaux et honnêtes; et je ne crois pas qu'un seul se soit jamais plaint
d'elle après l'avoir quittée ou perdue; car au fond elle
était grande et noble. Elle savait toujours racheter mille
puérilités et mille malices par un acte décisif de force
et de bonté. Enfin, pour tout dire, elle était brave au
moral et au physique, et les gens de ce tempérament
valent toujours quelque chose, où qu'ils soient et quoi
qu'ils fassent.

« Ma pauvre enfant, lui disais-je chemin faisant, tu
vas être bien attrapée si Nasi te prend au mot et te laisse

partir pour la France. — Il n'y a pas de danger, disait-elle en souriant, oubliant qu'elle venait de me dire que pour rien au monde elle ne se laisserait fléchir par ses soumissions. — Mais enfin, supposons que cela arrive, que feras-tu ? Tu n'as rien au monde, et tu n'as pas coutume de garder les dons des amants que tu quittes. C'est pour cela que je t'estime un peu, malgré tous tes crimes. Voyons, dis-moi, que vas-tu devenir ? — J'aurai du chagrin, me répondit-elle ; oui, vraiment, Lélio, j'aurai des regrets ; car Nasi est un digne homme, un excellent cœur. Je parie que je pleurerai pendant..... je ne sais pas combien de temps ! Mais enfin on a une destinée ou on n'en a pas. Si Dieu veut que j'aille en France, c'est apparemment parce que je n'ai plus rien d'heureux à rencontrer en Italie. Si je me sépare de ce bon et tendre amant, c'est sans doute que là-bas un homme plus dévoué et plus courageux m'attend pour m'épouser, et pour prouver au monde que l'amour est au-dessus de tous les préjugés. N'en doute pas, Lélio, je serai princesse, reine peut-être. Une vieille sorcière de Malamocco me l'a prédit dans mon horoscope, lorsque je n'avais que quatre ans, et je l'ai toujours cru ; preuve que cela doit être ! — Preuve concluante, repris-je, argument sans réplique ! Reine de Barataria, je te salue !

— Qu'est-ce que c'est que la Barataria ? Est-ce que c'est le nouvel opéra de Cimarosa ?

— Non, c'est le nom de l'étoile qui préside à ta destinée. »

Nous arrivâmes à Cafaggiolo et n'y trouvâmes point Nasi. « Ton étoile pâlit, la fortune t'abandonne, » dis-je à la Chioggiote. Elle se mordit la lèvre et reprit aussitôt avec un sourire : « Avant le lever du soleil, il y a toujours des brouillards sur les lagunes. Dans tous les cas, il faut prendre des forces, afin d'être préparé aux coups de la destinée. » En parlant ainsi, elle se mit à table, avala presque une daube truffée; après quoi elle dormit douze heures sans désemparer, passa trois heures à sa toilette, et pétilla d'esprit et d'absurdité jusqu'au soir. Nasi n'arriva point.

Pour moi, au milieu de la gaieté et de l'animation que cette bonne fille avait apportée dans ma solitude, j'étais préoccupé du souvenir de mon aventure à la villa Grimani, et tourmenté du désir de revoir ma belle patricienne. Mais quel moyen? Je me creusais vainement l'esprit pour en trouver un qui ne la compromît pas. En la quittant, je m'étais juré de ne faire aucune imprudence. En repassant dans ma mémoire le souvenir de ces derniers instants où elle m'avait semblé si naïve et si touchante, je sentais que je ne pouvais plus agir légèrement envers elle sans perdre ma propre estime. Je n'osais pas prendre des informations sur son entourage, encore moins sur son intérieur; je n'avais voulu voir personne dans les environs, et maintenant j'en étais presque fâché; car j'eusse pu apprendre par hasard ce que je n'osais demander directement. Le domestique qui me servait était un Napolitain arrivé avec moi et comme moi pour la première fois dans le pays. Le jardinier était idiot et sourd. Une vieille femme de charge, qui tenait la maison depuis l'enfance de Nasi, eût pu m'instruire peut-être; mais je n'osais l'interroger, elle était curieuse et bavarde. Elle s'inquiétait beaucoup de savoir où j'allais, et, pendant les trois jours que je ne lui avais pas rapporté de gibier, ni rendu compte de mes promenades, elle était si intriguée que je tremblais qu'elle ne vînt à découvrir mon roman. Un

nom seul eût pu la mettre sur la voie. Je me gardai
donc bien de le prononcer. Je ne voulais pas aller à
Florence, j'y étais trop connu; je m'y serais à peine
montré que j'eusse été inondé de visites. Or, dans la
disposition maladive et misanthropique qui m'avait fait
chercher la retraite de Cafaggiolo, j'avais caché mon
nom et mon état tant aux gens des environs qu'aux serviteurs de la maison même. Je devais garder plus que
jamais mon incognito; car je présumais que le comte
allait arriver, et que ses velléités de mariage pourraient
bien lui faire désirer d'ensevelir dans le mystère la présence de la Checchina dans sa maison.

Deux jours s'écoulèrent ainsi sans que Nasi revînt,
lui qui eût pu m'éclairer, et sans que j'osasse faire un
pas dehors. La Checchina fut prise de vives douleurs et
d'un gros rhume par suite des mésaventures de son
voyage. Peut-être, ne sachant quelle figure faire vis-à-
vis de moi, ne voulant pas avoir l'air d'attendre son infidèle après avoir juré qu'elle ne l'attendrait pas, n'é-
tait-elle pas fâchée d'avoir un prétexte pour rester à
Cafaggiolo.

Un matin, ne pouvant y tenir, car cette signorina de
quinze ans me trottait par la tête avec ses petites mains
blanches et ses grands yeux noirs, je pris mon carnier,
j'appelai mon chien, et je partis pour la chasse, n'oubliant que mon fusil. Je rôdai vainement autour de la
villa Grimani; je n'aperçus pas un être vivant, je n'entendis pas un bruit humain. Toutes les grilles du parc
étaient fermées, et je remarquai que dans la grande
allée, d'où l'on apercevait le bas de la façade, on avait
abattu de gros arbres, dont le branchage touffu inter-
ceptait complétement la vue. Était-ce à dessein qu'on
avait dressé ces barricades? Était-ce une vengeance du

cousin? Était-ce une précaution de la tante? Était-ce une malice de mon héroïne elle-même? Si je le croyais! me disais-je. Mais je ne le croyais pas. J'aimais bien mieux supposer qu'elle gémissait de mon absence et de sa captivité, et je faisais pour sa délivrance mille projets plus ridicules les uns que les autres.

En rentrant à Cafaggiolo, je trouvai dans la chambre de la Checchina une belle villageoise que je reconnus aussitôt pour la sœur de lait de la Grimani. « Voilà, me dit la Checchina, qui l'avait fait asseoir sans façon sur le pied de son lit, une belle enfant qui ne veut parler qu'à toi, Lélio. Je l'ai prise sous ma protection, parce que la vieille Cattina voulait la renvoyer insolemment. Moi, j'ai bien vu à son petit air modeste que c'est une honnête fille, et je ne lui ai pas fait de questions indiscrètes. N'est-ce pas, ma pauvre brunette? Allons, ne soyez pas honteuse, et passez dans le salon avec M. Lélio. Je ne suis pas curieuse, allez; j'ai autre chose à faire qu'à tourmenter mes amis,

— Venez, ma chère enfant, dis-je à la soubrette, et ne craignez rien; vous n'avez affaire ici qu'à d'honnêtes gens. »

La pauvre fille restait debout, éperdue, et triste à faire pitié. Bien qu'elle eût eu le courage de cacher jusque-là le motif de sa visite, elle tirait de sa poche et montrait à demi, dans son trouble, un billet qu'elle y renfonçait de nouveau, partagée entre le soin de son honneur et celui de l'honneur de sa maîtresse. « Oh! mon Dieu! dit-elle enfin d'une voix tremblante, si madame allait croire que je viens ici dans de mauvaises intentions!... — Moi, je ne crois rien du tout, ma pauvrette, s'écria la bonne Checchina en ouvrant un livre et en lisant à travers d'un lorgnon, bien qu'elle eût une

vue excellente, car elle croyait qu'il était de bon air
d'avoir les yeux faibles. — C'est que madame a l'air si
bon, et m'a reçue avec tant de confiance, reprit la
jeune fille. — Votre air inspire cette confiance à tout le
monde, repartit la cantatrice, et si je suis bonne avec
vous, c'est que vous le méritez. Allez, allez, je ne suis
pas indiscrète, contez vos affaires à M. Lélio, cela ne
me fâchera pas le moins du monde. Allons, Lélio, em-
mène-la donc! Pauvre petite! elle se croit perdue. Va,
mon enfant, les comédiens sont d'aussi braves gens que
les autres, sois-en sûre. »

La jeune fille fit une profonde révérence et me suivit
dans le salon. Son cœur battait à briser le lacet de son
corsage de velours vert, et ses joues étaient écarlates
comme sa jupe. Elle se hâta de tirer la lettre de sa poche, et, en me la remettant, elle recula de trois pas,
tant elle craignait que je ne fusse aussi insolent avec
elle que la première fois. Je la rassurai par le calme de
mon maintien, et lui demandai si elle avait quelque
chose de plus à me dire. « Il faut que j'attende la réponse, me dit-elle d'un air d'angoisse. — Eh bien! lui
dis-je, allez l'attendre dans l'appartement de madame. »
Et je la reconduisis auprès de la Checchina. « Cette
brave fille, lui dis-je, veut entrer au service d'une dame
de Florence que je connais particulièrement, et elle
vient me demander une lettre de recommandation. Pendant que je vais l'écrire, voulez-vous permettre qu'elle
reste près de vous? — Oui, oui, certes! » dit la Checchina en lui faisant signe de s'asseoir, et en lui souriant
d'un air de protection amicale. Cette douceur et cette
simplicité de manières envers les gens de son ancienne
condition étaient au nombre des belles qualités de la
Chioggiote. En même temps qu'elle minaudait les allu-

res de la grande dame, elle conservait la bonté brusque
et naïve de la batelière. Ses manières, souvent ridicules, étaient toujours bienveillantes ; et, si elle aimait à
trôner dans un lit de satin garni de dentelles devant cette
pauvre villageoise, elle n'en avait pas moins dans le
cœur et sur les lèvres de tendres encouragements pour
son humilité.

La lettre de la signora était conçue en ces termes :

« Trois jours sans revenir ! Ou vous n'avez guère
d'esprit, ou vous n'avez guère d'envie de me revoir.
Est-ce donc à moi de trouver le moyen de continuer
nos amicales relations ? Si vous ne l'avez pas cherché,
vous êtes un sot ; si vous ne l'avez pas trouvé, vous êtes
ce que vous m'accusez d'être. La preuve que je ne suis
ne superba, ne stupida, c'est que je vous donne un
rendez-vous. Demain matin dimanche, je serai à la messe
de huit heures à Florence, à *Santa-Maria del Sasso.*
Ma tante est malade ; Lila, ma sœur de lait, doit seule
m'accompagner. Si le domestique et le cocher vous re-
marquent ou vous interrogent, donnez-leur de l'argent,
ce sont des coquins. Adieu, à demain. »

Répondre, promettre, jurer, remercier, et remettre
à la belle Lila le plus ampoulé des billets d'amour, ce
fut l'affaire de peu d'instants. Mais quand je voulus glisser une pièce d'or dans la main de la messagère, j'en
fus empêché par un regard plein de tristesse et de dignité. Elle avait cédé par dévouement à la fantaisie de
sa maîtresse ; mais il était évident que sa conscience lui
reprochait cet acte de faiblesse, et que lui en offrir le
paiement, c'eût été la châtier et l'humilier cruellement.
Je me reprochais beaucoup en cet instant le baiser que
j'avais osé lui dérober pour railler sa maîtresse, et j'essayai de réparer ma faute en la reconduisant jusqu'au

11

bout du jardin avec autant de respect et de courtoisie que j'en eusse témoigné à une grande dame.

Je fus très-agité tout le reste du jour. La Checchina s'aperçut de ma préoccupation. « Voyons, Lélio, me dit-elle à la fin du souper que nous prenions tête à tête sur une jolie petite terrasse ombragée de pampres et de jasmins; je vois que tu es tourmenté; pourquoi ne m'ouvres-tu pas ton cœur? Ai-je jamais trahi un secret? Ne suis-je pas digne de ta confiance? Ai-je mérité qu'elle me fût retirée? — Non, ma bonne Checchina, lui répondis-je, je rends justice à ta discrétion (et il est certain que la Checchina eût gardé, comme Portia, les confidences de Brutus); mais, ajoutai-je, si tous mes secrets t'appartiennent, il en est d'autres.... — Je sais ce que tu vas me dire, dit-elle avec vivacité. Il en est d'autres qui ne sont pas à toi seul et dont tu n'as pas le droit de disposer; mais si, malgré toi, je les devine, dois-tu pousser le scrupule jusqu'à nier inutilement ce que je sais aussi bien que toi? Allons, ami, j'ai fort bien compris la visite de cette belle fille; j'ai vu sa main dans sa poche, et, avant qu'elle m'eût dit bonjour, je savais qu'elle apportait une lettre. A l'air timide et chagrin de cette pauvre Iris (la Checchina aimait beaucoup les comparaisons mythologiques depuis qu'elle épelait l'*Aminta di Tasso* et l'*Adone del Guarini*), j'ai bien compris qu'il y avait là une véritable histoire de roman, une grande dame craignant le monde ou une petite fille risquant son établissement futur avec quelque honnête bourgeois. Ce qu'il y a de certain, c'est que tu as fait une de ces conquêtes dont vous autres hommes êtes si fiers, parce qu'elles passent pour difficiles et demandent beaucoup de cachotteries. Tu vois que j'ai deviné? » Je répondis par un sourire. « Je

ne t'en demande pas davantage, reprit-elle; je sais que
tu ne dois trahir ni le nom, ni la demeure, ni la condition de la personne; d'ailleurs cela ne m'intéresse
pas. Mais je puis te demander si tu es enchanté ou désespéré, et tu dois me dire si je puis te servir à quelque
chose. — Si j'ai besoin de toi, je te le dirai, répondis-
je; et, quant à te faire savoir si je suis enchanté ou
désespéré, je puis t'assurer que je ne suis encore ni
l'un ni l'autre.

— Eh bien! eh bien! prends garde à l'un comme à
l'autre; car, dans les deux cas, il n'y aurait pas lieu à
de si grandes émotions.

— Et qu'en sais-tu?

— Mon cher Lélio, reprit-elle d'un ton sentencieux,
supposons que tu sois enchanté. Qu'est-ce qu'une
femme facile de plus ou de moins dans la vie d'un
homme de théâtre : le théâtre, où les femmes sont si
belles, si étincelantes d'esprit? Vas-tu donc t'enivrer
d'une bonne fortune du grand monde? Vanité! vanité!
Les femmes du monde sont aussi inférieures à nous sous
tous les rapports que la vanité est inférieure à la gloire.

—Voilà qui est modeste, je t'en félicite, répondis-je;
mais ne pourrait-on pas retourner l'aphorisme, et dire
que c'est la vanité, et non l'amour, qui attire les hommes du monde aux pieds des femmes de théâtre?

— Oh! quelle différence! s'écria la Checchina. Une
belle et grande actrice est un être privilégié de la nature et relevé par le prestige de l'art; livrée aux regards
des hommes dans tout l'éclat de sa beauté, de son talent
et de sa célébrité, n'est-il pas naturel qu'elle excite l'admiration et qu'elle allume les désirs? Pourquoi donc,
vous autres, qui subjuguez la plupart d'entre nous avant
les grands seigneurs; vous, qui nous épousez quand

nous avons l'humeur sédentaire, et qui prélevez vos
droits sur nous quand nous avons l'âme ardente; vous,
qui laissez jouer à d'autres le rôle d'amants magnifiques, et qui toujours êtes l'amant préféré, ou tout au
moins l'ami du cœur; pourquoi tourneriez-vous vos
pensées vers ces patriciennes qui vous sourient du
bout des lèvres, et vous applaudissent du bout des
doigts? Ah! Lélio! Lélio! je crains qu'ici ton bon
sens ne soit fourvoyé dans quelque sotte aventure. A ta
place, plutôt que d'être flatté des œillades de quelque
marquise sur le retour, je ferais attention à une belle
choriste, à la Torquata ou à la Gargani, par exemple...
Eh oui! eh oui! s'écria-t-elle en s'animant à mesure que
je souriais; ces filles-là sont plus hardies en apparence,
et je soutiens qu'elles sont moins corrompues en réalité
que tes Cidalises de salon. Tu ne serais pas forcé de
jouer auprès d'elles une longue comédie de sentiment,
ou de livrer une misérable guerre de bel esprit... Mais
voilà comme vous êtes! L'écusson d'un carrosse, la livrée d'un laquais, c'en est assez pour embellir à vos
yeux le premier laideron titré qui laisse tomber sur vous
un regard de protection...

— Ma chère amie, repris-je, tout cela est fort sensé;
mais il ne manque à ton raisonnement que d'être appuyé sur un fait vrai. Pour mon honneur, tu aurais
bien pu, je pense, supposer que la laideur et la vieillesse
ne sont pas de rigueur chez une patricienne éprise d'un
artiste. Il s'en est trouvé de jeunes et belles qui ont eu
des yeux, et puisque tu me forces à te dire des choses
ridicules dans un langage ridicule, pour te fermer la
bouche, apprends que l'objet de *ma flamme* a quinze
ans, et qu'elle est belle comme la *déesse Cypris*, dont
tu apprends par cœur les prouesses en bouts rimés,

— Lélio, s'écria la Checchina en éclatant de rire, tu es le fat le plus insupportable que j'aie jamais rencontré.

— Si je suis fat, belle princesse, m'écriai-je, il y a un peu de votre faute, à ce qu'on prétend.

— Eh bien ! dit-elle, si tu ne mens pas, si ta maîtresse est digne par sa beauté des folies que tu vas faire pour elle, prends bien garde à une chose, c'est qu'avant huit jours tu seras désespéré.

— Mais qu'avez-vous donc aujourd'hui, signora Checchina, pour me dire des choses si désobligeantes ?

— Lélio, ne rions plus, dit-elle en posant sa main sur la mienne avec amitié. Je te connais mieux que tu ne te connais toi-même. Tu es sérieusement amoureux, et tu vas souffrir...

— Allons ! allons, Checca, sur tes vieux jours tu te retireras à Malamocco, et tu y diras la bonne ou la mauvaise aventure aux bateliers des lagunes; en attendant, laisse-moi, belle sorcière, affronter la mienne sans lâches pressentiments.

— Non, non ! Je ne me tairai pas que je n'aie tiré ton horoscope. S'il s'agissait d'une femme faite pour toi, je ne voudrais pas t'inquiéter; mais une noble, une femme du monde, marquise ou bourgeoise, il n'importe, je leur en veux ! Quand je vois cet imbécile de Nasi me négliger pour une créature qui ne me va pas, je parie, au genou, je me dis que tous les hommes sont vains et sots. Ainsi, je te prédis que tu ne seras point aimé, parce qu'une femme du monde ne peut pas aimer un comédien; et, si par hasard tu es aimé, tu n'en seras que plus misérable ; car tu seras humilié.

— Humilié ! Checchina, qu'est-ce que vous dites donc là ?

11.

— A quoi connaît-on l'amour, Lélio? au plaisir qu'on donne ou à celui qu'on éprouve?...

— Pardieu! à l'un et à l'autre! Où veux-tu en venir?

— N'en est-il pas du dévouement comme du plaisir? Ne faut-il pas qu'il soit réciproque?

— Sans doute; après?

— Quel dévouement espères-tu rencontrer chez ta maîtresse? quelques nuits de plaisir? Tu sembles embarrassé de répondre.

— Je le suis, en effet; je t'ai dit qu'elle avait quinze ans, et je suis un honnête homme.

— Espères-tu l'épouser?

— Epouser, moi! une fille riche et de grande maison! Dieu m'en préserve! Ah çà! tu crois donc que je suis dévoré comme toi de la matrimoniomanie?

— Mais je suppose, moi, que tu aies envie de l'épouser; tu crois qu'elle y consentira? tu en es sûr?

— Mais je te répète que pour rien au monde je ne veux épouser personne.

— Si c'est parce que tu serais mal venu à en avoir la prétention, ton rôle est triste, mon bon Lélio!

— *Corpo di Bacco!* tu m'ennuies, Checchina!

— C'est bien mon intention, cher ami de mon âme. Or donc, tu ne songes point à épouser, parce que ce serait une impertinente fantaisie de ta part, et que tu es un homme d'esprit. Tu ne songes point à séduire, parce que ce serait un crime, et que tu es un homme de cœur. Dis-moi, est-ce que ce sera bien amusant, ton roman?

— Mais créature épaisse et positive que tu es, tu n'entends rien au sentiment. Si je veux faire une pastorale, qui m'en empêchera?

— Une pastorale, c'est joli en musique. En amour, ce doit être bien fade.

— Mais ce n'est ni criminel ni humiliant.

— Et pourquoi es-tu si agité? Pourquoi es-tu triste, Lélio?

— Tu rêves, Checchina; je suis tranquille et joyeux comme de coutume. Laissons toutes ces paroles; je ne te recommande pas le silence sur le peu que je t'ai dit, j'ai confiance en toi. Pour te rassurer sur ma situation d'esprit, sache seulement une chose : je suis plus fier de ma profession de comédien, que jamais gentilhomme ne le fut de son marquisat. Il n'est au pouvoir de personne de m'en faire rougir. Je ne serai jamais assez fat, quoi que tu en dises, pour désirer des dévouements extraordinaires, et si un peu d'amour réchauffe mon cœur en cet instant, la joie modeste d'en inspirer un peu me suffit. Je ne nie pas les nombreuses supériorités des femmes de théâtre sur les femmes du monde. Il y a plus de beauté, de grâce, d'esprit et de feu dans les coulisses que partout ailleurs, je le sais. Il n'y a pas plus de pudeur, de désintéressement, de chasteté et de fidélité chez les grandes dames que partout ailleurs, je le sais encore. Mais la jeunesse et la beauté sont partout des idoles qui nous font plier le genou; et quant au préjugé, c'est déjà beaucoup pour une femme élevée sous des lois tyranniques d'avoir en secret un pauvre regard et un pauvre battement de cœur pour un homme que ses préjugés même lui défendent de considérer comme un être de son espèce. Ce pauvre regard, ce pauvre *palpito*, ce serait bien peu pour le vaste désir d'une grande passion; mais je te l'ai dit, cousine, je n'en suis pas là.

— Et qui te dit que tu n'y viendras pas?

— Alors il sera temps de me prêcher.

— Il sera trop tard, tu souffriras !

— Ah ! Cassandra, laisse-moi vivre ! »

Le lendemain, à sept heures du matin, j'errais lentement dans l'ombre des piliers de Santa-Maria. Ce rendez-vous était bien la plus grande imprudence que pût commettre ma jeune signora ; car ma figure était aussi connue de la plupart des habitants de Florence que la grande route aux pieds de leurs chevaux. Je pris donc les plus minutieuses précautions pour entrer dans la ville à la lueur incertaine de l'aube, et je me tins caché sous les chapelles, la figure plongée dans mon manteau, me glissant en silence et n'éveillant point, par le moindre frôlement, les fidèles en prières parmi lesquels je cherchais à découvrir la dame de mes pensées. Je n'attendis pas long-temps ; la belle Lila m'apparut au détour d'un pilier ; elle me montra du regard un confessionnal vide dont la niche mystérieuse pouvait abriter deux personnes. Il y avait, dans le beau regard prompt et intelligent de cette jeune fille, quelque chose de triste qui m'alla au cœur ; je m'agenouillai dans le confessionnal, et, peu d'instants après, une ombre noire se glissa près de moi et vint s'agenouiller à mes côtés. Lila se courba sur une chaise entre nous et les regards du public, qui, heureusement, était absorbé en cet instant par le commencement de la messe, et se prosternait bruyamment au son de la clochette de l'introït.

La signora était enveloppée d'un grand voile noir, et ses mains le retinrent croisé sur son visage pendant quelques instants. Elle ne me parlait point, elle courbait sa belle tête, comme si elle fût venue à l'église pour prier ; mais, malgré tous ses efforts pour me paraître calme, je vis que son sein était oppressé, et qu'au milieu de son audace elle était frappée d'épouvante. Je n'osais la rassurer par des paroles tendres ; car je la savais prompte à la repartie ironique, et je ne prévoyais pas quel ton elle prendrait avec moi en cette circonstance délicate. Je comprenais seulement que plus elle s'exposait avec moi, plus je devais me montrer respectueux et soumis. Avec un caractère comme le sien, l'impudence eût été promptement repoussée par le mépris. Enfin je vis qu'il fallait le premier rompre le silence, et je la remerciai assez gauchement de la faveur de cette entrevue. Ma timidité sembla lui rendre le courage. Elle souleva doucement le coin de son voile, appuya son bras avec plus d'aisance sur le bois du confessionnal, et me dit d'un ton demi-railleur, demi-attendri :

« De quoi me remerciez-vous, s'il vous plaît ?

— D'avoir compté sur ma soumission, madame, répondis-je ; de n'avoir pas douté de l'empressement avec lequel je viendrais recevoir vos ordres.

— Ainsi, reprit-elle en raillant tout à fait, votre présence ici est un acte de pure soumission ?

— Je n'oserais pas me permettre de rien penser sur ma situation présente, sinon que je suis votre esclave, et qu'ayant une volonté souveraine à me manifester, vous m'avez commandé de venir m'agenouiller ici.

— Vous êtes un homme parfaitement élevé, » répondit-elle en dépliant lentement son éventail devant son visage et en remontant sa mitaine noire sur son bras arrondi, avec autant d'aisance que si elle eût parlé à son cousin.

Elle continua sur ce ton, et, en très-peu d'instants, je fus obsédé et presque attristé de son babil fantastique et mutin. A quoi bon, me disais-je, tant d'audace pour si peu d'amour! Un rendez-vous dans une église, à la vue de toute une population, le danger d'être découverte, maudite et reniée de sa famille et de toute sa caste, le tout pour échanger avec moi des quolibets, comme elle ferait avec une de ses amies en grande loge, au théâtre! Se plaît-elle donc aux aventures pour le seul amour du péril? Si elle s'expose ainsi sans m'aimer, que fera-t-elle pour l'homme qu'elle aimera? Et puis combien de fois déjà et pour qui ne s'est-elle pas exposée de la sorte? Si elle ne l'a pas fait encore, c'est le temps et l'occasion qui lui ont manqué. Elle est si jeune! Mais quelle énorme série d'aventures galantes ne recèle pas cet avenir dangereux, et combien d'hommes en abuseront, et combien de souillures terniront cette fleur charmante avide de s'épanouir au vent des passions!

Elle s'aperçut de ma préoccupation, et me dit d'un ton brusque:

« Vous avez l'air de vous ennuyer? »

J'allais répondre, lorsqu'un petit bruit nous fit tourner la tête par un mouvement spontané. Derrière nous s'ouvrit la coulisse de bois qui ferme la lucarne grillée par laquelle le prêtre reçoit les confessions, et une tête jaune et ridée, au regard pénétrant et sévère, nous apparut comme un mauvais rêve. Je me détournai précipitamment avant que ce tiers malencontreux eût le temps d'examiner mes traits. Mais je n'osai m'éloigner de peur d'attirer l'attention des personnes environnantes. J'entendis donc ces paroles adressées à l'oreille de ma complice : « Signora, la personne qui est auprès de vous n'est point venue dans la maison du Seigneur pour entendre les saints offices. J'ai vu dans toute son attitude et dans les distractions qu'elle vous donne que l'é-

glise est profanée par un entretien illicite. Ordonnez à
cette personne de se retirer, ou je me verrai forcé d'a-
vertir madame votre tante du peu de ferveur que vous
portez à l'audition de la sainte messe, et de la complaisance avec laquelle vous ouvrez l'oreille aux fades propos des jeunes gens qui se glissent près de vous. » La
lucarne se referma aussitôt, et nous demeurâmes quelques instants immobiles, craignant de nous trahir par
un mouvement. Alors Lila, s'approchant tout près de
nous, dit à voix basse à sa maîtresse : « Mon Dieu,
retirons-nous, signora! M. l'abbé Cignola, qui rôdait
dans l'église depuis un quart d'heure, vient d'entrer
dans le confessionnal et d'en ressortir presque aussitôt
après vous avoir regardée sans doute par la lucarne. Je
crains bien qu'il ne vous ait reconnue, ou qu'il n'ait
entendu ce que vous disiez. — Je le crois bien ; car il
m'a parlé, répondit la signora, dont le noir sourcil
s'était froncé durant le discours de l'abbé avec une expression de bravade. Mais peu m'importe.

— Je dois me retirer, signora, dis-je en me levant ;
en restant une minute de plus, j'achèverais de vous
perdre. Puisque vous connaissez ma demeure, vous me
ferez savoir vos volontés...

— Restez, me dit-elle en me retenant avec force. Si
vous vous éloignez, je perds le seul moyen de me dis-
culper. N'aie pas peur, Lila. Ne dis pas un mot, je te le
défends. Mon cousin, dit-elle en élevant un peu la voix,
donnez-moi le bras et allons-nous-en. — Y songez-
vous, signora? Tout Florence me connaît. Jamais vous
ne pourrez me faire passer pour votre cousin. — Mais
tout Florence ne me connaît pas, répondit-elle en passant son bras sous le mien et en me forçant à marcher
avec elle. D'ailleurs je suis *hermétiquement* voilée,

et vous n'avez qu'à enfoncer votre chapeau. Allons!
ayez donc mal aux dents! Mettez votre mouchoir sur
votre visage. Hé vite! voici des gens qui me connaissent
et qui me regardent. Ayez de l'assurance et doublez le
pas. »

En parlant ainsi, et en marchant avec vivacité, elle
gagna la porte de l'église, appuyée sur mon bras. J'allais prendre congé d'elle et m'enfoncer dans la foule
qui s'écoulait avec nous, car la messe venait de finir,
lorsque l'abbé Cignola nous apparut de nouveau, debout sur le portique et feignant de s'entretenir avec un
des bedeaux. Son oblique regard nous suivait attentivement. « N'est-ce pas, Hector? » dit la signora en passant près de lui et en penchant sa tête entre le visage
de l'abbé et le mien. Lila tremblait de tous ses membres; la signora aussi; mais son émotion redoublait son
courage. Une voiture aux armoiries et à la livrée des
Grimani s'avançait à grand bruit, et le peuple, qui a
toujours coutume de regarder avidement l'étalage du
luxe, se pressait sous les roues et sous les pieds des
chevaux. D'ailleurs, l'équipage de la vieille Grimani en
particulier attirait toujours une nuée de mendiants;
car la pieuse dame avait coutume de répandre des aumônes sur son passage. Un grand laquais fut forcé de
les repousser pour ouvrir la portière, et j'avançais toujours, conduisant la signora, et toujours suivi du regard inquisitorial de l'abbé Cignola. « Montez avec moi, »
me dit la signora d'un ton absolu et avec un serrement
de main énergique en s'élançant sur le marchepied.
J'hésitais; il me semblait que ce dernier coup d'audace
allait consommer sa perte. « Montez donc, » me dit-elle
avec une sorte de fureur; et dès que je fus assis près
d'elle, elle leva elle-même la glace, donnant à peine à

Lila le temps de s'asseoir vis-à-vis de nous, et au domestique celui de fermer la portière. Et déjà nous roulions avec la rapidité de l'éclair à travers les rues de Florence.

« N'aie pas peur, ma bonne Lila, dit la signora en passant un de ses bras au cou de sa sœur de lait, et en lui donnant un gros baiser sur la joue; tout cela s'arrangera. L'abbé Cignola n'a pas encore vu mon cousin, et il est impossible qu'il ait assez bien vu le seigneur Lélio aujourd'hui pour s'apercevoir plus tard de la supercherie.

— Oh! signora, l'abbé Cignola est un homme qu'on ne trompe pas.

— Eh! que m'importe ton abbé Cignola? Je te dis que je fais croire à ma tante tout ce que je veux.

— Et le seigneur Hector dira bien qu'il ne vous a pas accompagnée à la messe, dis-je à mon tour.

— Oh! pour celui-là, je vous réponds qu'il dira tout ce que je voudrai; au besoin, je lui persuaderais à lui-même qu'il était à la messe, tandis qu'il se figurait être à la chasse.

— Mais les domestiques, signora? Le valet de pied a regardé M. Lélio avec un air singulier, et tout d'un coup il a reculé de surprise, comme s'il eût reconnu l'accordeur de pianos.

— Eh bien! tu leur diras que j'ai rencontré cet *homme-là* dans l'église, et que je lui ai dit bonjour; qu'il m'a dit avoir une course à faire dans nos environs, et que, comme je suis très-bonne, j'ai voulu lui éviter la peine d'y aller à pied. Nous allons le déposer devant la première maison de campagne que nous trouverons sur la route. Et tu ajouteras que je suis bien étourdie, que ma tante a bien sujet de gronder; mais

12

que je suis une excellente personne, quoique un peu folle, et que c'est bien affligeant de me voir toujours réprimandée. Comme ils m'aiment et que je leur ferai à chacun un petit cadeau, ils ne diront rien du tout. En voilà bien assez; n'avez-vous pas autre chose à me dire tous deux que des condoléances sur un fait accompli? Seigneur Lélio, comment trouvez-vous cette triste ville de Florence? Tous ces vieux palais noirs ferrés jusqu'aux dents n'ont-ils pas l'air de prisons? »

J'essayai de soutenir la conversation d'un air dégagé; mais je n'étais rien moins que content. Je ne me sentais aucun goût pour des aventures où tout le risque était pour la femme, et tout le tort de mon côté. Il me semblait que j'étais lestement traité, puisqu'on s'exposait pour moi à des dangers et à des malheurs qu'on ne me permettait pas de combattre ou de conjurer.

Je retombai malgré moi dans un silence pénible. La signora, ayant fait de vains efforts pour le vaincre, se tut aussi. La figure de Lila restait consternée. Nous étions sortis de la ville. Deux fois je fis remarquer que le lieu me semblait favorable pour arrêter le cocher et me déposer sur la route. Deux fois la signora s'y opposa d'un ton impérieux, disant que c'était trop près de la ville, et qu'on courait encore risque de rencontrer quelque figure de connaissance.

Depuis un quart d'heure nous ne disions plus un mot; cette situation devenait horriblement désagréable. J'étais mécontent de la signora, qui m'avait engagé sans mon consentement dans une aventure où je ne pouvais marcher à ma guise. J'étais encore plus mécontent de moi-même pour m'être laissé entraîner à des enfantillages dont toute la honte devait retomber sur moi ; car, aux yeux des hommes les moins scrupuleux, corrompre ou compromettre une fille de quinze ans, doit toujours être considéré comme une lâche et mauvaise action. J'allais décidément arrêter le cocher pour descendre, lorsqu'en me retournant vers mes compagnes de voyage, je vis le visage de la signora inondé de larmes silencieuses. Je fis une exclamation de surprise, et, par un mouvement irrésistible, je pris sa main ; mais elle me la retira brusquement, et, se jetant au cou de Lila qui pleurait aussi, elle cacha, en sanglotant, sa tête dans le sein de sa fidèle soubrette.

« Au nom du ciel ! qu'avez-vous à pleurer d'une manière si déchirante, ma chère signora ? m'écriai-je, en me laissant glisser presque à ses genoux. Si vous ne voulez pas me voir partir désespéré, dites-moi si cette malheureuse aventure est la cause de vos larmes, et si je puis détourner de vous les malheurs que vous redoutez ? »

Elle releva sa tête penchée sur l'épaule de Lila, et me regardant avec une sorte d'indignation :

« Vous me croyez donc bien lâche ? me dit-elle.

— Je ne crois rien, répondis-je, rien que ce que vous me direz. Mais vous vous détournez de moi et vous pleurez ; comment puis-je savoir ce qui se passe dans votre âme ? Ah ! si je vous ai offensée ou si je vous ai déplu, si je suis la cause involontaire de votre chagrin, comment pourrai-je jamais me le pardonner ?

— Ah ! vous croyez que j'ai peur ? répéta-t-elle avec une sorte d'amertume tendre. Vous me voyez pleurer, et vous dites : C'est une petite fille qui craint d'être grondée ? »

Elle se mit à pleurer à chaudes larmes en cachant son visage dans son mouchoir. Je m'efforçais de la consoler, je la suppliais de me répondre, de me regarder, de s'expliquer; et, dans cet instant de trouble et d'attendrissement, je fus entraîné par un mouvement si paternel et si amical que le hasard amena sur mes lèvres, au milieu des doux noms que je lui donnais, le nom d'un enfant qui m'avait été bien cher. Ce nom, j'avais gardé depuis longues années l'habitude de le donner involontairement à tous les beaux enfants que j'avais l'occasion de caresser. « Ma chère signorina, lui dis-je, ma bonne Alezia.... » Je m'arrêtai, craignant de l'avoir offensée en lui donnant par mégarde un nom qui n'était pas le sien. Mais elle n'en parut pas offensée, elle me regarda avec un peu de surprise et me laissa prendre sa main que je couvris de baisers.

Cependant la voiture avançait rapide comme le vent, et avant que j'eusse pu obtenir l'explication que je demandais ardemment, Lila nous avertit qu'elle apercevait la villa Grimani, et qu'il fallait absolument nous séparer. « Eh quoi! vais-je vous quitter ainsi? m'écriai-je, et combien de temps vais-je me consumer dans cette affreuse inquiétude?

— Eh bien! me dit-elle, venez ce soir dans le parc; le mur n'est pas bien haut. Je serai dans la petite allée qui longe le mur, auprès d'une statue que vous trouverez aisément en partant de la grille et en marchant toujours à droite. A une heure de la nuit! »

Je baisai de nouveau les mains de la signora.

« Oh! signora, signora! dit Lila d'un ton de reproche doux et triste.

— Lila, ne me contrarie pas, dit la signora avec véhémence; tu sais ce que je t'ai dit ce matin. »

Lila parut consternée,

« Qu'a donc dit la signora? demandai-je à la jeune fille.

— Elle veut se tuer, répondit Lila en sanglotant.

— Vous tuer, signora! m'écriai-je. Vous si belle, si gaie, si heureuse, si aimée!

— Si aimée, Lélio! répondit-elle d'un air désespéré, et de qui donc suis-je aimée? de ma pauvre mère seulement et de cette bonne Lila.

— Et du pauvre artiste qui n'ose pas vous le dire, repris-je, et qui pourtant donnerait sa vie pour vous faire aimer la vôtre.

— Vous mentez! dit-elle avec force; vous ne m'aimez pas! »

Je saisis convulsivement son bras et je la regardai stupéfait. En ce moment la voiture s'arrêta brusquement. Lila venait de tirer le cordon. Je m'élançai à terre, et j'essayai, en saluant, de reprendre l'humble attitude de l'accordeur de pianos. Mais ces deux jeunes filles, qui avaient les yeux rouges, n'échappèrent point à l'œil clairvoyant du valet de pied. Il me regarda avec une attention très-grande, et, quand la voiture s'éloigna, il se retourna plusieurs fois pour me suivre des yeux. Je crus bien me rappeler confusément ses traits; mais je n'avais pas osé le regarder en face, et je ne pensais guère à chercher où j'avais rencontré cette grosse face pâle et barbue.

« Lélio, Lélio! me dit la Checchina en soupant, vous êtes bien joyeux aujourd'hui. Prenez garde de pleurer demain, mon enfant. »

A minuit, j'avais escaladé le mur du parc; mais à peine avais-je fait quelques pas dans l'allée qu'une main saisit mon manteau. A tout événement, je m'étais muni de ce que dans mon village nous appelions un pelit couteau de nuit ; j'allais en faire briller la lame, lorsque je reconnus la belle Lila.

« Un mot bien vite, seigneur Lélio, me dit-elle à voix basse ; ne dites pas que vous êtes marié.

— Qu'est-ce à dire, mon aimable enfant ? Je ne le suis pas.

— Cela ne me regarde pas, reprit Lila ; mais je vous en supplie, ne parlez pas de cette dame qui demeure avec vous.

— Tu es donc dans mes intérêts, ma bonne Lila ?

— Oh ! non, monsieur, certainement, non ! Je fais tout ce que je peux pour empêcher la signora de commettre toutes ces imprudences. Mais elle ne m'écoute pas, et si je lui disais ce qui peut et ce qui doit l'éloigner pour toujours de vous... je ne sais ce qui en arriverait !

— Que veux-tu dire ? Explique-toi.

— Hélas ! vous avez vu aujourd'hui combien elle est exaltée. C'est un caractère si singulier ! Quand on la chagrine, elle est capable de tout. Il y a un mois, lorsqu'on l'a séparée de sa mère pour l'enfermer ici, elle parlait de prendre du poison. Chaque fois que sa tante, qui est bien grondeuse à la vérité, l'impatiente, elle a des attaques de nerfs qui tournent presque à la folie ; et hier soir, comme je me hasardai à lui dire que peut-être vous aimiez quelqu'un, elle s'est élancée vers la fenêtre de sa chambre, en criant comme une folle : « Ah ! si je le croyais !... » Je me suis jetée sur elle, je l'ai délacée, j'ai fermé ses fenêtres, je ne l'ai pas quittée de la nuit, et toute la nuit elle a pleuré, ou bien elle s'endormait pour se réveiller en sursaut et courait dans la chambre comme une insensée. Ah ! monsieur Lélio, elle me donne bien du chagrin : je l'aime tant !

car, malgré ses emportements et ses bizarreries, elle
est si bonne, si aimante, si généreuse! Ne l'exaspérez
pas, je vous en supplie; vous êtes un honnête homme,
j'en suis sûre, je le sais; et puis à Naples tout le monde
le disait, et la signora écoutait avec passion toutes les
bonnes actions qu'on raconte de vous. Vous ne la trom-
perez donc pas, et puisque vous aimez cette belle dame
que j'ai vue chez vous...

— Et qui te prouve que je l'aime, Lila? C'est ma
sœur.

— Oh! monsieur Lélio, vous me trompez! car j'ai
demandé à cette dame si vous étiez son frère, et elle
m'a dit que non. Vous penserez que cela ne me regarde
pas, et que je suis bien curieuse. Non, je ne suis pas
curieuse, seigneur Lélio; mais je vous conjure d'avoir
de l'amitié pour ma pauvre maîtresse, de l'amitié
comme un frère en a pour sa sœur, comme un père
pour sa fille. Songez donc! c'est une enfant qui sort du
couvent et qui n'a pas l'idée du mal qu'on peut dire
d'elle. Elle dit qu'elle s'en moque; mais je sais bien,
moi, comment elle prend les choses quand elles arri-
vent. Parlez-lui bien doucement, faites-lui comprendre
que vous ne pouvez la voir en cachette; mais promet-
tez-lui d'aller la voir chez sa mère, quand nous retour-
nerons à Naples; car sa mère est si bonne, et elle aime
tant sa fille que, pour lui faire plaisir, je suis sûre
qu'elle vous inviterait à venir chez elle. Peut-être
qu'ainsi la folie de mademoiselle s'apaisera peu à peu.
Avec des amusements, des distractions, on lui fait souvent changer d'idée. Je lui ai parlé du beau chat an-
gora que j'ai vu dans votre salon et qui vous caressait
pendant que vous lisiez sa lettre, si bien que vous lui
avez donné un grand coup de pied pour le renvoyer.

Ma maîtresse n'aime pas du tout les chiens ; mais, en revanche, elle a l'amour des chats. Il lui a pris une si grande envie d'avoir le vôtre que vous devriez lui en faire cadeau ; je suis sûre que cela l'occuperait et l'égaierait pendant quelques jours.

— S'il ne faut que mon chat, répondis-je, pour consoler ta maîtresse de mon absence, le mal n'est pas bien grand, et le remède est facile. Sois bien sûre, Lila, que je me conduirai avec ta maîtresse comme un père et un ami. Aie confiance en moi ; mais laisse-moi la rejoindre, car elle m'attend peut-être.

— Oh ! monsieur Lélio, encore un mot. Si vous voulez que mademoiselle vous écoute, n'allez pas lui dire que les gens du peuple valent les gens de qualité. Elle est entichée de sa noblesse... Que cela ne vous donne pas mauvaise opinion d'elle, c'est une maladie de famille ; ils sont tous comme cela dans la maison Grimani. Mais cela n'empêche pas ma jeune maîtresse d'être bonne et charitable. C'est seulement une idée qu'elle a dans la tête, et qui la fait entrer dans de grandes colères quand on la contrarie. Figurez-vous qu'elle a déjà refusé je ne sais combien de beaux jeunes gens bien riches, parce qu'elle dit qu'ils ne sont pas assez bien nés pour elle. Enfin, monsieur Lélio, dites d'abord comme elle à tout propos, et bientôt vous lui persuaderez tout ce que vous voudrez. Ah ! si vous pouviez la décider à épouser un jeune comte qui l'a demandée en mariage dernièrement !...

— Le comte Hector, son cousin ?

— Oh ! non ! celui-là est sot, et il ennuie tout le monde, jusqu'à ses chiens, qui bâillent dès qu'ils l'aperçoivent. »

Tout en écoutant le babil de Lila, que mes manières

paternelles avaient complétement mise à l'aise, je l'entraînais vers le lieu du rendez-vous. Ce n'est pas que je ne l'écoutasse avec beaucoup d'intérêt ; tous ces détails, puérils en apparence, étaient fort importants à mes yeux ; car ils me conduisaient par induction à la connaissance de l'énigmatique personnage à qui j'avais affaire. Il faut avouer aussi qu'ils refroidissaient beaucoup mon ardeur, et que je commençais à trouver bien ridicule d'être le héros d'une passion en concurrence avec le premier jouet venu, avec mon chat Soliman, et qui sait ? peut-être avec le cousin Hector lui-même au premier jour. Les conseils de Lila étaient donc précisément ceux que je me donnais à moi-même et que j'avais le plus envie de suivre.

Nous trouvâmes la signora assise au pied de la colonne et toute vêtue de blanc, costume assez peu d'accord avec le mystère d'un rendez-vous en plein air, mais par cela même très-conforme à la logique de son caractère. En me voyant approcher, elle demeura tellement immobile qu'on l'eût prise pour une statue placée aux pieds de la nymphe de marbre blanc.

Elle ne répondit rien à mes premières paroles. Le coude appuyé sur son genou et le menton dans sa main, elle était si rêveuse, si noblement posée, si belle, drapée dans son voile blanc au clair de la lune, que je l'eusse crue livrée à une contemplation sublime, sans l'amour du chat et celui du blason, qui me revenaient en mémoire.

Comme elle me semblait décidée à ne pas faire attention à moi, j'essayai de prendre une de ses mains ; mais elle me la retira avec un dédain superbe en me disant d'un ton plus majestueux que Louis XIV :

« J'ai attendu ! »

Je ne pus m'empêcher de rire en entendant cette citation solennelle ; mais ma gaieté ne fit qu'augmenter son sérieux.

« A votre aise ! me dit-elle. Riez bien : l'heure et le lieu sont admirablement choisis pour cela ! »

Elle prononça ces mots avec un dépit amer, et je vis bien qu'elle était réellement fâchée. Alors, redevenant grave tout d'un coup, je lui demandai pardon de ma faute involontaire, et lui dis que pour rien au monde je ne voudrais lui causer un instant de chagrin. Elle me regarda d'un air indécis, comme si elle n'eût pas osé me croire. Mais je me mis à lui parler avec une effusion si sincère de mon dévouement et de mon affection qu'elle ne tarda pas à se laisser persuader.

« Tant mieux, tant mieux, me dit-elle ; car, si vous ne m'aimiez pas, vous seriez bien ingrat, et je serais bien malheureuse. »

Et, comme je restais moi-même étonné de ces paroles :

« O Lélio ! s'écria-t-elle, ô Lélio ! je vous aime depuis le soir où je vous vis à Naples pour la première fois, jouant Roméo, où je vous regardais de cet air froid et dédaigneux qui vous épouvantait si fort. Ah ! vous étiez bien éloquent dans vos chants et bien passionné ce soir-là. La lune vous éclairait comme à présent, mais moins belle, et Juliette était vêtue de blanc comme moi. Et pourtant vous ne me dites rien, Lélio ! »

Cette étrange fille exerçait sur moi une fascination perpétuelle qui m'entraînait toujours et partout au gré de sa mobile fantaisie. Tant qu'elle était loin de moi, ma pensée échappait à son empire, et j'analysais librement ses actions et ses paroles ; mais une fois près d'elle, j'arrivais à mon insu à n'avoir bientôt plus d'autre vo-

lonté que la sienne. Cet élan de tendresse réveilla mon
ardeur assoupie. Tous mes beaux projets de sagesse
s'en allèrent en fumée, et je ne trouvai plus sur mes
lèvres que des paroles d'amour. A chaque instant, il
est vrai, je me sentais saisi de remords ; mais j'avais
beau faire, tous mes conseils paternels finissaient en
paroles amoureuses. Une fatalité bizarre, ou plutôt cette
lâcheté du cœur humain qui vous fait toujours céder à
l'entraînement des délices présentes, me poussait toujours à dire le contraire de ce que me dictait ma conscience. Je me donnais à moi-même les meilleures raisons du monde pour me prouver que je n'avais pas
tort : c'eût été une cruauté inutile de parler à cette
enfant un langage qui eût déchiré son cœur ; il serait
toujours temps de l'éclairer sur la vérité, et mille autres
choses pareilles. Une circonstance qui semblait devoir
diminuer le péril contribuait encore à l'augmenter :
c'était la présence de Lila. Si elle n'eût pas été là, mon
honnêteté naturelle m'eût fait veiller sur moi avec d'autant plus de soin que tout m'eût été possible dans un
moment d'emportement, et je n'eusse probablement
pas avancé d'un pas de peur d'aller trop loin. Mais,
sûr de n'avoir rien à craindre de mes sens, je m'in-
quiétai bien moins de la liberté de mes paroles. Aussi
ne fus-je pas long-temps sans arriver au ton de la passion la plus ardente, quoique la plus pure ; et, poussé
par un mouvement irrésistible, je saisis une mèche des
cheveux flottants de la jeune fille, et la baisai à deux
reprises.

Je sentis alors qu'il était temps de m'en aller, et je
m'éloignai rapidement de la signora en lui disant : « A
demain. »

Pendant toute cette scène, j'avais peu à peu oublié

le passé, et je n'avais pas un seul instant songé à l'avenir. La voix de Lila, qui me reconduisait, me tira de mon extase.

« O monsieur Lélio ! me dit-elle, vous ne m'avez pas tenu parole. Vous n'avez été ce soir ni le père ni l'ami de ma maîtresse.

— C'est vrai, lui répondis-je assez tristement ; c'est vrai, j'ai eu tort. Mais sois tranquille, mon enfant ; demain je réparerai tout. »

Le lendemain vint et fut pareil, et l'autre lendemain encore. Seulement je me sentis chaque jour plus fortement épris ; et ce qui n'était au premier rendez-vous qu'une velléité d'amour était déjà devenu au troisième une véritable passion. L'air désolé de Lila me l'eût bien fait voir si je ne m'en fusse moi-même aperçu le premier. Tout le long du chemin je rêvais à l'avenir de cet amour, et je rentrais à la maison triste et pâle. Checca ne fut pas long-temps à voir de quoi il s'agissait.

« Povero, me dit-elle, je t'avais bien dit que tu pleurerais bientôt. »

Et, comme je levais la tête pour nier : « Si tu n'as déjà pleuré, ajouta-t-elle, tu vas pleurer ; et il y a de quoi. Ta position est triste et, qui pis est, absurde. Tu aimes une jeune fille que ta fierté te défend de chercher à épouser, et que ta délicatesse t'empêche de séduire. Tu ne veux pas lui demander sa main, d'abord parce que tu sais qu'en te l'accordant elle te ferait un immense sacrifice, et s'exposerait pour toi à mille souffrances (tu es trop généreux pour vouloir d'un bonheur qui coûterait si cher), ensuite parce que tu craindrais même d'être refusé, et que tu es trop orgueilleux pour t'exposer au dédain. Tu ne veux pas non plus prendre ce que tu es résolu à ne pas demander, et tu aimerais mieux, j'en suis sûre, aller te faire moine que d'abuser de l'ignorance d'une fille qui se confie à toi. Il faut pourtant te décider à quelque chose, mon pauvre camarade, si tu ne veux pas que la fin du monde te trouve soupirant pour les étoiles et envoyant des baisers aux nuages. Que les chiens aboient après la lune ; nous autres artistes, nous devons vivre à tout prix et toujours. Prends donc un parti.

— Tu as raison, lui répondis-je gravement. » Et j'allai me coucher.

La nuit suivante, je retournai au rendez-vous. Je trouvai la signora exaltée et joyeuse, ainsi que la veille ; mais je restai quelque temps sombre et taciturne. Elle me plaisanta d'abord sur ma mine de carbonaro et me demanda en riant si je songeais à détrône. le pape, ou à reconstruire l'empire romain. Puis, voyant que je ne répondais pas, elle me regarda fixement ; et, me prenant la main : « Vous êtes triste, Lélio. Qu'avez-vous ? »

Je lui ouvris alors mon cœur, et lui dis que la passion que je nourrissais pour elle était un malheur pour moi.

« Un malheur ! et pourquoi ?

— Je vais vous le dire, signora. Vous êtes l'héritière d'une noble et illustre famille. Vous avez été nourrie dans le respect de vos aïeux et dans la pensée qu'on ne vaut que par l'ancienneté et l'éclat de sa race. Je suis un pauvre diable sans passé, un homme de rien, qui me suis fait moi-même le peu que je suis. Pourtant, je crois qu'un homme en vaut un autre, et ne m'estime l'inférieur de personne. Or, il est évident que vous ne m'épouseriez pas. Tout vous le défendrait, vos idées, vos habitudes, votre position. Vous qui avez refusé des patriciens, parce

13

qu'ils n'étaient pas d'assez bonne maison, vous pourriez ou voudriez moins que toute autre vous abaisser jusqu'à un misérable comédien comme moi. De princesse à histrion il y a loin, signora. Je ne puis donc pas être votre mari. Que me reste-t-il? La perspective d'un amour partagé, mais malheureux, s'il n'était jamais satisfait, ou l'espoir d'être plus ou moins long-temps votre amant. Je ne puis accepter ni l'un ni l'autre, signora. Vivre en face l'un de l'autre, pleins d'une passion toujours ardente et jamais assouvie, s'aimer avec crainte et réserve, et se défier de soi-même autant que de l'objet aimé, c'est se soumettre volontairement à une souffrance insupportable, parce qu'elle n'a ni sens, ni espoir, ni but. Quant à vous posséder comme amant, quand je le pourrais, je ne le voudrais pas. Trop d'inquiétudes assiégeraient mon bonheur pour qu'il pût être complet. D'un côté, j'aurais toujours peur de vous compromettre; je ne dormirais pas avec la crainte de devenir pour vous la cause d'un grand chagrin ou d'une ruine complète; le jour je passerais mes heures à rechercher tous les accidents qui pourraient amener votre malheur et par conséquent le mien, et la nuit je perdrais le temps de nos rendez-vous à trembler au bruit d'une feuille emportée par le vent, ou au cri d'un oiseau de nuit. Que sais-je? tout me serait un épouvantail. Et pourquoi jeter ainsi ma vie en proie à mille vains fantômes? pour un amour dont je ne pourrais jamais prévoir la durée, et qui ne compenserait pas les incertitudes de la journée par la sécurité du lendemain; car tôt ou tard, il faut bien le dire, signora, vous vous marieriez. Et ce serait avec un autre, ce serait avec un homme noble et riche comme vous. Cela vous coûterait, je le sais; je sais que votre âme est généreuse et sincère; vous éprouveriez

un vif désir de me rester fidèle, et votre cœur se révol-
terait à la pensée de prononcer un mot qui dût tuer,
sinon ma vie, au moins tout mon bonheur. Mais les
continuelles obsessions de votre famille, l'obligation
même de veiller à votre réputation, tout vous pousserait
malgré vous à prendre ce parti. Vous lutteriez long-
temps peut-être et fortement; mais vous souffririez
d'autant plus. Votre affection pour moi serait toujours
douce et tendre, mais moins expansive : et moi qui ver-
rais vos chagrins, et qui ne suis pas homme à accepter
de longs et pénibles sacrifices sans les rendre, je vous
forcerais moi-même, en m'éloignant, à ce mariage devenu nécessaire, aimant mieux vouer ma destinée tout
entière à la douleur que de changer la vôtre par une lâcheté. Voilà, signora, ce que j'avais à vous dire, et
vous devez comprendre maintenant pourquoi je crains
que cet amour ne soit un malheur pour moi. »

Elle m'avait écouté dans le calme le plus parfait et le
plus grand silence. Quand j'eus fini de parler, elle ne
changea rien à son attitude. Seulement, comme je l'ob-
servais attentivement, je crus remarquer sur son visage
l'expression d'une profonde incertitude. Je me dis alors
que je ne m'étais pas trompé, que cette jeune fille était
faible et vaine comme toutes les autres ; qu'elle avait
seulement la bonne foi de le reconnaître dès qu'on le lui
disait, et qu'elle aurait probablement celle de me l'a-
vouer de même. Je lui gardai donc mon estime ; mais
je sentis mon enthousiasme s'évanouir en un instant. Je
me félicitais de ma clairvoyance et de ma résolution,
quand je vis la signora se lever brusquement et s'éloigner de moi sans rien dire. Je n'étais pas préparé à ce
coup, et je fus saisi d'une surprise douloureuse.

« Quoi ! sans un seul mot ! m'écriai-je. Me quitter,

et pour jamais peut-être, sans m'adresser une parole
de regret ou de consolation !

— Adieu ! me dit-elle en se retournant. De regret,
je n'en puis avoir ; et de consolation, c'est moi qui en
ai besoin. Vous ne m'avez pas comprise ; vous ne m'aimez pas.

— Moi !

— Et qui me comprendra, ajouta-t-elle en s'arrêtant, si vous ne me comprenez pas ? Et qui m'aimera,
si vous ne m'aimez pas ? »

Elle secoua tristement la tête, puis croisa les bras
sur sa poitrine en fixant les yeux à terre. Elle était à la
fois si belle et si désolée que j'eus une folle envie de
me précipiter à ses pieds, et qu'une crainte vague de
l'irriter m'en empêcha au même instant. Je restai immobile et silencieux, les regards attachés sur elle, attendant avec anxiété ce qu'elle allait faire ou dire. Au
bout de quelques secondes, elle vint à moi lentement et
d'un air recueilli, et, s'appuyant en face de moi contre
le piédestal de la statue, elle me dit :

« Ainsi, vous m'avez crue lâche et vaniteuse ; vous
avez cru que je pourrais donner mon amour à un
homme et accepter le sien, sans lui donner en même
temps toute ma vie. Vous avez pensé que je resterais
près de vous tant que le vent serait propice, et que je
m'éloignerais dès qu'il deviendrait contraire. Comment
cela se fait-il ? Cependant vous êtes ferme et loyal, et
vous ne commencez, j'en suis sûre, une action sérieuse
que quand vous êtes résolu à la continuer jusqu'au
bout. Pourquoi donc ne voulez-vous pas que je puisse
faire ce que vous faites, et n'avez-vous pas de moi la
bonne opinion que j'ai de vous ? Ou vous méprisez bien
les femmes, ou vous vous êtes laissé bien tromper par

mon étourderie. Je suis souvent folle, je le sais; mais c'est peut-être un peu la faute de mon âge, et cela ne m'empêche pas d'être ferme et loyale. Du jour où j'ai senti que je vous aimais, Lélio, j'ai été résolue à vous épouser. Cela vous étonne. Vous vous rappelez non-seulement les pensées que j'ai dû avoir dans ma position, mais encore mes actions et mes paroles passées. Vous songez à tous ces patriciens que j'ai refusé d'épouser, parce qu'ils n'étaient pas assez nobles. Hélas! mon pauvre ami, je suis esclave de mon public, comme vous vous plaignez quelquefois de l'être du vôtre, et je suis obligée de jouer devant lui mon rôle jusqu'à ce que je trouve l'occasion de m'échapper de la scène. Mais, sous mon masque, j'ai gardé une âme libre, et, depuis que je possède ma raison, je suis résolue à ne me marier que selon mon cœur. Cependant, pour éloigner tous ces fades et impertinents patriciens dont vous me parlez, il me fallait un prétexte; j'en cherchai un dans les préjugés même qui étaient communs à mes prétendants et à ma famille, et, blessant à la fois l'orgueil des uns et flattant celui des autres, je me prévalus de l'antiquité de ma race pour refuser la main d'hommes qui, tout nobles qu'ils étaient, ne se trouvaient pas encore, disais-je, assez nobles pour moi. Je réussis de la sorte à écarter tous ces importuns, sans mécontenter ma famille; car elle avait beau traiter mes refus de caprices d'enfant, et faire à ces poursuivants rebutés des excuses sur l'exagération de mon orgueil, elle n'en était pas moins, au fond, enchantée de ma fierté. Pendant un certain temps, je gagnai à cette conduite une plus grande liberté. Mais enfin le prince Grimani, mon beau-père, me dit qu'il était temps de prendre un parti, et me présenta son neveu, le comte Ettore, comme l'é-

13.

poux qu'il me destinait. Ce nouveau fiancé me déplut
comme les autres, plus encore peut-être; car l'excès de
sa sottise m'amena bientôt à le mépriser complétement;
ce que voyant le prince, et pensant que ma mère, qui
est excellente et m'aime de toute son âme, pourrait bien
m'aider dans ma résistance contre lui, il résolut de
m'éloigner d'elle, pour me contraindre plus aisément à
l'obéissance. Il m'envoya ici vivre en tête-à-tête avec
sa sœur et son neveu. Il espère que, forcée de choisir
entre l'ennui et mon cousin Ettore, je finirai par me
décider pour celui-ci; mais il se trompe bien. Le comte
Ettore est, en tout point, indigne de moi, et j'aimerais
mieux mourir que de l'épouser. Je ne le leur avais pas
encore dit, parce que je n'aimais personne, et que, fléau
pour fléau, j'aimais autant celui-là qu'un autre. Mais
maintenant je vous aime, Lélio; je dirai à Ettore que
je ne veux pas de lui; nous partirons ensemble, nous
irons trouver ma mère, nous lui dirons que nous nous
aimons, et que nous voulons nous marier; elle nous
donnera son consentement, et vous m'épouserez. Voulez-vous? »

Dès ses premières paroles, j'avais écouté la signora
avec un profond étonnement, qui ne cessa pas même
lorsqu'elle eut fini. Cette noblesse de cœur, cette hardiesse de pensée, cette force d'esprit, cette audace
virile, mêlée à tant de sensibilité féminine; tout cela,
réuni dans une fille si jeune, élevée au milieu de l'a-
ristocratie la plus insolente, me causa une vive admiration, et je ne sortis de ma surprise que pour passer à
l'enthousiasme. Je fus sur le point de céder à mes
transports, et de me jeter à ses genoux pour lui dire
que j'étais heureux et fier d'être aimé d'une femme
comme elle; que je brûlais pour elle de la plus ardente

passion, que je serais joyeux de donner ma vie pour
elle, et que j'étais prêt à faire tout ce qu'elle voudrait.
Mais la réflexion m'arrêta à temps, et je songeai à tous
les inconvénients, à tous les dangers de la démarche
qu'elle voulait tenter. Il était très-probable qu'elle serait refusée et sévèrement réprimandée; et quelle serait alors sa position, après s'être échappée de chez sa
tante, pour faire publiquement avec moi un voyage de
quatre-vingts lieues? Au lieu donc de m'abandonner
aux mouvements tumultueux de mon cœur, je m'efforçai de redevenir calme, et au bout de quelques secondes
de silence, je dis tranquillement à la signora : « Mais
votre famille ?

— Il n'y a au monde qu'une seule personne à qui
je reconnaisse des droits sur moi, et dont je craigne
d'encourir la colère, c'est ma mère; et, je vous l'ai
dit, ma mère est bonne comme un ange, et m'aime
par-dessus tout. Son cœur consentira.

— O chère enfant! m'écriai-je alors en lui prenant
les mains, que je serrai contre ma poitrine; Dieu sait
si ce que vous voulez faire n'est pas le but de tous mes
désirs ! C'est contre moi-même que je lutte quand je
cherche à vous arrêter. Chaque objection que je vous
fais est un espoir de bonheur que je m'enlève, et mon
cœur souffre cruellement de tous les doutes de ma raison. Mais c'est de vous, mon cher ange bien-aimé,
c'est de votre avenir, de votre réputation, de votre
bonheur qu'il s'agit pour moi avant toute chose. J'aimerais mieux renoncer à vous que de vous voir souffrir à cause de moi. Ne vous alarmez donc pas de tous
mes scrupules, n'y voyez pas l'indice du calme ou de
l'indifférence, mais bien la preuve d'une tendresse sans
bornes. Vous me dites que votre mère consentira, parce

que vous la savez bonne. Mais vous êtes bien jeune,
mon enfant; malgré votre force d'esprit, vous ne savez
pas quelles bizarres alliances se font souvent entre les
sentiments les plus opposés. Je crois tout ce que vous
me dites de votre mère; mais savez-vous si son orgueil
ne luttera pas contre son amour pour vous? Elle croira
peut-être, en empêchant votre union avec un comédien,
remplir un devoir sacré.

— Peut-être, me répondit-elle, avez-vous raison à
moitié. Ce n'est pas que je craigne l'orgueil de ma
mère. Quoiqu'elle ait épousé deux princes, elle est de
naissance bourgeoise, et n'a pas assez oublié son origine pour me faire un crime d'aimer un roturier. Mais
l'influence du prince Grimani, une certaine faiblesse
qui la fait céder presque toujours à l'opinion de ceux
qui l'entourent, peut-être, en mettant les choses au
pire, le besoin de se faire pardonner dans le monde
où elle vit maintenant la médiocrité de sa naissance,
l'empêcheraient de consentir facilement à notre mariage.
Il n'y a alors qu'une chose à faire : c'est de nous marier d'abord, et de le lui déclarer ensuite. Quand notre
union sera consacrée par l'église, ma mère ne pourra
pas se tourner contre moi. Elle souffrira peut-être un
peu, moins de ma désobéissance, dont sa nouvelle famille la rendra pourtant responsable, que de ce qu'elle
prendra pour un manque de confiance; mais elle s'a-
paisera bien vite, soyez-en sûr, et, par amour pour
moi, vous tendra les bras comme à son fils.

— Merci de vos offres généreuses, chère signora;
mais j'ai mon honneur à garder, aussi bien que le plus
fier patricien. Si je vous épousais sans le consentement
de vos parents, après vous avoir enlevée, on ne manquerait pas de m'accuser des projets les plus bas et les

plus lâches. Et votre mère ! si, après notre mariage, elle vous refusait son pardon, ce serait sur moi qu'elle ferait tomber toute son indignation.

— Ainsi, pour m'épouser, reprit la signora, vous voudriez avoir au moins le consentement de ma mère ?

— Oui, signora.

— Et si vous étiez sûr de l'obtenir, vous n'hésiteriez plus ?

— Hélas ! pourquoi me tenter ? Que puis-je vous répondre, étant certain du contraire ?

— Alors..... »

Elle s'arrêta tout d'un coup incertaine, et pencha sa tête sur son sein. Quand elle la releva, elle était un peu pâle, et deux larmes brillaient dans ses yeux. J'allais lui en demander la cause ; mais elle ne m'en laissa pas le temps.

« Lila, dit-elle d'un ton impérieux, éloigne-toi. »

La suivante obéit à regret, et alla se placer assez loin de nous pour ne pas nous entendre, mais encore assez près pour nous voir. Sa maîtresse attendit qu'elle se fût éloignée pour rompre le silence. Alors elle me prit gravement la main, et commença :

« Je vais vous dire une chose que je n'ai jamais dite à personne, et que je m'étais bien promis de ne jamais dire. Il s'agit de ma mère, objet de toute ma vénération et de tout mon amour. Jugez de ce qu'il m'en coûte pour réveiller un souvenir qui pourrait, devant d'autres yeux que les miens, ternir sa pureté et sa bonne renommée ! Mais je sais que vous êtes bon, et que je puis vous parler comme je parlerais à Dieu, sans craindre de vous voir supposer le mal. »

Elle se tut un instant pour rassembler ses souvenirs, et reprit :

« Je me rappelle que dans mon enfance j'étais très-fière de ma noblesse. C'étaient, je crois, les flatteries obséquieuses des gens de notre maison qui m'avaient inspiré de si bonne heure ce sentiment, et m'avaient portée à mépriser tout ce qui n'était pas noble comme moi. Parmi tous les serviteurs de ma mère, un seul ne ressemblait point aux autres, et avait su garder dans son humble position toute la dignité qui sied à un homme. Aussi me paraissait-il insolent, et peu s'en fallait que je ne le haïsse. Toujours est-il que je le craignais, surtout depuis un jour que je l'avais vu me regarder d'un air très-sérieux pendant que je piquais au cœur avec une grande épingle noire mes plus belles poupées.

» Une nuit, je fus réveillée dans la chambre de ma mère, où mon petit lit se trouvait placé, par la voix d'un homme. Cette voix parlait à ma mère avec une gravité presque sévère, et celle-ci lui répondait d'un ton douloureusement timide et comme suppliant. Étonnée, je crus d'abord que c'était le confesseur de maman ; et comme il semblait la gronder, selon sa coutume, je me mis à écouter de toutes mes oreilles, sans faire aucun bruit ni laisser soupçonner que je ne dormisse plus. On ne se méfiait pas de moi. On parlait librement. Mais quel entretien inouï ! Ma mère disait : *Si tu m'aimais, tu m'épouserais,* et l'homme refusait de l'épouser ! Puis ma mère pleurait, et l'homme aussi ; et j'entendais... ah ! Lélio, il faut que j'aie bien de l'estime pour vous, puisque je vous raconte cela, j'entendais le bruit de leurs baisers. Il me semblait connaître cette voix d'homme ; mais je ne pouvais en croire le témoignage de mes oreilles. J'avais bien envie de regarder ; mais je n'osais pas faire un mouvement,

parce que je sentais que je faisais une chose honteuse
en écoutant , et comme j'avais déjà quelques sentiments
élevés, je faisais même des efforts pour ne pas entendre.
Mais j'entendais malgré moi. Enfin , l'homme dit à ma
mère : *Adieu, je te quitte pour toujours, ne me
refuse pas une tresse de tes beaux cheveux
blonds.* Et ma mère répondit : *Coupe-la toi-même.*

» Le soin que ma mère prenait de mes cheveux m'a-
vait habituée à considérer la chevelure d'une femme
comme une chose très-précieuse; et lorsque je l'entendis donner une partie de la sienne , je fus prise d'un
sentiment de jalousie et de chagrin, comme si elle se fût
dépouillée d'un bien qu'elle ne devait sacrifier qu'à moi.
Je me mis à pleurer silencieusement; mais , entendant
qu'on s'approchait de mon lit , j'essuyai bien vite mes
yeux et feignis de dormir. Alors on entr'ouvrit mes rideaux , et je vis un homme habillé de rouge que je ne
reconnus pas d'abord, parce que je ne l'avais pas encore
vu sous ce costume : j'eus peur de lui; mais il me
parla, et je le reconnus bien vite; c'était... Lélio! vous
oublierez cette histoire, n'est-ce pas ?

— Eh bien! signora?.... m'écriai-je en serrant convulsivement sa main.

— C'était Nello, notre gondolier.... Eh bien! Lélio,
qu'avez-vous? Vous frémissez, votre main tremble.....
O ciel! vous blâmez beaucoup ma mère !....

— Non, signora, non, répondis-je d'une voix éteinte;
je vous écoute avec attention. La scène se passait à Venise ?

— Vous l'avais-je dit ?

— Je crois que oui ; et c'était au palais Aldini, sans
doute ?

— Sans doute , puisque je vous dis que c'était dans

la chambre de ma mère..... Mais pourquoi cette émotion, Lélio ?

— O mon Dieu ! ô mon Dieu ! vous vous appelez Alezia Aldini ?

— Eh bien ! à quoi songez-vous ? dit-elle avec un peu d'impatience. On dirait que vous apprenez mon nom pour la première fois.

— Pardon , signora , votre nom de famille..... Je vous avais toujours entendu appeler Grimani à Naples.

— Par des gens qui nous connaissaient peu , sans doute. Je suis la dernière des Aldini , une des plus anciennes familles de la république , orgueilleuse et ruinée. Mais ma mère est riche, et le prince Grimani, qui trouve ma naissance et ma fortune dignes de son neveu , me traite tantôt avec sévérité , tantôt me cajole pour me décider à l'épouser. Dans ses bons jours , il m'appelle sa chère fille ; et quand les étrangers lui demandent si je suis sa fille en effet , il répond , faisant allusion à son projet favori : « Sans doute , puisqu'elle sera comtesse Grimani. » Voilà pourquoi à Naples , où j'ai passé un mois, et où l'on ne me connaît guère, et dans ce pays-ci que j'habite depuis six semaines, où je ne vois ni ne connais personne , on me donne toujours un nom qui n'est pas le mien....

— Signora ! repris-je en faisant effort sur moi-même pour rompre le silence pénible où j'étais tombé , daignerez-vous m'expliquer quel rapport peut avoir cette histoire avec notre amour, et comment, à l'aide du secret que vous possédez, vous pourriez arracher à votre mère un consentement qui lui répugnerait ?

— Que dites-vous là , Lélio ? Me supposez-vous capable d'un si odieux calcul ? Si vous vouliez m'écouter, au lieu de passer vos mains sur votre front d'un air

égaré.... Mon ami, mon cher Lélio, quel nouveau chagrin, quel nouveau scrupule est donc entré dans votre
âme depuis un instant ?

— Chère signora, je vous supplie de continuer.

— Eh bien ! sachez que cette aventure n'est jamais
sortie de ma mémoire, qu'elle a causé tous les chagrins
et toutes les joies de ma vie. Je compris que je ne devais jamais interroger ma mère sur ce sujet, ni en parler à personne. Vous êtes le premier, Lélio, sans en
excepter ma bonne gouvernante Salomé, et ma sœur de
lait, à qui je dis tout, qui ait reçu cette confidence.
Mon orgueil souffrit de la faute de ma mère, qui semblait rejaillir sur moi. Cependant je continuai d'adorer
ma mère. Je l'aimai peut-être d'autant plus que je la
sentais plus faible, plus exposée au secret anathème de
mes parents du côté paternel. Mais ma haine pour le
peuple s'accrut de toute mon affection pour elle.

» Je vécus dans ces sentiments jusqu'à l'âge de quatorze ans, et ma mère ne parut pas s'en occuper. Au
fond de l'âme, elle souffrait de mon dédain pour les
classes inférieures, et un jour elle se décida à m'adresser de timides reproches. Je ne lui répondis rien, ce qui
dut l'étonner ; car j'avais l'habitude de discuter obstinément avec tout le monde et à propos de tout. Mais je
sentais qu'il y avait une montagne entre ma mère et
moi, et que nous ne pouvions raisonner avec désintéressement de part ni d'autre. Voyant que j'écoutais ses
reproches avec une soumission miraculeuse, elle m'attira sur ses genoux, et, me caressant avec une ineffable
tendresse, elle me parla de mon père dans les termes
les plus convenables ; mais elle m'apprit beaucoup de
choses que je ne savais pas. J'avais toujours gardé pour
ce père que j'avais à peine connu une sorte d'enthou-

14

siasme assez peu fondé. Quand j'appris qu'il n'avait épousé ma pauvre mère que pour sa fortune, et qu'après l'avoir épousée, il l'avait méprisée pour son obscure naissance et son éducation bourgeoise, il se fit en moi une réaction, et peu s'en fallut que je ne le haïsse autant que je l'avais chéri. Ma mère ajouta bien des choses qui me parurent très-étranges et qui me frappèrent beaucoup, sur le malheur de faire un mariage de pure convenance, et je crus comprendre que déjà elle n'était pas beaucoup plus heureuse avec son nouveau mari qu'elle ne l'avait été avec celui dont elle me parlait.

» Cet entretien me fit une profonde impression, et commençai à réfléchir sur cette nécessité de faire du mariage une affaire, et sur l'humiliation d'être recherchée à cause d'un nom ou à cause d'une dot. Je résolus de ne pas me marier, et quelque temps après, causant encore avec ma mère, je lui déclarai ma résolution, pensant qu'elle l'approuverait. Elle en sourit et me dit que le temps n'était pas éloigné où mon cœur aurait besoin d'une autre affection que la sienne. Je lui assurai le contraire; mais peu à peu je sentis que j'avais parlé témérairement : car un insupportable ennui me gagnait à mesure que nous quittions notre vie douce et retirée de Venise, pour les voyages et pour la société brillante des autres villes. Puis, comme j'étais très-grande et très-avancée pour mon âge, à peine étais-je sortie de l'enfance qu'on me parlait déjà de choix et d'établissement, et chaque jour j'entendais discuter les avantages et les inconvénients d'un nouveau parti. Je ne sentais pas encore l'amour s'éveiller en moi; mais je sentais la répugnance et l'effroi qu'inspirent aux femmes bien nées les hommes sans cœur et sans esprit. J'étais difficile. Ayant vécu avec une si bonne mère, ayant été idolâtrée par elle, quel homme ne m'eût-il pas fallu rencontrer pour ne pas regretter amèrement son joug aimable et sa tendre protection! Ma fierté, déjà si irritable par elle-même, s'irrita chaque jour davantage à l'aspect de ces hommes si vains, si nuls et si guindés, qui osaient prétendre à moi. Je tenais à la naissance, parce que jusque-là je m'étais imaginé que les races illustres étaient supérieures aux autres en courage, en mérite, en politesse, en libéralité. Je n'avais vu la noblesse que du fond de la galerie de portraits du palais Aldini. Là tous mes aïeux m'apparaissaient dans leur gloire, ayant tous leurs grands faits d'armes ou leurs pieuses actions consignés sur des bas-reliefs de chêne. Celui-ci avait racheté trois cents esclaves à des corsaires barbaresques pour leur donner la vraie religion et la liberté; celui-là avait sacrifié tous ses biens pour le salut de la patrie dans une guerre; un troisième avait versé pour elle tout son sang au champ d'honneur. Mon admiration pour eux était donc légitime, et je ne sentais pas leur sang couler moins chaud et moins généreux dans mes veines. Mais combien les descendants des autres patriciens me parurent dégénérés! Ils n'avaient plus de leur race qu'une insupportable suffisance et des prétentions révoltantes. Je me demandais où était la noblesse; je ne la trouvais plus que sur les écussons, aux portes des palais. Je résolus de me faire religieuse, et je priai ma mère avec tant d'instances de me laisser entrer au couvent qu'elle y consentit. Elle versa beaucoup de larmes en m'y laissant; le prince Grimani donnait les mains à mon caprice; car depuis qu'il avait déterré, dans je ne sais quel coin de la Lombardie, une espèce de neveu qui pouvait devenir riche à mes dépens et porter avec éclat, grâce à ma dot, l'impérissable nom des Grimani, il ne songeait qu'à me rendre obéissante, et il se flattait que la dévotion allait assouplir mon caractère. Quelle ardente piété, quelle soif du martyre il eût fallu avoir pour accepter Hector! On me retira du couvent, il y a trois mois; le fait est que j'y périssais d'ennui, et que la discipline inflexible que j'avais à subir était au-dessus de mes forces. D'ailleurs je fus si heureuse de retourner chez ma mère, et elle de me reprendre! Cependant six semaines de couvent avaient bien changé mes idées. J'avais compris Jésus, que je n'avais prié jusqu'alors que du bout des lèvres. Dans mes heures de solitude, à l'église, dans l'enthousiasme de la prière, j'avais compris que le fils de Marie était l'ami des pauvres laborieux, et qu'il avait méprisé avec raison les grandeurs de ce monde. Enfin que vous dirai-je? en même temps que j'ouvrais mon cœur à de nouvelles sympathies, ce que dans mon enfance j'appelais intérieurement la honte de ma mère se présenta à moi sous d'autres couleurs, et je n'y pensai plus qu'avec attendrissement. Puis, que se passait-il en moi? je l'ignore; mais je me disais : « Si je venais à faire comme maman, si je me prenais d'amour pour un homme d'une autre condition que la mienne, tout le monde me jetterait la pierre, excepté elle. Elle me prendrait dans ses bras, et, cachant ma rougeur dans son sein, elle me dirait : « Obéis à ton cœur, afin d'être plus heureuse que je ne l'ai été en brisant le mien. » Vous êtes ému, Lélio! O mon Dieu! c'est une larme qui vient de tomber sur ma main. Vous êtes vaincu, mon ami! Vous voyez que je ne suis ni folle, ni méchante; à présent, vous direz *oui*, et vous viendrez me chercher demain. Jurez-le ! »

Je voulus parler; mais je ne pus trouver un mot, j'avais le frisson. Je me sentais défaillir. Les yeux fixés sur moi, elle attendait avec anxiété ma réponse. Pour moi, j'étais anéanti. Aux premières paroles de ce récit, j'avais été frappé de son étrange ressemblance avec ma propre histoire; mais quand elle en vint aux circonstances qu'il m'était impossible de méconnaître, je restai confondu et ébloui, comme si la foudre eût passé devant mes yeux. Mille pensées contraires et toutes sinistres s'emparèrent de ma tête. Je vis s'agiter devant moi, pareilles à des fantômes, les images du crime et du désespoir. Ému du souvenir de ce qui avait été, effrayé de l'idée de ce qui eût pu être, je me voyais à la fois l'amant de la mère et le mari de la fille. Alezia, cette enfant que j'avais vue au berceau, était là, devant moi, me parlant en même temps de son amour et de celui de sa mère.

Un monde de souvenirs se déroulait devant moi, et la petite Alezia s'y présentait comme l'objet d'une tendresse déjà craintive et douloureuse. Je me rappelais son orgueil, sa haine pour moi, et les paroles qu'elle m'avait dites un jour lorsqu'elle avait vu la bague de son père à mon doigt. Qui sait, pensais-je, si ses préjugés sont à jamais abjurés? Peut-être que, si en cet instant elle apprenait que je suis Nello, son ancien valet, elle rougirait de m'aimer. « Signora, lui dis-je, vous aimiez autrefois, dites-vous, à percer le cœur de vos poupées avec une grande épingle. Pourquoi faisiez-vous cela? — Que vous importe, me dit-elle, et pourquoi êtes-vous frappé de cette minutie? — C'est que mon cœur souffre, et que vos épingles me reviennent naturellement à la mémoire. — Je veux bien vous le dire pour vous montrer que ce n'était pas un mouvement de férocité, répondit-elle. J'entendais dire souvent, quand on parlait d'une lâcheté : « C'est n'avoir pas de sang dans le cœur ; » et je prenais comme réelle cette expression figurée. Ainsi, quand je grondais mes poupées, je leur disais : « Vous êtes des lâches, et je m'en vais voir si vous avez du sang dans le cœur ! »

— Vous méprisez bien les lâches, n'est-ce pas, signora ? » lui dis-je, me demandant quelle opinion elle aurait un jour de moi si je cédais en cet instant à sa passion romanesque. Je retombai dans une pénible rêverie.

« Qu'avez-vous donc ? » me dit Alezia.

Sa voix me rappela à moi. Je la regardai avec des yeux humides. Elle pleurait aussi, mais à cause de mon hésitation. Je le compris tout d'abord ; et, lui serrant paternellement les mains :

« O mon enfant ! lui dis-je, ne m'accusez pas ! Ne doutez pas de mon pauvre cœur. Je souffre tant, si vous saviez ! »

Et je m'éloignai à grands pas, comme si en m'éloignant d'elle j'eusse pu fuir mon malheur. Rentré chez moi, je devins plus calme. Je repassai dans ma tête toute cette bizarre suite d'événements, je m'en expliquai à moi-même tous les détails, et fis disparaître ainsi à mes propres yeux l'espèce de mystère qui m'avait d'abord glacé d'une terreur superstitieuse. Tout cela était étrange, mais naturel, jusqu'à ce nom de baptême, ce nom d'Alezia, que j'avais toujours voulu savoir et que je n'avais jamais osé demander.

Je ne sais si un autre à ma place aurait pu conserver de l'amour pour la jeune Aldini. A la rigueur, je l'aurais pu sans crime ; car vous vous rappelez que j'étais resté l'amant chaste et soumis de sa mère. Mais ma

conscience se soulevait à la pensée de cet inceste intellectuel. J'aimais la Grimani avec son prénom inconnu,
je l'aimais de tout mon cœur et de tous mes sens; mais
Alezia, mais la signorina Aldini, la fille de Bianca, en
vérité, je ne l'aimais pas ainsi ; car il me semblait que
j'étais son père. Le souvenir des grâces et des qualités
charmantes de Bianca était resté frais et pur dans ma
vie, il m'avait suivi partout comme une providence. Il
m'avait rendu bon envers les femmes et vaillant envers
moi-même. Si j'avais rencontré depuis beaucoup de
beautés égoïstes et fausses, du moins cette certitude
m'était restée qu'il en existe de généreuses et de naïves.
Bianca ne m'avait fait aucun sacrifice, parce que je ne
l'avais pas voulu ; mais, si j'eusse accepté son abnéga-
tion, si j'eusse cédé à son entraînement, elle m'eût tout
immolé, amis, famille, fortune, honneur, religion, et
peut-être même sa fille! Quelle dette sacrée n'avais-je
pas contractée envers elle! Étais-je pleinement acquitté
par mes refus, par mon départ? Non ; car elle était
femme, c'est-à-dire faible, asservie, en butte à des arrêts implacables et aux insultes plus amères encore de
l'ironie. Elle eût affronté tout cela, elle si craintive, si
douce, si enfant à mille égards. Elle eût fait une chose
sublime ; et moi, en acceptant, j'eusse fait une lâcheté.
Je n'avais donc accompli qu'un devoir envers moi-
même, et elle s'était exposée pour moi au martyre.
Pauvre Bianca, mon premier, mon seul amour peut-
être ! comme elle était restée belle dans mon souvenir !
« Mon Dieu, me disais-je, pourquoi ai-je peur qu'elle
soit vieillie et flétrie? ne dois-je pas être indifférent à
cela? L'aimerais-je encore? non sans doute ; mais,
laide ou belle, pourrais-je aujourd'hui la revoir sans
danger? » Et à cette pensée mon cœur battit si fort que

je compris combien il m'était impossible d'être l'époux
ou l'amant de sa fille.

Et puis, me prévaloir du passé (ne fût-ce que par
une muette adhésion aux volontés d'Alezia) pour obtenir la fille de Bianca, c'eût été une action déshono-
rante. Faible comme je connaissais Bianca, je savais
qu'elle se croirait engagée à nous donner son consentement ; mais je savais aussi que son vieux mari, sa famille et son confesseur surtout l'accableraient de chagrin. Elle avait 'pu se remarier et faire un second
mariage de convenance. Elle était donc au fond femme
du monde, esclave des préjugés, et son amour pour
moi n'était qu'un sublime épisode, dont le souvenir
peut-être faisait sa honte et son désespoir, tandis qu'il
faisait ma gloire et ma joie. « Non, pauvre Bianca !
pensais-je, non, je ne suis pas quitte envers toi. Tu as
bien assez souffert, assez tremblé peut-être, à l'idée
qu'un valet colportait de maison en maison le secret de
ta faiblesse. Il est temps que tu dormes en paix, que
tu ne rougisses plus des seuls jours heureux de ta jeunesse, et qu'apprenant l'éternel silence, l'éternel dévouement, l'éternel amour de Nello, tu puisses te dire,
pauvre femme, qu'au milieu de ta vie enchaînée ou
déçue tu as une fois connu l'amour et que tu l'as inspiré. »

Je marchais avec agitation dans ma chambre ; le jour
commençait à poindre. C'est, dans la vie des hommes
qui dorment peu, une heure décisive qui met fin aux
incertitudes nourries dans les ténèbres, et qui change
les projets en résolutions. J'eus un élan de joie enthousiaste et de légitime orgueil, en songeant que Lélio le
comédien n'était pas tombé au-dessous de Nello le gondolier. Quelquefois, dans mes idées de démocratie ro-

manesque, je m'étais pris à rougir d'avoir abandonné
le toit de joncs marins où j'aurais pu perpétuer une
race forte, laborieuse et frugale ; je m'étais fait un crime
d'avoir dédaigné l'humble profession de mes pères pour
rechercher les amères jouissances du luxe, la vaine fumée de la gloire, les faux biens et les puérils travaux de
l'art. Mais en accomplissant, sous les oripeaux de l'histrion, les mêmes actes de désintéressement et de fierté
que j'avais accompli sous la bure du batelier, j'enno-
blissais deux fois ma vie, et deux fois j'élevais mon âme
au-dessus de toutes les fausses grandeurs sociales. Ma
conscience, ma dignité me semblaient être la conscience
et la dignité du peuple : en m'avilissant, j'eusse avili le
peuple. « Carbonari ! carbonari ! m'écriai-je, je serai
digne d'être l'un de vous. » Le culte de la délivrance
est une foi nouvelle ; le libéralisme est une religion qui
doit ennoblir ses adeptes, et faire, comme autrefois le
jeune christianisme, de l'esclave un homme libre, de
l'homme libre un saint ou un martyr.

J'écrivis la lettre suivante à la princesse Grimani :

« MADAME,

» Un grand danger a menacé la signorina ; pourquoi
vous, tendre et courageuse mère, avez-vous consenti à
l'éloigner de vous ? N'est-elle pas dans l'âge où tout peut
décider de la vie d'une femme, un instant, un regard,
un soupir ? N'est-ce pas maintenant que vous devez veiller sur elle à toute heure, la nuit comme le jour, épier
ses moindres soucis, compter les battements de son
cœur ? Vous, madame, qui êtes si douce et pleine de
condescendance pour les petites choses, mais qui, pour
les grandes, savez trouver dans le foyer de votre cœur
tant d'énergie et de résolution, voici le moment où vous

devez montrer le courage de la lionne qui ne se laisse
point arracher ses petits. Venez, madame, venez ; re-
prenez votre fille, et qu'elle ne vous quitte plus. Pourquoi la laissez-vous dans des mains étrangères, livrée à
une direction malhabile qui l'irrite et la pousserait à de
grands écarts, si elle n'était votre fille, si le germe de
vertu et de dignité déposé par vous dans son sein pouvait devenir le jouet du premier vent qui passe? Ouvrez
les yeux ; voyez que l'on contrarie les inclinations de
votre enfant dans des choses légitimes et sacrées, et
qu'ainsi l'on s'expose à la voir résister aux sages conseils
et se faire une habitude d'indépendance que l'on ne
pourra plus vaincre. Ne souffrez pas qu'on lui impose
un mari qu'elle déteste, et craignez que cette aversion
ne la porte à faire un choix précipité, plus funeste en
core. Assurez sa liberté. Qu'elle ne soit enchaînée que
par la sollicitude de votre amour éclairé, de crainte
que, se méfiant de votre énergie protectrice, elle ne
cherche dans sa fantaisie un dangereux appui. Au nom
du ciel, venez!

» Et si vous voulez savoir, madame, de quel droit je
vous adresse cet appel, apprenez que j'ai vu votre fille
sans savoir son nom, que j'ai failli devenir amoureux
d'elle ; que je l'ai suivie, observée, cherchée, et qu'elle
n'était pas si bien gardée que je n'eusse pu lui parler et
employer (en vain sans doute) tous les artifices par lesquels on séduit une femme ordinaire. Grâce au ciel!
votre fille n'a pas même été exposée à mes téméraires
prétentions. J'ai appris à temps qu'elle avait pour mère
la personne que je vénère et que je respecte le plus au
monde, et dès cet instant les abords de sa demeure sont
devenus sacrés pour moi. Si je ne m'éloigne pas à l'instant même, c'est afin d'être prêt à répondre à vos plus

sévères interrogations, si, vous méfiant de mon honneur, vous m'ordonnez de paraître devant vous et de vous rendre compte de ma conduite.

» Agréez, madame, les humbles respects de votre esclave dévoué,

» NELLO. »

Je cachetai cette lettre, songeant au moyen de la faire parvenir à son adresse avec le plus de célérité possible, sans qu'elle tombât en des mains étrangères. Je n'osais la porter moi-même, dans la crainte qu'Alezia irritée ne fît quelque acte de folie ou de désespoir en apprenant mon départ. D'ailleurs il était bien vrai que je voulais pouvoir m'ouvrir complétement à sa mère au moment où elle recevrait ma confidence tout entière; car je prévoyais bien qu'Alezia ne lui cacherait aucun détail de ce petit roman, dont je n'avais pas le droit de me faire l'historien exact sans son ordre. Je craignais d'ailleurs que l'énergie de cette jeune fille effrayant la faiblesse de sa mère du tableau de sa passion, celle-ci ne vînt à lui donner un consentement que je ne voulais pas ratifier. L'une et l'autre avaient besoin du secours de ma volonté calme et inébranlable, et c'était peut-être lorsqu'elles seraient en présence l'une de l'autre que j'aurais besoin d'une force qui manquerait à toutes deux.

J'en étais là lorsqu'on frappa à ma porte, et un homme s'approcha dans une attitude respectueuse. Comme il avait eu soin d'ôter sa livrée, je ne le reconnus pas d'abord pour le domestique qui m'avait tant regardé le jour de l'aventure de l'église; mais comme nous avions maintenant le loisir de nous examiner l'un l'autre, nous jetâmes spontanément un cri de surprise. « C'est bien

vous! me dit-il; je ne me trompais pas, vous êtes bien
Nello? — Mandola, mon vieil ami! » m'écriai-je, et je
lui ouvris mes deux bras. Il hésita un instant, puis il
s'y jeta avec effusion en pleurant de joie. « Je vous avais
bien reconnu; mais j'ai voulu m'en assurer, et, au premier moment dont je puis disposer, me voilà. Comment
se fait-il qu'on vous appelle dans ce pays le seigneur
Lélio, à moins que vous ne soyez ce chanteur fameux
dont on parlait tant à Naples, et que je n'ai jamais été
voir? car, voyez-vous, je m'endors toujours au théâtre,
et, quant à la musique, je n'ai jamais pu y rien comprendre.... Aussi la signora ne me force jamais de monter à sa loge avant la fin du spectacle. — La signora!
oh! parle-moi de la signora, mon vieux camarade. —
Moi, je parlais de la signora Alezia; car, pour la signora
Bianca, elle ne va plus au théâtre. Elle a pris un confesseur piémontais, et elle est dans la plus haute dévotion depuis son second mariage. Pauvre bonne signora!
je crains bien que ce mari-là ne la dédommage pas de
l'autre. Ah! Nello, Nello, pourquoi n'as-tu pas... —
Tais-toi, Mandola; pas un mot là-dessus. Il est des souvenirs qui ne doivent pas plus revenir sur nos lèvres
que les morts ne doivent revenir à la vie. Dis-moi seulement où est ta maîtresse en ce moment, et le moyen
de lui faire parvenir une lettre en secret et sur-le-champ.
— Est-ce que c'est quelque chose d'important pour
vous? — C'est quelque chose de plus important pour
elle. — En ce cas, donnez-la-moi; je prends la poste à
franc étrier, et je vais la lui remettre à Bologne, où
elle est maintenant. Ne le saviez-vous pas? — Nullement. Oh! tant mieux! Tu peux être auprès d'elle ce
soir? — Oui, par Bacchus! Pauvre maîtresse, qu'elle
sera étonnée de recevoir de vos nouvelles! car, vois-tu,

Nello, voyez-vous, signor..... — Appelle-moi Nello quand nous sommes seuls, et Lélio devant le monde, tant que l'affaire de Chioggia ne sera pas assoupie tout à fait. — Oh! je sais. Pauvre Massatone! Mais cela commence à s'arranger. — Que me disais-tu de la signora Bianca? C'est là ce qui m'importe. — Je disais qu'elle deviendra bien rouge et bien pâle quand je lui remettrai une lettre en lui disant tout bas : « C'est de Nello! Madame sait bien, Nello! celui qui chantait si bien... » Alors elle me dira d'un ton sérieux, car elle n'est plus gaie comme autrefois, la pauvre signora : « C'est bien, Mandola, allez-vous-en à l'office. » Et puis elle me rappellera pour me dire d'un ton doux, car elle est toujours bonne : « Mon pauvre Mandola, vous devez être bien fatigué?.... Salomé, donnez-lui du meilleur vin! » — Et Salomé! m'écriai-je; est-elle mariée aussi? — Oh! celle-là ne se mariera jamais. C'est toujours la même fille, pas plus vieille, pas plus jeune; ne souriant jamais, ne versant jamais une larme, adorant toujours madame, et lui résistant toujours; chérissant mademoiselle, et la grondant sans cesse; bonne au fond, mais point aimable... La signora Alezia vous a-t-elle reconnu? — Nullement. — Je le crois; j'ai eu bien de la peine moi-même à vous reconnaître. On change tant! Vous étiez si petit, si fluet! — Mais pas trop, ce me semble? — Et moi, continua Mandola avec une tristesse comique, j'étais si leste, si dégagé, si alerte, si joyeux! Ah! comme on vieillit! »

Je me pris à rire en voyant combien l'on s'abuse sur les grâces de sa jeunesse quand on avance en âge. Mandola était à peu près le même Hercule lombard que j'avais connu; il marchait toujours de côté comme une barque qui louvoie, et l'habitude de ramer en équilibre

à la poupe de la gondole lui avait fait contracter celle
de ne jamais se tenir sur ses deux jambes à la fois. On
eût dit qu'il se méfiait toujours de l'aplomb du sol, et
qu'il attendait le flot pour varier son attitude. J'eus
bien de la peine à abréger notre entretien; il y prenait
grand plaisir, et moi j'éprouvais un bonheur douloureux à entendre parler de cet intérieur de famille où
mon âme s'était ouverte à la poésie, à l'art, à l'amour
et à l'honneur. Je ne pouvais me défendre d'une secrète joie pleine d'attendrissement et de reconnaissance
en entendant le brave Lombard me raconter les longs
regrets de Bianca après mon départ, sa santé long-temps
altérée, ses larmes cachées, sa langueur, son dégoût de
la vie. Puis elle s'était ranimée. Un nouvel amour avait
effleuré son cœur. Un homme fort séduisant, mais assez mal famé, espèce d'aventurier de haut lieu, l'avait
recherchée en mariage; elle avait failli croire en lui.
Éclairée à temps, elle avait frémi des dangers auxquels
l'isolement exposait son repos et sa dignité; elle avait
frémi surtout pour sa fille, et s'était rejetée dans la dévotion.

« Mais son mariage avec le prince Grimani? dis-je à
Mandola. — Oh! c'est l'ouvrage du confesseur, répondit-il. — Allons, il y a une fatalité, et l'on n'y échappe
pas. Pars, Mandola; voici de l'argent, voici la lettre.
Ne perds pas un instant, et ne retourne pas à la villa
Grimani sans m'avoir parlé; car j'ai des recommanda-
tions importantes à te faire. » Il partit.

Je me jetai sur mon lit, et je commençais à m'endormir, lorsque j'entendis les pas rapides d'un cheval
dans l'allée du jardin sur laquelle donnait ma fenêtre.
Je me demandai si ce n'était pas Mandola qui revenait,
ayant oublié une partie de ses instructions. Je vainquis

donc la fatigue, et me mis à la croisée. Mais, au lieu
de Mandola, je vis une femme en amazone et la tête
couverte d'une épaisse mantille de crêpe noir qui tombait sur ses épaules et voilait toute sa taille aussi bien
que son visage. Elle montait un superbe cheval tout fumant de sueur; et, sautant à terre avant que son domestique eût trouvé le temps de lui donner la main,
elle parla à voix très-basse à la vieille Cattina, que la
curiosité bien plus que le zèle avait fait accourir à sa
rencontre. Je frissonnai en songeant qui ce pouvait, qui
ce devait être; et, maudissant l'imprudence de cette
démarche, je me rhabillai à la hâte. Quand je fus prêt,
Cattina ne venant point m'avertir, je m'élançai précipitamment dans l'escalier, craignant que la téméraire visiteuse ne restât sous le péristyle exposée à quelque regard indiscret. Mais je rencontrai sur les dernières marches Cattina, qui retournait à son travail, après avoir
introduit l'inconnue dans la maison. « Où est cette
dame? lui demandai-je vivement. — Cette dame! répondit la vieille; quelle dame, mon *béni* séigneur Lélio? — Quelle ruse veux-tu essayer là, vieille folle?
N'ai-je pas vu entrer une dame en noir, et n'a-t-elle
pas demandé à me parler? — Non, sur la foi du baptême, monsieur Lélio. Cette dame a demandé la signora
Checchina, et sans vous nommer. Elle m'a mis ce demi-
sequin dans la main pour m'engager à cacher sa présence *aux autres habitants de la maison*. C'est
ainsi qu'elle a dit. — Est-ce que tu l'as vue, Cattina,
cette dame? — J'ai vu sa robe et son voile, et une
grande mèche de cheveux noirs qui s'était détachée, et
qui tombait sur une petite main superbe..... et deux
grands yeux qui brillaient sous la dentelle comme deux
lampes derrière un rideau. — Et où l'as-tu fait entrer?

— Dans le petit salon de la signora Checchina, pendant que la signora s'habille pour la recevoir. — C'est bien, Cattina; sois discrète, puisqu'on te l'a commandé. »

Je restai incertain si c'était Alezia qui venait se confier à la Checchina. Je devais l'empêcher sur-le-champ et à tout prix de rester dans cette maison, où chaque instant pouvait contribuer à la perte de sa réputation; mais si ce n'était point elle, de quel droit irais-je interroger une personne qui sans doute avait quelque grave intérêt à se cacher de la sorte? De ma fenêtre je n'avais pu juger la taille de cette femme voilée qui tout à coup s'était trouvée placée de manière à ce que je ne visse que le sommet de sa tête. J'avais examiné le domestique pendant qu'il emmenait les chevaux à l'écart dans un massif d'arbres que sa maîtresse lui avait désigné d'un geste. Je n'avais jamais vu ce visage; mais ce n'était pas une raison pour qu'il n'appartînt pas à la maison Grimani, dont, certes, je n'avais pas vu tous les serviteurs. Je répugnais à l'interroger et à tenter de le corrompre. Je résolus d'aller trouver la Checchina; je savais le temps qu'il lui fallait pour faire la plus simple toilette; elle ne devait pas encore être en présence de la visiteuse, et je pouvais entrer dans sa chambre sans traverser le salon d'attente. Je connaissais le mystérieux passage par lequel l'appartement de Nasi communiquait avec celui de ses maîtresses; cette villa de Cafaggiolo étant une véritable *petite maison* dans le goût français du dix-huitième siècle.

Je trouvai en effet la Checchina à demi vêtue, se frottant les yeux et s'apprêtant avec une nonchalance seigneuriale à cette matinale audience.

« Qu'est-ce à dire? s'écria-t-elle en me voyant entrer par son alcôve. — Vite, un mot, Checchina, lui dis-je à l'oreille. Renvoie ta femme de chambre. — Dépêche-toi, me dit-elle quand nous fûmes seuls, car il y a là quelqu'un qui m'attend. — Je le sais, et c'est de cela que je viens te parler. Connais-tu cette femme qui te demande un entretien? — Qu'en sais-je? elle n'a pas voulu dire son nom à ma femme de chambre, et là-dessus je lui ai fait répondre que je ne recevais pas, surtout à sept heures du matin, les personnes que je ne connais point; mais elle ne s'est pas rebutée, et elle a supplié Térésa avec tant d'instance (il est même probable qu'elle lui a donné de l'argent pour la mettre dans ses intérêts) que celle-ci est venue me tourmenter, et j'ai cédé, mais non sans un grand déplaisir de sortir sitôt du lit, car j'ai lu les Amours d'Angélique et de Médor fort avant dans la nuit.

— Écoute, Checchina, je crois que cette femme est... celle que tu sais. — Oh! crois-tu? En ce cas, va la trouver; je comprends pourquoi elle me fait demander, et pourquoi tu entres par le passage secret. Allons, je serai discrète, et charmée surtout de me rendormir tandis que tu seras le plus heureux des hommes.

— Non, ma bonne Francesca, tu te trompes. Si je m'étais ménagé un rendez-vous sous tes auspices, sois sûre que je t'en aurais demandé la permission. D'ailleurs je n'en suis pas à ce point, et mon roman touche à sa fin, qui est la plus froide et la plus morale de toutes les fins. Mais cette jeune personne se perd si tu ne viens à son secours. N'accueille aucun des projets romanesques qu'elle vient sans doute te confier, fais-la partir sur-le-champ, qu'elle retourne chez ses parents à l'instant même. Si par hasard elle demande à me parler en ta présence, dis-lui que je suis absent et que je ne rentrerai pas de la journée.

15.

— Quoi ! Lélio ! tu n'es pas plus passionné que cela, et on fait pour toi des extravagances ! Peste ! Voyez ce que c'est que d'être fat, on réussit toujours ! Mais si tu te trompais, *cugino ;* si par hasard cette belle aventurière, au lieu d'être ta Dulcinée, était une de ces pauvres filles dont tout pays fourmille, qui veulent entrer au théâtre pour fuir des parents cruels ? Écoute, j'ai une inspiration. Entrons ensemble dans le petit salon ; en faisant avancer le paravent devant la porte, au moment où nous entrerons tu peux te glisser en même temps que moi dans la chambre, te tenir caché, tout entendre et tout voir. Si cette femme est ta maîtresse, il est important que tu saches bien et vite ce dont il s'agit ; car ce qu'elle me dira, je te le répéterais mot à mot ; il sera donc plus tôt fait de l'entendre. »

J'hésitais, et pourtant j'avais bien envie de suivre ce mauvais conseil.

« Mais si c'est une autre femme, objectai-je, si elle a un secret à te confier ?

— Avons - nous des secrets l'un pour l'autre ? dit Checchina, et as-tu moins d'estime que moi pour toi-même ? Allons, pas de sot scrupule, viens. »

Elle appela Térésa, lui dit deux mots à l'oreille, et quand le paravent fut arrangé, elle la renvoya et m'entraîna avec elle dans le salon. Je ne fus pas caché deux minutes sans trouver au paravent protecteur une brisure par laquelle je pouvais voir la dame mystérieuse. Elle n'avait pas encore relevé son voile ; mais déjà je reconnaissais la taille élégante et les belles mains d'Alezia Aldini.

La pauvre enfant tremblait de tous ses membres ; je la plaignais et la blâmais, car le boudoir où nous nous trouvions n'était pas décoré dans un goût très-chaste, et les bronzes antiques, les statuettes de marbre qui l'ornaient, quoique d'un choix exquis sous le rapport de l'art, n'étaient rien moins que faits pour attirer les regards d'une jeune fille ou d'une femme timide. Et en pensant que c'était Alezia Aldini qui avait osé pénétrer dans ce temple païen, j'étais malgré moi, par un reste d'amour peut-être, plus blessé que reconnaissant de sa démarche.

La Checchina, tout en se hâtant, n'avait pourtant pas négligé le soin si cher aux femmes d'éblouir par l'éclat de la toilette les personnes de leur sexe. Elle avait jeté sur ses épaules une robe de chambre de cachemire des Indes, objet d'un grand luxe à cette époque ; elle avait roulé ses cheveux dénoués sous un réseau de bandelettes d'or et de pourpre ; car l'antique était alors à la mode : et sur ses jambes nues, qui étaient fortes et belles comme celles d'une statue de Diane, elle avait glissé une sorte de brodequin de peau de tigre, qui dissimulait ingénieusement la vulgaire nécessité des pantoufles. Elle avait chargé ses doigts de diamants et de camées, et tenait son éventail étincelant comme un sceptre de théâtre, tandis que l'inconnue, pour se donner une contenance, tourmentait gauchement le sien, qui était simplement de satin noir. Celle-ci était visiblement consternée de la beauté de Checca, beauté un peu virile, mais incontestable. Avec sa robe turque, sa chaussure mède et sa coiffure grecque, elle devait assez ressembler à ces femmes de satrapes qui se couvraient sans discernement des riches dépouilles des nations étrangères.

Elle salua son hôtesse d'un air de protection un peu impertinent ; puis, s'étendant avec nonchalance sur une ottomane, elle prit l'attitude la plus grecque qu'elle put imaginer. Tout cet étalage fit son effet : la jeune fille resta interdite et n'osa rompre le silence. « Eh bien ! madame ou mademoiselle , dit la Checca en dépliant lentement son éventail ; car j'ignore absolument à qui j'ai le plaisir de parler.... je suis à vos ordres. »

Alors l'inconnue, d'une voix claire et un peu âpre , avec un accent anglais très-prononcé , répondit en ces termes :

« Pardonnez-moi, madame, d'être venue vous déranger si matin , et recevez mes remercîments pour la bonté que vous avez de m'accueillir. Je me nomme *Barbara Tempest* , et suis fille d'un lord établi depuis peu à Florence. Mes parents me font apprendre la musique , et j'ai déjà quelque talent ; mais j'avais une très-excellente institutrice qui est partie pour Milan, et mes parents veulent me donner pour maître de chant cet insipide Tosani, qui me dégoûtera à jamais de l'art avec sa vieille méthode et ses cadences ridicules. J'ai ouï dire que le signor Lélio (que j'ai entendu chanter plusieurs fois à Naples) allait venir dans ce pays , et qu'il avait loué pour la saison cette maison, dont je connais le propriétaire. J'ai un désir irrésistible de recevoir des leçons de ce chanteur célèbre, et j'en ai fait la demande à mes parents, qui me l'ont accordée ; mais ils en ont parlé à plusieurs personnes, et il leur a été dit que le signor Lélio était d'un caractère très-fier et un peu bizarre ; qu'en outre il était affilié à ce qu'on appelle, je crois, la charbonnerie, c'est-à-dire qu'il a fait serment d'exterminer tous les riches et tous les nobles, et qu'en attendant il les déteste. Il ne laisse échapper, a-t-on dit à mon père, aucune occasion de leur témoigner son aversion, et quand par hasard il consent à leur rendre quelque service, à chanter dans leurs soirées ou

à donner des leçons dans leurs familles, c'est après s'ê-
tre fait prier dans les termes les plus humbles. Si on lui
prouve, par des instances très-grandes, combien on estime son talent et sa personne, il cède et redevient fort
aimable ; mais si on le traite comme un artiste ordinaire, il refuse sèchement et n'épargne pas les moque-
ries. Voilà, madame, ce qu'on a dit à mes parents, et
voilà ce qu'ils redoutent ; car ils tirent un peu vanité de
leur nom et de leur position dans le monde. Quant à
moi, je n'ai aucun préjugé, et j'ai une admiration si
vive pour le talent que rien ne me coûterait pour obtenir de M. Lélio la faveur d'être son élève.

» Je me suis dit bien souvent que si j'étais à même
de lui parler, certainement il ferait droit à ma requête.
Mais, outre que je n'aurai peut-être pas l'occasion de
le rencontrer, il ne serait pas convenable qu'une jeune
personne s'adressât ainsi à un jeune homme. Je pensais
à cela précisément ce matin en me promenant à cheval;
vous savez, madame, que dans mon pays les demoiselles sortent seules, et vont à la promenade accompagnées
de leur domestique. Je sors donc de grand matin afin
d'éviter la chaleur du jour, qui nous paraît bien terrible, à nous autres gens du Nord. Comme je passais devant cette jolie maison, j'ai demandé à un paysan à qui
elle appartenait. Quand j'ai su qu'elle était à M. le
comte Nasi, qui est l'ami de ma famille, sachant précisément qu'il l'avait louée à M. Lélio, j'ai demandé si ce
dernier était arrivé. « Pas encore, m'a-t-on répondu ;
mais sa femme est venue d'avance pour préparer son
établissement de campagne ; c'est une dame très-belle
et très-bonne. » Alors, madame, il m'est venu en tête
l'idée d'entrer chez vous et de vous intéresser à mon
désir, afin que vous m'accordiez votre protection toute-

puissante auprès de votre mari, et qu'il veuille bien accéder à la demande de mes parents, lorsqu'ils la lui adresseront. Puis-je vous demander aussi, madame, de vouloir bien garder mon petit secret, et de prier M. Lélio de le garder également? car ma famille me blâmerait beaucoup de cette démarche, qui n'a pourtant rien que de très-innocent, comme vous le voyez. »

Elle avait débité ce discours avec une volubilité si britannique; en saccadant ses mots, en traînant sur les syllabes brèves, et en étranglant les longues, elle faisait de si plaisants anglicismes, que je ne songeai plus à voir Alezia dans cette jeune lady, à la fois prude et téméraire. La Checchina, de son côté, ne songea plus qu'à se divertir de son étrangeté. Moi, qui n'étais guère en train de prendre plaisir à ce jeu, je me serais volontiers retiré; mais le moindre bruit eût trahi ma présence et jeté l'épouvante dans le cœur ingénu de miss Barbara.

« En vérité, miss, répondit la Checchina en cachant une forte envie de rire derrière un flacon d'essence de rose, votre demande est fort embarrassante, et je ne sais comment y répondre. Je vous avouerai que je n'ai pas sur M. Lélio l'empire que vous voulez bien m'attribuer....

— Ne seriez-vous pas sa femme? dit la jeune Anglaise avec candeur.

— Oh! miss, s'écria la Checchina en prenant un air de prude du plus mauvais ton, une jeune personne avoir de telles idées! Fi donc! Est-ce qu'en Angleterre l'usage permet aux demoiselles de faire de pareilles suppositions ? »

La pauvre Barbara fut tout à fait troublée.

« Je ne sais pas si ma question était offensante, dit-elle d'un ton ému, mais plein de résolution; il est certain que ce n'était pas mon intention. Vous pourriez n'être pas la femme de M. Lélio, et vivre avec lui sans crime. Vous pourriez être sa sœur... Voilà tout ce que j'ai voulu dire, madame.

— Et ne pourrais-je pas aussi bien, dit Checca, n'être ni sa femme, ni sa sœur, ni sa maîtresse, mais demeurer ici chez moi? Ne puis-je pas aussi bien être la comtesse Nasi?

— Oh! madame, répliqua ingénument Barbara, je sais bien que M. Nasi n'est pas marié.

— Il peut l'être en secret, miss.

— Ce serait donc bien récemment; car il m'a demandée en mariage il n'y a pas plus de quinze jours.

— Ah! c'est vous, mademoiselle? » s'écria la Checchina avec un geste tragique qui fit tomber son éventail. Il y eut un moment de silence. Puis la jeune miss, voulant absolument le rompre, sembla faire un grand effort sur elle-même, quitta sa chaise et ramassa l'éventail de la prima donna. Elle le lui présenta avec une grâce charmante, et lui dit d'un ton caressant, que rendait plus naïf encore son accent étranger :

« Vous aurez la bonté, n'est-ce pas, madame, de parler de moi à monsieur votre frère?

— Vous voulez dire mon mari? » répondit Checchina en recevant son éventail d'un air moqueur et en toisant la jeune Anglaise avec une curiosité malveillante. L'Anglaise retomba sur sa chaise comme si elle eût été frappée à mort; et la Checchina, qui détestait les femmes du monde et prenait une joie féroce à les écraser quand elle se trouvait en rivalité avec elles, ajouta en se pavanant d'un air distrait dans la glace placée au-dessus de l'ottomane : « Écoutez, chère miss Barbara. Je vous veux du bien; car vous me paraissez charmante. Mais il faut que vous me disiez toute la vérité : je crains que

ce ne soit pas l'amour de l'art qui vous amène ici,
mais bien une sorte d'inclination pour Lélio. Il a inspiré sans le vouloir beaucoup de passions romanesques
dans sa vie, et je connais plus de dix pensionnaires qui
en sont folles.

— Rassurez-vous, madame, répondit l'Anglaise avec
un accent italien qui me fit tressaillir, je ne saurais
avoir la moindre inclination pour un homme marié; et
quand je suis entrée dans cette maison, je savais que
vous étiez la femme de M. Lélio. »

La Checchina fut un peu déconcertée du ton ferme
et dédaigneux de cette réponse; mais, résolue de la
pousser à bout et redoublant d'impertinence, elle se
remit bientôt et lui dit avec un sourire étudié : « Chère
Barbara, vous me rassurez, et je vous crois l'âme trop
noble pour vouloir m'enlever le cœur de Lélio; mais
je ne puis vous cacher que j'ai une misérable faiblesse.
Je suis d'une jalousie effrénée, tout me porte ombrage.
Vous êtes peut-être plus belle que moi, et je le crains
si j'en juge par le joli pied que j'aperçois et par les
grands yeux que je devine. Vous serez indifférente pour
Lélio, puisqu'il m'appartient; vous êtes fière et généreuse, mais Lélio peut devenir amoureux de vous : vous
ne seriez pas la première qui lui aurait tourné la tête.
C'est un volage; il s'enflamme pour toutes les belles
femmes qu'il rencontre. Chère signora Barbara, ayez
donc la complaisance de relever votre voile, afin que
je voie ce que j'ai à craindre, et, pour parler à la française, si je puis exposer Lélio au feu de vos batteries. »

L'Anglaise fit un geste de dégoût, puis sembla hésiter; et, se levant enfin de toute sa hauteur, elle répondit
en commençant à détacher son voile : « Regardez-moi,
madame, et rappelez-vous bien mes traits, afin d'en

faire la description au seigneur Lélio ; et , si en vous écoutant il paraît ému , gardez-vous de l'envoyer vers moi; car, s'il venait à vous être infidèle , je déclare que ce serait un malheur pour lui et qu'il n'obtiendrait que mon mépris. »

En parlant ainsi , elle avait découvert sa figure. Elle me tournait le dos, et j'essayais vainement de surprendre ses traits dans la glace. Mais avais-je besoin du témoignage de mes yeux , et celui de mes oreilles ne suffisait-il pas ? Elle avait oublié tout à fait son accent anglais et parlait le plus pur italien avec cette voix sonore et vibrante qui m'avait si souvent ému jusqu'au fond de l'âme.

« Pardon, miss, dit la Checchina sans se déconcerter, vous êtes si belle que toutes mes craintes se réveillent. Je ne puis croire que Lélio ne vous ait pas déjà vue et qu'il ne soit pas d'accord avec vous pour me tromper.

— S'il vous demande mon nom , dit Alezia en arrachant avec violence une des grandes épingles d'acier bruni qui retenaient sur sa tête le pli de son voile , remettez-lui ceci de ma part, et dites-lui que mon blason porte une épingle avec cette devise : « Au cœur qui n'a pas de sang ! »

En ce moment, ne pouvant rester sous le coup d'un tel mépris , je sortis brusquement de ma cachette et m'élançai vers Alezia avec assurance. « Non , signora , lui dis-je, ne croyez pas aux plaisanteries de mon amie Francesca. Tout ceci est une comédie qu'il lui a plu de jouer , vous prenant pour ce que vous vouliez paraître et ne sachant pas l'importance de ses mensonges ; c'est une comédie que j'ai laissé jouer , vous reconnaissant à peine , tant vous avez imité avec talent l'accent et les manières d'une Anglaise. »

16

Alezia ne parut ni surprise ni émue de mon apparition. Elle avait le calme et la dignité que les femmes *de condition* possèdent entre toutes les autres lorsqu'elles sont dans leur droit. A voir son impassibilité, éclairée peu à peu d'un charmant sourire d'ironie, on eût pu croire que son âme n'avait jamais connu la passion, et qu'elle était incapable de la connaître.

« Vous trouvez que j'ai bien joué mon rôle, monsieur? répliqua-t-elle; cela vous prouve que j'avais peut-être quelque disposition pour cette profession que vous ennoblissez par vos talents et vos vertus. Je vous remercie profondément de m'avoir ménagé l'occasion de vous donner la comédie, et je rends grâces à madame, qui a bien voulu me donner la réplique. Mais je suis déjà dégoûtée de cet art sublime. Il faut y porter une expérience qui me coûterait trop à acquérir et une force d'esprit dont vous seul au monde êtes capable.

— Non, signora; vous êtes dans l'erreur, repris-je avec fermeté. Je n'ai point l'expérience du mal, et je n'ai de force que pour repousser des soupçons déshonorants. Je ne suis ni l'époux ni l'amant de Francesca. Elle est mon amie, ma sœur d'adoption, la confidente discrète et dévouée de tous mes sentiments; et pourtant elle ignore qui vous êtes, bien qu'elle vous soit aussi dévouée qu'à moi-même.

— Je déclare, signora, dit Francesca en s'asseyant d'une manière plus convenable, que je comprends fort peu ce qui se passe ici, et comment Lélio vous a laissé concevoir de pareils soupçons, lorsqu'il lui était si facile de les détruire. Ce qu'il vous dit en ce moment est la vérité, et vous n'imaginez pas, j'espère, que je voulusse me prêter à vous tromper, si j'étais autre

chose pour lui qu'une amie bien calme et bien désintéressée. »

Alezia commença à trembler de tous ses membres,
comme saisie de fièvre; et elle se rassit pâle et recueillie.
Elle doutait encore.

« Tu as été méchante, ma cousine, dis-je tout bas à
la Checchina. Tu as pris plaisir à faire souffrir un cœur
pur pour venger ton sot amour-propre. Ne devrais-tu
pas remercier ta rivale, puisqu'elle a refusé Nasi? »

La bonne Checca s'approcha d'elle, lui prit les mains
familièrement et s'accroupit sur un coussin à ses pieds.
« Mon bel ange, lui dit-elle, ne doutez pas de nous ;
vous ne connaissez pas la douce et honnête liberté des
bohémiens. Dans votre monde on nous calomnie et on
nous fait un crime de nos meilleures actions. Puisque
vous avez permis à Lélio de vous aimer, c'est que vous
ne partagez pas ces préventions injustes. Croyez donc
bien que, à moins d'être la plus vile des créatures, je
ne puis m'entendre avec Lélio pour vous tromper. Je
comprends à peine quel plaisir ou quel profit j'en pourrais tirer. Ainsi calmez-vous, ma jolie signora. Pardonnez-moi de vous avoir arraché votre secret par mes
folles plaisanteries. Vous devez avouer que, si la signora
marchesina se fût jouée des comédiens, ce n'eût pas
été dans l'ordre. Mais, au reste, tout ceci est fort heureux, et vous avez eu là une idée bonne et courageuse.
Vous auriez conservé des soupçons et souffert long-
temps, tandis que vous voilà rassurée, n'est-il pas vrai,
marchesina mia? Et vous croyez bien que j'ai un
trop grand cœur pour vous trahir en aucune façon?
Allons, mon cher ange, il faut retourner auprès de vos
parents, et Lélio ira vous voir aussitôt que vous le voudrez. Soyez tranquille, je vous l'enverrai, moi, et j'em-

pêcherai bien qu'il ne vous donne d'autres sujets de chagrin. Ah ! *poverina*, les hommes sont au monde pour désoler les femmes, et le meilleur d'entre eux ne vaut pas la dernière d'entre nous. Vous êtes une pauvre enfant qui ne connaît pas encore la souffrance. Cela ne viendra que trop tôt si vous livrez votre pauvre cœur au tourment d'amour, *oïmè !* »

Francesca ajouta bien d'autres choses toutes pleines de bonté et de sens. En même temps qu'Alezia était un peu blessée de cette familiarité naïve, elle était touchée de tant de bienveillance et vaincue par tant de franchise. Elle ne répondait pas encore aux caresses de Checca ; mais de grosses larmes coulaient lentement sur ses joues livides. Enfin son cœur se brisa, et elle se jeta en sanglotant sur le sein de sa nouvelle amie.

« O Lélio ! me dit-elle, me pardonnerez-vous l'outrage d'un pareil soupçon ? N'accusez que l'état maladif où je suis, depuis quelques jours, de corps et d'esprit. C'est Lila qui, croyant me guérir et voulant m'empêcher de faire ce qu'elle appelle un coup de tête, m'a confié cette nuit que vous viviez ici avec une très-belle personne qui n'était pas votre sœur, ainsi qu'elle l'avait cru d'abord, mais votre femme ou votre maîtresse. Vous pensez bien que je n'ai pas pu fermer l'œil ; j'ai roulé dans ma tête les projets les plus tragiques et les plus extravagants. Enfin, je me suis arrêtée à l'idée que Lila avait pu se tromper, et j'ai voulu savoir la vérité par moi-même. Au point du jour, tandis que, vaincue par la fatigue, cette pauvre fille dormait dans ma chambre sur le tapis, je suis sortie sur la pointe du pied ; j'ai appelé le plus soumis et le plus stupide des domestiques de ma tante, je lui ai fait seller le cheval de mon cousin Hector, qui est très-fougueux, et qui a failli dix fois

me renverser. Mais que m'importait la vie? Je me disais : « Hélas! n'est pas tué qui veut! » et j'ai pris la
route de Cafaggiolo, sans savoir ce que j'allais y faire.
Chemin faisant, j'ai trouvé le conte que je me suis permis de faire à madame. Oh! qu'elle me le pardonne!
Je voulais savoir si elle vous aimait, Lélio; si elle était
aimée de vous, si elle avait des droits sur vous, si vous
me trompiez. Pardonnez-moi tous deux; vous êtes si
bons! vous me pardonnerez, et vous m'aimerez aussi,
n'est-ce pas, madame?

— Chère madonetta! je t'aime déjà de toute mon
âme, » répondit la Checchina en lui passant ses grands
bras nus autour du cou et en l'embrassant à l'étouffer.

Je désirais terminer cette scène et renvoyer Alezia
chez sa tante. Je la suppliai de ne pas s'exposer davantage, et je me levai pour faire avancer son cheval; mais
elle me retint en me disant avec force : « A quoi songez-vous, Lélio? Renvoyez chevaux et domestique chez
ma tante; demandez la poste, et partons sur-le-champ.
Votre amie sera assez bonne pour nous accompagner.
Nous irons trouver ma mère, et je me jetterai à ses
pieds en lui disant : « Je suis compromise, je suis perdue aux yeux du monde; je me suis enfuie de chez ma
tante en plein jour, avec éclat. Il est trop tard pour réparer le tort que je me suis fait volontairement et déli-
bérément. J'aime Lélio, et il m'aime; je lui ai donné
ma vie. Il ne me reste sur la terre que lui et vous.
Voulez-vous me maudire? »

Cette résolution me jetait dans une affreuse per-
plexité. Je la combattis en vain. Alezia s'irrita de mes
scrupules, m'accusa de ne pas l'aimer, et invoqua le
jugement de Francesca. Celle-ci voulait monter en voiture avec Alezia, et la conduire à sa mère sans moi.

16.

Moi, je voulais décider la signora à retourner chez sa tante, à écrire de là à sa mère, et à attendre sa réponse pour prendre un parti. Je m'engageais à ne plus avoir aucun scrupule de conscience, si la mère consentait; mais je ne voulais pas compromettre la fille : c'était une action odieuse que je suppliais Alezia de m'épargner. Elle me répondait que, si elle écrivait, sa mère montrerait la lettre au prince Grimani, et que celui-ci la ferait enfermer dans un couvent.

Au milieu de ce débat, Lila, que Cattina s'efforçait en vain d'arrêter dans l'escalier, se précipita impétueusement au milieu de nous, rouge, essoufflée, près de s'évanouir. Quelques instants se passèrent avant qu'elle pût parler. Enfin elle nous dit, en mots entrecoupés, qu'elle avait devancé à la course le seigneur Hector Grimani, dont le cheval était heureusement boiteux, et ne pouvait passer par les prairies fermées de haies vives; mais qu'il était derrière elle, qu'il s'était informé tout le long du chemin de la route qu'Alezia avait suivie, et qu'il allait arriver dans un instant. Toute la maison Grimani savait, grâce à lui, la fuite de la signora. En vain la tante avait voulu faire des recherches avec prudence et imposer silence aux déclamations extravagantes d'Hector. Il faisait si grand bruit que tout le pays serait informé dans la journée de sa position ridicule et de la démarche hasardée de la signora, si elle n'y mettait ordre elle-même en allant à sa rencontre, en lui fermant la bouche, et en retournant avec lui à la villa Grimani. Je fus de l'avis de Lila. Alezia pliait son cousin à toutes ses volontés. Rien n'était encore désespéré, si elle voulait sauter sur son cheval et retourner chez sa tante; elle pouvait prendre un autre chemin que celui par lequel venait Hector, tandis qu'on enverrait au-devant de luï des gens pour le dépister et l'empêcher d'arriver jusqu'à Cafaggiolo. Tout fut inutile, Alezia resta iné-branlable. « Qu'il vienne, disait-elle, laissez-le entrer dans la maison, et nous le jetterons par la fenêtre s'il ose pénétrer jusqu'ici. » La Checchina riait comme une folle de cette idée, et, sur la description railleuse qu'A-lezia faisait de son cousin, elle promettait, à elle seule, d'en débarrasser la compagnie. Toutes ces bravades et cette gaieté insensée, dans un moment décisif, me cau-saient un chagrin extrême.

Tout à coup une chaise de poste parut au bout de la longue avenue de figuiers qui conduisait de la grande route à la villa Nasi. « C'est Nasi ! s'écria Checchina. — Si c'était Bianca ! pensai-je. — Oh ! s'écria Lila, voici madame votre tante elle-même qui vient vous chercher.

— Je résisterai à ma tante aussi bien qu'à mon cou-sin, répondit Alezia ; car ils agissent indignement à mon égard. Ils veulent publier ma honte, m'abreuver de chagrins et d'humiliations, afin de me subjuguer. Lélio, cachez-moi, ou protégez-moi. — Ne craignez rien, lui dis-je ; si c'est ainsi qu'on veut agir envers vous, nul n'entrera ici. Je vais recevoir madame votre tante au seuil de la maison, et puisqu'il est trop tard pour vous en faire sortir, je jure que personne n'y pénétrera. »

Je descendis précipitamment ; je trouvai Cattina qui écoutait aux portes. Je la menaçai de la tuer si elle di-sait un mot ; puis, songeant qu'aucune crainte n'était assez forte pour l'empêcher de céder au pouvoir de l'ar-gent, je me ravisai, et, retournant sur mes pas, je la pris par le bras, la poussai dans une sorte d'office qui n'avait qu'une lucarne où elle ne pouvait atteindre ; je fermai la porte sur elle à double tour malgré sa colère, je mis la clef dans ma poche, et je couru, au-devant de la chaise de poste.

Mais de toutes nos appréhensions, la plus embarras-sante se réalisa. Nasi sortit de la voiture et se jeta à mon cou. Comment l'empêcher d'entrer chez lui, com-ment lui cacher ce qui se passait? Il était facile de l'em-pêcher de violer l'incognito d'Alezia, en lui disant qu'une femme était venue pour moi dans sa maison, et que je le priais de ne point chercher à la voir. Mais la journée ne se passerait pas sans que la fuite d'Alezia et le désordre de la maison Grimani ne vinssent à ses oreilles. Une semaine suffirait pour l'apprendre à toute la contrée. Je ne savais vraiment que faire. Nasi, ne comprenant rien à mon air troublé, commençait à s'in-quiéter et à craindre que la Checchina n'eût fait, par colère ou désespoir, quelque coup de tête. Il montait l'escalier avec précipitation; déjà il tenait le bouton de la porte de l'appartement de Checca, lorsque je l'arrê-tai par le bras en lui disant d'un air très-sérieux que je le priais de ne pas entrer.

« Qu'est-ce à dire, Lélio? me dit-il d'une voix trem-blante et en pâlissant; Francesca est ici et ne vient point à ma rencontre; vous me recevez d'un air glacé, et vous voulez m'empêcher d'entrer chez ma maîtresse? C'est pourtant vous qui m'avez écrit de revenir près d'elle, et vous sembliez vouloir nous réconcilier; que se passe-t-il donc entre vous? »

J'allais répondre, lorsque la porte s'ouvrit, et Alezia parut, couverte de son voile. En voyant Nasi, elle tres-saillit et s'arrêta.

« Je comprends maintenant, je comprends, dit Nasi en souriant; mille pardons, mon cher Lélio! dis-moi dans quelle pièce je dois me retirer. --- Ici, monsieur!

dit Alezia d'une voix ferme en lui prenant le bras, et en l'entraînant dans le boudoir d'où elle venait de sortir et où se trouvaient toujours Francesca et Lila. Je la suivis. Checchina, en voyant paraître le comte, prit son air le plus farouche, précisément celui qu'elle avait dans le rôle d'Arsace, lorsqu'elle faisait la partie de soprano dans la *Sémiramis* de Bianchi. Lila se mit devant la porte pour empêcher de nouvelles visites, et Alezia, écartant son voile, dit au comte stupéfait :

« Monsieur le comte, vous m'avez demandée en mariage, il y a quinze jours. Le peu de temps pendant lequel j'ai eu le plaisir de vous voir à Naples a suffi pour me donner de vous une plus haute idée que de tous mes autres prétendants. Ma mère m'a écrit pour me conjurer, pour m'ordonner presque d'agréer vos recherches. Le prince Grimani ajoutait en post-scriptum que, si définitivement j'avais de l'éloignement pour mon cousin Hector, il me permettait de revenir auprès de ma mère, à condition que je vous accepterais sur-le-champ pour mari. D'après ma réponse, on devait ou venir me chercher pour me conduire à Venise et vous y donner rendez-vous, ou me laisser indéfiniment chez ma tante avec mon cousin. Eh bien ! malgré l'aversion que mon cousin m'inspire, malgré les tracasseries dont ma tante m'abreuve, malgré l'ardent désir que j'éprouve de revoir ma bonne mère et ma chère Venise ; enfin, malgré la grande estime que j'ai pour vous, monsieur le comte, j'ai refusé. Vous avez dû croire que j'accordais la préférence à mon cousin... Tenez ! dit-elle en s'interrompant et en portant avec calme ses regards vers la croisée, le voilà qui entre à cheval jusque dans votre jardin. Arrêtez, monsieur Lélio, ajouta-t-elle en me saisissant le bras, comme je m'élançais pour sortir ; vous m'accorderez bien qu'en cet instant il n'y a ici d'autre volonté à écouter que la mienne. Placez-vous avec Lila devant cette porte jusqu'à ce que j'aie fini de parler. »

Je dérangeai Lila, et je tins la porte à sa place. Alezia continua :

« J'ai refusé, monsieur le comte, parce que je ne pouvais loyalement accepter vos honorables propositions. J'ai répondu à l'aimable lettre que vous aviez jointe à celle de ma mère.

— Oui, signora, dit le comte, vous m'avez répondu avec une bonté dont j'ai été fort touché, mais avec une franchise qui ne me laissait aucun espoir ; et si je reviens dans le pays que vous habitez, ce n'est point avec l'intention de vous importuner de nouveau, mais avec celle d'être votre serviteur soumis et votre ami dévoué, si vous daignez jamais faire appel à mes respectueux sentiments.

— Je le sais, et je compte sur vous, répondit Alezia en lui tendant sa main d'un air noblement affectueux. Le moment est venu, plus vite que vous ne l'auriez imaginé, de mettre ces généreux sentiments à l'épreuve. Si j'ai refusé votre main, c'est que j'aime Lélio; si je suis ici, c'est que je suis résolue à n'épouser jamais que lui. »

Le comte fut si bouleversé de cette confidence qu'il resta quelques instants sans pouvoir répondre. A Dieu ne plaise que je blasphème l'amitié du brave Nasi; mais, en ce moment, je vis bien que chez les nobles il n'est pas d'amitié personnelle, de dévouement ni d'estime qui puissent extirper entièrement les préjugés. J'avais les yeux attachés sur lui avec une grande attention, je lus clairement sur son visage cette pensée : « J'ai pu, moi comte Nasi, aimer et demander en ma-

riage une femme qui est amoureuse d'un comédien et
qui veut l'épouser ! »

Mais ce fut l'affaire d'un instant. Le bon Nasi reprit
sur-le-champ ses manières chevaleresques. « Quoi que
vous ayez résolu, signora, dit-il, quoi que vous ayez à
m'ordonner en vertu de vos résolutions, je suis prêt.

— Eh bien ! monsieur le comte, reprit Alezia, je suis
chez vous, et voici mon cousin qui vient, sinon me réclamer, du moins constater ici ma présence. Froissé
par mes refus, il ne manquera pas de me décrier, parce
qu'il est sans esprit, sans cœur et sans éducation. Ma
tante feindra de blâmer l'emportement de son fils, et
racontera ce qu'il lui plaira d'appeler ma honte à toutes
les dévotes de sa connaissance qui le rediront à toute
l'Italie. Je ne veux point, par de vaines précautions, ni
par de lâches dénégations, essayer d'arrêter le scandale. J'ai appelé l'orage sur ma tête, qu'il éclate à la
face du monde ! Je n'en souffrirai pas si, comme je l'espère, le cœur de ma mère me reste, et si, avec un
époux content de mes sacrifices, je trouve encore un
ami assez courageux pour avouer hautement la protection fraternelle qu'il m'accorde. A ce titre, voulez-vous
empêcher qu'il n'y ait des explications inconvenantes,
impossibles entre Lélio et mon cousin ? Voulez-vous
aller recevoir Hector, et lui déclarer de ma part que je
ne sortirai de cette maison que pour aller trouver ma
mère, et appuyée sur votre bras ? »

Le comte regarda Alezia d'un air sérieux et triste,
qui semblait dire : « Vous êtes la seule ici qui compre-
niez à quel point mon rôle, dans le monde, va paraître
étrange, coupable et ridicule, » mit gracieusement un
genou en terre, et baisa la main d'Alezia qu'il tenait
toujours dans la sienne, en lui disant : « Madame, je

suis votre chevalier à la vie et à la mort. » Puis il vint
à moi et m'embrassa cordialement sans me rien dire. Il
oublia de parler à la Checchina, qui du reste, appuyée
sur le rebord de la fenêtre, les bras croisés sur sa poitrine, contemplait cette scène avec une attention philosophique.

Nasi se préparait à sortir. Moi, je ne pouvais souffrir
l'idée qu'il allait s'établir, à ses risques et périls, le
champion de la femme que j'étais censé compromettre.
Je voulais du moins le suivre et prendre sur moi la
moitié de la responsabilité. Il me donna, pour m'en empêcher, des raisons excellentes tirées du code du grand
monde. Je n'y comprenais rien, et me sentais dominé
en cet instant par la colère que me causaient l'insolence
d'Hector et ses indignes intentions. Alezia essaya de me
calmer en me disant : « Vous n'avez encore de droits
que ceux qu'il me plaira de vous accorder. » J'obtins
du moins d'accompagner Nasi, et de faire acte de présence devant Hector Grimani, à la condition de ne pas
dire un mot sans la permission de Nasi.

Nous trouvâmes le cousin qui descendait de cheval,
tout haletant et couvert de sueur. Il donna un grand
coup de fouet, en jurant d'une manière ignoble, au
pauvre animal, parce que, s'étant déferré et blessé en
chemin, il n'était pas venu assez vite au gré de son impatience. Il me sembla voir dans ce début et dans toute
la contenance d'Hector qu'il ne savait comment se tirer
de la position où il s'était jeté à l'étourdie. Il fallait se
montrer héroïque à force d'amour et de folle jalousie,
ou absurde à force de lâche insolence. Ce qui mettait le
comble à son embarras, c'est qu'il avait recruté en chemin deux jeunes gens de ses amis qui se rendaient à la
chasse et avaient voulu l'accompagner dans son expédi-

tion, moins sans doute pour l'assister que pour se divertir à ses dépens.

Nous nous avançâmes jusqu'à lui sans le saluer, et Nasi le regarda de près au milieu du visage, d'un air glacé, sans lui dire un mot. Il parut ne pas me voir ou ne pas me reconnaître. « Ah! c'est vous, Nasi? » s'écria-t-il incertain s'il le saluerait ou s'il lui tendrait la main ; car il voyait bien que Nasi n'était pas disposé à lui rendre aucune espèce de révérence. « Vous n'avez pas sujet de vous étonner, je pense, de me trouver chez moi, répondit Nasi. — Pardonnez-moi, pardonnez-moi, reprit Hector en feignant d'être accroché par son éperon à un magnifique rosier qui se trouvait là, et qu'il écrasait de tout son poids. Je ne m'attendais pas du tout à vous retrouver ici ; je vous croyais à Naples. — Que vous l'ayez cru ou non, peu importe. Vous voici, et me voici. De quoi s'agit-il? — Pardieu, mon cher, il s'agit de m'aider à retrouver ma cousine Alezia Aldini, qui se permet de courir seule à cheval sans la permission de ma mère, et qui, m'a-t-on dit, est par ici.

— Qu'entendez-vous par ce mot : *par ici?* Si vous pensez que la personne dont vous parlez soit dans les environs, suivez la rue, cherchez. — Mais que diable, mon cher, elle est ici ! dit Hector forcé par le ton de Nasi et par la présence de ses témoins de se prononcer un peu plus nettement. Elle est dans votre maison ou dans votre jardin ; car on l'a vue entrer dans votre avenue, et, sang de Dieu ! voilà son cheval là-bas ! c'est-à-dire mon cheval ; car il lui a plu de le prendre pour courir les champs, et de me laisser sa haquenée. » Et il essayait par un gros rire forcé d'égayer un entretien que Nasi ne semblait pas disposé à traiter si gaiement.

« Monsieur, répondit-il, je n'ai pas l'honneur de

17

vous connaître assez pour que vous m'appeliez *mon cher ;* je vous prie donc de me traiter comme je vous traite. Ensuite, je vous ferai observer que ma maison n'est point une auberge, ni mon jardin une promenade publique, pour que les passants se permettent de l'explorer. — Ma foi, monsieur, si vous n'êtes pas content, dit Hector, j'en suis fâché. Je croyais vous connaître assez pour me permettre d'entrer chez vous, et je ne savais pas que votre maison de campagne fût un château-fort. — Telle qu'elle est, monsieur, palais ou chaumière, j'en suis le maître, et je vous prie de vous tenir pour averti que personne n'y entre sans ma permission. — Par Bacchus ! monsieur le comte, vous avez bien peur que je vous demande la permission d'entrer chez vous ; car vous me la refusez d'avance avec une aigreur qui me donne beaucoup à penser. Si, comme je le crois, Alezia Aldini est dans cette maison, je commence à espérer pour elle qu'elle y est venue pour vous ; donnez - m'en l'assurance, et je me retire satisfait.

— Je ne reconnais à personne, monsieur, répondit Nasi, le droit de m'adresser aucune espèce de questions; et à vous, moins qu'à tout autre, celui de m'interroger sur le compte d'une femme que votre conduite outrage en cet instant.

— Eh ! mordieu, je suis son cousin ! Elle est confiée à ma mère; que voulez-vous que ma mère réponde à mon oncle, le prince Grimani, lorsqu'il lui demandera sa belle-fille ? Et comment voulez-vous que ma mère, qui est âgée et infirme, coure après une jeune écervelée qui monte à cheval comme un dragon ? — Je suis certain, monsieur, dit Nasi, que madame votre mère ne vous a pas chargé de chercher sa nièce d'une manière aussi bruyante, et de la demander à tout venant d'une manière aussi déplacée ; car, dans ce cas, sa sollicitude serait un outrage plus qu'une protection, et mettre l'objet d'une telle protection à l'abri de votre zèle serait un devoir pour moi.

— Allons, dit Hector, je vois que vous ne voulez pas nous rendre notre fugitive. Vous êtes un chevalier des anciens temps, monsieur le comte ! Souvenez-vous que désormais ma mère est déchargée de toute responsabilité envers la mère de mademoiselle Aldini. Vous arrangerez cette affaire désagréable comme vous l'entendrez pour votre propre compte. Quant à moi, je m'en lave les mains, j'ai fait ce que je devais et ce que je pouvais. Je vous prierai seulement de dire à Alezia Aldini qu'elle est bien libre d'épouser qui bon lui semblera, et que pour ma part je n'y mettrai pas d'obstacle. Je vous cède mes droits, mon cher comte ; puissiez-vous n'avoir jamais à chercher votre femme dans la maison d'autrui, car vous voyez par mon exemple combien on y fait sotte figure. — Beaucoup de gens pensent, monsieur le comte, répondit Nasi, qu'il y a toujours moyen d'ennoblir la position la plus fâcheuse et de faire respecter la plus ridicule. Il n'y a de sottes figures que là où il y a de sottes démarches. »

A cette réponse sévère, un murmure significatif des deux amis fit sentir à Hector qu'il ne pouvait plus reculer.

« Monsieur le comte, dit-il à Nasi, vous parlez de sottes démarches. Qu'appelez-vous sottes démarches, je vous prie ?

— Vous donnerez à mes paroles l'explication que vous voudrez, monsieur.

— Vous m'insultez, monsieur ?

— C'est vous qui en êtes juge, monsieur. Pour moi, cela ne me regarde pas.

— Vous me rendrez raison, je présume ?

— Fort bien, monsieur.

— Votre heure ?

— Celle que vous voudrez.

— Demain matin à huit heures, dans la prairie de Maso, si vous le voulez bien, monsieur. Mes témoins seront ces messieurs.

— Très-bien, monsieur ; mon ami que voici sera le mien. »

Hector me regarda avec un sourire de dédain, et, emmenant à l'écart Nasi avec ses deux compagnons, il lui dit :

« Ah çà, mon cher comte, permettez-moi de vous dire que c'est pousser la plaisanterie trop loin. Maintenant qu'il s'agit de se battre, il faudrait, ce me semble, un peu de sérieux. Mes témoins sont gens de qualité : monsieur est le marquis de Mazzorbo, et voici monsieur de Monteverbasco. Je ne pense pas que vous puissiez leur associer comme témoin ce monsieur à qui j'ai fait donner 20 francs l'autre jour pour avoir accordé un piano chez ma mère. Vraiment, je n'y conçois rien. Hier on découvre que ce monsieur a une intrigue avec ma cousine, et aujourd'hui vous nous dites que c'est votre ami intime. Veuillez nous dire au moins son nom.

— Vous vous trompez positivement, monsieur le comte. Ce *monsieur*, comme vous dites, n'accorde point de pianos, et n'a jamais mis le pied chez votre cousine. C'est le signor Lélio, l'un de nos plus grands artistes, et l'un des hommes les plus braves et les plus loyaux que je connaisse. »

J'avais entendu confusément le commencement de cette conversation, et, voyant qu'il s'agissait de moi, je m'étais rapproché assez rapidement. Quand j'entendis le comte Hector parler tout haut d'une *intrigue* à propos d'Alezia, la mauvaise humeur où m'avait mis ce combat engagé sans moi se changea en colère, et je résolus de faire payer à quelqu'un de nos adversaires la fausseté de ma position. Je ne pouvais m'en prendre au comte Hector, déjà provoqué par Nasi ; ce fut sur M. de Monteverbasco que tomba l'orage. Le digne gentillâtre, en apprenant mon nom, s'était contenté de dire d'un air étonné :

« Tiens ! »

Je m'approchai de lui, et le regardant en face d'un air menaçant :

« Que voulez-vous dire, monsieur ?

— Moi, monsieur, je n'ai rien dit.

— Pardonnez-moi, monsieur, vous avez dit : *C'est encore pire*.

— Non, monsieur, je ne l'ai pas dit.

— Si, monsieur, vous l'avez dit.

— Si vous y tenez absolument, monsieur, mettons que je l'ai dit.

— Ah ! vous en convenez enfin. Eh bien ! monsieur, si vous ne me trouvez pas bon pour témoin, je saurai bien vous forcer à me trouver bon pour adversaire.

— Est-ce une provocation, monsieur ?

— Monsieur, ce sera tout ce qui vous plaira. Mais je vous avertis que votre nom ne me revient pas, et que votre figure me déplaît.

— C'est bien, monsieur ; nous prendrons donc, si cela vous convient, le rendez-vous de ces messieurs.

17.

— Parfaitement. Messieurs, j'ai l'honneur de vous saluer. »

Après quoi nous rentrâmes, Nasi et moi, dans la maison, non sans avoir recommandé le silence aux domestiques.

La conduite d'Hector Grimani en cette occurrence me fit connaître un type d'homme du monde que je n'avais pas encore observé. Si j'avais songé à porter un jugement sur Hector, les premières fois que je l'avais vu à la villa Grimani, alors qu'il se renfermait dans sa cravate et dans sa nullité pour paraître supportable à sa cousine, j'aurais prononcé que c'était un homme faible, inoffensif, froid et bon. Cet homme si grêle pouvait-il nourrir un sentiment d'hostilité ? Ces manières si méthodiquement élégantes pouvaient-elles cacher un instinct de domination brutale et de lâche ressentiment ? Je ne l'aurais point cru ; je ne m'attendais pas à le voir demander raison à Nasi de sa dure réception ; car je le croyais plus poli et moins brave, et je fus étonné qu'ayant été assez sot pour s'attirer de telles leçons, il fût assez résolu pour s'en venger. Le fait est qu'Hector n'était pas un de ces hommes sans conséquence qui ne font jamais ni mal ni bien. Il était maussade, présomptueux ; mais, sentant malgré lui sa médiocrité intellectuelle, il se laissait toujours dominer dans les discussions ; puis, bientôt poussé par la haine et la vengeance, il demandait à se battre. Il se battait souvent et toujours mal à propos, de sorte que sa bravoure tardive et entêtée lui faisait plus de tort que de bien.

Avant de laisser Nasi retourner auprès d'Alezia, je le pris à l'écart et lui dis que tout ce qui venait de se passer était arrivé bien malgré moi, que mon intention n'avait jamais été de séduire, d'enlever, ni d'épouser mademoiselle Aldini, et que ma ferme résolution était de m'éloigner d'elle sur-le-champ et pour toujours, à moins que je ne fusse forcé par l'honneur à l'épouser en réparation du tort qu'elle venait de se faire à cause de moi. Je voulais que Nasi en fût juge. « Mais avant de vous raconter toute cette histoire, lui dis-je, il faut songer au plus pressé, et nous arranger de manière à compromettre le moins possible notre jeune hôtesse. Je dois vous confier un fait qu'elle ignore, c'est que sa mère sera ici demain soir. Je vais établir un homme de planton au prochain relais, afin qu'au lieu d'aller chercher sa fille à la villa Grimani, elle vienne ici directement la prendre. Dès que j'aurai remis la signora Alezia entre les mains de sa mère, j'espère que tout s'arrangera ; mais, jusque-là, quelle explication vais-je lui donner de l'extrême réserve dans laquelle je veux me renfermer envers elle ?

— Le mieux, dit Nasi, serait de la décider à sortir d'ici, et à retourner chez sa tante, ou du moins à se retirer dans un couvent pendant vingt-quatre heures. Je vais essayer de lui faire comprendre que sa position ici n'est pas tenable. »

Il alla trouver Alezia. Mais toutes ses bonnes raisons furent inutiles. Checca, fidèle à ses habitudes de jactance, avait dit à Alezia qu'elle était la maîtresse de Nasi, que le comte s'était détaché d'elle après une querelle, et qu'alors il avait pu demander Alezia en mariage ; mais que, guéri par son refus, et ramené par un invincible amour aux pieds de sa maîtresse, il était prêt à l'épouser. Alezia se croyait donc très-convenablement chez Nasi, elle était charmée de le voir prendre, comme elle, le parti de se livrer au penchant de son cœur et

de rompre avec l'opinion. Elle se promettait de trouver
dans ce couple heureux une société pour toute sa vie et
une amitié à toute épreuve. En quittant la maison de
Nasi, elle craignait mes scrupules, et les efforts de sa
famille pour la réconcilier avec le monde. Elle voulait
donc obstinément se perdre, et elle finit par déclarer à
Nasi qu'elle ne sortirait de chez lui que contrainte par
la force.

« En ce cas, signora, lui dit le comte, vous me permettrez d'agir de mon côté comme l'honneur me l'ordonne. Je suis votre frère, vous l'avez voulu. J'ai accepté ce rôle avec reconnaissance et soumission, et j'ai
déjà fait acte de protection fraternelle en éloignant de
vous les insolentes réclamations du comte Hector. Je
continuerai d'agir d'après les conseils de mon respect et
de mon dévouement ; mais si les droits d'un frère ne
s'étendent pas jusqu'à commander à sa sœur, du moins
ils l'autorisent à écarter d'elle tout ce qui pourrait nuire
à sa réputation. Vous permettrez donc que j'empêche
Lélio de rentrer dans cette maison tant que votre mère
n'y sera pas, et je viens de lui envoyer un exprès, afin
que demain soir vous puissiez l'embrasser.

— Demain soir ? s'écria Alezia, c'est trop tôt. Non,
je ne le veux pas. Quelque bonheur que j'aie à revoir
ma mère bien-aimée, je veux avoir le temps d'être
compromise aux yeux du monde, et perdue sans retour
pour lui. Je veux partir avec Lélio, et courir au-devant
de ma mère. Quand on saura que j'ai voyagé avec Lélio, personne ne m'excusera, personne ne pourra me
pardonner, excepté ma mère.

— Lélio n'obéira pas à votre volonté, ma chère
sœur, répondit Nasi ; il n'obéira qu'à la mienne ; car
son âme n'est que délicatesse et loyauté, et il m'a pris

pour arbitre suprême. — Eh bien! dit Alezia en riant, allez lui ordonner de ma part de venir ici. — Je vais le trouver, répondit Nasi; car je vois que vous n'êtes disposée à écouter aucune parole sage. Et je vais avec lui faire préparer deux chambres pour lui et pour moi dans l'auberge du village que vous voyez d'ici au bout de l'avenue. Si vous étiez encore exposée à quelque offense de la part de M. Hector Grimani, vous n'auriez qu'à faire signe de votre fenêtre et à faire sonner la cloche du jardin, nous serions sous les armes à l'instant même. Mais soyez tranquille, il ne reviendra pas. Vous allez donc vous emparer de l'appartement de Lélio, qui est plus convenable pour vous que celui-ci. Votre femme de chambre restera ici pour vous servir et pour m'apporter vos ordres, s'il vous plaît de m'en donner. »

Nasi étant venu me rejoindre et m'ayant rapporté cet entretien, je lui ouvris mon cœur et lui confiai à peu près tout ce que j'éprouvais, sans toutefois lui parler de Bianca. Je lui expliquai comment je m'étais étourdiment engagé dans une aventure dont l'héroïne m'avait d'abord semblé coquette jusqu'à l'effronterie, et comment, en découvrant de jour en jour la pureté de son âme et l'élévation de son caractère, je m'étais trouvé amené malgré moi à jouer le rôle d'un homme prêt à tout accepter et à tout entreprendre. « Vous n'aimez donc pas la signora Aldini? » dit le comte avec un étonnement où je crus voir percer un peu de mépris pour moi. Je n'en fus pas blessé; car je savais ne pas mériter ce mépris, et il me rendit son estime quand il sut quelles luttes j'avais soutenues pour rester vertueux, quoique dévoré d'amour et de désirs. Mais quand il fallut expliquer au comte comment il se faisait que je fusse si positivement décidé à ne pas épouser Alezia,

quelque indulgence qu'elle trouvât dans le cœur de sa
mère, je fus embarrassé. Je lui fis alors une question :
je lui demandai si Alezia serait tellement compromise
par l'action qu'elle venait de faire qu'il fût de mon devoir de l'épouser pour réhabiliter son honneur. Le
comte sourit, et, me prenant la main avec affection :
« Mon bon Lélio, me dit-il, vous ne savez pas encore à
quel point le monde où Alezia est née renferme de sottise, et combien sa sévérité cache de corruption. Sachez, afin d'en rire et de mépriser de semblables idées
autant que je les méprise, sachez qu'Alezia séduite par
vous dans la maison de sa tante, après avoir été votre
maîtresse pendant un an, pourvu que la chose se fût
passée sans bruit et sans scandale, pourrait encore faire
ce qu'on appelle un bon mariage, et qu'aucune grande
maison ne lui serait fermée. Elle entendrait chuchoter
autour d'elle, et quelques femmes austères défendraient
à leurs filles, nouvellement mariées, de se lier avec
elle; mais elle n'en serait que plus à la mode et entourée de plus d'hommages par les hommes. Mais si vous
épousiez Alezia, fût-il prouvé qu'elle est restée pure
comme un ange jusqu'au jour de son mariage, on ne
lui pardonnerait jamais d'être la femme d'un comédien.
Vous êtes un de ces hommes sur lesquels aucune calomnie n'a de prise. Beaucoup de gens sensés pense-
raient peut-être qu'Alezia a fait un noble choix et une
bonne action en vous épousant; bien peu l'oseraient
dire tout haut, et je suppose qu'elle devînt veuve, les
portes fermées sur elle ne se rouvriraient jamais; car
elle ne trouverait jamais un homme du monde qui voû-
lût l'épouser après vous; sa famille la considérerait
comme morte, et il ne serait même plus permis à sa
mère de prononcer son nom. Voilà le sort qui attend

Alezia si vous l'épousez. Réfléchissez, et si vous n'êtes pas sûr de l'aimer toujours, craignez un mariage malheureux ; car il ne vous sera plus possible de la rendre à sa famille et à ses amis quand elle aura porté votre nom. Si, au contraire, vous vous sentez la force de l'aimer toujours, épousez-la ; car son dévouement pour vous est sublime, et nul homme au monde n'en est plus digne que vous. »

Je restai rêveur, et le comte craignit de m'avoir blessé par sa franchise, malgré les réflexions obligeantes par lesquelles il avait essayé d'en adoucir l'amertume. Je le rassurai. « Ce n'est point à cela que je songe, lui dis-je ; je songe à la signora Bianca, je veux dire à la princesse Grimani, et aux chagrins dont sa vie serait abreuvée si j'épousais sa fille. — Ils seraient grands en effet, répliqua le comte ; et si vous connaissiez cette aimable et charmante femme, vous y regarderiez à deux fois avant de l'exposer à la colère de ces insolents et implacables Grimani. — Je ne l'y exposerai point, répondis-je avec force et comme me parlant à moi-même. — Cette résolution ne part peut-être point d'un cœur fortement épris, dit le comte ; mais, ce qui vaut mieux, elle part d'un cœur généreux et noble. Quoi que vous fassiez, je reste votre ami, et je soutiens votre détermination envers et contre tous. »

Je l'embrassai, et nous passâmes le reste de la journée en tête-à-tête, à l'auberge voisine. Il me fit raconter encore toute mon aventure ; et l'intérêt avec lequel il m'interrogeait sur les plus petits détails, l'air d'anxiété secrète dont il écoutait le récit des circonstances périlleuses où ma vertu s'était trouvée à l'épreuve, me firent bien voir que ce noble cœur était fortement épris d'Alezia Aldini. En même temps qu'il souffrait d'entendre

ces récits, il était évident pour moi que chaque preuve
de courage et de dévouement que m'avait donnée Alezia
enflammait son enthousiasme, et malgré lui ranimait
son amour. A chaque instant il m'interrompait pour
me dire : « C'est beau, cela, Lélio! c'est beau! c'est
grand! A votre place je n'aurais pas tant de courage!
Je ferais mille folies pour cette femme. » Cependant,
quand je lui donnais mes raisons (et je les lui donnais
toutes, sans toutefois lui parler de l'amour que j'avais
eu autrefois pour Bianca), il approuvait ma sagesse et
ma fermeté; et lorsque malgré moi je redevenais triste,
il me disait : « Courage! allons, courage! Encore dix-
huit ou vingt heures, et Alezia sera sauvée. Je crois
que nous traiterons demain les Grimani de manière à
leur ôter l'envie d'ébruiter l'affaire. La princesse em-
mènera sa fille, et un jour Alezia vous bénira d'avoir
été plus sage qu'elle; car l'amour ne vit qu'un jour, et
les préjugés ont des racines indestructibles. »

Nous passâmes quelques heures de la nuit à mettre
ordre à nos affaires; à tout événement, Nasi légua sa
villa à la Checchina. La conduite de cette bonne fille
envers Alezia avait rempli d'estime et de reconnaissance
l'âme généreuse du comte.

Quand nous eûmes fini, nous prîmes quelques heures
de sommeil, et, au point du jour, je m'éveillai. Quelqu'un entrait dans ma chambre : c'était Checca. « Tu te
trompes, lui dis-je; la chambre de Nasi est ici proche.
— Ce n'est pas lui, mais toi que je cherche, dit-elle.
Écoute : il ne faut pas que tu épouses cette marchesina.
— Pourquoi, ma chère Francesca? — Je vais te le
dire : les obstacles et les dangers exaltent son amour
pour toi; mais elle n'est ni si forte d'esprit ni si libre
de préjugés qu'elle le prétend. Elle est bonne, aimable,

charmante; crois-moi, je l'aime de tout mon cœur; mais elle m'a dit sans s'en apercevoir, en causant avec moi, plus de cent choses qui me prouvent qu'elle croit faire pour toi un sacrifice immense, et qu'elle le regrettera un jour si tu n'en sens pas le prix aussi bien qu'elle. Et, dis-moi, pouvons-nous apprécier ces sacrifices, nous autres qui sommes pleins de justes préventions contre le monde, et qui le méprisons autant qu'il nous méprise? Non, non; un jour viendrait, Lélio, je te le prédis, où, même sans regretter le monde, elle t'accuserait d'ingratitude au premier grief qu'elle aurait contre toi, et c'est un triste rôle pour un homme que d'être l'obligé insolvable de sa femme. »

En trois mots je fis savoir à la Checca quelles étaient mes intentions à l'égard d'Alezia. Quand elle vit que j'abondais dans son sens : « Mon bon Lélio, dit-elle, il m'est venu une idée. Il n'est pas question ici de penser à soi seul, ou du moins il faut penser à soi noblement, et assurer l'orgueil de la conscience pour l'avenir. Nasi aime Alezia. Elle n'a point été ta maîtresse; il peut l'épouser : il faut qu'il l'épouse. » Je ne savais trop si Checca, mue par un sentiment d'inquiétude jalouse, ne me parlait pas ainsi pour me faire parler à mon tour; mais elle ajouta, sans me donner le temps de répondre: « Sois sûr de ce que je te dis, Lélio; Nasi est fou d'elle. Il est triste à mourir. Il la regarde avec des yeux qui semblent dire : *Que ne suis-je Lélio!* et, quand il me témoigne de l'affection, je vois bien que c'est par reconnaissance de ce que je fais pour elle. — En vérité, le crois-tu, ma bonne Checca? lui dis-je, frappé de sa pénétration et du grand sens qu'elle déployait dans les grandes occasions, elle si absurde dans les petites. — Je te dis que j'en suis sûre. Il faut donc qu'ils se marient. Laissons-les ensemble. Partons sur-le-champ.

— Partons la nuit prochaine, je le veux bien, répondis-je ; jusque-là c'est impossible. Je t'en dirai la raison dans quelques heures. Retourne auprès d'Alezia avant qu'elle ne s'éveille. — Oh ! elle ne dort pas, répondit Checca ; elle n'a fait que se promener en long et en large toute la nuit avec agitation. Sa soubrette Lila, qui a voulu coucher dans sa chambre, cause avec elle de temps en temps, et l'irrite beaucoup par ses remontrances ; car elle n'approuve pas l'amour de sa maîtresse pour toi, je t'en avertis. Mais, quand elle se met à soupirer et à dire : *Povera signora Bianca ! povera principessa madre !* la belle Alezia fond en larmes et se jette sur son lit en sanglotant. Alors la soubrette la supplie de ne pas faire mourir sa mère de chagrin. J'entends tout cela de ma chambre. Adieu, j'y retourne. Si tu es bien décidé à repousser ce mariage, songe à mon projet, et prépare-toi à servir l'amour de notre pauvre comte. »

A huit heures du matin, nous nous rendîmes sur le terrain. Le comte Hector tirait l'épée comme Saint-Georges ; et bien lui prenait de s'être beaucoup exercé à ce détestable argument, car c'était le seul qu'il eût à son service. Nasi fut blessé peu gravement, par bonheur. Hector se conduisit assez bien ; sans faire d'excuses pour sa conduite à l'égard de Nasi, il convint qu'il avait mal parlé de sa cousine dans un premier mouvement de colère, et il pria Nasi de lui en demander pardon de sa part. Il termina en demandant à ses deux amis leur parole d'honneur de garder le secret sur toute cette aventure, et ils la donnèrent. Comme nous étions témoins l'un de l'autre, Nasi ne voulut point quitter le terrain avant que je ne me fusse battu.

Son domestique pansa sa blessure sur le lieu même, et le combat commença entre M. de Monteverbasco et moi. Je le blessai assez grièvement, mais non à mort, et, son médecin l'ayant transporté dans sa voiture, nous rentrâmes, Nasi et moi, à la villa. Comme il ne voulait point faire savoir à l'auberge qu'il était blessé, il se fit transporter dans le kiosque de son jardin. La Checchina, prévenue en secret de ce qui venait de se passer, vint nous joindre, et l'entoura des soins que son état réclamait. Quand il fut de force à se montrer, il pria la Checchina de dire à Alezia qu'il avait fait une chute de cheval, et il se présenta pour lui souhaiter le bonjour. Mais la vieille Cattina, qu'on avait délivrée, et qui, malgré la leçon, ne pouvait s'empêcher de s'enquérir de tout, afin de le redire à tous, savait déjà que nous nous étions battus, et déjà elle avait été le dire à Alezia, qui courut se jeter dans les bras du comte dès qu'il entra au salon. Quand elle l'eut remercié avec effusion, elle lui demanda où j'étais. Ce fut en vain que le comte répondit que j'étais aux arrêts par son ordre dans le kiosque : elle s'obstina à croire que j'étais dangereusement blessé, et qu'on voulait le lui cacher. Elle menaçait de descendre au jardin pour s'en assurer par elle-même. Le comte tenait beaucoup à ce qu'elle ne fît pas d'imprudence devant les domestiques. Il aima mieux venir me chercher et m'amener devant elle. Alors Alezia, sans s'inquiéter de la présence de Nasi et de Checchina, me fit de grands reproches sur ce qu'elle appelait mes scrupules exagérés. « Vous ne m'aimez guère, me disait-elle, puisque, quand je veux absolument me compromettre pour vous, vous ne voulez pas m'aider. » Elle me dit les choses les plus folles et les plus tendres, sans manquer à l'instinct d'exquise

pudeur que possèdent les jeunes filles quand elles ont
de l'esprit. Checchina, qui écoutait ce dialogue au point
de vue de l'art, était émerveillée, comme elle me dit
par la suite, *della parte della marchesina*. Quant
à Nasi, je rencontrai dix fois son regard mélancolique
attaché sur Alezia et sur moi avec une émotion indi-
cible.

Alezia devenait embarrassante par sa véhémence.
Elle me trouvait froid, contraint; elle prétendait que
mon regard manquait de joie, c'est-à-dire de franchise.
Elle s'alarmait de mes dispositions, elle s'indignait de
mon peu de courage. Elle avait la fièvre, elle était
belle comme la sibylle du Dominiquin. J'étais fort malheureux en cet instant; car mon amour se réveillait, et
je sentais tout le prix du sacrifice qu'il fallait faire.

Une voiture entra dans le jardin, et nous ne l'enten-
dîmes pas, tant l'entretien était animé. Tout à coup la
porte s'ouvrit, et la princesse Grimani parut.

Alezia poussa un cri perçant et s'élança dans les bras
de sa mère, qui la tint long-temps embrassée sans dire
une seule parole; puis elle tomba suffoquée sur une
chaise. Sa fille et Lila, à ses pieds, la couvraient de caresses. Je ne sais ce que lui dit Nasi, je ne sais ce
qu'elle lui répondit en lui serrant les mains. J'étais
cloué à ma place; je revoyais Bianca après dix ans d'absence. Combien elle était changée! mais qu'elle me
paraissait touchante, malgré la perte de sa beauté première! Que ses grands yeux bleus, enfoncés dans leurs
orbites creusés par les larmes, me parurent plus tendres encore et plus doux que je ne me les rappelais!
Combien sa pâleur m'émut, et comme sa taille, amincie
et un peu brisée, me parut mieux convenir à cette âme
aimante et fatiguée. Elle ne me reconnaissait pas; et,

lorsque Nasi me nomma, elle parut surprise ; car ce
nom de Lélio ne lui apprenait rien. Enfin je me décidai à
lui parler ; mais à peine eut-elle entendu le premier mot,
que, me reconnaissant au son de ma voix, elle se leva
et me tendit les bras en s'écriant : « O mon cher Nello !

— Nello ! s'écria Alezia en se relevant avec précipitation ; Nello le gondolier ? — Ne le savais-tu pas, lui
dit sa mère, et ne le reconnais-tu qu'en cet instant ?
— Ah ! je comprends, dit Alezia d'une voix étouffée,
je comprends pourquoi il ne peut pas m'aimer ! » Et elle
tomba évanouie de toute sa hauteur sur le parquet.

Je passai le reste du jour dans le salon avec Nasi et
Checca. Alezia était au lit, en proie à des attaques de
nerfs et à un violent délire. Sa mère était enfermée
seule avec elle. Nous soupâmes fort tristement tous
les trois. Enfin, vers dix heures, Bianca vint nous dire
que sa fille était calmée et que bientôt elle reviendrait
causer avec moi. Vers minuit elle revint, et nous passâmes deux heures ensemble, tandis que Nasi et Checchina étaient allés tenir compagnie à Alezia, qui se
trouvait beaucoup mieux et avait demandé à les voir.
Bianca fut bonne comme un ange avec moi. En toute
autre circonstance peut-être son titre de princesse et sa
nouvelle position l'eussent gênée ; mais la tendresse ma-
ternelle étouffait en elle tout autre sentiment. Elle ne
songeait qu'à me témoigner sa reconnaissance : elle
l'exprima dans les termes les plus flatteurs et de la manière la plus affectueuse. Elle ne sembla pas un seul instant avoir conçu l'idée que je pusse hésiter à lui rendre
sa fille et à repousser la pensée de l'épouser. Je lui en sus
gré. Ce fut la seule manière dont elle m'exprima que
le passé était vivant dans sa mémoire. J'eus la délicatesse de n'y faire aucune allusion ; cependant j'eusse été

18.

heureux qu'elle ne craignît pas de m'en parler avec abandon : c'eût été une marque d'estime plus grande que toutes les autres.

Sans doute Alezia lui avait tout raconté ; sans doute elle lui avait fait une confession générale de toutes les pensées de sa vie, depuis la nuit où elle avait surpris ses amours avec le gondolier jusqu'à celle où elle avait confié ce secret au comédien Lélio. Sans doute les souffrances mutuelles d'un tel épanchement avaient été purifiées par le feu de l'amour maternel et filial. Bianca me dit que sa fille était calme, résignée, qu'elle désirait me voir *un jour* et me témoigner son amitié inaltérable, sa haute estime, sa vive reconnaissance... En un mot, le sacrifice était consommé.

Je ne quittai pas la princesse sans lui témoigner le désir que j'avais de voir un jour Alezia agréer l'amour de Nasi, et je l'engageai à cultiver les dispositions de ce brave et excellent jeune homme.

Je retournai à mon auberge à quatre heures du matin. J'y trouvai Nasi, qui, selon mes instructions, avait tout fait préparer pour mon départ. Lorsqu'il me vit arriver avec Francesca, il crut qu'elle venait me reconduire et me dire adieu. Quelle fut sa surprise lorsqu'elle l'embrassa en lui disant d'un ton vraiment impérial : « Nasi, soyez libre ! faites-vous aimer d'Alezia ; je vous rends vos promesses et vous conserve mon amitié. — Lélio, s'écria-t-il, m'enlevez-vous donc aussi celle-là ? — Croyez-vous à mon honneur ? lui dis-je. Ne vous en ai-je pas donné assez de preuves depuis hier ? Et doutez-vous de la grandeur d'âme de Francesca ? » Il se jeta dans nos bras en pleurant. Nous montâmes en voiture au lever du soleil. Au moment où nous passâmes devant la villa Nasi, une persienne s'ouvrit avec précau-

tion, et une femme se pencha pour nous voir. Elle
avait une main sur son cœur, l'autre tendue vers moi
en signe d'adieu, et elle levait les yeux au ciel en signe
de remercîment : c'était Bianca.

Trois mois après, Checca et moi nous arrivâmes à
Venise par une belle soirée d'automne. Nous avions un
engagement à la Fenice, et nous allâmes nous loger sur
le grand canal, dans le meilleur hôtel de la ville. Nous
passâmes les premières heures de notre arrivée à dé-
baller nos malles et à mettre en ordre toute notre garde-
robe de théâtre. Nous ne dînâmes qu'ensuite. Il était
déjà assez tard. Au dessert on m'apporta plusieurs pa-
quets de lettres, parmi lesquels un seul fixa mon attention. Après l'avoir parcouru, j'allai ouvrir la fenêtre du
balcon ; j'y fis monter avec moi Checca, et lui dis de
regarder vis-à-vis. Parmi les nombreux palais qui pro-
jetaient leurs ombres sur les eaux du canal, il y en
avait un, placé en face même de notre appartement,
qui se distinguait par sa grandeur et son antiquité. Il
venait d'être magnifiquement restauré. Tout avait un
air de fête. A travers les fenêtres on apercevait, à la
lueur de mille bougies, de riches bouquets de fleurs et
de somptueux rideaux, et l'on entendait les sons harmonieux d'un puissant orchestre. Des gondoles illumi-
nées, glissant silencieusement sur le grand canal, venaient déposer à la porte du palais des femmes parées
de fleurs ou de pierreries étincelantes avec leurs cavaliers en habit de cérémonie.

« Sais-tu, dis-je à Checca, quel est ce palais qui est
devant nous et pourquoi se donne cette fête ?

— Non, et je ne m'en inquiète guère.

— C'est le palais Aldini, où l'on célèbre le mariage
d'Alezia Aldini avec le comte Nasi.

— Bah ! » me dit-elle avec un air demi-étonné, demi-indifférent.

Je lui montrai le paquet que j'avais reçu. Il était de Nasi. Il contenait deux lettres de faire part, deux autres lettres autographes, l'une de Nasi pour elle, l'autre d'Alezia pour moi, charmantes toutes deux.

« Tu vois, repris-je lorsque Checca eut fini de lire, que nous n'avons pas à nous plaindre de leurs procédés. Ce paquet nous a cherchés à Florence et à Milan, et s'il ne nous est parvenu qu'ici, c'est la faute de nos voyages. Ces lettres sont, du reste, aussi bienveillantes et aussi agréables que possible. On reconnaît aisément qu'elles ont été écrites par de nobles cœurs. Tout grands seigneurs qu'ils sont, ils ne craignent pas de nous parler, l'un de son amitié, l'autre de sa reconnaissance.

— Oui, mais en attendant ils ne nous invitent pas à leurs noces.

— D'abord, ils ne nous savent pas ici; et puis ensuite, ma pauvre sœur, les nobles et les riches n'invitent les chanteurs à leurs réunions que pour les faire chanter; et ceux qui ne veulent pas chanter pour amuser les amphitryons, on ne les invite pas du tout. C'est là la justice du monde; et, tout bons et tout raisonnables que sont nos deux jeunes amis, vivant dans ce monde, ils sont obligés de se soumettre à ses lois.

— Ma foi ! tant pis pour eux, mon brave Lélio ! Qu'ils s'arrangent. Ils nous laissent nous amuser sans eux; laissons-les s'ennuyer sans nous. Narguons l'orgueil des grands, rions de leurs sottises, dépensons gaiement la richesse quand nous l'avons, recevons sans souci la pauvreté si elle vient; sauvons avant tout notre liberté, jouissons de la vie quand même, et vive la Bohême ! »

Là finit le récit de Lélio. Quand il eut cessé de parler, nous gardâmes un silence mélancolique. Notre ami paraissait plus triste encore que tous les autres. Tout à coup il releva sa tête, qu'il avait appuyée sur sa main, et nous dit :

« Le dernier soir dont je vous parle, il y avait beaucoup de Français invités à la fête ; et comme ils étaient alors très-engoués de la musique allemande, ils avaient fait jouer pendant toute la nuit les valses de Weber et de Beethoven. C'est pour cela que ces valses me sont si chères ; elles me rappellent une époque de ma vie que je regretterai toujours, malgré les souffrances dont elle fut remplie. Il faut avouer, mes amis, que le destin s'est montré cruel envers moi, en me faisant trouver deux amours si ardents, si sincères, si dévoués, sans me permettre de jouir d'aucun. Hélas ! mon temps est fini maintenant, et je ne retrouverai plus de ces nobles passions dont il faut avoir épuisé au moins une pour pouvoir dire qu'on a connu la vie.

— Ne te plains pas, lui répondit Beppa, qu'avait réveillée le chagrin de son camarade ; tu as derrière toi une vie irréprochable, autour de toi une belle gloire et de bonnes amitiés, dans l'avenir et toujours l'indépendance : et je te dis que, quand tu voudras, l'amour ne te fera pas défaut. Remplis donc encore une fois ton verre de ce vin généreux, trinque joyeusement avec nous, et fais-nous répéter en chœur le refrain sacré. »

Lélio hésita un instant, remplit son verre, fit un profond soupir ; puis un éclair de jeunesse et de gaieté jaillissant de ses beaux yeux noirs, humides de larmes, il chanta d'une voix tonnante, à laquelle nous répondîmes en chœur : Vive la Bohême !

FIN DE LA DERNIÈRE ALDINI.

LES

MAITRES MOSAISTES.

A MAURICE D.....

Tu me reproches, enfant, de te faire toujours des contes qui finissent mal et te rendent triste, ou bien des histoires si longues, si longues, que tu t'endors au beau milieu. Crois-tu donc, petit, que ton vieux père puisse avoir des idées riantes après un hiver si rude, après un printemps si pâle, si froid, si rhumatismal? Quand le triste vent du nord gémit autour de nos vieux sapins, quand la grue jette son cri de détresse au son de l'*Angelus* qui salue l'aube terne et glacée, je ne puis rêver que de sang et de deuil. Les grands spectres verts dansent autour de ma lampe pâlissante, et je me lève, inquiet, pour les écarter de ton lit. Mais le temps n'est plus où les enfants croyaient aux spectres. Vous souriez quand nous vous racontons les superstitions et les terreurs qui ont environné notre enfance; les contes de revenants, qui nous tenaient éveillés et tremblants dans nos lits jusqu'au lugubre coup de *Matines*, vous font sourire et vous endorment dans vos berceaux. C'est donc une histoire toute simple et toute naturelle que tu demandes, jeune esprit-fort? Je vais essayer de me rappeler une de celles que l'abbé Panorio racontait à Beppa, du temps que j'étais à Venise. L'abbé Panorio était de ton avis, quant aux histoires. Il était rassasié de fantastique; la confession des vieilles dévotes lui avait fait prendre les sorciers et les visions en horreur. D'autre

19

part, il donnait peu dans le genre sentimental. Les amours de roman lui semblaient d'une fadeur extrême; mais comme toi il s'intéressait aux rêveries des amants de la nature, aux travaux et aux tribulations des artistes. Ses récits avaient toujours un fond de réalité historique ; et si quelquefois ils nous attristaient, ils finissaient toujours par une vérité consolante ou par un enseignement utile.

C'était durant les belles nuits d'été, à la clarté pleine et suave de la lune des mers orientales, qu'assis sous une treille en fleurs, abreuvés du doux parfum de la vigne et du jasmin, nous soupions gaiement de minuit à deux heures dans les jardins de Santa-Margarita. Nos convives étaient Assem Zuzuf, honnête négociant de Corcyre ; le signor Lélio, premier chanteur du théâtre de la Fenice ; le docteur Acrocéronius, la charmante Beppa et le bel abbé Panorio. Un rossignol chantait dans sa cage verte, suspendue au treillage qui abritait la table. Au sorbet, Beppa accordait un luth et chantait d'une voix plus mélodieuse encore que celle du rossignol. L'oiseau jaloux l'interrompait souvent par des roulades précipitées, par des assauts furieux de mélodie ou de déclamation lyrique ; puis on éteignait les bougies, le rossignol se taisait, la lune répandait de pâles saphirs et des diamants bleuâtres sur les cristaux et les flacons d'argent épars devant nous. La mer brisait au loin avec un bruit voluptueux sur les plages fleuries, et le vent nous apportait quelquefois le récitatif lent et monotone du gondolier :

Intanto la bella Erminia fugge, etc.

Alors l'abbé racontait les beaux jours de la république et les *grandes mœurs* des temps de force et de gloire de sa patrie. D'autres fois aussi il se complaisait à en rappeler les jours de faste et d'éclat. Quoique jeune, l'abbé connaissait mieux l'histoire de Venise que les plus vieux citoyens. Il l'avait étudiée avec amour dans ses monuments et dans ses chartes. Il s'était plu aussi à chercher, dans les traditions populaires, des détails sur la vie des grands artistes. Un jour, à propos du Tintoret et du Titien, il nous raconta l'anecdote que je vais essayer de me rappeler, si la brise chaude qui fait onduler nos tilleuls, et l'alouette qui poursuit dans la nue son chant d'extase, ne sont pas interrompues par le vent d'orage, si la bouffée printanière qui entr'ouvre le calice de nos roses paresseuses, et qui me prend au cœur, daigne souffler sur nous jusqu'à demain matin.

LES
MAITRES MOSAISTES.

—◆—

I.

CROYEZ-MOI, *messer Jacopo*, je suis un père bien malheureux. Je ne me consolerai jamais de cette honte. Nous vivons dans un siècle de décadence, c'est moi qui vous le dis ; les races dégénèrent, l'esprit de conduite se perd dans les familles. De mon temps, chacun cherchait à égaler, sinon à surpasser ses parents. Aujourd'hui, pourvu qu'on fasse fortune, on ne regarde pas aux moyens, on ne craint pas de déroger. De noble, on se fait trafiquant ; de maître, manœuvre ; d'architecte, maçon ; de maçon, goujat. Où s'arrêtera-t-on, bonne sainte mère de Dieu ? »

Ainsi parlait messire Sébastien Zuccato, peintre oublié aujourd'hui, mais assez estimé dans son temps comme chef d'école, à l'illustre maître Jacques Robusti, que nous connaissons davantage sous le nom du Tintoret.

« Ah ! ah ! répondit le maître, qui par préoccupation habituelle était souvent d'une sincérité excessive ; il vaut mieux être un bon ouvrier qu'un maître médiocre, un grand artisan qu'un artiste vulgaire, un.....

19.

— Eh! eh! mon cher maître, s'écria le vieux Zuccato un peu piqué, appelez-vous artiste vulgaire, peintre médiocre, le syndic des peintres, le maître de tant de maîtres qui font la gloire de Venise et forment une constellation sublime, où vous êtes enchâssé comme un astre aux rayons éblouissants, mais où mon élève Tiziano Vecelli ne brille pas d'un moindre éclat?

— Oh! oh! maître Sébastien, reprit tranquillement le Tintoret, si de tels astres et de telles constellations dardent leurs feux sur la république, si de votre atelier sont sortis tant de grands maîtres, à commencer par le sublime Titien, devant lequel je m'incline sans jalousie et sans ressentiment, nous ne vivons donc pas dans un siècle de décadence, comme vous le disiez à l'instant même.

— Eh bien! sans doute, dit le triste vieillard avec impatience, c'est un grand siècle, un beau siècle pour les arts. Mais je ne puis me consoler d'avoir contribué à sa grandeur et d'être le dernier à en jouir. Que m'importe d'avoir produit le Titien, si personne ne s'en souvient et ne s'en soucie? Qui le saura dans cent ans? Encore aujourd'hui ne le sait-on que grâce à la reconnaissance de ce grand homme, qui va partout faisant mon éloge, et m'appelant son cher *compère*. Mais qu'est-ce que cela? Ah! pourquoi le ciel n'a-t-il pas permis que je fusse le père du Titien! qu'il s'appelât Zuccato, ou que je m'appelasse Vecelli! Au moins mon nom vivrait d'âge en âge, et dans mille ans on dirait: « Le premier de cette race fut un bon maître; » tandis que j'ai deux fils parjures à mon honneur, infidèles aux nobles muses, deux fils remplis de brillantes dispositions qui auraient fait ma gloire, qui auraient surpassé peut-être et le Giorgione, et le Schiavone, et les Bellini, et le Véronèse, et Titien, et Tintoret lui-même... Oui, j'ose le dire, avec leurs talents naturels, et les conseils que, malgré mon âge, je me fais encore fort de leur donner, ils peuvent effacer leur souillure, quitter l'échelle du manœuvre, et monter à l'échafaudage du peintre. Il faut donc, mon cher maître, que vous me donniez une nouvelle preuve de l'amitié dont vous m'honorez en vous joignant à messer Tiziano pour tenter un dernier effort sur l'esprit égaré de ces malheureux enfants. Si vous pouvez ramener Francesco, il se chargera d'entraîner son frère, car Valerio est un jeune homme sans cervelle, je dirais presque sans moyens, s'il n'était mon fils, et s'il n'avait fait parfois preuve d'intelligence en traçant des frises à fresque sur les murs de mon atelier. Mon Checo [1] est un tout autre homme ; il sait manier le pinceau comme un maître, et communiquer aux peintres les hautes conceptions que ceux-ci, que vous-même, comme vous me l'avez dit souvent, messer Jacopo, ne faites qu'exécuter. Avec cela il est fin, actif, persévérant, inquiet, jaloux... il a toutes les qualités d'un grand artiste ; hélas ! je ne concevrai jamais qu'il ait pu se fourvoyer dans une si méchante voie.

— Je ferai tout ce que vous voudrez, répondit le Tintoret ; mais auparavant je vous dirai en conscience ce que je pense de votre colère contre la profession qu'ont embrassée vos fils. La mosaïque n'est point, comme vous le dites, un vil métier ; c'est un art véritable, apporté de Grèce par des maîtres habiles, et dont nous ne devrions parler qu'avec un profond respect ; car lui seul nous a conservé, encore plus que la pein-

[1] Abréviation de Francesco ; se prononce *Keco*.

ture sur métaux, les traditions perdues du dessin au Bas-Empire. Si elle nous les a transmises altérées et méconnaissables, il n'en est pas moins vrai que, sans elle, nous les eussions perdues entièrement. La toile ne survit pas aux outrages du temps. Apelles et Zeuxis n'ont laissé que des noms. Quelle reconnaissance n'aurions-nous pas aujourd'hui pour des artistes généreux qui auraient éternisé leurs chefs-d'œuvre à l'aide du cristal et du marbre? D'ailleurs la mosaïque nous a conservé intactes les traditions de la couleur, et en cela, loin d'être inférieure à la peinture, elle a sur elle un avantage que l'on ne peut nier : elle résiste à la barbarie des temps, comme aux outrages de l'air....

— Et pourquoi, puisqu'elle résiste si bien, interrompit le vieux Zuccato avec humeur, *la seigneurie* fait-elle donc réparer toutes les voûtes de Saint-Marc, qui sont aujourd'hui aussi nues que mon crâne?

— Parce qu'à l'époque où elles furent revêtues de mosaïques, les artistes grecs étaient rares à Venise, venaient de loin, restaient peu, formaient à la hâte des apprentis qui exécutaient les travaux indiqués, sans savoir le métier et sans pouvoir donner à ces travaux la solidité nécessaire. Depuis que cet art a été cultivé, de siècle en siècle, à Venise, nous sommes devenus aussi habiles que les Grecs l'ont jamais été, et les ouvrages de votre fils Francesco passeront à la postérité : on le bénira d'avoir tracé sur les parois de notre basilique des fresques inaltérables. La toile où Titien et Véronèse ont jeté leurs chefs-d'œuvre tombera en poussière; un jour viendra où l'on ne connaîtra plus nos grands maîtres que par les mosaïques des Zuccati.

— Fort bien, dit l'obstiné vieillard. De cette manière, Scarpone, mon cordonnier, est un plus grand maître que Dieu ; car mon pied, qui est l'œuvre de la divinité, tombera en poussière, tandis que ma chaussure pourra garder pendant des siècles la forme et l'empreinte de mon pied !

— Et la couleur ! messer Sébastiani, et la couleur! Votre comparaison ne vaut rien. Quelle substance travaillée de main d'homme pourra garder la couleur exacte de votre chair pendant un temps illimité ? tandis que la pierre et le métal, substances primitives et inaltérables, garderont, jusqu'à leur dernier grain de poussière, la couleur vénitienne, la plus belle du monde, et devant laquelle Buonarotti et toute son école florentine sont forcés de baisser pavillon. Non, non, vous êtes dans l'erreur, maître Sébastien ! Vous êtes injuste, si vous ne dites pas : « Honneur au graveur, dépositaire et propagateur de la ligne pure ! Honneur au *mosaïste*, gardien et conservateur de la couleur ! »

— Je suis votre *esclave*[1], répondit le vieillard. Merci de vos bons avis, messer ; il ne me reste plus qu'à vous prier de veiller à ce que l'on n'oublie pas de graver mon nom sur ma tombe, avec le titre *pictor*, afin qu'on sache, l'année prochaine, qu'il y avait à Venise un homme de mon nom qui maniait le pinceau et non pas la truelle.

— Dites-moi donc, messer Sebastiano, reprit le bon maître en le retenant, est-ce que vous n'avez point vu les derniers travaux que vos fils ont exécutés dans l'intérieur de la basilique ?

— Dieu me préserve de voir jamais Francesco et Valerio Zuccato hissés par une corde comme des couvreurs, coupant l'émail et maniant le mastic.

---

[1] *Schiavo*, comme nous disons : Votre serviteur.

— Mais vous savez, mon bon Sébastien, que ces ouvrages ont obtenu les plus beaux éloges du sénat et les
plus belles récompenses de la république?

— Je sais, messer, répondit Zuccato avec hauteur,
qu'il y a sur les échelles de la basilique de Saint-Marc
un jeune homme qui est mon fils aîné, et qui, pour cent
ducats par an, abandonne la noble profession de ses
pères, malgré les reproches de sa conscience et les souffrances de son orgueil. Je sais qu'il y a sur le pavé de
Venise un jeune homme qui est mon second fils, et qui,
pour payer ses vains plaisirs et ses folles dépenses, consent à sacrifier toute sa fierté, à se mettre aux gages
de son frère, à quitter les habits beaucoup trop riches
du débauché pour les habits beaucoup trop humbles
du manœuvre, à trancher du patricien le soir dans les
gondoles, et à supporter tout le jour le rôle de maçon
pour payer le souper et la sérénade de la veille. Voilà
ce que je sais, messer, et rien autre chose.

— Et moi, je vous dis, maître Sébastien, reprit Tintoret, que vous avez deux bons et nobles enfants, deux
excellents artistes, dont l'un est laborieux, patient, ingénieux, exact, passé maître dans son art; tandis que
l'autre, aimable, brave, jovial, plein d'esprit et de feu,
moins assidu au travail, mais plus fecond peut-être en
idées larges et en conceptions sublimes...

— Oui, oui, repartit le vieillard, fécond en idées et en
paroles encore plus! J'ai beaucoup connu ces théoriciens
qui *sentent l'art,* comme ils disent, qui l'expliquent,
le définissent, l'exaltent, et ne le servent point : c'est la
lèpre des ateliers; à eux le bruit, aux autres la besogne.
Ils sont de trop noble race pour travailler, ou bien ils
ont tant d'esprit qu'ils ne savent qu'en faire; l'inspiration les tue. Aussi, pour n'être point trop inspirés, ils

babillent ou battent le pavé du matin au soir. C'est apparemment dans la crainte que les émotions de l'art et le travail des mains ne nuisent à sa santé que messer Valerio, mon fils, ne fait œuvre de ses dix doigts, et laisse son cerveau s'en aller par les lèvres. Ce garçon m'a toujours fait l'effet d'une toile sur laquelle on tracerait tous les jours les premières lignes d'une esquisse, sans se donner la peine d'effacer les précédentes, et qui présenterait ainsi, au bout de peu de temps, le spectacle bizarre d'une multitude de lignes incohérentes, dont chacune pourtant aurait eu une intention et un but, mais où l'artiste, plongé dans le chaos, ne pourrait jamais en ressaisir et en suivre une seule.

— J'avoue que Valerio est un peu dissipé et passablement paresseux, repartit le maître. Je me chargerai donc de l'en reprendre encore une fois, usant en ceci du droit paternel qu'il m'a accordé lui-même en se fiançant volontairement à ma petite Maria.

— Et vous souffrez cette plaisanterie ! dit le vieux peintre en déguisant mal le secret plaisir que lui causait cette circonstance, confirmée par la bouche de Robusti lui-même ; vous permettez qu'un artisan, pas même un artisan, un apprenti, ose aspirer, même en riant, à la main de votre fille ? Messer Jacopo, je vous déclare que si j'avais une fille, et que Valerio Zuccato, au lieu d'être mon fils, se trouvât être mon neveu, je ne souffrirais pas qu'il se mît sur les rangs pour l'épouser.

— Oh ! cela regarde ma femme ! répondit Robusti. Cela regardera ma fille, quand elle sera en âge d'être épousée. Maria aura du talent, beaucoup de talent ; j'espère que bientôt elle fera des portraits que j'oserai signer, et que la postérité n'hésitera point à m'attribuer ; j'espère qu'elle se fera un nom illustre, par

conséquent une position élevée. L'héritage d'une fortune indépendante lui est assuré par mon travail. Qu'elle
épouse donc Valerio, l'apprenti, ou même Bartolomeo
Bozza, apprenti de l'apprenti, si bon lui semble : elle
sera toujours Maria Robusti, fille, élève et continua-
teur du Tintoret. Il y a des filles qui peuvent se marier
pour leur plaisir et non pour leur avantage. Les jeunes
patriciennes sont plus portées vers leurs pages que vers
les illustres fiancés qu'on leur offre. Maria est une patricienne aussi dans son genre. Qu'elle agisse donc en
patricienne. Savez-vous que l'enfant a du goût pour
Valerio ? »

Le vieux Zuccato hocha la tête, et ne répondit pas,
afin de ne pas laisser percer sa reconnaissance et sa
joie. Cependant le maître put s'apercevoir d'un grand
adoucissement dans son humeur; et, après une assez
longue discussion, où Sébastien se défendit pied à pied,
mais avec moins d'âcreté qu'au commencement, il finit
par se laisser emmener à la basilique de Saint-Marc,
où les frères Zuccati achevaient alors la grande mosaïque de la voûte, au-dessus de la porte majeure in-
terne. Les figures, tirées des visions de l'Apocalypse,
étaient exécutées sur les cartons du Titien et du Tintoret lui-même.

II.

LORSQUE le vieux Zuccato entra sous cette coupole
orientale, où d'un fond d'or étincelant s'élançaient,
comme de terribles apparitions, les colossales figures
des prophètes et des fantômes apocalyptiques évoqués
dans leurs songes, il fut saisi, malgré lui, d'une frayeur

superstitieuse, et le sentiment de l'artiste faisant place un instant au sentiment religieux, il se signa, salua l'autel dont les lames d'or brillaient faiblement au fond du sanctuaire, et, déposant sa barrette sur le pavé, il récita tout bas une courte prière.

Quand il eut fini, il releva péniblement les genoux roidis par l'âge, et se hasarda à jeter les yeux sur les figures des quatres évangélistes qui étaient les plus rapprochées de lui. Mais comme sa vue était affaiblie, il n'en put saisir que l'ensemble, et dit en se retournant vers le Tintoret : « On ne peut nier que ces grandes masses ne fassent de l'effet. Pur charlatanisme, après tout!... Oh! oh! monsieur, vous voilà? » Ces dernières paroles furent adressées à un grand jeune homme pâle, qui, en entendant les échos de la coupole répéter les sons aigus et cassés de la voix de son père, était descendu précipitamment de son échafaudage pour aller le recevoir. Francesco Zuccato, ayant lutté avec douceur et persévérance contre la volonté paternelle, avait fini par suivre sa vocation et s'abstenir des fréquentes entrevues qui eussent pu réveiller ce sujet de discorde ; mais il était en toute occasion humble et respectueux envers l'auteur de ses jours. Pour lui faire un accueil plus convenable, il avait essuyé à la hâte ses mains et sa figure, il avait jeté son tablier, et endossé sa robe de soie garnie d'argent, que lui présenta un de ses jeunes apprentis. En cet équipage, il était aussi beau et aussi élégant que le patricien le plus à la mode. Mais son front mélancolique et la gravité de son sourire portaient l'empreinte des nobles soucis et du saint orgueil de l'artiste.

Le vieux Zuccato le toisa de la tête aux pieds, et, résistant à l'émotion qu'il éprouvait, lui dit avec ironie :

« Eh bien ! monsieur, comment ferons-nous pour
admirer vos chefs-d'œuvre ? S'ils n'étaient liés à la
muraille, *corpore et animo*, on vous prierait d'en
décrocher quelques-uns ; mais vous avez mieux entendu
les intérêts de votre gloire, en plaçant tout cela si haut
que nul regard ne peut y atteindre.

— Mon père, répondit modestement le jeune homme,
le plus beau jour de ma vie serait celui où ces faibles
productions obtiendraient de vous un regard d'indulgence ; mais votre volonté sévère est un obstacle bien
plus grand que la distance qui vous sépare de cette
voûte. S'il était en mon pouvoir de fléchir votre répugnance, je ne doute pas qu'avec l'aide de mon frère
je ne parvinsse à vous conduire au haut de ces planches, d'où vous pourriez embrasser d'un coup d'œil
tout l'ensemble des figures, qu'elles vous masquent en
ce moment.

— Votre frère ! répondit le vieux grondeur, et où
est-il, votre frère ? Ne daignera-t-il pas descendre de
son empyrée de verroterie, pour venir me saluer à son
tour ?

— Mon frère est sorti, dit Francesco ; sans quoi il
se fût empressé, comme moi, de passer sa robe et de
venir vous baiser la main ; je l'attends d'un instant à
l'autre, et il sera bien heureux de vous trouver ici.

— D'autant plus qu'il arrivera joyeux et chantant
comme de coutume, n'est-ce pas, la barrette sur l'o-
reille, l'œil trouble et les jambes avinées ? Un ouvrier
qui s'absente à l'heure du travail pour aller au cabaret
sera un guide fort sûr, en effet, pour m'aider à grim-
per toutes vos échelles.

— Mon père, Valerio n'est point au cabaret. Il s'est
absenté pour les fournitures de notre métier. Je l'ai

envoyé à la fabrique me chercher quelques échantillons d'émail qu'on a été obligé de cuire exprès pour moi, et dont la nuance exacte est très-difficile à obtenir.

— En ce cas, vous pourrez lui souhaiter le bonjour de ma part; car il y a bien deux lieues d'ici à Murano, et il a l'eau contraire [1], ce qui peut s'entendre de deux façons. C'est pourquoi il aura bu beaucoup de vin en compagnie de ses bateliers, et la rame ne fera pas mieux son métier aujourd'hui que la truelle.

— Mon père, on vous a fait de faux rapports sur le compte de Valerio, répondit le jeune homme en s'animant. Il aime le plaisir et le vin de Chypre, j'en conviens; mais il n'en est pas moins diligent. C'est un excellent ouvrier, et, quand je le charge d'une commission, il s'en acquitte avec une exactitude et une intelligence qui ne laissent rien à désirer.

— Valerio! voilà messer Valerio! » cria du haut des planches l'apprenti Bartolomeo, qui voyait par un des jours de la coupole le débarquement des gondoles aux degrés de la Piazzetta.

Peu d'instants après, Valerio, suivi de ses ouvriers portant un grand panier de verroterie, entra dans la basilique d'un air dégagé, et chantant, d'une voix fraîche et sonore, sans trop de respect pour le lieu saint, le refrain d'une chanson d'amour.

Mais aussitôt qu'il eut aperçu son père, il se découvrit et cessa de chanter; puis il s'approcha sans trouble et l'embrassa avec l'assurance et la candeur d'une âme droite.

Zuccato fut frappé de sa bonne tenue, de son air

---

[1] *Aqua contraria*, le reflux qui se fait sentir sur les lagunes et rend la navigation très-difficile à certaines heures.

riant et ouvert. Valerio était le plus beau garçon de
Venise.

Il était moins grand, mais mieux découplé et plus
robuste que son frère. L'expression de son admirable
visage n'offrait, au premier abord, qu'enjouement,
courage et franchise. Il fallait de l'attention pour découvrir dans ses grands yeux bleus le feu sacré qui
sommeillait souvent à l'ombre d'une douce insouciance,
et dont un peu de fatigue avait, sinon altéré, du moins
voilé l'éclat. Cette demi-pâleur ennoblissait sa beauté
et tempérait l'audacieuse sérénité de son regard. Il était
toujours d'une grande coquetterie dans sa toilette, et
donnait le ton aux plus brillants seigneurs de la république. Il était recherché par eux et par les dames à
cause du talent qu'il avait pour composer et dessiner
des ornements que l'on faisait ensuite exécuter, sous sa
direction, en broderie d'or et d'argent, sur les plus
riches étoffes. Une toque de velours entourée d'une
grecque de la façon de Valerio Zuccato, une frange de
robe taillée sur ses modèles, une bordure de manteau
en drap d'or brodé de soies nuancées avec des enroulements de chaînes, de fleurs ou de feuillages dans le
goût de ses mosaïques byzantines, étaient, aux yeux
d'une dame de bonne maison ou d'un seigneur de
mœurs élégantes, des objets de première nécessité.
Valerio gagnait donc beaucoup d'argent à cette industrie qui le délassait de ses travaux et de ses plaisirs, et
qu'il exerçait dans son petit atelier à *Santi-Filippo e
Giacomo*, à l'ombre d'un certain mystère auquel tout
le monde était initié bénévolement. Sa bonne mine, sa
belle humeur, ses relations avec les magnifiques patriciens et les joyeux ouvriers qui remplissaient son atelier
à toute heure, l'avaient entraîné nécessairement à la

vie de plaisir; mais son activité naturelle et sa fidélité
à remplir tous les engagements d'un travail quelconque
le préservaient de tomber dans l'excès d'un désordre
qui eût ruiné son génie.

Une tendre et inaltérable amitié unissait les deux frères; ils réussirent à vaincre la feinte résistance du vieux
Zuccato, et, faisant dresser deux échelles latérales près
de celle où il se risqua, ils le soutinrent et l'enlevèrent
presque jusqu'au dernier étage de leurs échafauds. Le
Tintoret, déjà vieux, mais encore ferme et habitué à
faire son atelier des vastes coupoles de la basilique, les
y suivit afin d'être témoin de la surprise de Sébastien.

Le sentiment de terreur religieuse que le vieillard avait
éprouvé d'abord fit place à un ravissement involontaire,
lorsque, parvenu au niveau des grandes figures d'évangélistes et de prophètes qui occupaient les premiers
plans, il vit toutes les parties terminées de cette vaste
et merveilleuse composition. Ici le *transito* de la
Vierge, traité d'après le Salviati; plus loin la résurrec-
tion de Lazare, scène effrayante, où le cadavre, revêtu
des tons clairs du linceul, semble flotter avec incertitude sur le fond brillant de la muraille; le saint Marc
du Titien, personnage grandiose, qui est porté par le
croissant de la lune, comme par une nacelle, et semble
enlevé dans les cieux resplendissants par un mouvement
d'ascension appréciable à la vue; le grand feston du
cintre soutenu par de beaux enfants ailés, et, au-dessus
de ces nombreux chefs-d'œuvre, la vision de saint Jean
où les damnés sont précipités dans les enfers, tandis
que les élus du Seigneur, vêtus de blanc et montés sur
de blancs coursiers, se perdent dans l'éclat adouci et
dans le rayonnement vague de la coupole, comme une
nuée de cygnes dans la vapeur embrasée du matin.

20.

Zuccato essaya bien encore de lutter contre l'admiration qu'il éprouvait, en attribuant l'effet de son saisissement à la magie de la lumière jouant sur les objets, à la situation favorable et à la dimension imposante des figures. Mais, quand le Tintoret le contraignit à s'approcher du feston afin d'en apprécier les détails, il fut forcé d'avouer qu'il n'aurait jamais cru l'art de la mosaïque susceptible d'une telle perfection, et que les angelots voltigeant parmi ces guirlandes pouvaient rivaliser, pour la couleur et pour la forme, avec la peinture des plus grands maîtres.

Mais toujours avare de louanges et rebelle à sa secrète satisfaction, le vieillard prétendit que ce n'était là qu'un mérite d'exactitude et un travail de patience. « Tout l'honneur, dit-il, revient au maître qui a tracé les modèles de ces groupes et dessiné le détail de ces ornements.

— Mon père, repartit Francesco avec une fierté modeste, si vous daignez me permettre de vous montrer les cartons des maîtres, vous nous accorderez peut-être le mérite d'avoir, sinon créé, du moins compris nos modèles avec quelque intelligence.

— Je le veux, dit Tintoret; je veux que mes cartons de l'Apocalypse fassent preuve du talent de peintre qui distingue Francesco et Valerio Zuccato de tous les artistes de leur classe. »

Plusieurs modèles furent exhibés, et Sébastien put se convaincre de la science avec laquelle les Zuccati travaillaient en maîtres d'après les maîtres, traçaient eux-mêmes le dessin élégant et pur de leurs sujets, et créaient leur merveilleuse couleur, d'après la simple indication du peintre. Valerio, après s'être un peu fait prier par son frère, avoua même qu'il était l'auteur de

plusieurs figurines , et , à son tour, dévoilant le secret
de Francesco, il indiqua à son père deux beaux archanges volant l'un vers l'autre ; l'un, enveloppé d'une draperie verte , était son propre ouvrage ; l'autre , vêtu de
bleu turquin , était l'ouvrage de Francesco, composé et
exécuté de même sans l'aide d'aucun peintre.

Zuccato se laissa conduire vers ces figures qui étaient
réellement aussi belles qu'aucune de celles dont le modèle avait été fourni. Francesco avait donné à son jeune
archange les traits de son frère Valerio, et réciproquement l'archange de Valerio était le portrait de Francesco. Ils avaient employé des compartiments d'une finesse extrême pour exécuter cette œuvre chérie , et
l'avaient placée modestement dans un angle obscur, où
les regards de la foule ne pouvaient atteindre. Le vieux
Zuccato resta long-temps immobile et muet devant ce
couple ailé, et, confus de voir l'erreur orgueilleuse de
toute sa vie si glorieusement réfutée, il fut pris d'un
terrible accès d'humeur. Il descendit l'échelle et reprit
son manteau des mains de Valerio avec beaucoup de
sécheresse, sans daigner lui adresser un mot d'encouragement, non plus qu'à son frère ; et, saluant à peine le
Tintoret, il franchit, d'un pas plus ferme qu'on ne s'y
serait attendu de sa part, le seuil de la basilique. Mais
il n'eut pas descendu la première marche que, cédant
au besoin impérieux de son âme, il se retourna, et, ouvrant ses bras à ses deux fils qui s'y précipitèrent, il les
pressa long-temps contre sa poitrine en arrosant de larmes leurs belles chevelures.

III.

« ALLONS, vive la joie ! par le corps du diable ! l'ouvrage avance ! Ici du mastic ! petit singe noir ! Maso ! m'entendez-vous ?... Vincent, mon frère ! de par le diable ! n'accaparez pas tous les apprentis. Faites descendre vers moi un de vos séraphins barbouillés, afin que je ne sois pas retardé. Ah ! sang de Bacchus ! si je lance mon battoir à la tête de ce marsouin de Maso, il est à craindre que la république ne revoie de longtemps une aussi laide figure. »

Ainsi criait, du haut de son échafaudage, un géant à barbe rousse qui dirigeait les travaux de la chapelle de Saint-Isidore, cette partie de la basilique de Saint-Marc ayant été confiée à Dominique Bianchini, dit le Rouge, et à ses deux frères, émules et rivaux des frères Zuccati dans l'art de la mosaïque.

« Vous tairez-vous, grosse cloche ? Prendrez-vous patience, minaret de cuivre rouge ? cria de son côté le hargneux Vincent Bianchini, l'aîné des trois frères ; n'avez-vous pas vos apprentis ? Faites-les marcher, et laissez les miens faire leur devoir. N'avez-vous pas Jean Visentin, ce joli fromage blanc des Alpes ? Où avez-vous envoyé Reazo, votre bœuf enrhumé, qui chante si bien au lutrin le dimanche ? Je gage que tous vos garçons courent les cabarets à cette heure pour trouver une bouteille de vin à crédit sous votre nom. S'il en est ainsi, ils ne rentreront pas de sitôt.

— Vincent, répondit Dominique, bien vous prend d'être mon frère et mon associé ; car je pourrais d'un coup de pied faire crouler votre échafaudage et envoyer

votre illustre personne et tous vos jolis apprentis étudier
la mosaïque sur le pavé.

— Si tu en avais seulement la pensée, cria d'une voix
aigre Gian-Antonio Bianchini, le plus jeune des trois
frères, en secouant le pied de l'échelle sur laquelle travaillait Dominique, je te ferais voir que les plus haut
perchés ne sont pas les plus solides. Ce n'est pas que je
me soucie de la peau de Vincent plus que de la tienne;
mais je n'aime pas les fanfaronnades, vois-tu, et, depuis
quelques jours, je trouve que tu prends, tantôt avec
lui, tantôt avec moi, un ton qu'on ne peut souffrir.

Le farouche Dominique jeta sur le jeune Antonio un
regard sombre, et se laissa balancer sur l'échelle pendant quelques instants, sans dire un seul mot. Puis,
aussitôt qu'Antonio se fut remis à broyer son ciment
sous le portique, il descendit, jeta son tablier et sa toque, retroussa ses manches et s'apprêta à lui infliger
une rude correction.

Le prêtre Alberto Zio, qui était aussi un mosaïste
distingué, et qui, monté sur une échelle, réparait en
cet instant un des tympans de la porte extérieure, se
hâta de descendre afin de séparer les combattants, et
Vincent Bianchini, accourant à grands pas du fond de
la chapelle, son battoir à la main, s'apprêta à entrer dans
la lice, plus par ressentiment contre Dominique que
par intérêt pour Antonio.

Le prêtre, ayant vainement essayé de les ramener à
des sentiments plus chrétiens, se servit, pour les apaiser, d'un argument qui manquait rarement son effet.

« Si les Zuccati vous entendent, leur dit-il, ils vont
triompher de vos discordes, et s'imaginer que, grâce à
leur douceur et à leur bonne intelligence, ils travaillent
mieux que vous.

—C'est juste, dit Dominique le Rouge en reprenant son tablier, nous viderons la querelle ce soir, au cabaret. Pour le moment, il ne faut pas donner d'armes contre nous à nos ennemis. »

Les deux autres Bianchini se rangèrent à cet avis, et, tandis que chacun d'eux chargeait sa raclette du ciment nouvellement préparé, le père Alberto, entrant en conversation, leur dit :

« Vous avez tort, mes enfants, de regarder les Zuccati comme vos ennemis. Ils sont vos émules, voilà tout. S'ils travaillent d'après d'autres procédés que les vôtres, ils n'en reconnaissent pas moins le mérite de votre ouvrage. J'ai même entendu souvent leur premier apprenti, Bartolomeo Bozza, dire que votre *cimentation* était d'une qualité supérieure à la leur, et que les Zuccati le reconnaissaient de bonne foi.

— Quant à Bartolomeo Bozza, répondit Vincent Bianchini, je ne dis pas le contraire ; c'est un bon ouvrier et un robuste compagnon. Je ne suis pas éloigné de lui faire un avantage pour l'embaucher à mon service ; mais ne me parlez pas de ces Zuccati. Il n'y a pas de pires intrigants dans le monde, et, si leur talent répondait à leur ambition, ils évinceraient tous leurs rivaux. Heureusement la paresse les ronge ; l'aîné perd son temps à imaginer des sujets inexécutables, et le plus jeune fait un travail de contrebande à *San-Filippo*, dont il mange le fruit avec des gens au-dessus de sa condition.

— L'astre des Zuccati pourrait bien tomber des nuées, malgré toutes les protections des peintres, dit l'envieux Dominique, si on voulait s'en donner la peine.

— Comment cela ? s'écrièrent les deux autres ; si tu sais un moyen de les humilier, dis-le, et que tes torts envers nous te soient remis.

— Je ne me soucie pas plus de vous que d'eux, répliqua Dominique : seulement, je dis qu'il n'est pas impossible de prouver qu'ils abusent de leur salaire, en faisant de mauvaise besogne, et que par conséquent ils volent les deniers de la république.

— Vous êtes méchant, messer Dominique, dit le prêtre avec sévérité. Ne parlez pas ainsi de deux hommes qui jouissent de l'estime générale; vous donneriez à penser que vous êtes jaloux de leurs avantages.

— Oui, j'en suis jaloux! s'écria Dominique en frappant du pied. Et pourquoi n'en serais-je pas jaloux? N'est-ce pas une injustice, de la part des procurateurs, de leur donner cent ducats d'or par an, tandis que nous n'en avons que trente, nous qui travaillons depuis bientôt dix ans à l'arbre généalogique de la Vierge? J'ose dire que ce travail énorme n'eût pu être mené à moitié, quand même les Zuccati y auraient consacré toute leur vie. Combien de mois leur faut-il pour faire seulement un pan de robe ou une main d'enfant! Qu'on les observe un peu, et on verra ce que leur beau talent coûte à la république.

— Ils vont moins vite que vous, il est vrai, répondit le prêtre; mais quelle perfection de dessin, quelle richesse de couleur!

— Si vous n'étiez pas un prêtre, répliqua Vincent en haussant les épaules, on vous apprendrait à parler. Vous feriez mieux de retourner à votre confessionnal et à votre encensoir, que de juger des choses auxquelles vous n'entendez rien.

— Messer! qu'osez-vous dire là? s'écria Alberto un peu offensé. Vous oubliez que je savais le métier avant que vous en eussiez les premières notions, et que je suis le meilleur disciple de notre maître à tous, l'ingé-

nieux Rizzo, le digne successeur de nos vieux maîtres
gypsoplastes.

— Ingénieux tant que vous voudrez ; il ne faut pas
tant d'imagination, par le corps du Christ ! pour travailler la mosaïque. Il faut ce qui vous manque, à vous
autres prêtres, et à ces fainéants de Zuccati : il faut des
bras infatigables, des reins de fer, de la précision et de
l'activité. Dites la messe, père Alberto, et laissez-nous
tranquilles.

— Pas de bruit ! dit Antonio, voilà ce vieux sournois de Sébastien Zuccato qui passe. Comme ses fils le
reconduisent avec des coups de barrette et des baise-
ments de mains ! Ne dirait-on pas d'un doge escorté de
ses sénateurs ? Cela tranche de l'illustrissime, et cela ne
sait pas tenir le tampon !

— Silence ! dit Vincent, voilà messer Robusti qui
vient regarder notre ouvrage. »

Ils se découvrirent tous les trois, plus par crainte du
crédit du maître, que par respect pour son génie, qu'ils
n'étaient pas capables d'apprécier. Le père Alberto marcha à sa rencontre et le promena dans la chapelle de
Saint-Isidore. Le Tintoret donna un coup d'œil aux
panneaux incrustés, accorda des éloges aux réparations
de l'antique mosaïque grecque, confiées au prêtre, et
se retira en saluant profondément les Bianchini, sans
leur adresser la parole ; car il n'estimait ni leurs ouvrages
ni leurs personnes.

IV.

QUAND la journée de travail fut finie, les Zuccati
ayant soupé avec leurs principaux apprentis, Bozza,

Marini et Ceccato (qui tous plus tard furent d'excellents artistes), dans une petite *bottega* où ils avaient coutume de se rassembler sous les Procuraties, Valerio s'apprêtant à courir à ses affaires ou à ses plaisirs, son frère le retint et lui dit :

« Pour aujourd'hui, mon cher Valerio, il faut que tu me fasses le sacrifice d'une partie de ta soirée. Je me retire de bonne heure, tu le sais ; tu auras donc encore du temps de reste quand nous aurons causé.

— J'y consens, répondit Valerio ; mais c'est à condition que nous allons prendre une barque de regate, et courir un peu le flot : car je me sens brisé par le travail de la journée, et je ne puis me reposer d'une fatigue que par une autre.

— Je ne saurais t'aider à la rame, répondit Francesco ; je n'ai pas ta santé robuste, mon cher Valerio, et comme je ne veux pas manquer à mon travail de demain, il ne faut pas que je me fatigue ce soir ; mais comme, si je te refuse ce divertissement, je vois bien que je ne pourrai obtenir de toi que tu me consacres ces deux ou trois heures, je vais prier Bozza d'être de la partie ; c'est un digne garçon, il ne sera pas de trop dans l'entretien que je veux avoir avec toi. »

Bartolomeo Bozza accepta cette offre avec empressement, fit avancer une des barques les mieux décorées, et saisit une rame, tandis que Valerio s'empara de l'autre. Chacun, debout à une extrémité de la barquette, l'enleva d'un bras vigoureux et la fit bondir sur les ondes écumantes. C'était l'heure où le beau monde allait jouir, sur le grand canal, de la fraîcheur du soir. L'étroite nacelle se glissa rapide et furtive parmi les gondoles, comme un oiseau des mers qui fuit le chasseur en volant au ras des herbes marines. Mais, malgré l'a-

21

gilité et le silence des rameurs, tous les regards s'atta-
chèrent sur eux, et toutes les dames se penchèrent sur
leurs coussins pour voir plus long-temps le beau Valerio,
dont la grâce et la force faisaient envie aux patriciens
comme aux gondoliers, et dont les regards offraient un
mélange singulier d'audace et de candeur. Le Bozza
était aussi un garçon robuste, bien fait, quoique maigre
et pâle. Un feu sombre brillait dans ses yeux noirs; une
barbe épaisse couvrait la moitié de ses joues, et, quoique ses traits manquassent de régularité, il fixait l'attention par leur expression triste et dédaigneuse. Maigre
et pâle aussi, mais noble et non arrogant, mélancolique
et non chagrin, Francesco Zuccato, couché au fond de
la barque sur un tapis de velours noir, appuyé nonchalamment sur un de ses coudes, et plongé dans une rêverie qui ne lui permettait guère de s'occuper de la
foule, partageait avec Valerio les suffrages des dames et
ne s'en apercevait pas.

Quand ces trois jeunes gens eurent remonté tout le
canal, ils errèrent doucement sur les lagunes, bien
loin des endroits fréquentés; puis, se laissant aller à
la dérive, couchés dans la barque, sous un beau
ciel semé d'innombrables étoiles, ils causèrent sans contrainte.

« Mon cher Valerio, dit l'aîné des Zuccati, je vais
encore vous obséder de mes représentations; mais il
faut absolument que vous me promettiez de mener une
vie plus sage.

— Tu ne pourras jamais m'obséder, mon frère bien-
aimé, répondit Valerio, et ta sollicitude me trouvera
toujours reconnaissant. Mais je ne puis te promettre de
changer. Je me trouve si bien de cette vie que je mène!
je suis heureux, autant qu'un homme peut l'être. Pour-

quoi veux-tu que je m'abstienne de bonheur, toi qui m'aimes tant?

— Cette vie te tuera, s'écria Francesco. Il est impossible de mener de front, comme tu le fais, le plaisir et la fatigue, la dissipation et le travail.

— Cette vie m'anime et me soutient, au contraire! reprit Valerio. Qu'est-ce que la vie dans les desseins de Dieu, sinon une continuelle alternative de jouissances et de privations, de fatigue et d'activité? Laisse-moi faire, Francesco, et ne juge pas mes forces d'après les tiennes. La nature a été certainement inconséquente, en ne donnant pas au meilleur et au plus estimable de nous deux la santé la plus forte et le caractère le plus enjoué. Mais tant d'autres dons te sont échus, que tu peux bien, cher Francesco, ne pas m'envier ceux-là.

— Je ne te les envie pas, dit Francesco, quoique ce soient les plus précieux de tous, et qu'eux seuls nous rendent propres à sentir le bonheur. Il m'est doux de penser qu'un frère que j'aime plus que moi-même, ne souffre pas dans son corps et dans son âme les maux et les ennuis qui me rongent. Mais il n'est pas question de cela seulement, Valerio; vous tenez certainement à votre état, à l'amitié des maîtres illustres, à la protection du sénat, aux bonnes grâces des procurateurs...

— Moi, mon frère! s'écria l'insouciant jeune homme, sauf l'amitié de notre cher compère Tiziano et la bienveillance de Robusti (deux hommes que je vénère), sauf la tendresse de mon père et celle de mon frère, que je préfère à tout au monde, tout le reste à mes yeux est de peu d'importance, et il ne me faudrait pas deux bouteilles de Scyros pour me consoler de la perte de mon emploi et de la disgrâce du sénat.

— Vous tenez du moins à l'honneur, dit Francesco

avec gravité, à l'honneur du nom de votre père, au vôtre, dont je me suis porté garant, et dont le mien répond.

— Certes! s'écria Valerio en se relevant sur un de ses coudes avec vivacité; où veux-tu en venir?

— A te dire que les Bianchini conspirent contre nous, et qu'ils peuvent nous faire perdre, je ne dis pas seulement la position avantageuse et le riche salaire auxquels tu as la philosophie de préférer le vin de Scyros et les parties de plaisir, mais la confiance du sénat, et partant l'estime des citoyens.

— Évohe! dit Valerio, je voudrais bien voir cela! Allons trouver ces Bianchini, s'il en est ainsi, et proposons-leur un cartel. Ils sont trois; notre ami Bozza sera notre troisième. Le bon droit est pour nous, nous ferons un vœu à la Madone, et nous serons délivrés de ces traîtres.

— Folie que tout cela! dit Francesco; les puissances divines ne se déclarent point en faveur des provocateurs, et nous le serions si nous appelions au combat des hommes contre lesquels nous n'avons encore aucun grief prouvé. D'ailleurs, les Bianchini répondraient à l'offre de croiser la dague, comme ils ont coutume de le faire, en aiguisant le stylet, afin de nous frapper dans l'ombre. Ce sont des adversaires insaisissables. Ils ne nous offenseront jamais ouvertement, tant que nous serons sous la protection des puissants; et quand ils nous feront savoir qu'ils nous haïssent, nous serons déjà perdus. Au reste, c'est ce que je crains un peu. Vincent, toujours si poli envers moi, commence à ne plus me saluer quand je passe devant ses échafauds. Ce matin, tandis que nous reconduisions notre père au bas des marches de la basilique, il m'a semblé voir, sous le

portique, les trois Bianchini qui nous observaient ma-
lignement et nous tournaient en dérision. La haine,
concentrée depuis long-temps au fond de leurs âmes,
commence à briller dans leurs yeux. Bozza peut te dire,
d'ailleurs, que mainte fois, après la journée close, ou
le matin, lorsqu'il arrivait au travail le premier, il a
surpris Vincent ou Dominique Bianchini sur nos échafauds, observant avec une attention scrupuleuse les
moindres détails de notre ouvrage.

— Bah! tout cela ne prouve pas grand'chose! S'ils
ne vous saluent pas, c'est qu'ils sont naturellement
grossiers; s'ils nous ont regardés de travers ce matin,
c'est qu'ils nous enviaient le bonheur d'avoir un bon
père; s'ils examinent notre travail, c'est qu'ils vou-
draient étudier les causes de notre supériorité. Sont-ce
là des motifs d'inquiétude?

— Pourquoi donc, au lieu de causer naturellement
avec le Bozza lorsqu'il les rencontre sur nos planches,
se retirent-ils lestement par les échelles opposées,
comme des gens qui viennent de faire un mauvais coup?

— Si je les y rencontre, moi, s'écria Valerio en serrant le poing, il faudra bien qu'ils s'expliquent, ou,
par Bacchus! je les en ferai descendre plus vite qu'ils
n'y seront montés.

— Ce sera envenimer le mal. Pour venger celui que
vous aurez maltraité, les deux autres se ligueront contre vous jusqu'à la mort. Croyez-moi, les moyens les
plus honnêtes sont toujours les plus sages. Soyons mo-
dérés, et gardons la noble attitude qui convient à des
gens de cœur. De généreux procédés les ramèneront
peut-être; du moins ils donneront tort à leur animo-
sité; et, s'ils nous persécutent, nous obtiendrons justice.

— Mais enfin, frère, quelle persécution peuvent-ils

donc nous susciter? Quel pouvoir ont-ils pour nous
nuire? Prouveront-ils que nous ne travaillons pas aussi
bien qu'eux?

— Ils diront que nous ne travaillons pas aussi vite,
et il leur sera aisé de le prouver.

— Nous prouverons qu'il est facile de travailler vite
quand on travaille mal, et que la perfection du travail
ne souffre pas la précipitation.

— Cela n'est pas bien facile à prouver. Entre nous
soit dit, le procurateur-caissier, commis à l'examen des
travaux, n'est point un artiste. Il ne voit dans la mosaïque qu'une application de parcelles coloriées plus ou
moins brillantes. La vérité des tons, la beauté du dessin,
l'entente de la composition, ne sont rien pour lui. Il ne
voit que ce qui frappe le public grossier, l'éclat et la
promptitude du travail. N'ai-je pas vainement essayé
l'autre jour de lui faire comprendre que les anciens
morceaux de cristal doré, employés par nos ancêtres
et un peu ternis par le temps, étaient plus favorables à
la couleur que ceux que la fabrique nous fournit aujourd'hui? « Vous vous êtes fait tort, messer Francesco,
m'a-t-il dit, en abandonnant aux Bianchini tous les *ors*
de fabrique moderne. La commission avait décidé que
les anciens serviraient mêlés avec les nouveaux. Je ne
conçois pas pourquoi vous vous êtes réservé les premiers. Pensez-vous donc que ce mélange de vieux or
et d'or moderne eût fait un mauvais effet? En cela vous
sembleriez vouloir être meilleur juge que les procurateurs de la commission. »

— Et vous m'avez donné grande envie de rire, interrompit Valerio, lorsque vous lui avez répondu de l'air
le plus sérieux : « Monseigneur, je n'ai pas cette insolente prétention. »

— Mais n'ai-je pas vainement essayé de lui démon-
trer, reprit Francesco, que cet or éclatant nuisait aux
figures et écrasait complétement l'effet des couleurs?
que mes étoffes ne peuvent ressortir que sur de l'or un
peu rougeâtre, et que, si j'avais adopté les fonds étincelants, j'aurais été forcé de sacrifier toutes les nuances
et de faire des chairs violacées et sans contours, des
étoffes sans plis et sans reflets?

— Il vous a donné, reprit Valerio en riant, une raison sans réplique et d'un ton fort sec. « Les Bianchini
ne se gênent pas pour le faire, a-t-il dit, et leurs mosaïques plaisent beaucoup mieux à l'œil que les vôtres. »
De quoi vous inquiétez-vous après une pareille solu-
tion? Supprimez les nuances, taillez-moi des pans d'é-
toffe dans une grande lame d'émail, et appliquez-la sur
le ventre de saint Nicaise ; faite à sainte Cécile une belle
chevelure avec une tuile mal cuite, à saint Jean-Baptiste
un joli agneau avec une poignée de chaux vive, et la
commission doublera votre salaire, et le public battra
des mains. Pardieu! mon frère, vous qui rêvez la gloire,
je ne conçois pas que vous vous obstiniez au culte de
l'art.

— Je rêve la gloire, il est vrai, répondit Francesco,
mais une gloire durable, et non la vaine popularité d'un
jour. Je voudrais laisser un nom honoré, sinon illustre,
et faire dire à ceux qui examineront les coupoles de
Saint-Marc dans cinq cents ans : « Ceci fut l'ouvrage
d'un artiste consciencieux. »

— Et qui vous dit que, dans cinq cents ans, le public sera plus éclairé qu'aujourd'hui? dit le Bozza d'une
voix creuse, et rompant le silence pour la première fois.

— Il y aura du moins toujours des connaisseurs pour
reviser les jugements du public, et c'est aux connais-

seurs de tous les temps que j'ai l'ambition d'agréer. Est-ce une ambition condamnable, Valerio ?

— C'est une ambition noble, mais c'est une ambition, et toute ambition est une maladie de l'âme, répondit le jeune Zuccato.

— Une maladie, reprit Francesco, sans laquelle pourtant l'intelligence ne saurait vivre et languirait dans l'ombre sans éclairer le monde. C'est le vent qui tire l'étincelle du charbon, qui agite la flamme et l'étend au loin. Sans cette brise céleste, point de chaleur, point de lumière, point de vie.

— J'ai la prétention de n'être pas mort, s'écria Valerio, et pourtant ce vent d'orage n'a jamais soufflé sur moi. Je sens que l'étincelle de la vie jaillit à toute heure de ma poitrine et de mon cerveau. Mais pourvu que je sois échauffé par la flamme divine, et que je me sente vivre, peu m'importe que la lumière émane de moi ou d'autre chose. Toute lumière vient du foyer divin ; qu'est-ce que l'auréole d'une tête humaine ? Gloire au génie incréé ! La gloire de l'homme n'est pas plus en lui-même que le soleil n'est dans les eaux qui répètent son image.

— Peut-être ! dit Francesco en levant au ciel ses grands yeux bruns, humides de larmes. Peut-être est-ce une folie et une vanité que de se croire quelque chose, parce qu'à force de se rapprocher de l'idéal par la pensée, on en est venu à concevoir le beau un peu mieux que les autres hommes. Et pourtant de quoi l'homme se glorifiera-t-il, si ce n'est de cela ?

— Pourquoi faut-il que l'homme se glorifie ? Pourvu qu'il jouisse, n'est-il pas assez heureux ?

— La gloire n'est-elle pas la plus sensible, la plus âpre, la plus ardente de ses jouissances ? » dit le Bozza d'un ton incisif en tournant ses regards vers Venise.

C'était l'heure où la reine de l'Adriatique, semblable à une beauté qui se couvre de diamants pour le bal, commençait à s'illuminer, et les guirlandes de feu se répétaient dans les ondes calmes et muettes, comme dans un miroir habitué à l'admirer.

« Tu fais abus des mots, ami Bartolomeo, s'écria le jeune Valerio en donnant un grand coup de rame dans l'eau phosphorescente, et en faisant jaillir un pâle éclair autour des flancs noirs de la barque. La plus ardente des jouissances humaines, c'est l'amour; la plus sensible, c'est l'amitié; la plus âpre, c'est en effet la gloire. Mais qui dit âpre dit poignant, terrible et dangereux.

— Mais ne peut-on dire aussi que cette âpre jouissance est la plus élevée de toutes? reprit Francesco avec douceur.

— Je ne saurais le penser, répondit Valerio. Ce qu'il y a de plus doux, de plus noble et de plus bienfaisant dans la vie, c'est d'aimer, c'est de sentir et de concevoir le beau idéal. Voilà pourquoi il faut aimer tout ce qui s'en rapproche, le rêver sans cesse, le chercher partout, et le prendre tel qu'on le trouve.

— C'est-à-dire, répliqua Francesco, embrasser de vains fantômes, saisir de pâles reflets, fixer une ombre incertaine, adorer le spectre de ses propres illusions, cela s'appelle-t-il jouir et posséder?

— Mon frère, si tu n'étais pas un peu malade, dit Valerio, tu ne parlerais pas ainsi. L'homme qui désire en cette vie mieux que cette vie est un orgueilleux qui blasphème ou un ingrat qui souffre. Il y a d'assez grandes jouissances pour quiconque sait aimer. N'y eût-il que l'amitié sur la terre, l'homme n'aurait pas le droit de se plaindre. N'eussé-je que toi au monde, je béni-

rais encore le ciel. Je n'ai jamais rien imaginé de meilleur, et, si Dieu m'eût permis de me créer un frère, je
n'aurais pu rien créer d'aussi parfait que Francesco.
Va, Dieu seul est un grand artiste ! et ce que nous lui
demandons dans nos jours de folie ne vaut pas ce qu'il
nous donne dans son immuable sagesse.

— Ah ! mon cher Valerio, s'écria Francesco en serrant son frère dans ses bras, tu as bien raison, je suis
un orgueilleux et un ingrat. Tu vaux mieux que nous
tous, et tu es bien la preuve vivante de ce que tu dis.
Oui, en effet, mon âme est malade ! Guéris-moi par ta
tendresse, toi dont l'âme est si saine et si forte. Sainte
Vierge ! priez pour moi ; car j'ai été bien coupable,
ayant un si bon frère, en commettant le péché de tristesse.

— Et pourtant, reprit Valerio en souriant, le proverbe dit : « Point de grand artiste sans beaucoup de
tristesse. »

— Et sans un peu de haine, ajouta le Bozza d'un air
sombre.

— Oh ! les proverbes mentent toujours à moitié, répondit Valerio, par la raison que tout proverbe, ayant
sa contre-partie, dit le faux et le vrai en même temps.
Francesco est un grand artiste, et je gagerais mon corps
et mon âme qu'il n'a jamais connu la haine.

— Jamais envers les autres, dit Francesco ; envers
moi-même fort souvent, et c'est là le crime de mon orgueil. Je voudrais toujours être meilleur et plus habile
que je ne le suis en effet. Je voudrais qu'on m'aimât à
cause de mon mérite, et non à cause de ma souffrance.

— On t'aime à cause de l'un et de l'autre, s'écria
Valerio ; mais peut-être que tous les hommes ne sont
pas propres à se contenter de l'affection. Peut-être,

saus le besoin d'être admiré, n'y aurait-il ni grands artistes ni chefs - d'œuvre. L'admiration des indifférents
est une amitié dont on n'a que faire. On la trouve in-
dispensable pourtant. Ce besoin est si étrange qu'il faut
bien qu'il serve à quelque chose dans les desseins de
Dieu.

— Il sert à nous faire souffrir, et Dieu est souverainement injuste, dit Bartolomeo Bozza en se recouchant
dans la barque avec une sorte de désespoir.

— Ne parle pas ainsi ! s'écria Valerio. Vois, mon
pauvre camarade, comme la mer est belle là-bas sous
l'horizon ! Écoute comme cette guitare qui passe soupire
de doux accords ! Est-ce que tu n'as pas une maîtresse,
Bartolomeo ? est-ce que nous ne sommes pas tes amis ?

— Vous êtes des artistes, répondit Bozza, et je ne
suis qu'un apprenti.

— Cela nous empêche-t-il de t'aimer ?

— Cela ne doit pas vous empêcher de m'aimer ; mais,
moi, cela m'empêche de vous aimer autant que je le
ferais si j'étais votre égal.

— Pardieu ! à ce compte, je n'aimerais pas grand
monde, dit Valerio ; car je n'ai d'artiste que le titre, et
je ne suis, à vrai dire, qu'un artisan. Tous ceux que
je chéris sont au-dessus de moi, à commencer par mon
frère, qui est mon maître. Mon père était un bon peintre ; Vecelli et Robusti sont des colosses devant lesquels
je ne suis rien ; et pourtant je les aime, et je n'ai jamais songé à souffrir de mon infériorité. Artistes ! artistes ! vous êtes tous les enfants de la même mère ; elle
s'appelait *Convoitise !* et vous tenez d'elle tous plus
ou moins. C'est ce qui me console de n'être qu'un
écervelé.

— Ne dites pas cela, Valerio, repartit le frère aîné.

Si vous daigniez vous en donner la peine, vous seriez le
premier mosaïste de votre temps ; votre nom effacerait
celui du Rizzo, et le mien ne viendrait qu'à la suite du
vôtre.

— J'en serais bien fâché. Par saint Théodose ! sois
toujours le premier. Sainte fainéantise ! préserve-moi
d'un si fâcheux honneur !

— Ne prononce pas ce blasphème, Valerio ; l'art est
au-dessus de toutes les affections.

— Quiconque aime l'art aime la gloire, ajouta Bozza,
toujours triste et lugubre comme une grosse note de
cuivre au milieu d'un chant joyeux et tendre ; quiconque aime la gloire est prêt à lui tout sacrifier.

— Grand merci ! s'écria Valerio ; quant à moi, je ne
lui sacrifierai jamais rien. Foin de la prostituée ! Et
pourtant j'aime l'art, vous le savez, vous autres, bien
qu'on m'accuse de n'aimer que le vin et les femmes. Il
faut que je l'aime bien, puisque je lui sacrifie la moitié
d'une vie que je me sens de force à consacrer tout entière au plaisir. Jamais je ne suis si heureux que quand
je travaille. Quand je réussis, je ferais sauter mon bonnet par-dessus la grande tour de Saint-Marc. Si j'é-
choue, rien ne me décourage, et l'espèce de colère que
j'éprouve contre moi est encore un plaisir du genre de
celui que procurent un cheval rétif, une mer houleuse,
un vin brûlant. Mais l'approbation d'autrui ne me stimule pas plus que ne le ferait un coup de bonnet des
seigneurs Bianchini. Quand Francesco, cet autre moi-
même, m'a dit : « Cela va bien, » je suis satisfait.
Quand mon père, en regardant mon archange, souriait
malgré lui ce matin, tout en fronçant le sourcil, j'étais
heureux. A présent, que le procurateur-caissier dise que
Dominique le Rouge fait mieux que moi, tant pis pour

le procurateur-caissier ; je ne pousserai pas la compassion jusqu'aux larmes. Que le bon peuple de Venise
trouve que je n'ai pas mis assez de brique dans mes
chairs et assez d'ocre dans mes draperies, *evviva giu-
mento !* Si tu n'étais pas si sot, tu ne me ferais pas
tant rire, et ce serait dommage ; car je ris de bon
cœur !

« — Heureuse, trois fois heureuse insouciance ! » s'é-
cria Francesco.

En devisant ainsi, ils se rapprochaient de la ville.
Quand ils furent près de la rive : « Avant que je vous
quitte, dit Valerio, il faut conclure. De quoi vous plai-
gnez-vous ? Qu'exigez-vous de moi ? que je cesse de me
divertir ? Autant vaudrait empêcher l'eau de couler.

— Que tu te divertisses moins publiquement, répondit Francesco, et que tu renonces, pour quelque temps
du moins, à ton atelier de San-Filippo. Tout cela peut
être mal interprété. On demande déjà comment cette
prodigieuse quantité d'arabesques que tu dessines, et de
menus travaux auxquels tu te prêtes, peut se concilier
avec le travail de la basilique. Si je ne connaissais ton
activité infatigable, je n'y comprendrais rien moi-même ;
et si je ne voyais par mes yeux avancer la besogne, je
ne croirais pas que deux ou trois heures de sommeil,
après des nuits de plaisir et de bruit, pussent suffire à
un ouvrier attaché tout le jour à un travail pénible.
Empêche tes nombreuses connaissances, et surtout ces
jeunes patriciens si babillards, de venir te rendre à la
basilique des visites continuelles. Un tel honneur blesse
l'amour-propre des Bianchini : ils disent que ces jeunes
gens te font perdre ton temps, qu'ils te détournent du
travail pour t'occuper de choses futiles ; par exemple,
cette joyeuse confrérie que vous venez d'instituer, et

22

qui met en rumeur tous les fournisseurs de la ville.....

— *Oime!* s'écria Valerio, c'est précisément pour cela que je suis si pressé de vous quitter ce soir : on m'attend pour régler le costume. Il n'y a pas à reculer, et tu es engagé sur l'honneur, Francesco, à en faire partie.

— Je m'y suis engagé, à condition que l'affaire ne commencerait qu'après la Saint-Marc, parce qu'alors j'espère avoir terminé ma coupole.

— J'ai dit cela et pour ton compte et pour le mien ; mais tu penses bien que deux ou trois cents jeunes gens avides de plaisir n'entendent pas facilement les raisons d'un seul qui est avide de travail. Ils ont juré que si nous nous refusions à être des leurs sur-le-champ, l'association était manquée, que rien n'était possible sans moi ; et là-dessus, ils m'ont fait de grands reproches, prétendant que je les avais lancés, que les dépenses étaient faites, la fête ordonnée, et qu'un aussi long retard donnerait un triomphe aux autres *compagnies*. Bref, ils ont tant fait que je me suis engagé, et pour toi et pour moi, à inaugurer la bannière des compagnons du Lézard dans quinze jours. On débutera par un grand jeu de bagues et par un repas magnifique, où chaque compagnon sera tenu d'amener une dame jeune et belle.

— Ne penses-tu pas que ces folies vont retarder ton travail?

— Vive la folie! mais je la défie bien de m'empêcher de travailler quand l'heure du travail sonne. Il y a temps pour tout, frère ; ainsi je puis compter sur toi?

— Tu peux m'inscrire, et, par tes mains, je déposerai ma cotisation ; mais je ne paraîtrai point à cette fête : je ne veux pas qu'on dise que les deux Zuccati s'amusent à la fois. Il faut que l'on sache que, quand l'un se divertit, l'autre travaille pour deux.

— Cher frère! s'écria Valerio en l'embrassant, je travaillerai pour quatre la veille, et tu viendras à la fête. Va, ce sera une fête superbe et dont le but est noble, une fête toute plébéienne et toute fraternelle. Il ne sera pas dit que les patriciens seuls ont le droit de s'amuser, et que les ouvriers n'ont que des confréries dévotes. Non, non! l'artisan n'est pas réservé à faire toujours pénitence! les riches s'imagineraient que nous sommes faits pour expier leurs péchés. Allons, Bartolomeo, tu en seras aussi, je vais te faire inscrire; cela t'occasionnera un peu de dépense. Si tu n'as pas d'argent, j'en ai, moi, et je prends tout sur mon compte. A revoir, chers amis, à demain. Frère bien-aimé, tu ne diras pas que je n'écoute pas tes conseils avec le respect qu'on doit à son aîné. Allons, avoue que tu es content de moi! »

En parlant ainsi, Valerio sauta légèrement sur la rive du palais ducal, et disparut sous les ombres fuyantes de la colonnade.

V.

CE même soir, vers minuit, le Bozza revenant de chez sa maîtresse, triste et soucieux plus que jamais, ennuyé de l'amour, ennuyé du travail, ennuyé de la vie, marchait à grands pas sur la rive solitaire. Un vent d'orage s'était élevé, le flot battait les quais de marbre, et des voix mystérieuses semblaient murmurer des paroles de haine et de malédiction sous les noires arcades des vieux palais.

Il se trouva tout à coup en face d'un homme dont le pas lourd et retentissant n'avait pu le distraire de sa rêverie. A la lueur d'un fanal attaché à un pieu d'amarrage, le Bozza et l'autre promeneur nocturne se reconnurent, et, s'arrêtant en face l'un de l'autre, se toisèrent de la tête aux pieds. Bartolomeo, pensant que cet homme pouvait bien avoir quelque mauvais dessein, mit la main sur son stylet; mais, contre son attente, Vincent Bianchini (car c'était lui) porta la sienne à son bonnet et l'accosta avec courtoisie.

Vincent était, comme son frère Dominique, un rude compagnon et un méchant homme. Moins brutal en apparence, et capable, malgré son peu d'éducation, d'affecter d'assez bonnes manières, profondément rusé, rompu au mensonge par suite de ses luttes contre les accusations infamantes qu'il avait soutenues devant le conseil des dix, il était certainement le plus dangereux des trois Bianchini.

« Messer Bartolomeo, dit-il, je viens d'un endroit où je croyais vous rencontrer, et où je suis fort aise que vous n'ayez pas eu, comme moi, la curiosité de vous glisser furtivement.

— Je ne sais pas ce que vous voulez dire, messer Vincenzo, » répondit le Bozza en s'inclinant et en essayant de passer outre.

Vincent mesura son pas sur celui de Bozza, sans paraître s'apercevoir du désir qu'il avait de l'éviter.

« Vous savez sans doute, dit-il, que les principaux membres de la nouvelle Compagnie viennent de s'assembler pour délibérer sur les statuts et sur les admissions.

— C'est possible, répondit Bartolomeo ; cela m'importe assez peu, messer Bianchini : je ne suis pas un homme de plaisir.

— Mais vous êtes un homme d'honneur, et c'est pour cela que je me réjouis de ne vous avoir point vu au nombre des auditeurs de cette belle délibération.

— Que voulez-vous dire ? s'écria le Bozza en s'arrêtant.

— Je veux dire, brave Bartolomeo, reprit Vincent, que si vous eussiez été là, les choses se seraient passées autrement, et qu'il y aurait eu peut-être un peu de bruit. Il vaut mieux, au reste, que tout se soit arrangé ; car une affaire si puérile ne mérite pas.....

— Allons, parlez, messer, je vous prie, dit Bozza avec impatience ; s'est-il passé là quelque chose qui intéresse mon honneur ?

— Eh ! eh ! non pas personnellement, peut-être ; mais c'est un affront collectif que vous avez reçu. Voici ce qui est arrivé : vous savez que la nouvelle Compagnie doit se former, à l'instar des autres joyeuses associations, de membres choisis dans diverses corporations, émules les unes des autres pour la richesse et le talent. Ainsi, dans celle-ci, on s'était promis de recevoir tous ceux de la corporation des verrotiers qui seraient assez riches et assez amis du plaisir pour vouloir être admis. Celle des architectes et celle des vitriers, celle des fondeurs et celle des travailleurs en mosaïque, enfin tous les états qui concourent aux travaux de la basilique devaient fournir leurs candidats. Cela posé, il ne s'agissait plus que d'enregistrer les noms de ces candidats, et les fondateurs, ayant à leur tête messer Valerio Zuccato, votre maître, se sont réunis tantôt à cet effet. Mais croiriez-vous que cet artiste, si renommé pour son agréable

22.

humeur et sa popularité, s'est montré plein de hauteur
et de dédain pour la plupart des admissions proposées?
Oui vraiment, il s'est mis à trancher du gentilhomme
et du sénateur; il a déclaré que quiconque ne serait pas
reçu maître dans une profession quelconque n'était pas
digne de se réjouir en sa compagnie. On lui a fait beaucoup d'objections, et plusieurs se sont hasardés à dire
que certains apprentis avaient plus d'économie et de
talent, par conséquent plus d'argent et de mérite que
leurs maîtres; c'est ce qu'il n'a jamais voulu entendre,
et il s'est exprimé en termes si vains et si durs qu'il a
blessé tout le monde. En ce moment je me trouvais
près de lui sans qu'il me vît, et quelqu'un lui dit : « Si
vous l'emportiez, n'auriez-vous pas regret au Bozza, ce
brave compagnon qui travaille si bien, qui a une si
bonne conduite et tant d'attachement pour vous et votre
frère? — Si mon apprenti, a répondu messer Valerio, est
admis dans la compagnie, je me retire. » Malgré cela,
l'avis de la majorité l'a emporté, et les compagnons seront admis, pourvu toutefois qu'ils soient jugés par l'assemblée dignes d'être portés prochainement à la maîtrise dans leurs professions respectives. »

Le Bozza ne répondit rien à ce discours; mais Vincent Bianchini, qui l'observait de près, vit, à la sécheresse de son pas sur le pavé et au mouvement de contraction de son bras sous le manteau, qu'il éprouvait un
violent dépit.

Cependant Bartolomeo se contenait, car il n'ajoutait pas une foi absolue aux paroles de Bianchini. Celui-ci, voyant qu'il ne fallait pas laisser refroidir la blessure, ajouta d'un ton dégagé : « C'est bien dommage,
après tout, qu'un garçon si bien tourné et si aimable
se soit laissé gonfler par la vanité! Le commerce des

patriciens devait amener ce malheureux travers. Il est
fâcheux pour un artiste de voir des gens au-dessus de
sa classe.

— Il n'est point de classe au-dessus de l'artiste, répondit avec humeur le jeune apprenti : si Valerio estime quelque chose plus que son art, il n'est pas digne
du titre qu'il porte.

— Cette sotte vanité, reprit tranquillement Bianchini, est une maladie de famille. Sébastien Zuccato
méprise ses enfants, parce qu'il est peintre et qu'ils
sont mosaïstes. François, le fils aîné, qui est premier
maître dans son art, méprise son frère parce que celui-ci n'est que maître en second, et ce dernier méprise
son apprenti...

— Ne dites pas qu'il me méprise, messer, dit Bozza
d'une voix sourde. Il n'oserait! Ne dites pas que je suis
un homme méprisé; car, par le sang du Christ! je vous
apprendrai le contraire.

— Si vous étiez méprisé par un sot, répondit Bianchini avec le calme de l'hypocrisie, ce mépris tourne-
rait à votre gloire. Il est des gens dont l'estime est une
injure.

— Valerio n'en est pas là avec moi, reprit Bozza,
essayant de lutter contre les vipères qui lui rongeaient
le cœur.

— J'espère que non, dit Vincent; pourtant je ne
conçois pas ce qu'il a pu dire de vous à la personne qui
avait prononcé votre nom; car il lui a parlé à l'oreille,
et j'ai vu seulement de qui il était question, à la manière dont il a enfoncé sa barrette jusque sur les yeux
et relevé le collet de son manteau jusqu'aux oreilles
pour vous contrefaire et vous ridiculiser. En faisant
cela, il fronçait le sourcil et imitait votre geste, ce qui

faisait rire aux éclats le confident de ces sottes plaisanteries.

— Et qui était celui qui se permettait de rire ? s'é-cria le Bozza en enfonçant malgré lui son bonnet sur les yeux, serrant le poing et le ramenant sur la poitrine, geste que, selon Bianchini, Valerio avait tourné en dé-rision.

— Ma foi, je ne saurais vous le dire, répondit Vin-cent ; je ne pouvais voir sa figure, parce que, selon sa coutume, Valerio rassemblait autour de lui un audi-toire nombreux, avide de ses saillies. Quand j'ai réussi à fendre la presse, Valerio avait changé d'interlocuteur et parlait d'autre chose ; mais on riait encore à la place qu'il venait de quitter.

— C'est bien, messer Vincent, répliqua le jeune homme désespéré. Je vous remercie de m'avoir dit cela ; peut-être trouverai-je l'occasion de vous en ré-compenser. »

En parlant ainsi, le Bozza doubla le pas, et le Bian-chini suivit des yeux, pendant quelque temps, sa plume noire agitée par le vent d'orage. Puis il le perdit de vue, et, s'applaudissant d'avoir entamé la cuirasse du premier coup, il resta long-temps immobile sur la rive écumante, absorbé dans ses pensées de haine et dans ses desseins pervers.

VI.

LE soleil commençait à peine à dorer le faîte des blanches coupoles de Saint-Marc, et les gondoliers du grand canal dormaient encore étendus sur la rive, au-tour de la colonne Léonine, lorsque la basilique se remplit d'ouvriers. Arrivés les premiers, les apprentis dressèrent les échelles, trièrent les émaux, broyèrent le ciment, le tout en chantant, en sifflant et en causant à haute voix, malgré la douleur et l'indignation du bon père Alberto, qui s'efforçait en vain de rappeler à ces jeunes étourdis la majesté du saint lieu et la présence du Seigneur.

Si les exhortations du prêtre mosaïste ne produisaient pas beaucoup d'effet sous la grande coupole où travaillait l'école des Zuccati, du moins il pouvait y satisfaire son zèle et soulager sa conscience par des réprimandes longues et sévères. Jamais il n'était interrompu par un propos grossier ou par un rire insultant; car si ces élèves avaient la gaieté, l'ardeur et la vivacité de leur maître Valerio, ils avaient aussi sa douceur, sa bonté et son pieux respect pour la vieillesse et la vertu. Mais les choses se passaient tout autrement dans la chapelle de Saint-Isidore, où la famille Bianchini, environnée d'apprentis farouches et indisciplinés, ne pouvait maintenir l'ordre qu'avec des rugissements furieux et des menaces épouvantables. Quand une chanson obscène venait frapper l'oreille d'Alberto, il était réduit à se signer, et sa douleur s'exhalait en exclamations étouffées ou en profonds soupirs. Mais lorsque, au-dessus de tous les propos grossiers et de toutes les invectives brutales que se renvoyaient les compagnons, la voix terrible de Dominique le Rouge venait à tonner sous les cintres sonores de la basilique, le pauvre prêtre était forcé de se boucher l'oreille d'une main, et de se tenir de l'autre aux barreaux de son échelle pour ne pas tomber.

Ce jour-là les maîtres mosaïstes arrivèrent de bonne heure et se mirent à la besogne presque aussitôt que leurs apprentis. La Saint-Marc approchait; on devait faire en ce jour solennel l'inauguration de la basilique, restaurée en entier et décorée des nouveaux tableaux des plus grands maîtres de l'époque. On allait enfin, après dix, quinze et vingt ans de travail assidu, être jugé publiquement, sans égard, disait-on, aux protections des uns ni à la haine des autres. Ce devait être un grand jour pour tous les travailleurs, depuis le premier des peintres illustres jusqu'au dernier des barbouilleurs, depuis l'architecte aux calculs sublimes jusqu'au manœuvre docile qui fend la pierre et pétrit le mortier. L'émulation, la jalousie, la joyeuse attente ou la crainte sinistre, toutes les bonnes et mauvaises passions que, sur tous les échelons de l'art et du métier, la soif de la gloire et la cupidité inspirent aux hommes, s'agitaient donc sans relâche sous ces dômes retentissants de mille bruits. Ici l'injure, là le chant joyeux, plus loin le quolibet ; en haut le marteau, en bas la truelle ; tantôt le bruit sourd et continu du tampon sur la mosaïque, et tantôt le clapotement clair et cristallin de la verroterie ruisselant des paniers sur le pavé en flots de rubis et d'émeraudes ; puis le grincement affreux du grattoir sur la corniche ; puis enfin le cri aigre et déchirant de la scie dans le marbre, sans parler du nasillement des messes basses qui se disaient, en dépit du vacarme au fond des chapelles, du tintement impassible de l'horloge, de la pesante vibration des cloches, et du cri de mille animaux domestiques, imité avec une rare perfection par les petits apprentis, afin de forcer le père Alberto, toujours dupe de cette ruse, à tourner la tête brusquement et à se laisser distraire de son travail, qu'il ne reprenait jamais qu'après un signe de croix, en expiation de ce qu'il lui plaisait d'appeler sa *légèreté d'esprit.*

Si les écoliers des Zuccati avaient plus de douceur et d'innocence dans leurs ébats que ceux des Bianchini, ils n'étaient guère moins bruyants. Francesco leur imposait rarement silence. Absorbé par son travail, le patient et mélancolique artiste était complétement sourd à toutes les rumeurs de son orageux atelier; et d'ailleurs, pourvu que la besogne allât son train, il ne s'opposait point à une gaieté qui plaisait à Valerio et stimulait son ardeur. Celui-ci était vraiment le dieu de ses apprentis. S'il les excitait sans relâche et s'il s'emportait souvent contre eux en critiques facétieuses, au fond il les aimait comme ses enfants et charmait leurs fatigues par son enjouement continuel. Tous les jours il avait de nouvelles histoires grotesques à leur raconter; tous les jours il leur chantait une chanson plus folle que celle de la veille. S'il voyait un étourdi faire une faute et la nier par amour-propre, ou s'y obstiner par ignorance, il égayait à ses dépens toute l'école et lui barbouillait le visage de son pinceau. Mais si un bon élève s'affligeait sincèrement ou rougissait en secret d'une erreur involontaire, il allait à lui, prenait ses outils, et en peu d'instants réparait le dommage, en l'encourageant par de douces paroles, ou en gardant le silence pour ne pas attirer sur l'apprenti mortifié l'attention de ses camarades. Aussi il est vrai de dire que si Francesco Zuccato était aimé et respecté, Valerio était adoré dans son école, et que ses apprentis se fussent jetés, pour lui plaire, du haut de la grande coupole sur le pavé de la place Saint-Marc.

Le seul Bartolomeo Bozza, toujours froid et silencieux, ne partageait ni cet enjouement, ni cet enthousiasme. Francesco faisait grand cas de son travail régulièrement net et solide, et de l'austérité de ses

mœurs. Sa mélancolie lui semblait un motif de sympathie, et il se plaisait à dire que cette jeunesse sombre
et mystérieuse recélait un grand avenir d'artiste. Quant
à Valerio, quoiqu'il trouvât peu d'agrément dans le
commerce de Bartolomeo, sa propre humeur était trop
bienveillante pour qu'il ne lui prêtât pas toutes les qualités qu'il avait en lui-même.

Ce jour-là, le Bozza, qui d'ordinaire était à l'ouvrage
avant tous les apprentis, arriva plus d'une heure après
le lever du soleil. Il était plus pâle et plus défait que
jamais, plus muet et plus sinistre qu'on ne l'avait encore vu. Il n'avait pas goûté un instant de repos. Toute
la nuit il avait erré, comme une ombre infortunée, dans
les rues anguleuses et profondes; ses cheveux pendaient
plats sur ses joues creuses; sa barbe était en désordre
et comme hérissée; sa plume noire avait été brisée par
l'orage. Il prit en silence son tablier et ses outils, et
alla se placer tout près de Valerio, qui travaillait à son
feston du cintre.

Francesco remarqua fort bien la tardive arrivée de
son apprenti; mais Bozza était toujours si exact que le
maître se garda bien de lui faire une observation sur
cette faute, la première qu'il eût commise depuis les
trois ans de son apprentissage.

Valerio, toujours expansif et poussé par une douce
sollicitude, ne craignit pas de l'interroger.

« Qu'as-tu donc, mon camarade? lui dit-il en le
toisant de la tête aux pieds avec étonnement; tu as
l'air d'avoir été enterré hier soir. Laisse-moi de toucher
la main pour savoir si tu n'es point ton spectre. »

Le Bozza feignit de ne pas entendre, et ne répondit
pas à l'appel de cette main amie.

« Tu as été au jeu, Bartolomeo? Tu as perdu ton

argent cette nuit ? Est-ce là ce qui t'attriste ? Allons donc ! est-ce que tu prends le jeu à cœur ? Pour l'argent, il ne faut pas y penser ; tu sais que ma bourse t'appartient ? »

Le Bozza ne répondit pas.

« Oh ! ce n'est pas cela peut-être ? Ta maîtresse te trompe, ou tu ne l'aimes plus, ce qui est bien pire? Allons ! tu feras une belle madone qui lui ressemblera et dont le doux regard restera éternellement attaché sur le tien ! As-tu un ennemi, par hasard, Veux-tu que je te serve de second pour un défi ? marchons !

— Voilà bien des questions, messer Valerio, répondit Bozza d'une voix éteinte, mais d'un ton acerbe. En êtes-vous donc venu à ce point, que, pour une heure de retard, vos compagnons soient forcés de subir un interrogatoire, et de rendre compte de leur conduite ?

— Oh ! oh ! s'écria Valerio étonné, tu es de bien mauvaise humeur, mon pauvre ami. Il faut espérer que tout à l'heure, quand l'accès sera passé, tu rendras meilleure justice à mes intentions. »

Il se remit aussitôt à son travail en sifflant, et le Bozza commença le sien avec une lenteur et une affectation de nonchalance et de maladresse dont Valerio ne voulut point lui donner la satisfaction de s'apercevoir.

Au bout de deux heures environ, le Bozza, voyant qu'il ne réussissait pas à irriter Valerio, changea de méthode, et se mit tout d'un coup à travailler avec rapidité, sans faire attention aux matériaux qu'il employait, et mêlant les couleurs de la manière la plus disparate et la plus bizarre.

Valerio lui jeta un regard de côté et l'examina pendant quelques instants. Il s'étonna de cette obstination;

mais, comme c'était la première fois qu'une pareille chose arrivait, il résista au désir qu'il éprouvait de s'emporter, et se promit de refaire l'ouvrage de son apprenti, en se disant à lui-même : « Après tout, ce n'est qu'une journée perdue pour lui et pour moi. »

Mais malgré cette généreuse résolution, et malgré les efforts que le bon Valerio faisait sur lui-même pour ne pas jeter les yeux sur l'exécrable besogne à laquelle le Bozza travaillait avec âpreté, le seul bruit de son tampon sec et saccadé avait quelque chose de fébrile et d'irritant, auquel le jeune maître sentit qu'il était temps de se soustraire, s'il ne voulait céder aux provocations de son apprenti. Valerio se sentait la conscience tranquille. L'état du Bozza lui semblait maladif et lui causait encore plus de compassion que de colère. Brave comme le lion, mais comme lui généreux et patient, il quitta son échafaud, endossa son pourpoint de soie noire, et alla respirer l'air un instant dans la cour de la basilique, attenante au palais ducal, un des plus beaux morceaux d'architecture qu'il y ait dans le monde.

Après avoir fait quelques tours sous les galeries, il se crut assez calme pour retourner à l'atelier, et, comme il redescendait l'escalier des Géants, il se trouva tout à coup face à face avec le Bozza. Le même sentiment d'angoisse qui avait dévoré Valerio, tandis qu'il renfermait sa colère, avait rongé le sein de Bartolomeo, tandis qu'il s'efforçait en vain d'allumer celle de son rival. Quand Valerio s'était soustrait à cette muette torture, la sienne était devenue si vive qu'il n'avait pu y résister. Les minutes lui semblaient des siècles, et tout d'un coup, emporté par un instinct de haine irrésistible, il s'élança sur ses traces et le rejoignit à l'endroit où,

deux cents ans auparavant, la tête de Marino Falier
avait roulé sous la hache. Toute la colère de Valerio se
ralluma, et les deux jeunes artistes, immobiles et le
regard étincelant, restèrent quelques instants incertains,
chacun attendant avec impatience la provocation de son
adversaire; semblables à deux dogues furieux qui ru-
gissent sourdement, l'œil sanglant et l'échine hérissée,
avant de se précipiter l'un sur l'autre.

VII.

QUELQUE grossiers que fussent les artifices de Vincent Bianchini, l'esprit d'observation dont l'avait doué
la nature, et la parfaite connaissance qu'il avait des
faiblesses et des travers d'autrui, le servaient mieux
que la supériorité des autres. Il avait un profond et irrévocable mépris pour l'espèce humaine. Niant la conscience, il détestait tous ses semblables; il ne reculait
devant aucun moyen de corruption, et ne faisait jamais
entrer en ligne de compte la possibilité des bons mouvements. Ses noires prévisions se trouvaient presque
toujours justifiées; mais il est vrai de dire que, comme
le vent d'orage ne brise que les arbres où la sève commence à tarir et dont la tige a perdu sa vigueur élasti-
que, les méchantes inspirations de Bianchini ne triom-
phaient que des cœurs où le sentiment de l'amour,
sève de la vie, coulait avec parcimonie, et se trouvait
étouffé à chaque effort par la violence des passions contraires. Un instinct de lâcheté l'empêchait de s'attaquer
directement aux âmes fortes et généreuses. Il ne connaissait donc que le mauvais côté de la vie, et cette

triste science le rendait téméraire dans l'exercice de la
duplicité.

S'il avait osé improviser un mensonge aussi grossier
devant le Bozza, c'est qu'il prévoyait que celui-ci,
étant d'une nature méfiante et concentrée, n'en cher-
cherait jamais l'éclaircissement. Le Bozza, sans aimer
précisément l'imposture, haïssait la franchise. Sa grande
plaie était un amour-propre immense, éternellement
froissé, éternellement souffrant. Bianchini savait aussi
que tout l'effort de sa volonté consistait à cacher cette
blessure, et que la crainte de la trahir par ses paroles
le rendait taciturne, incapable de toute expansion,
ennemi de toute explication qui l'eût forcé de mettre à
nu le fond de son âme. Si quelquefois Bartolomeo s'expliquait à demi avec Francesco, c'est que, voyant la
mélancolie de celui-ci, et le croyant atteint du même
mal, il le craignait moins que les autres; mais il se
trompait : la maladie de Francesco, avec les mêmes
symptômes, avait un tout autre caractère que la sienne.
Quant à Valerio, le Bozza, ne le comprenant nullement,
prenait le parti de le nier. Il était persuadé que toute
cette naïve insouciance était une affectation perpétuelle
pour avoir des amis, des partisans, et faire son chemin
par la faveur des grands; c'est à cause de cette erreur
que la ruse de Bianchini avait réussi.

Quand le Bozza se vit en présence de Valerio, quoiqu'il ne fût pas lâche le moins du monde, son courage
s'évanouit. L'envie qu'il avait de lui reprocher sa pré-
tendue conduite de la veille, céda devant la crainte de
montrer combien son orgueil avait saigné de cette offense puérile. Il sentit bien que la dignité véritable
exigeait qu'il la méprisât, ou qu'il eût l'air de la mépriser, et tout à coup, refoulant sa colère dans le

fond de ses entrailles, il reprit son air froid et dédaigneux.

Valerio, étonné du changement subit de son attitude et de sa physionomie, rompit le silence le premier, en lui demandant ce qu'il avait à lui dire.

« J'ai à vous dire, messer, répondit Bozza, qu'il vous faut chercher un autre apprenti ; je quitte votre école.

— Parce que?... s'écria Valerio avec l'impatience de la franchise.

— Parce que je sens le besoin de la quitter, répondit Bozza ; ne m'en demandez pas davantage.

— Et en me l'annonçant aussi brusquement, reprit Valerio, avez-vous l'intention de me blesser ?

— Nullement, messer, répondit Bozza d'un ton glacial.

— En ce cas, dit Valerio, faisant un grand effort pour vaincre sa colère, vous devez à l'amitié que je vous ai toujours témoignée de me confier les raisons de votre abandon.

— Il n'est pas question d'amitié ici, messer, reprit le Bozza avec un sourire amer ; c'est un mot qu'il ne faut pas prodiguer, et un sentiment qui ne peut guère exister entre vous et moi.

— Il se peut que vous ne l'ayez jamais connu pour personne, dit Valerio blessé ; mais chez moi ce sentiment était sincère, et je vous en ai donné trop de preuves pour que vous ayez bonne grâce à le nier.

— Vous m'en avez donné en effet, dit le Bozza avec ironie, des preuves qu'il me serait difficile d'oublier. »

Valerio, étonné, le regarda fixement. Il ne pouvait croire à tant d'amertume ; il ne voulait pas se décider à comprendre le langage de la haine.

23.

« Bartolomeo, lui dit-il en lui saisissant le bras et en l'entraînant sous les galeries, tu as quelque chose sur le cœur. Il faut que je t'aie offensé involontairement ; quoi que ce soit, je te jure sur l'honneur que mon intention n'y a été pour rien. Pour que je puisse te le prouver, dis-moi ce que c'est. »

Il y avait tant de franchise dans l'accent du jeune maître que l'apprenti pensa que Bianchini pouvait bien s'être joué de sa crédulité ; mais, en même temps, il sentit plus que jamais le besoin de cacher son extravagante susceptibilité, et le sentiment de sa propre faiblesse lui rendit plus humiliante la généreuse sincérité de Valerio. Son cœur, fermé à l'affection, ne sentait pas le besoin de répondre à ces avances. « Si Bianchini a menti, se dit-il, si Valerio ne m'a pas méprisé cette fois, il m'a méprisé tous les jours de sa vie, et il me méprise encore à cette heure en m'offrant une amitié protectrice et le pardon d'une faute. Puisque j'ai tant fait que de me prononcer, il faut persister. » Il y avait long-temps déjà que le Bozza souffrait de son association avec les Zuccati, et qu'il aspirait à la rompre.

« Vous ne m'avez jamais offensé, messer, répondit-il avec froideur. Si vous l'aviez fait, je ne me bornerais pas à vous quitter, je vous en demanderais réparation.

— Et je suis, pardieu ! prêt à te la donner, si tu persistes à le croire, repartit Valerio, qui sentait bien la dissimulation de son apprenti.

— Il ne s'agit pas de cela, messer ; et pour vous prouver que, si je ne cherche pas une querelle, du moins ce n'est point par timidité que je l'évite, je vais vous dire une raison de mon abandon qui pourra bien vous déplaire un peu.

— Dis toujours, répondit Valerio ; il faut toujours dire la vérité.

— Je vous dirai donc, maître, reprit le Bozza du ton le plus pédant et le plus blessant qu'il put affecter, que ceci est une question d'art et rien de plus. Il se peut que cela vous fasse sourire, vous qui méprisez l'art ; mais, moi qui ne prise rien autre chose au monde, je suis forcé de vous avouer que je suis homme à sacrifier les relations les plus agréables au désir de faire des progrès et de passer bientôt maître.

— Je ne blâme pas cela, dit Valerio ; mais en quoi tes progrès sont-ils gênés par moi? Ai-je négligé de t'instruire? et, au lieu de t'employer, comme ont coutume de faire les maîtres, au travail matériel de l'école, ne t'ai-je pas traité en artiste? Ne t'ai-je pas offert toutes les occasions possibles de progresser, en te confiant des travaux intéressants, difficiles, et en t'indiquant la meilleure manière avec autant de zèle que si tu eusses été mon propre frère ?

— Je ne nie pas votre obligeance, répondit le Bozza ; mais, dussé-je vous sembler un peu vain, je suis contraint de vous avouer, maître, que cette manière, qui vous paraît la meilleure, ne me satisfait point. Je n'aspire pas seulement à être le premier dans mon art, mais encore à faire faire à cet art, imparfait dans nos mains, un progrès dont je sens en moi la révélation. Ainsi donc, permettez que je m'affranchisse de votre système, et que je suive le mien. Une voix intérieure me le commande. Il me semble que je suis destiné à quelque chose de mieux qu'à suivre les traces d'autrui. Si j'échoue, ne me regrettez pas ; si je réussis, comptez qu'à mon tour je ne vous refuserai ni mon aide, ni mes conseils. »

Valerio ne devinant pas (tant il était dépourvu de vanité) que ce discours était inventé dans l'unique dessein de le piquer profondément, réprima une forte envie de rire. Il s'était souvent aperçu de l'amour-propre exagéré du Bozza, et en ce moment il le croyait en proie à un accès de fatuité délirante. C'est ainsi qu'il s'expliqua le trouble où il l'avait vu toute la matinée, et, en songeant combien c'était une passion funeste et féconde en souffrances, il eut la douceur de ne pas l'en railler trop ouvertement.

« S'il en est ainsi, mon cher Bartolomeo, lui dit-il en souriant, il me semble qu'en restant avec nous tu serais beaucoup plus à même de nous donner des conseils, et nous de les recevoir. Comme jamais tu n'es contrarié dans ton travail, rien ne t'empêchera de perfectionner et d'innover à ton aise. Si tu fais faire des progrès à notre art, je puis te promettre que, loin de les entraver, je serai heureux d'en profiter pour mon compte. »

Le Bozza sentit que, malgré sa complaisance, Valerio se moquait un peu de lui. Désespéré d'avoir voulu en vain être méchant et de n'avoir été que ridicule, il ne put se contenir davantage, et répondit d'un ton si aigre à plusieurs reprises, que Valerio perdit patience, et finit par lui dire :

« En vérité, mon cher ami, si c'est une révélation de ton génie que la besogne extravagante et pitoyable que tu faisais tout à l'heure quand j'ai quitté la basilique, je désire beaucoup que l'art rétrograde dans mes mains plutôt que de faire de semblables progrès dans les tiennes.

— Je vois bien, messer, répliqua le Bozza, outré de ce que toutes ses petites vengeances tournaient **contre** lui, que vous n'êtes pas dupe des prétextes que j'invente depuis ce matin pour me séparer de vous. J'aurais désiré vous déplaire, afin de me faire renvoyer, et de vous éviter par là la mortification d'être quitté. Je suis fâché que vous n'ayez pas compris la générosité de ce procédé, et que vous me forciez à vous dire que je ne veux pas rester une heure de plus à votre école.

— Et la raison de ton départ reste impénétrable? dit Valerio.

— Personne n'a le droit de me la demander, répondit le Bozza.

— Je pourrais vous forcer de remplir votre engagement, reprit Valerio; car vous avez signé celui de travailler sous ma direction jusqu'à la Saint-Marc prochaine; mais il ne me convient pas d'être aidé par contrainte. Soyez donc libre.

— Je suis prêt, messer, répondit le Bozza, à vous offrir toutes les indemnités que vous pourrez exiger, et je ne crains rien tant que de rester votre obligé.

— C'est à quoi pourtant il faudra vous résigner, dit Valerio en lui rendant son salut; car je suis résolu à ne rien accepter de votre part. »

Ainsi se séparèrent le maître et l'apprenti. Valerio le regarda s'éloigner, et se promena avec agitation sous les arcades; puis, saisi tout à coup de douleur à la vue de tant d'ingratitude et de dureté, il retourna à ses travaux, et sentit son visage inondé de larmes.

Le Bozza, au contraire, alla trouver sa maîtresse, et la traita mieux ce jour-là qu'à l'ordinaire. Il se sentait léger, presque gai. Sa poitrine lui semblait soulagée d'un poids énorme : c'était le poids de la reconnaissance, insupportable aux orgueilleux. Il s'imagina qu'il

venait de triompher de tout son passé , et d'entrer à
pleines voiles dans l'indépendance glorieuse de son
avenir.

VIII.

LE Bozza n'était point un artiste sans mérite. Bien
supérieur aux Bianchini, qui n'étaient que des ouvriers
diligents et soigneux , il avait reçu des Zuccati les notions élevées du dessin et de la couleur. Ses lignes
étaient élégantes et correctes , ses tons ne manquaient
pas de vérité , et , pour rendre le brillant et la richesse
d'une étoffe , il surpassait peut-être Valerio lui-même.
Mais si, à force d'études et de persévérance, il était arrivé à rendre avec succès les effets matériels de l'art, il
était loin d'avoir dérobé au ciel le feu sacré qui donne
la vie aux productions de l'art, et qui constitue la supériorité du génie sur le talent. Le Bozza avait trop
d'intelligence, il cherchait d'ailleurs avec trop d'anxiété
le secret de cette supériorité dans les autres , pour ne
pas comprendre ce qui lui manquait et pour ne pas
chercher ardemment à l'acquérir. Mais c'était en vain
qu'il essayait de communiquer à ses figures la grâce
touchante ou l'enthousiasme sublime qui animaient celles des Zuccati. Il ne réussissait qu'à peindre les émotions physiques. Dans la scène de l'Apocalypse, ses figures de démons et de damnés étaient fort bien traitées;
mais, bien que ce fût là son triomphe, il n'avait pas su
donner à ces emblèmes de la haine et de la douleur le
sentiment intellectuel qui devait caractériser des images
religieuses. Les maudits ne semblaient tourmentés que
par l'ardeur des flammes qui les dévoraient ; nul senti-

ment de honte ou de désespoir ne se peignait dans leurs traits contractés par la fureur. Les anges rebelles ne gardaient rien de leur céleste origine. Le regret de leur grandeur première était étouffé par une affreuse ironie, et, en contemplant ces traits immondes, ces rires féroces, ces tortures qui rappelaient l'inquisition plus que le jugement de Dieu, on éprouvait moins d'émotion que d'étonnement, moins de terreur que de dégoût.

Malgré ces défauts, appréciables seulement aux organisations élevées, le travail du Bozza avait des qualités éminentes, et les Zuccati avaient bien connu ses forces en le lui confiant. Mais, lorsqu'il avait voulu s'essayer dans des sujets plus nobles, il avait complétement échoué. Ses mouvements majestueux étaient roides, ses figures inspirées grimaçaient; ses anges agitaient en vain des ailes fortes et brillantes; leurs pieds semblaient invinciblement liés dans le ciment, et leurs regards n'avaient d'autre éclat que celui de l'émail et du marbre.

Les peintres mécontents ne retrouvaient plus leur pensée dans l'exécution cependant fidèle de leurs dessins, et les Zuccati étaient forcés de retoucher péniblement tout ce qui constituait dans ces figures le sentiment et la représentation de la vie morale. Depuis que la scène de l'Apocalypse était achevée, le Bozza avait donc été employé au grand feston du cintre, et, comme il trouvait indigne de lui de copier servilement des ornements, il avait subi intérieurement toutes les tortures de l'orgueil humilié. C'était pourtant avec une douceur et une délicatesse extrême que les Zuccati lui avaient fait sentir la nécessité de laisser les sujets sacrés à des mains plus habiles, et de terminer les détails de la voûte en attendant que des sujets appropriés au genre de son talent fussent confiés à leur école. Bozza ne tenait pas

compte des leçons particulières de dessin et de peinture
que les Zuccati lui donnaient aux heures de leur loisir.
Il ne concevait pas de plus grande affaire au monde que
le soin de sa gloire future, et reprochait secrètement à
Valerio d'avoir des goûts de plaisir qui l'empêchaient de
lui consacrer tous ses moments de liberté ; à Francesco,
de faire pour son propre compte des études sérieuses
qui le forçaient quelquefois d'abréger sa leçon ou de
la remettre au lendemain. Il se persuadait que ces maîtres craignaient d'être dépassés par lui et le privaient
des moyens de s'instruire rapidement, afin d'exploiter
plus long-temps son travail à leur profit. Il se livrait
alors, dans le secret de son âme, à toutes les misères
de la défiance et du ressentiment.

D'autres fois (et ces instants étaient encore plus
cruels), il ouvrait les yeux à l'évidence, et s'apercevait
que, malgré les excellentes leçons et les conseils désintéressés qu'on lui donnait, il ne faisait pas les progrès
qu'il aurait dû faire. Il sentait amèrement tous les défauts de son œuvre, et se demandait avec effroi si, hors
d'une certaine portée de talent, il n'était pas à jamais
frappé d'impuissance. Il voyait ce qui lui manquait, et
ne pouvait le réaliser ; sa main semblait traduire en langue vulgaire les poétiques élans de son cerveau, et il
n'était pas loin de croire à l'action jalouse des puissances infernales sur sa destinée. Souvent Valerio lui avait
dit : « Bartolomeo, le plus grand obstacle au développement de tes facultés, c'est l'inquiétude où tu te con-
sumes. Rien de beau et de grand ne peut éclore sans le
souffle fécond d'un cœur chaud et d'un esprit libre. Il
faut toute la santé du corps et de l'âme pour produire
une œuvre saine, et ce qui sort d'un cerveau malade
n'a pas les conditions de la vie. Si, au lieu de passer

tes nuits à rêver les honneurs de la célébrité, tu t'endormais joyeux auprès de ta maîtresse; si, au lieu de verser les larmes desséchantes de l'ennui, tu pleurais de tendresse et de sympathie dans le sein d'un ami; si enfin, aux heures où la lassitude ne te permet plus de soutenir les outils et de discerner les nuances, plutôt que de fatiguer ta vue et d'épuiser ta volonté, tu cherchais dans les distractions de ton âge, dans les innocentes passions de la jeunesse, un moyen de retremper les forces de l'artiste, en leur donnant pour quelques instants un autre aliment, je crois que tu serais surpris, en retournant au travail, de sentir ton cœur battre avec force, tout ton être transporté d'une joie inconnue et d'une espérance victorieuse. Mais tu t'arranges de manière à être toujours triste, à défaillir à toute heure sous le poids de la vie; comment veux-tu donner à ton œuvre cette vie qui n'est pas en toi-même? Si tu continues ainsi, tous les ressorts de ton génie seront usés avant que tu aies pu les faire servir. A force de contempler le but et de t'exagérer le prix de la victoire, tu oublieras de connaître les douces émotions et les joies pures de la production. L'art, pour se venger de n'avoir pas été aimé pour lui-même, ne se révélera que de loin à tes yeux éblouis et trompés; et si tu arrives par des moyens bizarres à obtenir les vains applaudissements de la foule, tu ne sentiras pas en toi-même cette satisfaction généreuse de l'artiste consciencieux qui contemple en souriant l'ignorance des juges grossiers, et qui se console de sa misère, pourvu qu'il puisse s'enfermer dans un taudis ou dans un cachot avec sa muse, et goûter dans ses bras des ravissements inconnus au vulgaire. »

Le malheureux artiste sentait bien la vérité de ces observations; mais, au lieu de voir que Valerio les lui

24

adressait dans la simplicité de son âme, et avec le désir sincère de le mettre dans la bonne voie, il lui attribuait le sentiment impie d'une joie secrète et d'un mépris cruel à la vue de ses souffrances. Découragé et désespéré, il s'écriait alors : « Oui, cela est trop vrai, Valerio ! je suis perdu. Je suis consumé comme une torche tourmentée par le vent, avant d'avoir jeté mon éclat et fourni ma lumière. Vous le savez bien, et vous mettez le doigt dans la plaie. Vous connaissez le secret de votre force et celui de ma faiblesse. Triomphez donc, humiliez-moi, méprisez mes rêves, déjouez mes espérances, raillez jusqu'à mes désirs. Vous avez su employer votre énergie, vous avez gouverné le coursier, vous l'avez dompté ; moi je l'excite sans cesse, et, emporté par lui, je vais me briser au premier obstacle. »

C'était en vain alors que les deux Zuccati cherchaient à l'apaiser et à lui rendre l'espérance ; il repoussait leur sollicitude, et, blessé de leur compassion, il allait cacher sa misère loin de tous les regards et de toutes les consolations.

Voyant que leurs conseils affectueux ne servaient qu'à irriter la souffrance de cette âme froissée, les deux jeunes maîtres avaient donc peu à peu cessé de lui parler de lui-même ; le Bozza en avait conclu qu'ils ne l'aimaient point, et qu'ils avaient peur de le voir profiter trop bien de leurs conseils. La malheureuse nécessité d'abandonner un travail noble et intéressant, pour terminer à époque fixe des ornements fastidieux, avait achevé de l'aigrir. Il avait donc pris la résolution de les quitter aussitôt que son engagement serait expiré ; car il n'espérait pas qu'ils le proposassent à la maîtrise, comme ils en avaient le droit, aux termes de leur engagement avec les procurateurs. Ce droit ne s'étendait qu'à un seul élève par année, et Ceccato et Marini, ses jeunes confrères, lui semblaient être beaucoup mieux que lui dans l'esprit des Zuccati. Il avait l'intention d'aller à Ferrare ou à Bologne se faire agréer comme maître, et former une école; car, s'il était un des derniers à Venise, il pouvait espérer d'être un des premiers dans une ville moins riche et moins illustre. Sa querelle avec Valerio avait à ses yeux le double avantage de lui rendre la liberté, et de lui fournir l'occasion d'une vengeance. Les travaux n'étaient pas terminés, la Saint-Marc approchait, les instants étaient comptés. Dans les deux écoles, on redoublait d'ardeur pour ne point rester en arrière des engagements contractés. L'absence ou le départ d'un apprenti était donc dans ce moment un véritable échec, et compromettait sérieusement le succès des efforts inouïs qu'on avait faits jusqu'à ce jour pour n'être point dépassé par l'école rivale.

IX.

LES Bianchini ne furent pas long-temps à s'apercevoir de l'absence du Bozza et de la tristesse de Valerio. Vincent raconta avec un rire brutal son artifice de la veille à ses deux frères; et tous trois, encouragés par ce premier succès, résolurent de tout mettre en œuvre pour nuire aux travaux de la grande coupole et pour perdre les Zuccati. Après qu'ils eurent tenu conseil au cabaret, Vincent se remit sur la piste du Bozza, et le découvrit, à l'entrée de la nuit, dans les grands vergers qui s'étendent le long des lagunes, au faubourg de Santa-Chiara. Le Bozza côtoyait lentement une haie verdoyante

entrecoupée de beaux arbres fruitiers qui se penchaient
avec amour sur les ondes paisibles. Un silence profond
régnait sur cette cité bocagère, et les dernières rougeurs
du couchant s'éteignaient au loin sur le clocher rustique
de l'île de la Certosa. De ce côté, Venise a la physionomie aussi naïve et aussi pastorale qu'elle l'a coquette,
fière ou terrible en d'autres sites. On n'y voit aborder
que des barques pleines d'herbes ou de fruits : on n'y
entend d'autre bruit que celui du râteau dans les allées,
ou du rouet des femmes assises au milieu de leurs enfants sur le seuil des serres ; les horloges des couvents
y sonnent les heures d'une voix claire et quasi féminine,
dont rien n'interrompt la longue vibration mélancolique. C'est là qu'en d'autres jours le chantre de *Childe-
Harold* vint souvent chercher le sens de certains secrets de la nature ; grâce, douceur, charme, repos,
mots mystérieux que la nature, impuissante ou impitoyable à son égard, lui renvoyait traduits par ceux de
langueur, tristesse, ennui, désespoir. Là, le Bozza,
insensible aux bénignes influences d'une soirée déli-
cieuse, était absorbé par le vol rapide et les combats
acharnés des grands oiseaux de mer, qui, à l'heure du
soir, se disputaient leur dernière proie, ou se pressaient
de rejoindre leurs retraites mystérieuses. Ces spectacles
de lutte et d'inquiétude étaient les seuls qui lui fussent
sympathiques. Partout le vaincu lui semblait une per-
sonnification de ses rivaux ; et, quand le vainqueur
poussait dans les airs son cri de rage et de triomphe, le
Bozza croyait se sentir monter sur ses larges ailes vers
le but de ses insatiables désirs.

Le Bianchini l'aborda en jouant la franchise, et, après
lui avoir dit qu'il s'apercevait depuis long-temps des
mauvais procédés des Zuccati à son égard, il le pria de

lui dire, fût-ce sous le sceau du secret, s'il était résolu
définitivement à quitter leur école.

« Il n'y a point là de secret à garder, répondit Bartolomeo ; car non-seulement c'est une chose résolue,
mais encore c'est une chose faite. »

Bianchini exprima sa joie avec réserve, assura le
Bozza qu'il eût pu rester dix ans avec les Zuccati sans
faire un pas vers la maîtrise, et lui cita l'exemple du
Marini, qui était un garçon de talent, et qui travaillait
avec eux depuis six ans sans autre récompense qu'un
salaire modeste et le titre de compagnon. « Le Marini
se flatte, ajouta-t-il, de passer maître à la Saint-Marc,
d'après la promesse de messer Francesco Zuccato ;
mais...

— Il le lui a promis ? positivement ? dit le Bozza dont
les yeux étincelèrent.

— En ma présence, répondit Vincent. Il vous l'a
peut-être promis à vous-même ! Oh ! il n'en coûte rien
aux Zuccati de promettre ; ils traitent leurs apprentis
comme ils traitent les procurateurs, en faisant plus de
discours que de besogne. Ils ont de belles paroles pour
expliquer à leurs dupes que l'art demande un long no-
viciat, qu'on tue un artiste dans sa fleur en le livrant
trop tôt aux caprices de son imagination ; que les plus
grands talents ont échoué pour s'être trop vite affran-
chis de l'étude servile des modèles, etc. Que ne disent-
ils pas ? Ils ont appris par cœur, dans l'atelier de leur
père (lorsque leur père avait un atelier), cinq ou six
grands mots qu'ils ont entendu dire au Titien ou à
Giorgione, et maintenant ils se croient maîtres en peinture, et parlent comme des arbitres. Vraiment, c'est si
ridicule que je ne conçois pas que votre grand diable de
l'Apocalypse, ce morceau si parfait, si comiquement

traité, si bien encorné et de si belle humeur que je n'ai jamais pu le regarder sans rire, ne se détache pas de la muraille, et ne vienne pas, de sa queue de lion, leur donner sur les oreilles, quand ils disent des choses si ridicules et si déplacées dans leur bouche. »

Quoique le Bozza fût blessé de ces éloges grossiers donnés à son morceau capital, à une figure qu'il avait eu le dessein de rendre terrible et non grotesque, il éprouvait une joie secrète à entendre railler et déprécier les Zuccati. Quand le Bianchini crut avoir gagné sa confiance en caressant sa blessure, il lui fit l'offre de le prendre dans son école, et lui promit même un salaire très-supérieur à celui qu'il recevait des Zuccati; mais il fut surpris de recevoir un refus pour toute réponse, et de ne pas voir la moindre satisfaction percer dans la contenance du Bozza. Il crut que le jeune compagnon voulait se faire marchander, afin d'obtenir de plus grands avantages pécuniaires. Les Bianchini ne concevaient pas, dans la vie d'artiste, un autre but, une autre espérance, une autre gloire, que l'argent.

Après avoir essayé vainement de le tenter par des offres encore plus brillantes, Vincent renonça à se l'associer, et, prenant l'air calme d'un homme tout à fait désintéressé, il chercha, en le flattant et en conversant avec lui, à pénétrer les causes de ce refus et les désirs cachés de son ambition. Cela ne fut pas difficile. Le Bozza, cet homme si défiant et si réservé que l'amitié la plus sincère ne pouvait lui arracher l'aveu de ses faiblesses, cédait, comme un enfant, aux séductions de la plus grossière flatterie; la louange était à ses poumons comme l'air vital, sans lequel il ne faisait que souffrir et s'éteindre. Quand le Bianchini vit que sa seule pensée était de passer maître, et d'avoir les glorioles du métier, l'autorité, l'indépendance, le titre, sauf à ne tirer aucun profit de sa peine, et à souffrir long-temps encore toutes les privations, il conçut un profond mépris pour cette ambition, moins vile que la sienne; et il s'en fût moqué ouvertement, s'il n'eût compris qu'il pouvait encore l'exploiter au détriment des Zuccati.

« Ah! mon jeune maître, lui dit-il, vous voulez commander et ne plus servir! C'est tout simple, je le conçois bien, de la part d'un homme de talent comme vous. Eh bien! *viva!* il faut passer maître; mais non pas dans une misérable ville de province où vous suerez nuit et jour pendant vingt ans sans faire parler de vous. Il faut passer maître à Venise même, à Saint-Marc, supplanter et remplacer les Zuccati.

— Voilà ce qui est plus facile à dire qu'à faire, répondit le Bozza; les Zuccati sont tout-puissants.

— Peut-être pas tant que vous croyez, répliqua le Bianchini. Voulez-vous m'engager votre parole de vous fier à moi et de m'aider dans tous mes desseins? Je vous engagerai la mienne qu'avant six mois les Zuccati seront chassés de Venise, et nous deux, vous et moi, maîtres absolus dans la basilique. »

Vincent parlait avec tant d'assurance, et il était connu pour un homme si persévérant, si habile et si heureux dans toutes ses entreprises; il avait échappé à tant de périls, et réparé tant de désastres, où tout autre se fût brisé, que le Bozza ému sentit un frisson de plaisir courir dans ses veines, et la sueur lui coula du front comme si le soleil sortant de la mer, où il venait de s'éteindre, eût fait tomber sur lui les plus chauds rayons de la vie.

Bianchini, le voyant vaincu, lui prit le bras, et l'entraînant avec lui:

« Venez, lui dit-il, je veux vous faire voir avec les

yeux de votre tête un moyen infaillible de perdre nos
ennemis ; mais auparavant vous allez vous engager par
serment à ne pas être pris d'un mouvement de sensibilité imbécile, et à ne pas faire échouer mes projets.
Votre témoignage m'est absolument nécessaire. Êtes-
vous sûr de ne reculer devant aucune des conséquences
de la vérité, quelque dures qu'elles puissent être à vos
anciens maîtres !

— Et où donc s'arrêteront ces conséquences? demanda le Bozza étonné.

— A la vie seulement, répondit Bianchini. Elles en-
traîneront le bannissement, le déshonneur, la misère.

— Je ne m'y prêterai pas, dit sèchement le Bozza en
s'éloignant du tentateur. Les Zuccati sont d'honnêtes
gens après tout, et je ne sais pas pousser le dépit jusqu'à la haine ; laissez-moi, messer Vincent, vous êtes
un méchant homme.

— Cela vous paraît ainsi, répondit Vincent sans s'é-
mouvoir d'une qualification dont il avait depuis long-
temps cessé de rougir ; cela vous effraie, parce que vous
croyez à l'honneur des frères Zuccati. C'est très-joli et
très-naïf de votre part. Mais si on vous faisait voir (et
je dis voir par vos yeux) que ce sont des gens de mauvaise foi, qui trompent la république, abusent de ses
deniers en volant leur salaire et en frelatant l'ouvrage ;
si je vous le fais voir, que direz-vous? Et si, vous
l'ayant fait voir, je vous somme en temps et lieu de
rendre témoignage à la vérité, que ferez-vous?

— Si je le vois par mes yeux, je dirai que les Zuccati sont les plus grands hypocrites et les plus insignes
menteurs que j'aie jamais rencontrés ; et si, dans ce
cas, je suis sommé de rendre témoignage, je le ferai,
parce qu'ils m'auront indignement joué, et que je hais

trop les hommes qui ont le droit de marcher sur les
autres pour ne pas abhorrer ceux qui s'arrogent ce
droit au prix du mensonge. Eux, des voleurs et des in-
fâmes! je ne le crois pas ; mais je le voudrais bien, ne
fût-ce que pour avoir le plaisir de leur dire en face :
Non ! vous n'aviez pas le droit de me mépriser !

— Suivez-moi, dit le Bianchini avec un affreux sourire; la nuit est close, et nous pouvons d'ailleurs pénétrer dans la basilique à toute heure sans exciter les
soupçons de personne. Venez, et si vous ne manquez
pas de cœur, avant six mois vous ferez au plus haut du
plafond de la basilique un grand diable jaune qui rira
plus haut que tous les autres et qui vous vaudra cent
ducats d'or. »

En parlant ainsi, il se glissa parmi les arbres embau-
més ; et le Bozza, foulant d'un pas mal assuré les bor-
dures de thym et de fenouil, le suivit tout tremblant,
comme s'il se fût agi de commettre un crime.

X.

LE lendemain, on vit le Bozza dans l'école des Bianchini, travaillant avec ardeur à la chapelle de Saint-
Isidore. Francesco, à qui son frère avait raconté avec
exactitude la scène de la veille, fut si profondément
blessé de cette conduite qu'il pria Valerio de ne faire
aucune nouvelle tentative pour en connaître les motifs.
Il en souffrit en silence, et ressentant plus vivement
une injure faite à son frère bien-aimé que si elle se fût
adressée à lui seul, ne concevant pas qu'on pût résister
à la franchise et à la bonté d'une explication donnée par

Valerio, il feignit de ne pas voir le Bozza, et passa près de lui, à dater de ce jour, comme s'il ne l'eût jamais connu. Valerio, qui savait combien son frère avait à cœur de terminer sa coupole, et qui voyait en lui l'inquiétude causée par l'abandon du Bozza, résolut de mourir à la peine plutôt que de ne pas surmonter cette difficulté. Francesco était d'une santé délicate ; son âme fière et sensible était obsédée de la crainte de manquer à ses engagements. Il ne s'agissait plus là seulement de sa gloire d'artiste, gloire à laquelle il se reprochait d'avoir trop songé, puisqu'il se trouvait en retard pour le travail matériel ; il s'agissait de l'honneur. Il n'ignorait pas les intrigues déjà tentées par les Bianchini pour noircir sa réputation. Lorsqu'il avait accepté cette énorme tâche, son père, la jugeant trop considérable pour les trois années auxquelles elle était limitée, avait essayé de l'en détourner. Le Titien, jugeant que la vie dissipée de Valerio et la mauvaise santé de l'autre rendaient cette exécution impossible, leur avait conseillé plusieurs fois de se réconcilier avec les Bianchini et de demander aux procurateurs un nouvel arrangement. Mais les Bianchini, qui dans le principe avaient fait partie de l'école de Francesco, avaient peu de talent et un insupportable orgueil. Pour rien au monde, Francesco n'eût voulu leur confier un travail entrepris et conduit avec tant de soin et d'amour.

Pour s'expliquer l'importance que ce maître attachait à ne pas être en retard d'un seul jour, il est nécessaire de remonter un peu plus haut, et de dire que la basilique de Saint-Marc avait été, durant les années précédentes, exploitée par des ouvriers malhabiles et de mauvaise foi. Des dépenses considérables n'avaient servi qu'à entretenir une troupe d'artisans débauchés, dont il avait fallu refaire à grands frais les ouvrages. Le père Alberto et le Rizzo, premiers maîtres mosaïstes, avaient montré aux procurateurs la nécessité de mettre de l'ordre dans les dépenses et dans les travaux. Après plusieurs épreuves, on avait agréé Francesco Zuccato pour chef de l'atelier de mosaïque, et Vincent Bianchini, bien que banni pendant quatorze ans pour accusation de crime de fausse monnaie et pour avoir commis plusieurs assassinats, notamment un sur la personne de son barbier, avait, grâce à la vigueur de son travail et de celui de ses frères, trouvé protection auprès du procurateur-caissier, qui l'avait placé sous les ordres des Zuccati. Mais toute relation étant impossible entre ces deux familles, Francesco avait demandé la liberté de choisir d'autres élèves, et il l'avait obtenue. Pour mettre fin aux querelles qui s'élevèrent à cet égard, et pour contenter le procurateur qui s'intéressait aux Bianchini, la commission s'était décidée à croire sur parole ces derniers capables de travailler sans direction pour leur propre compte. On leur avait confié un emplacement moins favorable et une tâche plus longue qu'aux Zuccati; ils avaient eux-mêmes réglé ces conditions et demandé cette épreuve de leurs talents. Depuis ce jour ils n'avaient pas cessé de se faire valoir auprès de la commission, qui n'était, du reste, rien moins qu'éclairée sur la matière, et de déprécier l'école de Francesco, dont la modestie et la candeur ne savaient pas lutter contre eux. La commission tenait à honneur de faire faire à moins de frais que par le passé des travaux plus considérables et mieux exécutés. Elle voulait, par l'inauguration de l'église restaurée, mériter les éloges et les récompenses du sénat.

Francesco voyait arriver ce jour fatal, et c'était en

vain qu'il épuisait ses forces; l'espérance commençait à l'abandonner. Il voyait aussi Valerio, inaccessible aux soucis de l'inquiétude, persister à célébrer le même jour l'institution d'une compagnie d'hommes de plaisir. Le départ du Bozza dans un moment si critique acheva de le consterner. Quand même, se dit-il, Valerio se donnerait tout entier à son labeur, cela ne servirait pas à grand'chose. Qu'il s'amuse donc, puisqu'il a le bonheur d'être insensible à la honte d'une défaite.

Mais Valerio ne l'entendait pas ainsi. Il connaissait trop la susceptibilité chevaleresque de son frère pour ne pas savoir qu'il serait inconsolable d'une telle mortification. Il assembla donc ses élèves favoris, Marini, Ceccato et deux autres; il leur peignit la situation d'esprit de Francesco, et celle de toute l'école, en face de l'opinion publique. Il les supplia de faire comme lui, de ne pas désespérer, de ne renoncer ni au travail ni au plaisir, et de rester debout jusqu'à ce que tout fût mené à bien, fallût-il périr le lendemain de la Saint-Marc. Tous firent serment avec enthousiasme de le seconder sans relâche, et ils tinrent parole. Pour ne pas inquiéter Francesco, qui s'affligeait toujours du peu de soin que Valerio prenait de sa santé, on masqua par des planches la partie à laquelle il renonçait à mettre la dernière main, et on y travailla toutes les nuits. Un léger matelas fut jeté sur l'échafaud, et lorsqu'un des travailleurs cédait à la fatigue, il s'étendait dessus et goûtait quelques instants de sommeil, interrompu par les chants joyeux des autres et le craquement des planches sous leurs pieds. Ils prenaient tous leur peine en gaieté, et prétendaient n'avoir jamais mieux dormi qu'au bercement de l'échafaudage et au bruit du battoir. L'inaltérable gaieté de Valerio, ses belles histoires, ses folles chansons, et la grande cruche de vin de Chypre qui circulait à la ronde, entretenaient une merveilleuse ardeur. Cette ardeur fut couronnée de succès. La veille de la Saint-Marc, comme la journée finissait, et que Francesco, pour ne pas avoir l'air d'adresser un reproche muet à son frère, affectait une résignation qui était loin de son âme, Valerio donna le signal. Les élèves enlevèrent les planches, et le maître vit le feston et les beaux angelots qui le soutiennent terminé comme par enchantement.

« O mon cher Valerio ! s'écria Francesco, transporté de joie et de reconnaissance, n'ai-je pas été bien inspiré de donner des ailes à ton portrait ? N'es-tu pas mon ange gardien, mon archange libérateur ?

— Je tenais beaucoup, lui dit Valerio en lui rendant ses caresses, à te prouver que je pouvais mener de front les affaires et le plaisir. Maintenant, si tu es content de moi, je suis payé de ma peine ; mais il faut embrasser aussi ces braves compagnons qui m'ont si bien secondé, et qui, par là, se sont tous rendus dignes de la maîtrise ; c'est à toi de choisir, je ne dis pas le plus habile, ils le sont tous également, mais le plus ancien en titre.

— Mes bons et chers enfants, leur dit Francesco après les avoir tous cordialement embrassés, vous aviez tous fait naguère le généreux sacrifice de vos droits et de vos désirs en faveur d'un jeune homme malade d'ambition, dont le talent et la souffrance vous semblaient devoir mériter de l'intérêt et de la compassion. Vous vous étiez promis de lui prouver qu'il vous accusait à tort d'être ses rivaux et ses ennemis. Plus attachés à mes leçons qu'à la vaine gloire dont il était avide, vous étiez sur le point de lui donner un grand exemple de vertu

25

et de désintéressement, en le portant à la maîtrise volontairement et contre son attente. L'ingrat n'a pas su
attendre cet heureux jour, où il eût été forcé de vous
chérir et de vous admirer. Il s'est éloigné lâchement de
maîtres qu'il n'a pas su comprendre, et de compagnons
qu'il n'a pas su apprécier. Oubliez-le ; celui qui vous
perd est assez puni : où retrouvera-t-il des amitiés plus
sincères, des services plus désintéressés ? Maintenant
une place de maître est à votre disposition, car elle est
à la mienne, et je n'ai pas d'autre volonté que la vôtre.
Dieu me garde de faire un choix parmi des élèves que
j'estime et que j'aime tous si tendrement ! Faites donc
vous-mêmes son élection. Celui de vous qui réunira le
plus de voix aura la mienne.

— Le choix ne sera pas long, dit Marini. Nous avions
prévu, cher maître, que tu ferais cette année-ci comme
les années précédentes, et nous avons procédé à l'élection. C'est sur moi qu'est tombée la majeure partie des
suffrages de l'école. Ceccato m'a donné sa voix, et je
suis élu. Mais tout cela est l'effet d'une injustice ou
d'une erreur. Ceccato travaille mieux que moi, Ceccato
a une femme et deux petits enfants. Il a besoin de la
maîtrise, et il y a droit. Moi, je ne suis pas pressé, je
n'ai pas de famille. Je suis heureux sous tes ordres ;
j'ai encore beaucoup à apprendre. J'abandonne à Ceccato tous mes suffrages, et je lui donne ma voix, à laquelle je te prie, maître, de joindre la tienne.

— Embrasse-moi, mon frère ! s'écria Francesco en
serrant Marini dans ses bras. Cette belle action guérit
la plaie que l'ingratitude de Bartolomeo m'a faite au
cœur. Oui, il y a encore parmi les artistes de grandes
âmes et de nobles dévouements. Ne rougis pas, Ceccato,
d'accepter ce généreux sacrifice ; à la place de Marini,

nous savons tous que tu eusses agi comme il vient de le faire. Sois fier comme si tu étais le héros de cette soirée. Celui qui inspire une telle amitié est l'égal de celui qui l'éprouve. »

Ceccato, tout en larmes, se jeta dans les bras de Marini, et Francesco se mit en devoir d'aller sur-le-champ trouver les procurateurs, afin de leur faire ratifier la promotion de maîtrise due annuellement à un des élèves, aux termes du traité qu'il avait passé avec ces magistrats.

« Nous allons t'attendre à table, lui dit Valerio; car après tant de fatigues nous avons besoin de nous restaurer. Hâte-toi de venir nous rejoindre, frère, parce que je suis forcé d'aller passer la moitié de la nuit à San-Filippo pour les joyeuses affaires de demain, et que je ne veux pas quitter le souper sans avoir choqué mon verre avec le tien. »

XI.

Au moment où Francesco montait le grand escalier du palais des Procuraties, il rencontra le Bozza qui descendait, pâle et absorbé dans ses pensées. En se trouvant en face de son ancien maître, Bartolomeo tressaillit et se troubla visiblement. Comme Francesco le regardait avec la sévérité qui lui convenait en cette rencontre, son visage se décomposa tout à fait, ses lèvres blêmes s'agitèrent comme s'il eût vainement essayé de parler. Il fit un pas pour se rapprocher du maître et un mouvement comme pour le saluer. Dévoré de re-

mords, le Bozza eût donné sa vie en cet instant pour se
jeter aux pieds de Francesco et lui tout confesser ; mais
l'accueil glacé de celui-ci , le regard écrasant qu'il jeta
sur lui, et le soin qu'il prit d'éviter son salut en détour-
nant la tête dès qu'il lui vit porter la main à sa barrette, ne lui permirent pas de trouver en lui-même la
force d'un repentir opportun. Il s'arrêta, incertain, attendant toujours que Francesco se retournât et l'encou-
rageât d'un regard plus indulgent ; puis , quand il vit
qu'il était décidément condamné et abandonné : « Va
donc ! » dit-il en serrant le poing avec rage et désespoir. Puis il s'enfuit à grands pas et alla s'enfermer chez
sa maîtresse, qui ne put obtenir de lui une seule parole
ni un seul regard durant toute cette nuit-là.

Francesco commença par se rendre chez le procurateur-caissier , qui était le chef de la commission ; il fut
fort surpris d'y trouver Vincent Bianchini assis dans une
attitude familière et pérorant à haute voix. Mais celui-
ci se tut aussitôt qu'il le vit paraître, et passa dans une
autre pièce qui faisait partie des appartements intérieurs
de la procuratie. Le procurateur-caissier Melchiore
avait le sourcil froncé, et affectait un air austère auquel
sa physionomie courte et large , son ventre rebondi et
son parler nasillard donnaient un caractère plus bizarre
qu'imposant. Francesco n'était pas homme, d'ailleurs,
à se laisser imposer par cette ineptie doctorale ; il le salua et lui dit qu'il était heureux de pouvoir lui annon-
cer l'achèvement complet de la coupole, en conséquence
de quoi.... Mais le procurateur-caissier ne lui laissa pas
le temps de terminer son discours.

« Eh bien ! nous y voilà, dit-il en le regardant dans
le blanc des yeux avec l'intention visible de l'intimider;
c'est à merveille , messer Zuccato ; c'est bien cela.....

Auriez-vous la bonté de m'expliquer comment cela s'est trouvé si vite terminé?

— Si vite, monseigneur? Cela a été bien lentement à mon gré; car nous voici à la veille du jour marqué, et ce matin encore je craignais beaucoup de n'avoir pas fini à temps.

— Et vous le craigniez avec raison; car hier il vous restait à faire un grand quart de votre feston, la besogne d'environ un mois de travail ordinaire.

— Cela est vrai, répondit Francesco; je vois que votre seigneurie est au courant des moindres détails....

— Un homme comme moi, messer, dit le procurateur avec emphase, connaît les devoirs de sa charge et ne s'en laisse point imposer par un homme comme vous.

— Un homme comme votre seigneurie, répondit Francesco surpris de cette boutade, doit savoir qu'un homme comme moi est incapable d'en imposer à personne.

— Baissez le ton, monsieur, baissez le ton! s'écria le procurateur, ou, par la corne ducale! je vous ferai taire pour long-temps. »

Le procurateur Melchiore avait l'honneur de compter parmi ses grands-oncles un doge de Venise; aussi avait-il pris l'habitude de se croire tant soit peu doge lui-même, et de jurer toujours par la coiffure, en forme de bonnet phrygien ou de corne d'abondance, qui était l'insigne auguste de la dignité ducale.

« Je crois voir que votre seigneurie est mal disposée à m'entendre, répondit Francesco avec une douceur un peu méprisante; je me retirerai dans la crainte de lui déplaire davantage, et j'attendrai un moment plus favorable pour....

— Pour demander le salaire de votre paresse et de

25.

votre mauvaise foi ? s'écria le procurateur. Le salaire des gens qui volent la république est sous les plombs, messer, et prenez garde qu'on ne vous récompense selon vos mérites.

— J'ignore la cause d'une semblable menace, répondit Francesco, et je pense que votre seigneurie a trop de sagesse et d'expérience pour vouloir abuser de l'impossibilité où je suis de repousser une injure de sa part. Le respect que je dois à son âge et à sa dignité me ferme la bouche ; mais je ne serai pas aussi patient avec les lâches qui m'ont noirci dans son esprit.

— Par la corne! ce n'est pas ici le lieu de faire le spadassin, messer. Songez à vous justifier avant d'accuser les autres.

— Je me justifierai devant votre seigneurie, et de manière à la satisfaire, quand elle daignera me dire de quoi je suis accusé.

— Vous êtes accusé, messer, de vous être indignement joué des procurateurs en vous donnant pour un mosaïste. Vous êtes un peintre, messer, et rien autre chose. Eh! vous avez là un beau talent, par la corne de mon grand-oncle! Je vous en fais mon compliment. Mais vous n'avez pas été payé pour faire des fresques, et on verra ce que valent les vôtres.

— Je jure sur mon honneur que je n'ai pas le bonheur de comprendre les paroles de votre seigneurie.

— Mordieu! on vous les fera comprendre, et jusque-là n'espérez pas recevoir d'argent. Ah! ah! monsieur le peintre, vous aviez bien raison de dire : « Monsignor Melchiore n'entend rien au travail que nous faisons. C'est un bon homme qui ferait mieux de boire que de diriger les beaux-arts de la république. » C'est bien, c'est bien, messer ; on sait les plaisanteries de votre frère et les vôtres sur notre compte et sur le corps respectable des magistrats. Mais rira bien qui rira le dernier ! Nous verrons quelle figure vous ferez quand nous examinerons en personne cette belle besogne ; et vous verrez que nous nous y connaissons assez pour distinguer l'émail du pinceau, le carton de la pierre. »

Francesco ne put réprimer un sourire de mépris.

« Si je comprends bien l'accusation portée contre moi, dit-il, je suis coupable d'avoir remplacé quelque part la mosaïque de pierre par le carton peint. Il est vrai, j'ai fait quelque chose de semblable pour l'inscription latine que votre seigneurie m'avait ordonné de placer au-dessus de la porte extérieure. J'ai pensé que votre seigneurie, ne s'étant pas donné la peine de rédiger elle-même cette inscription trop flatteuse pour nous, l'avait confiée à une personne qui s'en était acquittée à la hâte. Je me suis donc permis de corriger le mot *Saxibus*. Mais, fidèle à l'obéissance que je dois aux respectables procurateurs, j'ai tracé en pierres ce mot tel qu'il m'a été donné par écrit de leurs mains, et n'ai permis à mon frère de placer la correction que sur un morceau de carton collé sur la pierre. Si votre seigneurie pense que j'ai fait une faute, il ne s'agit que d'enlever le carton, et le texte paraîtra dessous, exécuté servilement, comme il ne tiendra qu'à elle de s'en assurer par ses yeux.

— A merveille, messer ! s'écria le procurateur outré de colère. Vous vous dévoilez vous-même, et voilà une nouvelle preuve dont je prendrai note. Holà ! mon secrétaire, prenez acte de cet aveu... Par la corne ducale ! messer, nous ferons baisser votre crête insolente. Ah ! vous prétendez corriger les procurateurs ! Ils savent le latin mieux que vous. Voyez un peu, quel savant ! Qui se serait douté d'une telle variété de connaissances ? Je vais réclamer pour vous une chaire de professeur de langue latine à l'Université de Padoue, car, à coup sûr, vous êtes un trop grand génie pour faire de la mosaïque.

— Si votre seigneurie tient à son barbarisme, répliqua Francesco impatienté, je vais de ce pas enlever mon morceau de carton. Toute la république saura demain que les procurateurs ne se piquent pas de bonne latinité ; mais que m'importe, à moi ? »

En parlant ainsi, il se dirigea vers la porte, tandis que le procurateur lui criait d'une voix impérieuse de sortir de sa présence, ce qu'il ne se fit pas répéter ; car il sentait qu'il n'était plus maître de lui-même.

A peine était-il sorti du cabinet, que Vincent Bianchini, qui avait tout écouté de la chambre voisine, rentra précipitamment.

« Eh ! monseigneur, que faites-vous ? s'écria-t-il. Vous lui faites savoir que sa fraude est découverte, et vous le laissez partir ?

— Que voulais-tu que je fisse ? répondit le procurateur. Je lui ai refusé son salaire et je l'ai humilié. Il est assez puni pour aujourd'hui. Après-demain, on instruira son procès.

— Et pendant ces deux nuits, répliqua Bianchini avec empressement, il s'introduira dans la basilique, et remplacera toutes les parties de sa mosaïque de carton par des morceaux d'émail ; si bien que j'aurai l'air d'avoir fait une fausse déposition, et que mon dévouement à la république tournera contre moi !

— Et comment veux-tu donc que je prévienne ses mauvais desseins ? dit le procurateur consterné. Je vais faire fermer l'église.

— Vous ne le pouvez pas ; à cause de la Saint-Marc, l'église sera pleine de monde, et qui sait par quels moyens on peut s'introduire dans le bâtiment le mieux fermé ? Et puis il va rejoindre ses compagnons, s'entendre avec eux, imaginer des excuses..... Tout est manqué, et je suis perdu si vous ne sévissez sur-le-champ.

— Tu as raison, Bianchini, il faut sévir sur-le-champ; mais de quelle manière ?

— Dites un mot, envoyez deux sbires après lui, il n'est pas au bas de l'escalier; faites-le jeter en prison.

— Par la corne ducale ! cette idée ne m'était pas venue... Mais, Vincent, c'est pourtant bien sévère, un pareil acte d'autorité !...

— Mais, monseigneur, si vous le laissez échapper, il se moquera de vous toute sa vie; et son frère, le bel esprit, qui est le favori de tous ces jeunes patriciens jaloux de votre puissance et de votre sagesse, ne vous épargnera pas les quolibets....

— Tu dis bien, cher Vincent ! s'écria le procurateur en secouant avec force la clochette placée sur son bureau. Il faut faire respecter la majesté ducale.... car je suis de famille ducale, tu le sais ?...

— Et vous serez doge un jour, je l'espère, répliqua le Bianchini. Tout Venise compte vous saluer la corne au front... »

Les sbires furent dépêchés. Cinq minutes après, le triste Francesco, sans savoir en vertu de quel pouvoir et en châtiment de quelle faute, fut conduit les yeux bandés, à travers un dédale de galeries, de cours et d'escaliers, vers le cachot qui lui était destiné. Il s'arrêta un instant durant ce mystérieux voyage, et, au bruit de l'eau qui murmurait au-dessous de lui, il com-

prit qu'il traversait le Pont des Soupirs. Son cœur se
serra, et le nom de Valerio erra sur ses lèvres comme
un éternel adieu.

XII.

VALERIO attendit son frère à la taverne jusqu'au moment où, pressé par les jeunes gens qui étaient venus l'y
chercher, il lui fallut renoncer à l'espoir de trinquer ce
soir-là avec lui et avec le nouveau maître Ceccato. Chargé
de mille soins, accablé de mille demandes pour la fête
du lendemain, il passa la moitié de la nuit à courir de
son atelier de San-Filippo à la place Saint-Marc, où se
faisaient les dispositions du jeu de bagues, et de là chez
les différents ouvriers et fournisseurs qu'il employait à
cet effet. Dans toutes ces courses, il fut accompagné de
ses braves apprentis et de plusieurs autres garçons de
différents métiers qui lui étaient tous dévoués, et qu'il
employait aussi à porter des avertissements d'un lieu à
un autre. Lorsque la bande folâtre se remettait en
marche, c'était au bruit des chansons et des rires,
joyeux préludes des plaisirs du lendemain.

Valerio ne rentra à son logis que vers trois heures
du matin. Il fut surpris de n'y pas trouver son frère,
et cependant il ne s'en inquiéta pas plus que de raison.
Francesco avait une petite affaire de cœur, qu'il négligeait tant que l'art, sa passion dominante, revendiquait
tous ses instants, mais pour laquelle il s'absentait assez
ordinairement quand les travaux lui laissaient un peu
de répit. Valerio n'était d'ailleurs guère porté par nature à prévoir les maux dont la seule appréhension use

le courage de la plupart des hommes. Il s'endormit, comptant retrouver son frère le lendemain à San-Fi lippo, ou au premier lieu de réunion des joyeux com- pagnons du Lézard.

Tout le monde sait que, dans les beaux jours de sa splendeur, la république de Venise, outre les nombreux corps constitués qui maintenaient ses lois, comptait dans son sein une foule de corporations privées approuvées par le sénat, d'associations dévotes encouragées par le clergé, et de joyeuses compagnies tolérées et même flat- tées, en secret, par un gouvernement jaloux de main- tenir avec le goût du luxe l'activité des classes ouvrières. Les confréries dévotes étaient souvent composées d'une seule corporation, lorsqu'elle était assez considérable pour fournir aux dépenses, comme celle des marchands, celle des tailleurs, celle des bombardiers, etc. D'autres se composaient des divers artisans ou commerçants de toute une paroisse, et en prenaient le nom, comme celle de Saint-Jean-Élémosinaire, celle de la Madone du Jardin, celle de Saint-George dans l'Algue, celle de Saint-François-de-la-Vigne, etc. Chaque confrérie avait un bâtiment, qu'elle appelait son atelier (*scuola*), et qu'elle faisait décorer à frais communs des œuvres des plus grands maîtres en peinture, en sculpture et en ar- chitecture. Ces ateliers se composaient ordinairement d'une salle basse, appelée l'*albergo*, où s'assemblaient les confrères, d'un riche escalier, qui était lui-même une sorte de musée, et d'une vaste salle où l'on disait la messe et où se tenaient les conférences. On voit en- core à Venise plusieurs *scuole*, que le gouvernement a fait conserver comme des monuments d'art, ou qui sont devenues la propriété de quelques particuliers. Celle de Saint-Marc est aujourd'hui le musée de peinture de la ville; celle de Saint-Roch renferme plusieurs chefs-d'œuvre du Tintoret et d'autres maîtres illustres. Les pavés de mosaïque, les plafonds chargés de dorures ou ornés de fresques du Véronèse et de Pordenone; les lambris sculptés en bois ou ciselés en bronze, les minutieux et coquets bas-reliefs où l'histoire entière du Christ ou de quelque saint de prédilection est exécutée en marbre blanc avec un fini et un détail inconcevables, tels sont les vestiges de cette puissance et de cette richesse à laquelle peuvent atteindre les républiques aristocratiques, mais sous l'excès desquelles elles sont infailliblement condamnées à périr.

Outre que chaque corporation ou confrérie avait sa fête patronale, appelée *sagra*, où elle déployait toutes ses splendeurs, elle avait le droit de paraître à toutes les fêtes et solennités de la république, revêtue des insignes de son association. A la procession de la Saint-Marc, elles avaient rang de paroisse, c'est-à-dire qu'elles marchaient à la suite du clergé de leur église, portant leurs châsses, croix et bannières, et se plaçant dans des chapelles réservées durant les offices. Les joyeuses compagnies n'avaient pas les mêmes priviléges, mais on leur permettait de s'emparer de la grande place, d'y dresser leurs tentes, d'y établir leurs joutes et banquets. Chaque compagnie prenait son titre et son emblème à sa fantaisie, et se recrutait là où bon lui semblait; quelques-unes n'étaient formées que de patriciens, d'autres admettaient indistinctement patriciens et plébéiens, grâce à cette fusion apparente des classes, qu'on remarque encore aujourd'hui à Venise. Les anciennes peintures nous ont conservé les costumes élégants et bizarres des *compagni de la calza*, qui portaient un bas rouge et un bas blanc, et le reste de l'habillement varié des plus brillantes couleurs. Ceux de Saint-Marc avaient un lion d'or sur la poitrine ; ceux de Saint-Théodose, un crocodile d'argent sur le bras, etc., etc.

Valerio Zuccato, célèbre par son goût exquis et son adresse diligente à inventer et à exécuter ces sortes de choses, avait lui-même ordonné et dirigé tout ce qui avait rapport aux ornements extérieurs, et on peut dire qu'en ce genre la compagnie du Lézard éclipsa toutes les autres. Il avait pris pour emblème cet animal grimpant, parce que toutes les classes d'artistes et d'artisans qui lui avaient fourni leurs membres d'élite, architectes, sculpteurs, vitriers et peintres sur verre, mosaïstes et peintres de fresque, étaient, par la nature de leurs travaux, habitués à gravir et à exister, en quelque sorte, suspendus aux parois des murailles et des voûtes.

Le jour de Saint-Marc 1570 selon Stringa, et 1574 selon d'autres auteurs, l'immense procession fit le tour de la place Saint-Marc sous les tentes en arcades dressées à cet effet, en dehors des arcades de pierre des Procuraties, trop basses pour donner passage aux énormes croix d'or massif, aux gigantesques chandeliers, aux châsses de lapis-lazuli surmontées de lis d'argent ciselés, aux reliquaires terminés en pyramides de pierres précieuses, en un mot à tout l'attirail ruineux dont les prêtres sont si jaloux, et les bourgeois des corporations si vains. Aussitôt que les chants religieux se furent engouffrés sous les portiques béants de la basilique, tandis que les enfants et les pauvres recueillaient les nombreuses gouttes de cire parfumée répandues sur le pavé par des milliers de cierges, et cherchaient avidement quelque pierrerie, quelque perle échappée aux joyaux sacrés, on vit se découvrir comme par enchantement, au milieu de la place, un vaste cirque entouré

26

de tribunes en bois, gracieusement décorées de festons
bariolés et de draperies de soie, sous lesquelles les dames pouvaient s'asseoir à l'abri du soleil et contempler
la joute. Les piliers qui soutenaient ces tribunes étaient
couverts de banderoles flottantes, sur lesquelles on lisait
des devises galantes, dans le naïf et spirituel dialecte de
Venise. Au milieu s'élevait un pilier colossal en forme
de palmier, sur la tige duquel grimpaient une foule de
charmants lézards dorés, argentés, verts, bleus, rayés,
variés à l'infini ; de la cime de l'arbre un beau génie
aux ailes blanches se penchait vers cette troupe agile,
et lui tendait de chaque main une couronne. Au bas de
la tige, sur une estrade de velours cramoisi, sous un
dais de brocart orné des plus ingénieuses arabesques,
siégeait la reine de la fête, la donneuse de prix, la petite Maria Robusti, fille du Tintoret, belle enfant de dix
à douze ans que Valerio se plaisait à appeler en riant la
dame de ses pensées, et pour laquelle il avait les plus
tendres soins et les plus complaisantes attentions. Lorsque les tribunes furent remplies, elle parut habillée à la
manière des anges de Giambellino, avec une tunique
blanche, une légère draperie bleu de ciel et un délicat
feston de jeune vigne sur ses beaux cheveux blonds, qui
formaient un épais rouleau d'or autour de son cou d'albâtre. Messer Orazio Vecelli, fils du Titien, lui donnait
la main : il était vêtu à l'orientale, car il arrivait de By-
zance avec son père. Il s'assit auprès d'elle, ainsi qu'un
nombreux groupe de jeunes gens distingués par leur
talent ou par leur naissance, à qui l'on avait réservé des
places d'honneur sur les gradins de l'estrade. Les tribunes étaient remplies des dames les plus brillantes,
escortées de galants cavaliers. Dans une vaste enceinte
réservée, plusieurs personnages importants ne dédai-

gnèrent pas de prendre place ; le doge leur en donna l'exemple ; il accompagnait le jeune duc d'Anjou, qui allait devenir Henri III, roi de France, et qui était alors de passage à Venise. Luigi Mocenigo (le doge) avait à cœur de lui faire pour ainsi dire les honneurs de la ville, et de déployer à ses yeux, habitués à la joie plus austère et aux fêtes plus sauvages des Sarmates, le luxe éblouissant et la gaieté pleine de charmes de la belle jeunesse de Venise.

Quand tous furent installés, un rideau de pourpre se leva, et les brillants compagnons du Lézard, sortant d'une tente fermée jusque-là, parurent en phalange carrée, ayant en tête les musiciens vêtus des costumes grotesques des anciens temps, et au centre leur chef Valerio. Ils s'avancèrent en bon ordre jusqu'en face du doge et des sénateurs. Là, les rangs s'ouvrirent, et Valerio, prenant des mains du porte-étendard la bannière de satin rouge sur laquelle étincelait le lézard d'argent, se détacha de la troupe, et vint saluer, un genou en terre, le chef de la république. Il y eut un murmure d'admiration à la vue de ce beau jeune homme, dont le costume, étrange et magnifique, faisait ressortir la taille élégante et gracieuse. Il était serré dans un justaucorps de velours vert à larges manches tailladées, et ouvert sur la poitrine pour laisser voir un corselet d'étoffe de Smyrne à fond d'or, semé de fleurs de soie admirablement nuancées : il portait sur la cuisse gauche l'écusson de la compagnie, représentant le lézard brodé en perles fines sur un fond de velours cramoisi ; son baudrier était un chef-d'œuvre d'arabesques, et son poignard, enrichi de pierreries, était un don de messer Tiziano, qui le lui avait rapporté d'Orient ; une superbe plume blanche, attachée par une agrafe de diamants à

sa barrette, pendait en arrière jusque sur sa ceinture,
et se balançait avec souplesse à chacun de ses mouvements, comme l'aigrette majestueuse que le faisan de
Chine couche et relève avec grâce à chaque pas.

Un instant, la joie d'un tel succès et le naïf orgueil
de la jeunesse brillèrent sur le front animé du jeune
homme, et ses regards étincelants errèrent sur les tribunes, et surprirent tous les regards attachés sur lui.
Mais bientôt cette joie fugitive fit place à une sombre
inquiétude; ses yeux cherchèrent de nouveau, avec
anxiété, quelqu'un dans la foule, et ne l'y trouvèrent
pas. Valerio étouffa un soupir et rentra dans sa phalange, où il demeura préoccupé, insensible à la gaieté
des autres, sourd au bruit de la fête, et le front chargé
d'un épais nuage : Francesco, malgré la parole qu'il
avait donnée de présenter lui-même l'étendard au doge,
n'avait pas paru.

XIII.

La brillante phalange des compagnons du Lézard fit
trois fois le tour du cirque aux grands applaudissements
du public, qui s'émerveilla, non sans raison, de la belle
tenue et de la bonne mine de tous ces jeunes champions. Selon les statuts de la compagnie, il fallait, pour
être admis, avoir une certaine taille, n'avoir aucune
difformité, n'être pas âgé de plus de quarante ans, ap-
partenir à une famille honnête, par conséquent ne porter au front aucun de ces signes de dégradation hérédi-
taire qui perpétuent, de génération en génération, les
stigmates du vice originel sous forme de laideur phy-

sique. Chaque récipiendaire avait été tenu de faire ses preuves de bonne santé, de franchise et de loyauté, en buvant abondamment le jour de l'épreuve. Valerio avait pour système qu'un bon artisan doit supporter le vin sans être incommodé, et qu'un honnête homme n'a rien à craindre, pour sa réputation ni pour celle de ses proches, de la sincérité forcée de l'ivresse. Il est même assez curieux de rapporter ici certains statuts de cette constitution bachique.

« Ne sera point admis quiconque, ayant bu six mesures de vin de Chypre, tombera dans l'idiotisme.

» Ne sera point admis quiconque, à la septième mesure, babillera au détriment d'un ami ou d'un compagnon.

» Ne sera point admis quiconque, à la huitième mesure, trahira le secret de ses amours et dira le nom de sa maîtresse.

» Ne sera point admis quiconque, à la neuvième mesure, livrera les confidences d'un ami.

» Ne sera point admis quiconque, à la dixième mesure, ne saura pas s'arrêter et refuser de boire. »

Il serait difficile aujourd'hui de déterminer quelle était cette mesure de vin de Chypre; mais si nous en jugeons par le poids des armures qu'ils portaient au combat, et dont les échantillons formidables sont restés dans nos musées, il est à croire qu'elle ferait reculer aujourd'hui les plus intrépides buveurs.

Les compagnons du Lézard portaient, comme leur chef, le pourpoint vert et le reste de l'habillement blanc, collant; mais ils avaient le pourpoint de dessous en soie jaune, la plume écarlate, et l'écusson noir et argent.

Quand la compagnie eut promené et montré suffi-

26.

samment ses costumes et ses bannières, elle rentra sous sa tente, et vingt paires de chevaux parurent dans l'arène. C'était un luxe fort goûté à Venise que d'introduire ces nobles animaux dans les fêtes ; et, comme si l'idée que s'en formait un peuple peu habitué à en voir ne pouvait pas être satisfaite par la réalité, on les métamorphosait, à l'aide de parures fort bizarres, en animaux fantastiques. On peignait leur robe, on leur adaptait de fausses queues de renard, de taureau ou de lion ; on leur mettait sur la tête, soit des aigrettes d'oiseaux, soit des cornes dorées, soit des masques d'animaux chimériques. Ceux que la compagnie du Lézard fit paraître étaient plus beaux et par conséquent moins follement travestis qu'il n'était d'usage à cette époque. Néanmoins quelques-uns étaient déguisés en licornes par une longue corne d'argent adaptée au frontal de leur bride ; d'autres avaient des dragons étincelants ou des oiseaux empaillés sur la tête ; tous étaient peints en rose, soit en bleu turquin, soit en vert pomme, en rouge écarlate ; d'autres étaient rayés comme des zèbres ou tachetés comme des panthères ; à d'autres, on avait simulé les écailles dorées des grands poissons de mer. Chaque paire de chevaux, pareillement harnachés, entra dans la lice, conduite par un *moretto* ou petit esclave noir, bizarrement vêtu, et marchant entre les deux quadrupèdes, qui caracolaient agréablement, au bruit des fanfares et des cris d'enthousiasme.

Le seul Valerio, soumis aux lois d'un goût plus pur, parut sur un cheval turc, blanc comme la neige, et d'une beauté remarquable. Il n'avait qu'une simple housse de peau de tigre, et de grandes bandelettes d'argent lui servaient de rênes ; ses crins, longs et soyeux, mêlés à des fils d'argent, étaient tressés, et

chaque tresse se terminait par une belle fleur de gre-
nade en argent ciselé, d'un travail exquis. Ses sabots
étaient argentés, et sa queue abondante et magnifique
battait librement ses flancs généreux. Il avait, comme
son maître, l'enseigne de la compagnie, le lézard d'argent sur fond cramoisi, peint avec un soin extrême
sur la cuisse gauche ; et comme il avait l'honneur de
porter le chef, il était le seul cheval décoré de l'é-
cusson.

Valerio fit découpler les chevaux, et, se plaçant au
pied de l'estrade où était la petite Maria Robusti, il
agréa dix de ses joyeux compagnons qui s'offrirent pour
soutenir les défis, et qui, montant sur dix chevaux,
se placèrent à ses côtés, cinq à sa droite, cinq à sa
gauche. Puis les jeunes Maures promenèrent encore les
dix autres chevaux dépareillés autour de l'arène, en
attendant que dix champions, pris dans le public, se
présentassent pour la course. Ils ne se firent pas long-
temps attendre, et les jeux commencèrent.

Après avoir couru la bague, gagné et perdu alternativement les prix, d'autres jeunes gens sortirent des
tribunes et se présentèrent pour remplacer les battus,
tandis que d'autres compagnons du Lézard remplacè-
rent ceux de leur camp qui avaient été vaincus. Les
jeux se prolongèrent ainsi quelque temps ; le chef resta
toujours à cheval, présidant aux jeux, allant, venant,
et s'entretenant le plus souvent avec sa chère petite
Maria, qui le suppliait vainement d'y prendre part,
car c'était à lui seul, disait-elle, qu'elle eût voulu dé-
cerner le grand prix. Valerio avait, dans tous ces exercices, une supériorité dont il dédaignait de faire parade ;
il aimait mieux protéger et ranimer les plaisirs de ses
compagnons. D'ailleurs il était triste et distrait ; il ne

concevait pas qu'après le dévouement dont il avait fait preuve en terminant le travail de son frère, celui-ci poussât la rigidité au point de ne pas même assister à la fête comme spectateur.

Mais Valerio sortit de sa rêverie lorsque les trois Bianchini descendirent dans l'arène et demandèrent à se mesurer avec les plus habiles coureurs de la compagnie. Dominique Bianchini, dit le Rossetto, était très-bon cavalier. Il avait habité long-temps d'autres pays que Venise, où le talent de l'équitation était fort peu répandu. Les compagnons du Lézard n'étaient pas tous capables de se tenir sur les étriers; ceux-là seuls qui avaient été élevés à la campagne ou qui étaient étrangers à la ville, savaient manier la bride et rester d'aplomb sur cette monture moins paisible que la gondole vénitienne. Trois des plus exercés se présentèrent pour faire tête aux Bianchini, et furent vaincus au premier tour; trois autres leur succédèrent et eurent le même sort. L'honneur de la compagnie était compromis. Valerio commençait à en souffrir; car jusque-là ses cavaliers avaient eu l'avantage sur tous les jeunes gens de la ville, et même sur de nobles seigneurs qui n'avaient pas dédaigné de se mesurer avec eux. Cependant il avait le cœur si triste qu'il ne se souciait point de relever le gant et de rabaisser l'orgueil des Bianchini. Vincent, voyant son indifférence, et l'attribuant à la crainte d'être vaincu, lui cria de sa voix de maçon :

« Holà ! hé ! monseigneur le prince des Lézards, êtes-vous changé en tortue, et ne trouverez-vous plus de champions à nous opposer ? »

Valerio fit un signe, Ceccato et Marini s'avancèrent.

« Et vous, seigneur Valerio, royauté lézardée, s'écria

de son côté Dominique le Rouge, ne daignerez-vous pas
vous risquer avec un antagoniste d'aussi mince qualité
que moi?

— Tout à l'heure, s'il le faut, répondit Valerio.
Laissez vos frères s'essayer d'abord avec mes deux compagnons, et, si vous êtes battus, je vous donnerai revanche. »

Les deux Bianchini eurent encore la victoire, et Valerio, résolu à ne pas leur laisser l'avantage, piqua enfin son cheval et le lança au galop. Les fanfares éclatè-
rent en sons plus fiers et plus joyeux lorsqu'on le vit,
rapide comme l'éclair, faire trois fois le tour de l'arène
sans daigner lever le bras ni regarder le but, et tout à
coup, lorsqu'il semblait penser à autre chose et agir
comme par distraction, emporter les cinq bagues d'un
air nonchalant et dédaigneux. Les Bianchini n'en avaient
encore pris que quatre; ils étaient fatigués d'ailleurs,
et, comme ils avaient toujours gagné jusque-là, leur
défaite n'était pas propre à leur causer beaucoup de
honte. Mais le Rossetto, qui n'avait pas pris part à cette
dernière épreuve et qui se reposait depuis quelques instants, brûlait du désir d'humilier Valerio. Il le haïssait particulièrement, surtout depuis que Valerio l'avait
empêché d'être reçu dans la compagnie du Lézard,
pour cause de laideur repoussante. Vincent, son frère
aîné, avait été repoussé aussi pour avoir forfait à l'honneur et subi un procès infamant. Gian Antonio avait été
seul admis à l'épreuve; mais il n'avait pas pu boire
trois mesures de vin sans perdre la tête et sans insulter
par ses paroles plusieurs personnes respectables. Tous
trois se trouvaient donc exclus de la compagnie d'une
manière très-mortifiante, et, pour s'en venger, ils
avaient fait accroire au Bozza qu'il était rejeté d'a-

vance, parce qu'il était bâtard, et l'avaient ainsi empêché de se mettre sur les rangs.

Dominique s'élança donc au-devant de Valerio, qui
voulait retourner à sa place et laisser la partie à un
autre.

« Vous m'avez promis revanche, don Lézard, lui
dit-il ; retirez-vous déjà votre épingle du jeu ? »

Valerio se retourna, regarda Dominique avec un sourire de mépris, et rentra dans l'arène avec lui sans l'honorer d'une autre réponse.

« Commencez, puisque vous êtes gagnant, dit Dominique d'un air d'ironie ; à tout seigneur tout honneur. »

Valerio s'élança et fit quatre bagues ; mais ce qui ne
lui arrivait pas une fois sur cent lui arriva pour la cin-
quième bague : il la fit tomber par terre. Il avait été
troublé par la figure de son père qui venait tout à coup
de se montrer à une des tribunes voisines. Le vieux
Zuccato semblait soucieux ; il cherchait des yeux Francesco, et le regard sévère qu'il jeta à Valerio semblait
lui demander, comme autrefois la voix mystérieuse à
Caïn : — Qu'as-tu fait de ton frère ?

Les Bianchini avaient laissé échapper un cri de joie.
Ils se croyaient sûrs d'être vengés par Dominique ; mais
la précipitation orgueilleuse avec laquelle celui-ci fournit sa carrière le trahit. Il manqua la quatrième bague :
Valerio était vainqueur. Cette victoire n'eût pas satisfait son amour-propre dans toute autre circonstance ;
mais il était si pressé de clore les jeux et d'aller à la
recherche de son frère qu'il respira en se voyant enfin
autorisé à aller recevoir le prix. Déjà les petites mains
de Maria lui tendaient l'écharpe brodée, et il s'apprê-
tait à mettre pied à terre, au bruit des acclamations,

lorsque Bartolomeo Bozza, vêtu de noir de la tête aux pieds et la barrette ornée d'une plume d'aigle, parut dans l'arène si brusquement qu'il sembla sortir de dessous terre. Il demandait à soutenir la partie des Bianchini.

« J'en ai assez, le jeu est fini, dit Valerio avec humeur.

— Et depuis quand, s'écria le Bozza d'une voix âcre et mordante, un chef de course recule-t-il, au dernier moment, devant la crainte de perdre un prix mal acquis? Aux termes du franc jeu, vous deviez une revanche à messer Dominique; car il a été visiblement distrait à son dernier tour. D'ailleurs il est extrêmement fatigué, et vous ne devez pas l'être. Voyons! si vous n'êtes pas aussi craintif et aussi fugace que le lézard, votre emblème, vous devez me donner partie.

— Je vous donnerai cette partie, répondit Valerio irrité; mais ce soir ou demain vous m'en donnerez une d'un genre plus sérieux pour la manière dont vous osez me parler. Allez, commencez. Je vous cède la main et vous rends trois points.

— Je n'en veux pas un seul, s'écria le Bozza. Vite, un cheval!... Quoi! cette pitoyable rosse? dit-il en se retournant vers le Maure qui lui présentait un cheval fougueux. N'en avez-vous pas une moins éreintée? »

En parlant ainsi, il s'élança sur le coursier avec une légèreté surprenante, sans mettre le pied à l'étrier, et il le fit cabrer et caracoler avec une audace qui prévint tout le monde en sa faveur; puis s'élançant comme la foudre dans la carrière :

« Je ne joue jamais moins de dix bagues! cria-t-il d'un ton arrogant.

— Soit, dix bagues! » répondit Valerio, dont l'air

soucieux commençait à ébranler la confiance de ses partisans.

Le Bozza enleva les dix bagues en un seul tour; puis, arrêtant brusquement son cheval lancé au galop, à la manière intrépide et vigoureuse des Arabes, il sauta par terre tandis que l'animal se cabrait encore, jeta sa dague de jeu au milieu de l'arène, et alla se coucher nonchalamment aux pieds de Marietta Robusti, en regardant son adversaire d'un air froidement ironique.

Valerio, blessé au vif, sentit son courage renaître; il avait onze bagues à prendre pour gagner. C'était bien ce qu'il était capable de faire, mais non ce qu'il avait précisément coutume de faire; car les parties étaient rarement de plus de cinq, et il fallait que Bozza se fût beaucoup exercé pour obtenir d'emblée un tel succès. Néanmoins le mépris et le ressentiment donnaient des forces au jeune maître. Il partit et fit neuf bagues avec bonheur; mais, au moment de toucher la dixième, il sentit qu'il tremblait, et donna un coup d'éperon à son cheval, afin de le faire dérober et d'avoir un prétexte pour se reprendre.

« *Eh bien!* » dit une voix dans la tribune voisine.

C'était la voix du vieux Zuccato; elle semblait dire: « Vous perdez du temps, Valerio, et votre frère est en danger. » Du moins Valerio se l'imagina; car il avait l'esprit frappé. Il ramena son cheval, et fit la dixième bague.

Le Bozza pâlit. Une seule bague restait à faire pour qu'il fût vaincu; mais elle était décisive, et Valerio était visiblement ému. Cependant l'orgueil combattait cette terreur secrète, et il eût gagné infailliblement si Vincent Bianchini, voyant son triomphe imminent, et se trouvant à portée de se faire entendre de lui, ne lui eût dit en lui lançant un regard de malédiction:

« Oui, joue, gagne, réjouis-toi, animal rampant ; tu ne tarderas pas à ramper sous les plombs avec ton frère ! »

Au moment où il prononçait ce dernier mot, Valerio enfilait la bague ; il devint pâle comme la mort, et la laissa tomber. Des huées partirent de tous côtés ; les compagnons et tous les partisans des Bianchini firent éclater une joie insolente et furieuse.

« Mon frère ! s'écria Valerio, mon frère sous les plombs ! Où est le misérable qui a dit cela ? Qui a vu mon frère, qui peut me dire où est mon frère ? »

Mais ses cris se perdirent dans le tumulte ; l'ordre était rompu ; le Bozza recevait le prix, et s'en allait porté en triomphe par l'école des Bianchini, à laquelle se joignirent en cortége tous les mécontents qu'avaient faits les refus d'admission dans la compagnie du Lézard. Mille grossiers quolibets, mille lazzis sanglants partaient de cette horde bruyante. Les dames effrayées se pressaient contre les échafauds pour laisser passer cette bacchanale. Les compagnons du Lézard voulaient tirer l'épée et courir sus. Les sbires et les hallebardiers avaient grand'peine à les retenir. La foule s'écoulait en plaignant le beau Valerio, auquel presque tout le monde, et l'on peut dire toutes les femmes, s'intéressaient vivement. La petite Maria pleurait, et de dépit jeta sa couronne sous les pieds des chevaux. Dans ce pêle-mêle bruyant, Valerio, insensible à sa défaite et torturé d'inquiétude pour son frère, se mit à courir au hasard, la figure renversée, demandant son frère à tous ceux qu'il rencontrait.

XIV.

A quoi songes-tu, maître ? lui dit Ceccato en le joignant au milieu de la foule et en lui saisissant le bras.
Comment est-il possible que tu te laisses troubler à ce
point par une parole lâche et insolente ? Ne vois-tu pas
que Bianchini a imaginé cette méchante ruse pour te
faire manquer la bague ? Il mérite d'être châtié. Mais si
tu abandonnes tes compagnons, si tu attristes la fête par
ton absence, les Bianchini vont triompher. Il est aisé
de comprendre qu'ils ont tout fait pour cela, afin de se
venger de leur expulsion. Allons, maître, viens reconduire la petite reine et faire le tour des quais avec la
musique ; la compagnie ne peut se promener sans son
chef. A l'heure des vêpres, nous chercherons messer
Francesco.

— Mais où peut-il être ? dit Valerio en joignant les
mains. Qui sait ce qu'on peut avoir imaginé pour le faire
jeter en prison !

— En prison ! c'est impossible, maître ; de quel droit
et sous quel prétexte ? Jette-t-on un homme en prison
sur le premier propos venu ?

— Et cependant il n'est pas ici. Il faut qu'une raison
bien grave le retienne. Il sait que je ne puis être heureux à cette fête sans lui ; et quoiqu'il n'aime pas les
fêtes, il me devait bien cette marque de complaisance,
cette récompense de mon travail. Il faut que nos enne=
mis l'aient attiré dans une embûche, assassiné peut-être !
Vincent Bianchini est capable de tout.

— Maître, ta raison est malade ; pour l'amour du

ciel ! reviens parmi nous. Vois, notre phalange décou-
ragée se disperse, et, si nous ne prenons notre revanche
à la régate de ce soir, les Bianchini crieront si haut qu'il
ne sera question demain dans tout Venise que du grand
fiasco de la compagnie du Lézard. »

Valerio se laissa un peu rassurer par la pensée que
Francesco avait pu aller voir son père et être retenu
par lui. La bizarrerie et la sévérité du vieux Zuccato
autorisaient jusqu'à un certain point cette supposition,
et le regard mécontent qu'il avait jeté sur Valerio pouvait faire croire à celui-ci qu'il était venu pour le blâmer. Il tenta donc de rejoindre son père dans la foule,
sauf à essuyer ses amers quolibets dont, malgré sa tendresse pour ses fils, le vieillard était prodigue. Mais il
ne put parvenir à le trouver. D'ailleurs, entouré par
ses compagnons mécontents, il fut forcé, pour ne pas
les voir tout à fait se débander et renoncer à leur
joyeuse journée, de marcher à leur tête sur la grande
rive du canal Saint-George, aujourd'hui le quai des Esclavons.

Le son animé des instruments, la gaieté un peu fière
et maligne de la petite Marietta, que quatre compagnons portaient dans une sorte de palanquin élégam-
ment décoré de fleurs, de banderoles et d'arabesques
arrangées par Valerio, l'admiration de tout le peuple
des lagunes et de tous les matelots du port attroupés sur
la rive et à bord des bâtiments à l'ancre, le bruit et le
mouvement ranimèrent un peu Valerio. Il renaissait à
l'espérance de retrouver son frère pendant les offices,
dont on sonnait les premiers coups, et qui allaient sus-
pendre les divertissements, lorsqu'une gaîne de poignard tomba des combles du palais ducal à ses pieds.
Frappé d'une subite révélation, il la saisit, et en tira un

billet écrit avec un bout de fusain qui s'était trouvé par
bonheur dans la poche de Francesco.

« Compagnons qui passez dans la joie, au son des
fanfares, dites à Valerio Zuccato que son frère est sous
les plombs, et qu'il attend de lui... » Le billet n'en
contenait pas davantage. Entendant la musique se rapprocher, et craignant de la laisser passer, Francesco,
qui ne pouvait rien voir, mais qui connaissait la marche
favorite de Valerio jouée par les hautbois, ne s'était pas
donné le temps d'achever sa pensée, et il avait lancé
son avertissement par la fente ménagée en haut des fenêtres murées qu'on appelle avec raison *jour de souffrance* en style de maçonnerie.

Un cri terrible sortit de la poitrine de Valerio, et
Francesco, malgré le bruit des instruments et celui de
la foule, entendit sa voix de tonnerre prononcer ces
mots :

« Mon frère sous les plombs! Malheur! malheur à
ceux qui l'y ont fait monter! »

Valerio s'arrêta par un mouvement si énergique
qu'une armée entière ne l'eût pas entraîné. Toute la
compagnie s'arrêta spontanément avec lui; la fatale
nouvelle fut répandue en un instant dans tous les rangs,
et l'on se dispersa, les uns pour suivre Valerio, qui
s'élança comme la foudre sous les arcades du palais, les
autres pour chercher les Bianchini et leur arracher de
force le secret de leurs machinations.

Valerio courait, transporté de rage et de douleur,
sans trop savoir où il allait. Mais, obéissant à je ne sais
quel instinct, il entra dans la cour du palais ducal. Le
doge remontait en cet instant l'escalier des Géants, avec
le duc d'Anjou, les procurateurs et une partie du sénat. Valerio s'élança audacieusement au milieu de tous

ces magnifiques seigneurs, et, se faisant jour par la force, il alla se jeter aux pieds du doge, et le saisit même par son manteau d'hermine.

«Qu'as-tu, mon enfant? dit Mocenigo en se retournant vers lui avec bonté. D'où vient que ton beau visage porte l'empreinte du désespoir? As-tu subi une injustice? puis-je la réparer?

— Altesse, s'écria Valerio en portant à ses lèvres le pan du manteau ducal, oui, j'ai subi une grande injustice, et mon âme est brisée par la douleur. Mon frère aîné, Francesco Zuccato, le meilleur artiste en mosaïque qu'il y ait dans toute l'Italie, le plus brave champion et le plus honnête citoyen de la république, a été conduit aux plombs, sans ton ordre, sans ta permission, et je viens te demander justice.

— Aux plombs! Francesco Zuccato! s'écria le doge. Qui peut avoir infligé un châtiment si sévère à un si brave jeune homme, à un si vaillant artiste? et s'il a commis une faute qui mérite châtiment, comment n'en suis-je pas informé? qui a donné cet ordre? lequel de vous, messieurs, m'en rendra compte? »

Personne ne répondit. Valerio reprit la parole. «Altesse, dit-il, les procurateurs chargés des travaux de la basilique doivent le savoir; monsignor Melchiore le caissier doit bien le savoir.

— Je le saurai, Valerio, répondit le doge. Rassure-toi, justice sera rendue. Laisse-nous passer.

— Altesse, frappe-moi du pommeau de ton épée si mon audace t'offense, dit Valerio sans abandonner le manteau du doge; mais écoute la plainte du plus fidèle de tes concitoyens. Francesco Zuccato n'a pu commettre aucune faute. C'est un homme qui n'a jamais eu seulement la pensée du mal. Le mettre aux plombs,

27.

c'est lui faire une injure dont il ne se consolera jamais,
et dont toute la ville sera informée dans une heure, si
tu ne lui fais rendre la liberté, si tu ne permets qu'il
se montre avec ses compagnons à tout ce public qui
s'étonne de ne pas l'avoir vu paraître à leur tête. Et
puis, altesse, écoute-moi : Francesco est frêle de corps
comme un roseau des lagunes. S'il passe un jour de plus
sous les plombs, c'est assez pour qu'il n'en sorte jamais, et tu auras perdu le meilleur artiste et le meilleur citoyen de la république; et il en résultera des
malheurs, car je le jure par le sang du Christ.....

— Tais-toi, enfant, interrompit le doge avec gravité. Ne fais pas de menaces insensées. Je ne puis faire
mettre un prisonnier en liberté sans l'agrément du sénat,
et le sénat ne le fera pas sans avoir examiné pour quelle
faute il subit ce châtiment; car il faut qu'un soupçon
grave pèse sur la tête d'un homme pour qu'on le mette
aux plombs. Je t'ai promis justice, ne doute pas du
père de la république; mais rends-toi digne de sa protection par une conduite sage et prudente. Tout ce que
je puis faire pour adoucir ton inquiétude et l'ennui de
ton frère, c'est de te permettre d'aller le trouver, afin
de lui donner tes soins si sa santé les réclame.

— Merci, altesse; sois béni pour cette permission, »
dit Valerio en baissant la tête et en abandonnant le
manteau du doge, qui reprit sa marche. Le duc d'Anjou s'arrêta devant Valerio, et lui dit avec un gracieux
sourire : « Jeune homme, prends courage; je te pro-
mets de rappeler au doge qu'il s'est engagé à faire
prompte justice; et si ton frère te ressemble, je ne
doute pas qu'il ne soit un vaillant cavalier et un loyal
sujet. Sache que, malgré ta défaite, je te regarde comme
le héros de la joute, et que je m'intéresse tellement à

ta bonne mine et à tes grands talents que je veux t'attirer à la cour de France quand la noble république de
Venise n'aura plus besoin de tes services. »

En parlant ainsi, il ôta sa riche chaîne d'or et la lui
passa au cou en le priant de la garder en souvenir de lui.

XV.

VALERIO fut conduit par deux hallebardiers à la prison de son frère.

« Et toi aussi! s'écria Francesco, les méchants l'em-
portent aussi sur toi, mon pauvre enfant? A quoi t'a
servi d'être sans ambition et sans vanité? Sainte modestie, ils ne t'ont pas respectée non plus!

— Je ne suis pas prisonnier par la volonté des méchants, répondit Valerio en le serrant dans ses bras, je
le suis par la mienne propre. Je ne te quitte plus. Je
viens partager ton lit de paille et ton pain noir. Mais
dis-moi qui t'a conduit ici, et sous quel prétexte?

— Je l'ignore, répondit Francesco; mais je n'en suis
pas étonné, ne sommes-nous pas à Venise? »

Valerio essaya de consoler son frère et de lui persuader qu'il n'avait pu être arrêté que par suite d'un
malentendu, et qu'il serait mis en liberté au premier
moment. Mais Francesco lui répondit avec un profond
abattement:

« Il est trop tard maintenant; ils m'ont fait tout le
mal qu'ils pouvaient me faire; ils m'ont fait un affront
que rien ne peut laver. Que m'importe désormais de
rester un an ou un jour dans cette affreuse prison?
Crois-tu que j'aie senti la chaleur, crois-tu que j'aie

connu les peines du corps durant cette interminable journée ? Non ; mais j'ai souffert toutes les tortures de l'âme.
Moi, au rang des fripons et des imposteurs ! Moi, qui,
après tant de veilles assidues, tant de travail consciencieux, tant de zèle et de dévouement à la gloire de ma
patrie, devrais être aujourd'hui couronné et porté en
triomphe par mon école, aux applaudissements d'un
peuple reconnaissant, me voici au cachot, comme Vincent Bianchini y a été pour un assassinat et pour émis-
sion de fausse monnaie ! Voilà le fruit de mes labeurs,
voilà la récompense de mon courage ! Soyez donc artiste consciencieux ; usez dans les soucis rongeurs et
dans les études exténuantes les restes d'une vie souf-
frante et menacée ; renoncez aux séductions de l'amour,
aux enivrements du plaisir, au repos voluptueux des
nuits de printemps ; et, le jour où vous croirez avoir
mérité une couronne, on vous chargera de fers, on
vous couvrira de honte ! Et ce public aveugle et léger,
qui a tant de peine à saluer la vérité, toujours il ouvre
les bras à la calomnie ! Sois-en sûr, Valerio, à l'heure
qu'il est, ce peuple qui m'a vu, depuis le jour de ma
naissance, grandir et vivre dans l'amour du travail,
dans la haine de l'injustice et dans le respect des lois,
ce peuple, qui ne juge des consciences humaines que
par les revers ou les succès de la fortune, sois-en sûr,
il m'accuse déjà depuis dix minutes qu'il me sait en
prison. Il lui suffit d'apprendre que je suis malheureux
pour me croire coupable. Déjà il ne distingue plus mon
nom de celui de Vincent Bianchini ; tous deux nous avons
été accusés, tous deux nous avons courbé la tête sous les
plombs. Je serai peut-être mis en liberté, parce que je
suis innocent ; mais n'a-t-il pas été mis en liberté, lui
qui était coupable ? Qui sait si, comme lui, je ne serai

pas banni ! Venise ne bannit-elle pas tous ceux qu'elle
soupçonne ? et ne soupçonne-t-elle pas tous ceux qu'on
lui dénonce ? »

Valerio sentait que la douleur de son frère n'était que
trop fondée, et qu'en essayant de le réconcilier avec sa
situation il ne l'amenait qu'à en apprécier de plus en
plus la rigueur et le danger. Il se mit en devoir de sortir vers le soir pour lui aller chercher des aliments et
un manteau ; mais, lorsqu'il appela le geôlier par le
guichet de la porte, celui-ci vint lui dire qu'il avait reçu
l'ordre de ne plus le laisser sortir, et lui montra même
un papier revêtu du sceau des inquisiteurs d'état, qui
ordonnait l'arrestation des deux frères Zuccati, sans
exprimer en vertu de quelle prévention. Un cri de douleur s'échappa de la poitrine de Francesco en écoutant
cet arrêt.

« Voici, dit-il, qui achève de me tuer. Les bour-
reaux ! ne pouvaient-ils se défaire de moi sans m'infliger la torture de voir souffrir mon frère ?

— Ne me plains pas, répondit Valerio, ils ne m'eussent peut-être pas permis de passer les jours et les nuits
près de toi ; maintenant je les remercie, je ne te quit-
terai plus. »

Bien des jours et bien des nuits s'écoulèrent sans que
les frères Zuccati reçussent aucun éclaircissement sur
leur position, aucun soulagement à leur douleur et à
leur inquiétude. La chaleur était accablante, la peste
éclatait dans Venise, l'air des prisons était infect. Francesco, couché sur un reste de paille brisée et poudreuse,
semblait n'avoir plus le sentiment de ses maux ; de temps
en temps il étendait le bras pour porter à ses lèvres
quelques gouttes d'une eau saumâtre dans un gobelet
d'étain. Épuisé de sueurs continuelles, il essuyait son

visage cuisant avec des lambeaux de toile que Valerio lui
gardait avec un soin extrême, et prenait la peine de
laver, en mettant de côté chaque jour la moitié de sa
misérable provision d'eau. C'était à peu près le seul service qu'il pût rendre à son infortuné frère. Tout lui
manquait. Il avait employé tout son riche vêtement à
lui faire avec des brins de paille une sorte d'oreiller et
de parasol ; il n'avait gardé pour se vêtir lui-même que
quelques haillons où brillait encore un reste d'or et de
broderie. Valerio avait en vain essayé d'offrir ses perles,
son poignard et sa chaîne d'or aux guichetiers, afin
qu'ils procurassent à Francesco quelque adoucissement
au régime affreux du *carcere duro* ; les guichetiers de
l'inquisition étaient incorruptibles.

Malgré l'impossibilité où il était de soutenir son frère,
Valerio restait assidûment penché sur lui. Plus robuste,
et trop absorbé par la souffrance de Francesco pour sentir la sienne propre, il n'était occupé qu'à le retourner
sur sa misérable couche, à l'éventer avec la grande
plume de sa barrette, à consulter ses mains brûlantes
et son regard éteint. Francesco ne se plaignait plus, il
avait perdu l'espérance. Quand il sortit un instant de
son accablement, il s'efforçait de sourire à son frère, de
lui adresser de douces paroles, et aussitôt il retombait
dans une effrayante stupeur.

Un soir Valerio était assis, comme de coutume, sur
le carreau brûlant. La tête appesantie de Francesco reposait sur ses genoux. Le soleil inexorable se couchait
dans une mer de feu, et teignait d'un reflet sinistre ces
murs peints en rouge, qui semblent absorber et conserver sans relâche l'ardeur de l'incendie. La peste étendait de plus en plus ses ravages. Tous les bruits animés
et joyeux de la brillante Venise avaient fait place à un

silence de mort, interrompu seulement par les lugubres
sons de la cloche des agonisants, et par les lointaines
psalmodies de quelque moine pieux qui passait sur le
canal, conduisant au cimetière une barque pleine de
cadavres. Un martinet vint se poser sur la fente de
plomb qui donnait un air rare et desséchant à la logette
des Zuccati. Cette hirondelle noire, au poitrail couleur
de sang, à la voix aigre et forte, à l'attitude fière et
sauvage, fit à Valerio l'effet d'un mauvais augure. Elle
semblait inquiète, et, après avoir appelé, à sa manière,
pour ramener quelque compagne en retard, elle s'éleva
dans les airs en poussant un certain cri que les Vénitiens
connaissent bien, et qu'ils n'entendent jamais sans une
sorte de consternation. C'est le cri auquel ces oiseaux
nomades se rassemblent, quand le moment de changer
d'hémisphère est venu pour eux. Ils partent tous ensemble par bandes nombreuses, le ciel en est obscurci,
et le même jour les voit tous disparaître jusqu'au dernier. Leur départ est le signal d'un fléau véritable. Les
mozelins, insectes imperceptibles dont le mince et continuel bourdonnement est irritant jusqu'à la fièvre et
dont la piqûre est insupportable, remplissent l'atmosphère, et, n'étant plus poursuivis dans les hautes ré-
gions de l'air par l'hirondelle chasseresse, se rabattent
sur les habitations, les infestent, et ravissent le sommeil
à tous les Vénitiens, que les soins du luxe ne préservent
pas de leurs atteintes.

Sous les plombs et dans un temps où l'air chargé
d'exhalaisons pestilentielles entrait en aiguillons veni-
meux dans tous les pores, l'arrivée des mozelins, que
devait bientôt suivre celle des scorpions, était comme
un signal de mort pour Francesco. Déjà dévoré d'une
fièvre ardente, il goûtait cependant la nuit un peu de

repos pendant les courtes heures où la brise rafraîchis-
sante parvenait jusqu'à lui ; mais ce repos allait lui être
ravi. C'est la nuit que les cousins pénètrent dans toutes
les demeures, et surtout dans celles où l'haleine chaude
de l'homme les attire. Valerio prêta l'oreille avec anxiété.
Il entendit mille cris aigus, mille gazouillements inquiets
et empressés s'appeler, se répondre, s'éloigner, se rapprocher, se réunir, s'établir comme pour délibérer sur
les combles, et s'envoler en jetant leur adieu perçant,
comme une dernière malédiction à la cité dolente. Valerio se plaça dans la lucarne d'où il ne pouvait voir que
l'éther. Il vit des points noirs se mouvoir dans le ciel,
à une hauteur incommensurable, non plus en décrivant
les grands cercles réguliers de la chasse, mais en fuyant
tous en ligne droite vers l'orient. C'étaient les martinets
qui étaient déjà en route. Francesco avait entendu le cri
de départ ; il avait lu sur le visage de Valerio l'effroi de
cette découverte. Quand la souffrance accable l'homme,
il ne saurait prévoir un surcroît de souffrance, imminent, inévitable cependant ; il n'a pas la force d'ajouter
par la pensée le mal futur au mal présent. Quand ce mal
arrive, il est comme écrasé sous une catastrophe imprévue. La mort elle-même, ce dénoûment si fatal, si nécessaire de la vie, surprend preque tous les hommes comme
une injustice du ciel, comme un caprice de la destinée.

« A compter de demain, dit Francesco à son frère
d'une voix éteinte, je ne dormirai plus. » C'était prononcer l'arrêt de sa propre mort. Valerio le comprit,
et laissa tomber sa tête sur son sein. Des larmes amères,
que jusque-là il avait eu le stoïcisme de retenir, ruis-
selèrent en flots cuisants sur ses joues pâles et amai-
gries.

XVI.

L'INQUISITION était un pouvoir si mystérieux, si absolu, il y avait tant de danger à vouloir pénétrer ses secrets, et cela était si difficile, que trois jours après la Saint-Marc personne ne parlait plus des Zuccati. Le bruit de l'arrestation de Francesco s'était vite répandu, et ce bruit était tombé comme le flot qui meurt sur une grève déserte et silencieuse. Le plus faible rocher le repousserait et l'exciterait; mais une arène de sable, dès long-temps aplanie et dévastée par les orages, reçoit la vague sans s'émouvoir, et là toute force s'anéantit faute d'aliment : telle était Venise. L'effervescence inquiète, la curiosité naturelle de son peuple, se brisaient comme la vaine écume des flots sur les marches du palais ducal, et les eaux sombres qui en baignent les caves emportaient à toute heure un suintement de sang dont la source inconnue gisait aux entrailles profondes de cet antre discret.

La peste était venue d'ailleurs jeter dans toutes les âmes la consternation et le découragement. Tous les travaux étaient suspendus, toutes les écoles dispersées. Marini avait été frappé un des premiers, et se débattait contre une lente et pénible convalescence. Ceccato avait perdu un de ses enfants et soignait sa femme agonisante. La rage des Bianchini avait été étouffée momentanément par la terreur de la mort; le Bozza avait disparu.

Le vieux Sébastien Zuccato s'était retiré à la campagne le jour même de la Saint-Marc, à la sortie des jeux, par mauvaise humeur de ce qu'il appelait les extravagances et la fausse gloire de ses fils. Il ignorait complétement leur infortune, et s'indignait de ne point les voir comme à l'ordinaire fléchir sa colère par de respectueux empressements.

La peste ayant perdu un peu de sa malignité, le vieux Zuccato craignit enfin que ses fils n'y eussent succombé. Il vint à Venise, toujours décidé à les rudoyer, mais plein d'anxiété, et d'autant plus mal disposé pour eux, qu'il sentait combien il lui était impossible de ne pas les aimer. Il ne faut pas croire qu'après la scène de la basilique, Sébastien se fût réconcilié avec la mosaïque. Il était toujours acharné contre ce genre de travail et contre ceux qui s'y adonnaient. S'il avait subi, malgré lui, la puissance que les grandes choses exercent sur les âmes d'artiste, s'il avait pressé ses enfants sur sa poitrine et versé des larmes d'attendrissement, il n'avait pour cela renoncé à aucun de ses préjugés sur la prééminence de certaines branches de l'art : l'eût-il voulu, il n'eût pas été le maître d'abandonner, à la veille de mourir, les idées obstinées de toute sa vie. La seule chose qui le consolât était l'espoir de voir Francesco renoncer un jour à ce vil métier et retourner à son chevalet. Dans le dessein de l'y exhorter de nouveau, il se rendit à la basilique, croyant l'y trouver occupé à quelque autre coupole. Mais il trouva la basilique tendue de noir ; des chants lugubres faisaient retentir les voûtes assombries ; les cierges, luttant avec les derniers rayons du jour, jetaient une lueur mate et rouge plus affreuse que les ténèbres. On rendait les derniers honneurs à deux sénateurs morts de la peste. Leurs catafalques étaient sous le portique ; on se hâtait, et il était aisé de voir que les prêtres remplissaient leur saint

office avec terreur et précipitation. Le vieux Zuccato
frémit de la tête aux pieds en voyant ces deux cercueils.
Il ne se rassura qu'en apprenant les noms des défunts
magistrats. Alors il sortit de l'église, et courut à l'atelier
de Valerio, à San-Filippo. Mais là on lui dit que ni Valerio ni Francesco n'avaient paru depuis le jour de la
Saint-Marc, et il chercha, sans plus de succès, dans
tous les endroits où ils avaient coutume de se rendre.
Enfin, dévoré d'inquiétude, il parvint à trouver le triste
Ceccato, et, d'après les sombres conjectures de celui-.
ci, il pensa que ses fils étaient morts aux plombs, de
chagrin ou de maladie. Il resta quelques instants immobile, absorbé, pâle comme un linceul. Enfin il prit
son parti, et, sans adresser un mot à Ceccato ni à sa
famille désolée, il se rendit chez le procurateur-caissier. Il était loin d'accuser ce magistrat de l'injuste arrestation de ses fils. Naturellement patient, il aurait cru
manquer au respect et à l'amour des lois, en soupçon-
nant un magistrat d'erreur ou de prévention. Mécontent
de ses fils et prêt à les accuser de paresse ou d'insolence, selon la décision du procurateur, il voulait savoir
à tout prix du moins ce qu'ils étaient devenus. Il aborda
donc humblement le gros caissier, qui, sans doute pour
se préserver de la peste, était plus que jamais occupé
de son propre bien-être. Il le trouva entouré de flacons
et d'aromates de toute espèce, propres à purifier l'air
qu'il respirait. Néanmoins les cérémonieuses salutations
de Sébastien le rendirent un peu plus traitable qu'il ne
l'était d'ordinaire.

« C'est bon, c'est bon, lui dit-il en lui faisant signe
de se tenir à distance et en collant à son nez un large
mouchoir imbibé d'essence de genévrier; en voilà assez, brave homme. Ne vous approchez pas tant de moi

et retenez un peu votre haleine. Par la corne! dans ce
temps maudit on ne sait pas à qui l'on parle. N'êtes-vous
pas malade? Voyons, dépêchez-vous, qu'y a-t-il?

— Votre respectable seigneurie, répondit le vieillard
un peu mortifié secrètement de cet accueil cavalier,
voit devant elle le syndic des peintres, maître Sebastiano Zuccato, son très-humble *esclave,* père de....

— Ah! c'est vrai, reprit Melchiore sans se déranger,
et en faisant mine seulement de vouloir porter une main
languissante à la coiffe de soie noire qui serrait sa grosse
tête plate. Je ne vous remettais pas, messer Zuccato.
Vous êtes un honnête homme, mais vous avez pour fils
deux enragés coquins.

— Excellence, le mot est un peu sévère; mais je ne
disconviens pas que mes fils ne soient d'assez mauvais
sujets, très-dissipés, très-obstinés dans leurs résis-
tances, et voués à un très-sot et très-méchant métier.
Je sais qu'ils ont encouru la disgrâce de nos seigneurs
les magistrats et la vôtre en particulier. Je suis certain
qu'ils doivent avoir commis une grande faute, puisque
vos bontés pour eux se sont changées en sévérité; et je
ne viens pas pour les justifier, mais pour obtenir que
votre mécontentement s'apaise, et que votre miséri-
corde prenne en considération la malignité de l'air, la
rudesse de la saison et la faible santé de mon aîné, que
le régime des prisons a dû compromettre assez gravement pour qu'il se souvienne de cette punition et ne
s'y expose plus.

— Votre fils est malade en effet, à ce qu'on m'a dit,
répliqua le procurateur. Mais qui n'est pas malade durant cette maligne influence? Moi-même je suis fort
souffrant, et sans les soins assidus de mon médecin
j'aurais péri, je n'en doute pas. Mais il faut prendre

des précautions, beaucoup de précautions. Par la corne ducale ! je vous conseille, maître Sébastien, de prendre aussi des précautions.

— Votre excellence dit que mon fils Francesco est malade ? reprit Sébastien effrayé.

— Oh ! que cela ne vous inquiète pas : on n'est pas plus malade en prison qu'ailleurs. Nous savons, par des calculs exacts, qu'il ne meurt pas plus de prisonniers sous les plombs que dans les autres prisons de la république.

— Sous les plombs, excellence ! s'écria le vieux Zuccato ; votre seigneurie a dit sous les plombs ! Est-ce que mes fils seraient aux plombs ?

— Par la corne ! ils y sont, et ils n'ont pas mérité moins pour leurs concussions et leurs escroqueries.

— Par le Christ ! monseigneur, vous voulez m'effrayer, dit Zuccato d'une voix forte, en reculant d'un pas ; mes enfants ne sont pas aux plombs !

— Ils y sont, vous dis-je, répondit le procurateur, et je ne puis les en tirer avant que leur procès ne soit instruit et jugé. Aussitôt que le fléau permettra qu'on s'occupe de leur affaire, on s'en occupera ; mais, par ma corne ducale, je crains bien que leur sort ne soit pire : car ils sont coupables, et il y a peine de bannissement à perpétuité contre les détenteurs des deniers publics.

— Par le corps du diable ! messer, s'écria le vieillard en se rapprochant du procurateur, ceux qui disent cela ont menti par la gorge, et ceux qui ont mis mes fils aux plombs s'en repentiront, tant qu'il me sera permis de remuer un doigt.

— N'approchez pas ! s'écria à son tour Melchiore en se levant avec vivacité et en reculant son fauteuil, ne

28.

me mettez pas ainsi votre haleine sous le visage. Si vous avez la peste, gardez-la, et allez à tous les diables avec vos coquins de fils. Je vous dis qu'ils seront pendus si vous aggravez leur affaire en faisant du bruit. Tous ces Zuccati sont d'enragés scélérats, sur ma parole. Vous empoisonnez l'air, monsieur ; sortez. »

En parlant ainsi, Melchiore reculait toujours, et le vieux Zuccato, immobile à sa place, jetait sur lui des regards qui le glaçaient d'épouvante.

« Si j'avais la peste, répondit-il enfin d'un air sombre, je voudrais serrer dans mes bras tous ceux qui osent dire que les Zuccati sont des voleurs. J'espère que jamais cette idée n'est venue à personne, et que le magistrat auquel j'ai l'honneur de parler est pris lui-même de fièvre et de délire à l'heure qu'il est. Oui, oui, monseigneur, c'est la peste qui parle en vous, quand vous dites que les Zuccati ont détourné les deniers publics. Sachez que les Zuccati sont de noble race, et que le sang qui coule dans leurs veines est plus pur que celui des familles ducales. Sachez que Francesco et Valerio sont deux hommes que l'on peut faire périr dans les tortures, mais non déshonorer. Votre seigneurie fera bien d'appeler son médecin, car un venin mortel est répandu dans ses veines. »

En achevant ces paroles terribles, Sébastien s'élança hors des Procuraties et courut au palais ducal. Melchiore agita sa sonnette avec angoisse, demanda son médecin, se fit saigner, frictionner et médicamenter toute la nuit, croyant que le vieux Zuccato venait de lui donner la peste par sortilége. Il s'évanouit plusieurs fois et faillit mourir de peur.

XVII.

SÉBASTIEN Zuccato courut se jeter aux pieds du doge et lui demanda justice avec toute l'éloquence de l'amour paternel et de l'honneur outragé. Mocenigo l'écouta avec bonté et lui donna des marques de la plus haute estime. Il s'affligea de la longue torture qu'avaient subie ses fils, et prit sur lui de les faire transférer dans une prison moins affreuse. Il permit même au vieux Sébastien de les voir tous les jours et de leur donner les soins que lui suggérerait sa tendresse ; mais il ne lui cacha pas que les charges les plus graves pesaient sur eux, et que leur procès serait une affaire longue et sérieuse.

Cependant, grâce à l'ardente obsession du vieux Zuccato, à l'influence du Titien du Tintoret, et de plusieurs autres grands maîtres, tous amis des Zuccati, grâce aussi à la bienveillante protection du doge, le conseil des dix, dont la peste avait suspendu les fonctions depuis plusieurs mois, s'assembla enfin, et la première affaire dont fut saisi ce tribunal austère fut le procès des Zuccati, accusés :

1° D'avoir volé leur salaire en faisant à la hâte des travaux sans solidité ; par exemple, en travaillant hors de saison (*fuor di stagione*), c'est-à-dire dans les temps de gelée, où les ouvrages de mastic ne tiennent pas, afin de réparer le temps perdu, durant la belle saison, en promenades, en dissipations et en débauches de toute espèce ;

2° D'avoir fait des figures mal dessinées et bizarrement coloriées, en s'obstinant au travail une grande partie des nuits, toujours à l'effet de réparer leur précédente paresse (*ingordigia*) ;

3° D'avoir fait cette détestable besogne par ignorance complète du métier, ignorance qui rendait Valerio Zuccato incapable de faire autre chose que des ouvrages frivoles pour la toilette des femmes et des jeunes gens (*cuffie*, *frastagli*, *vesture*, etc.), lesquels travaux puérils l'occupaient incessamment et le mettaient à même d'exercer une profession lucrative à San-Filippo, pendant que la république lui payait chèrement un travail qu'il ne faisait .pas, et qu'il ne pouvait pas faire ;

4° D'avoir, par une détestable friponnerie, remplacé en beaucoup d'endroits les compartiments d'émail et de pierre (*i pezzi*) par le bois et le carton peints au pinceau, afin de montrer des finesses de travail dont les matériaux de la mosaïque ne sont pas susceptibles, et de se donner un grand mérite d'artiste durant leur vie, sauf à laisser des ouvrages qui n'auraient pas une plus longue durée.

Les pièces de cet étrange procès se trouvent encore dans les archives du palais ducal, et le signor Quadri en a extrait la fidèle relation qu'on peut lire dans un article intitulé *dei Musaïci*, placé à la fin de son excellent ouvrage sur la peinture vénitienne.

Les accusateurs étaient le procurateur-caissier Melchiore, Bartolomeo Bozza, les trois Bianchini, Jean Visentin, et plusieurs autres élèves de leur école, enfin Claude de Corrège, organiste de Saint-Marc, qui détestait le bruit des ouvriers, et qui eût également témoigné en faveur des Zuccati contre les Bianchini, espérant qu'ennuyé de ces querelles et de ces dilapidations, le gouvernement renoncerait à des réparations ruineuses, dont le principal inconvénient aux yeux de l'orga-

niste était de déranger par un bruit continuel l'école de
plain-chant qu'il tenait dans la tribune de l'orgue.

Les témoins en faveur des Zuccati étaient le Titien
et son fils Orazio, le Tintoret, Paul Véronèse, Marini,
Ceccato, et le bon prêtre Alberto Zio. Tous comparurent devant le conseil des dix et soutinrent le grand talent, le beau travail, l'honnête conduite, l'humeur
laborieuse, et l'exacte probité des frères Zuccati et de
leur école.

A leur tour, les frères Zuccati furent amenés devant
les juges ; Valerio soutenait dans ses bras son frère
chéri, à peine rétabli de sa longue et cruelle maladie,
languissant, accablé, indifférent en apparence à l'issue
d'une épreuve qu'il n'avait plus la force de supporter.
Valerio était pâle et défait. On lui avait procuré des vêtements ; mais sa longue barbe, sa chevelure mal soi-
gnée, sa démarche brisée, un certain tremblement
convulsif, attestaient ses souffrances et ses douleurs.
Indifférent à ses propres maux, mais indigné de l'injustice faite à son frère, il avait enfin pris la vie au sérieux. La colère et la vengeance étincelaient dans son
regard. Un feu sombre jaillissait de ses orbites creusés
par la faim, la fatigue et l'inquiétude. En passant devant Bartolomeo Bozza pour aller s'asseoir sur le banc
des accusés, il leva ses deux bras chargés de fers,
comme s'il eût voulu l'écraser, et son visage rayonnant
de fureur sembla vouloir le faire rentrer sous terre. Les
gardes l'entraînèrent, et il s'assit, tenant toujours la
main de Francesco dans sa main froide et tremblante.

« Francesco Zuccato, dit un juge, vous êtes accusé
de dol et de fraude envers la république ; qu'avez-vous
à répondre ?

— Je répondrai, dit Francesco, que je pourrais tout

aussi bien être accusé de meurtre et de parricide, si c'était le bon plaisir de ceux qui me persécutent.

— Et moi, dit impétueusement Valerio en se levant, je réponds que nous sommes sous le poids d'une accusation infâme, et que nous languissons depuis trois mois sous les plombs, d'où mon frère est sorti mourant, le tout parce que les Bianchini nous haïssent, et que Bozza, notre élève, est un misérable; mais surtout parce que le procurateur monsignor Melchiore a fait une faute de latinité que nous nous sommes permis de corriger. C'est la première fois que deux citoyens vont aux plombs pour n'avoir pas voulu faire un barbarisme. »

L'emportement du jeune Zuccato n'était pas fait pour lui concilier la bienveillance des magistrats. Le vieux Sébastien, voyant le mauvais effet de sa harangue, se leva et dit :

« Taisez-vous, mon fils, vous parlez comme un fou et comme un insolent. Ce n'est pas ainsi qu'un honnête citoyen doit se défendre devant les pères de la patrie. Messeigneurs, excusez son égarement. Ces pauvres jeunes gens sont troublés par la fièvre. Examinez leur cause selon votre impassible équité; s'ils sont coupables, châtiez-les sans pitié : leur père sera le premier à vous louer de cet acte de justice et à bénir les lois sévères qui répriment la fraude. Oui, oui, fallût-il verser leur sang moi-même, je le ferais, mes pères, plutôt que de voir tomber en discrédit le pouvoir auguste de la république. Mais s'ils sont innocents, comme j'en ai la conviction et la certitude, faites-leur prompte et généreuse merci; car voici mon aîné qui n'a plus qu'un souffle de vie ; et, quant au plus jeune, vous voyez qu'il est sous l'influence du délire. »

En parlant ainsi d'une voix forte, le vieillard tomba sur ses genoux, et deux ruisseaux de larmes coulèrent sur sa longue barbe blanche.

« Sébastien Zuccato, répondit le juge, la république connaît ta probité et ton dévouement; tu as parlé comme un bon père et comme un bon citoyen; mais si tu n'as pas autre chose à dire pour la défense de tes fils, il faut te retirer. »

A un signe du magistrat, le familier qui avait amené Sébastien l'emmena. Le vieillard, en se retirant, jeta un regard de désespoir sur ses fils; puis, se retournant une dernière fois vers les juges, joignit les mains en levant les yeux au ciel avec une expression si déchirante qu'elle eût attendri les piliers de marbre de la grande salle; mais le tribunal des dix était plus froid et plus inflexible encore.

Après que les trois Bianchini eurent affirmé par serment leur accusation, Bartolomeo Bozza, sommé à son tour de rendre témoignage, leva la main sur le crucifix qu'on lui présentait, et dit :

« Je jure sur le Christ que j'ai passé trois mois aux plombs pour n'avoir pas voulu faire un faux témoignage. »

Un tressaillement de surprise passa dans l'assemblée; Melchiore fronça le sourcil, Bianchini le Rouge grinça des dents, et le jeune Valerio, se levant avec impétuosité, s'écria :

« Serait-il vrai, ô mon pauvre élève! puis-je encore te plaindre et t'estimer? Ah! cette pensée allège tous mes maux.

— Tais-toi, Valerio Zuccato, dit le juge, et laisse parler le témoin. »

Bartolomeo était aussi accablé, aussi malade que les

Zuccati. Lui aussi avait subi les lentes tortures de la captivité. Il déclara que quelques jours avant la Saint-Marc Vincent Bianchini l'avait mené sur les planches des Zuccati pour lui faire voir de près et toucher plusieurs endroits de leur travail où le carton peint remplaçait évidemment la pierre, et que de là il l'avait mené chez le procurateur-caissier pour qu'il en déposât, ce qu'il avait fait dans l'indignation et dans la sincérité de son cœur. Depuis ce jour, convaincu de la mauvaise foi des Zuccati, il n'avait pas voulu être complice d'un travail qui ne pouvait pas manquer d'être condamné, et il avait travaillé dans l'école des Bianchini. Mais la veille de la Saint-Marc, Vincent, l'ayant encore conduit chez le procurateur, avait voulu l'engager à déposer qu'il avait été témoin oculaire du fait de l'accusation, ce à quoi il s'était refusé, parce que, s'il avait vu les preuves de la fraude, du moins il n'avait pas vu commettre cette fraude. « Si je l'avais vu, dit-il, je n'aurais pas attendu l'avertissement des Bianchini pour quitter l'école des Zuccati ; mais je n'avais jamais rien vu de semblable. Il n'existait même pas dans la conduite de mes maîtres le plus petit fait qui jusque-là eût pu rendre vraisemblable la découverte qu'on venait de me faire faire. Il m'était donc impossible de jurer par le Christ que je les avais vus employer le carton et le pinceau. Quand Vincent Bianchini vit que je ne servais pas ses desseins à son gré, il s'emporta contre moi et m'accusa de complicité avec les Zuccati. Monsignor Melchiore me fit beaucoup de menaces qui m'irritèrent au point que je lui dis de se méfier des Bianchini. Le soir même je fus arrêté et conduit aux plombs. Depuis ce jour, j'ai pensé que mes anciens maîtres étaient innocents, et que l'homme capable de me demander un faux serment était bien capable aussi d'avoir, pendant la nuit, à l'insu des Zuccati et de tout le monde, détruit une partie de la mosaïque, et remplacé la pierre par le bois et le carton, afin d'avoir un moyen de les perdre. Je dois déclarer que cette substitution est faite avec tant d'art qu'à moins de gratter les fragments (*i pezzi*) il est impossible de s'en apercevoir. »

· Ainsi parla le Bozza d'une voix ferme et avec une prononciation bolonaise très-lente et très-distincte. Sommé de s'expliquer sur les divertissements continuels auxquels Valerio se livrait, il avoua que souvent ce jeune maître avait été repris de paresse et de dissipation par son frère aîné, et qu'il réparait ensuite le temps perdu en travaillant de nuit, ce qui pouvait confirmer le reproche que lui adressait l'accusation d'avoir fait (*fuor di stagione*) des travaux sans solidité. Il déclara aussi que Valerio connaissait le métier moins bien que son frère, et faisait beaucoup d'objets de parure pour son compte particulier. En un mot, il fut aisé de voir dans sa déposition qu'il n'était pas porté à la bienveillance pour les Zuccati, et qu'il n'eût pas été fâché de leur nuire en disant la vérité ; mais qu'il avait horreur du mensonge dans lequel on avait voulu l'attirer, et qu'il ne pardonnerait jamais aux Bianchini de l'avoir fait mettre aux plombs.

Le conseil ferma la séance de ce jour en nommant une commission de peintres chargée d'examiner sous les yeux des procurateurs la besogne des deux écoles rivales. Cette commission fut composée du Titien, du Tintoret, de Paul Véronèse, de Jacopo Pistoja et d'Andrea Schiavone, qui, depuis ce temps, fut surnommé *Medola*, par allusion au soin qu'il avait pris d'analyser la mosaïque jusqu'à la moelle.

29

XVIII.

Le lendemain, ces maîtres illustres, accompagnés de leurs ouvriers, des procurateurs et des familiers du saint-office, se rendirent à Saint-Marc, et procédèrent à l'examen des travaux de mosaïque. A la requête des Bianchini, on commença par leur arbre généalogique de la Vierge, ouvrage immense, accompli en très-peu de temps. Vincent joignait à tous ses vices une insupportable vanité. Avide de louanges, il suivait pas à pas le Titien, attendant toujours l'explosion de son admiration. A côté de lui marchait Dominico Rossetto, l'œil brillant de toute la confiance d'une inébranlable sottise. Cependant le Titien ne s'expliquait pas. Toujours spirituel et courtois, il trouvait à leur adresser de ces mots qui marquent l'attention et l'intérêt, mais qui ne compromettent en aucune façon le jugement du connaisseur. Ses attitudes polies, ses gracieux sourires, contrastaient avec le front rembruni et la contenance austère du Tintoret. Quoique moins lié peut-être avec les Zuccati, Robusti était bien plus indigné que le Titien de la méchanceté de leurs rivaux. Dans l'esprit de Titien, habitué lui-même à nourrir de profondes haines et d'implacables antipathies, la conduite des Bianchini trouvait sinon une excuse, du moins une appréciation plus indulgente des jalousies de métier et des ambitions d'artiste. Peut-être aussi le Tintoret, songeant aux persécutions qu'il avait eu à subir de la part du Titien, voulait-il lui adresser, par allusion, un reproche légi-

time, en montrant son horreur et son mépris pour ces
sortes de choses. Il sortit de la chapelle de Saint-Isidore
sans avoir desserré les lèvres, et sans avoir tourné une
seule fois les yeux vers les personnes qui l'accompagnaient.

Mais quand il fut sous la grande voûte, et qu'il eut
devant les yeux le travail des Zuccati, il éclata en louanges éloquentes; sa belle tête austère s'anima du feu de
l'enthousiasme, et il fit ressortir toutes les perfections
de cette œuvre avec une chaleur généreuse. Le Titien,
qui était l'intime ami du vieux Sébastien, et qui avait
donné beaucoup d'excellentes leçons aux jeunes Zuccati, renchérit sur cet éloge sans cependant déprécier
le travail des Bianchini, à l'égard desquels il garda toujours une grande prudence. Mais le procurateur-caissier, impatienté du succès des Zuccati, prit la parole.

« Messires, dit-il aux illustres maîtres, je vous ferai
observer que nous ne sommes pas venus ici pour voir
des travaux de peinture, mais des travaux de mosaïque.
Il importe très-peu à l'État que la main de la Vierge
soit plus ou moins modelée d'après les règles de votre
art; il importe encore moins que la jambe de saint Isidore ait le mollet un peu trop haut ou un peu trop bas.
Tout cela est bon pour le discours...

— Comment! par le Christ! s'écria le Titien à qui
ce blasphème fit oublier un instant sa prudente courtoisie; il importe peu à l'État que les mosaïstes ne sa-
chent pas le dessin, et que la mosaïque ne soit pas une
reproduction élégante et correcte des ouvrages de peinture?..... C'est la première fois que j'entends dire une
pareille chose, monseigneur, et il me faudra tout le respect que m'inspirent vos jugements pour me ranger à
cet avis. »

Rien n'exaltait les convictions erronées du procurateur-caissier comme la contradiction.

« Et moi, messer Tiziano, s'écria-t-il avec chaleur,
je vous soutiendrai que tout cela n'est que minutie et
puérilité. Ce sont des querelles d'école et des discussions
d'atelier, dans lesquelles la gravité de la magistrature
n'ira pas se compromettre. Chargés, par la république,
de veiller à ses intérêts et d'apporter de l'économie et
de la probité dans les dépenses publiques, les procurateurs ne souffriront pas que, pour le vain plaisir d'amuser les amateurs de peinture, les ouvriers de Saint-Marc
manquent à leurs engagements.

— Je ne pensais pas, dit Francesco Zuccato d'une
voix faible et en jetant un douloureux regard sur ses
ouvrages, que je pusse manquer à mes engagements,
en soignant, autant que possible, le dessin de mes figures, et en me conformant, en conscience, à toutes les
règles de mon art.

— Je connais tout aussi bien que vous, messer, les
règles de votre art, cria le procurateur tout rouge de
colère. Vous ne me ferez point croire qu'un mosaïste
soit tenu d'être un peintre. La république vous paye
pour copier servilement et fidèlement les cartons des
peintres; et pourvu que vous attachiez avec solidité et
propreté vos pierres à la muraille, pourvu que vous sa-
chiez employer de bons matériaux et en tirer le parti
dont ils sont susceptibles, il importe fort peu que vous
connaissiez les règles de la peinture et les lois du dessin. Par la corne ducale ! si vous étiez de si grands artistes, la république pourrait faire de bonnes économies.
Il ne serait plus besoin de payer messer Vecelli et messer Robusti pour dessiner vos modèles. On pourrait
vous laisser libres de composer, d'ordonner et de tracer

vos sujets. Malheureusement, nous n'avons pas encore assez de confiance dans votre maîtrise de peintre pour nous en rapporter ainsi à vous.

— Et pourtant, monseigneur, dit le Titien qui avait repris tout son calme, et qui savait donner une expression gracieuse au sourire de mépris errant sur ses lèvres, j'oserai objecter à votre seigneurie que, pour savoir copier fidèlement un bon dessin, il faut être soi-même un bon dessinateur; sans cela, on pourrait confier les cartons de Raphaël aux premiers écoliers venus, et il suffirait d'avoir un grand modèle sous les yeux pour être aussitôt un grand artiste. Les choses ne se passent pas ainsi, que votre seigneurie me permette de le dire avec tout le respect que je professe pour ses opinions; mais autre chose est de gouverner les hommes par une sublime sagesse, et les amuser par de frivoles talents. Nous serions bien embarrassés, nous autres, pauvres artisans, s'il nous fallait, comme votre seigneurie, tenir d'une main ferme et généreuse les rênes de l'État; mais...

— Mais tu prétends, flatteur, dit le procurateur radouci, qu'en fait de peinture et de mosaïque tu t'y entends mieux que nous. Tu ne nieras pas du moins que la solidité ne soit une des conditions indispensables de ces sortes d'ouvrages, et si, au lieu d'employer la pierre, le cristal, le marbre et l'émail, on emploie le carton, le bois, l'huile et le vernis, tu m'avoueras que les deniers de la république n'ont pas reçu leur véritable destination. »

Ici le Titien fut un peu embarrassé; car il ne savait pas jusqu'à quel point cette accusation des Bianchini pouvait être fondée, et il craignait de compromettre les Zuccati par une assertion imprudente.

29.

« Je nierai du moins, dit-il après un instant d'hésitation, que cette substitution de matériaux constitue la
fraude, s'il est prouvé, comme je le crois, que le pinceau puisse être employé dans certains endroits de la
mosaïque avec autant de solidité que l'émail.

— Eh bien ! c'est ce que nous allons voir, messer
Vecelli, dit le procurateur ; car nous ne voulons pas
suspecter votre intégrité dans cette affaire. Qu'on ap-
porte ici du sable et des éponges ; et, par la corne !
qu'on frotte solidement toutes ces parois. »

Les yeux mourants de Francesco se ranimèrent et se
tournèrent avec une haine méprisante vers l'inscription
où le mot *saxis* remplaçait le barbarisme *saxibus*. Il
semblait que, dût-il être condamné pour la substitution d'une seule lettre, il s'en consolait par l'espérance
de voir constater en public la bévue de l'ignorant procurateur. Melchiore comprit sa pensée, et surprit son
regard ; il détourna l'épreuve, et la porta sur les autres
parties de la voûte.

La mosaïque des Zuccati, frottée et lavée sur tous
les points, résista parfaitement à l'essai, et il ne s'y
trouva aucune partie qui tombât ou qui menaçât de
tomber. Le procurateur-caissier commençait à craindre
que la haine aveugle des Bianchini et ses propres préventions ne l'eussent fourvoyé dans une affaire peu honorable pour lui, lorsque Vincent Bianchini, s'approchant des deux archanges, dont l'un était le portrait de
Valerio, et l'autre celui de Francesco Zuccato, dit avec
assurance :

« Il est certain que le bois et le carton peints peuvent
résister au sable et à l'éponge mouillée ; mais il n'est
pas certain qu'ils puissent résister à l'action du temps,
et en voici la preuve. En parlant ainsi, il tira son stylet,

et l'enfonçant dans la poitrine nue de l'archange qui représentait Francesco Zuccato, à l'endroit du cœur, il en fit sauter une parcelle de substance couleur de chair, qu'il coupa lestement en deux avec sa lame, et qu'il présenta aux procurateurs. Le fragment passant de main en main, le Titien lui-même fut forcé de convenir que c'était un morceau de bois.

XIX.

FRANCESCO et Valério furent reconduits en prison, et huit jours après ils comparurent de nouveau devant le conseil des dix. Le procès-verbal rédigé par la commission des peintres leur fut lu à haute voix. On s'était abstenu de signaler l'infériorité du travail des Bianchini. On savait qu'en le dépréciant sous le rapport de l'art, on irriterait de plus en plus le procurateur-caissier, et, l'affaire des Zuccati prenant une assez mauvaise tournure, la prudence exigeait qu'on n'envenimât pas la haine de leurs persécuteurs. Mais on avait prodigué la louange à la coupole des Zuccati, et on avait constaté la solidité de tout ce travail, à l'exception de deux figures peu importantes, où le bois avait été employé au lieu de la pierre. Le Titien avait même affirmé qu'il estimait cette mosaïque peinte capable de résister à l'action du temps cinq cents ans et plus. Et sa prédiction s'est vérifiée, car ces pièces du procès subsistent encore et paraissent aussi belles et aussi solides que les autres parties de la mosaïque. Quant au savoir-faire du jeune Zuccato, taxé d'incapacité ou d'ignorance par les accusateurs, il fut victorieusement défendu par le procès-verbal et déclaré au moins aussi habile que son frère.

D'après cette assertion, toute l'accusation ne reposait plus que sur un point, celui de la substitution de matériaux inusités dans l'exécution des deux figures d'archange.

Francesco, interrogé sur ce qu'il avait à alléguer pour sa défense, répondit que, convaincu depuis longtemps de l'avantage de cette substitution pour certains détails, et jaloux d'en éprouver la solidité, il l'avait essayé dans ces deux figures qui étaient de peu d'importance, et qu'il s'était toujours promis de réparer à ses frais, si leur durée ne remplissait pas son attente, ou si la république blâmait cette innovation.

Le conseil ne semblait pas disposé à admettre cette excuse. Pressé d'accusations et de menaces, Valerio ne put résister à son emportement :

« Eh bien ! s'écria-t-il, puisque vous voulez le savoir, sachez donc le secret que mon frère voulait garder. En vous le révélant, je sais fort bien que je m'expose, non-seulement à la haine et à l'envie qui pèsent sur nous, mais encore à celle de tous nos rivaux futurs. Je sais que de grossiers manœuvres, de vils artisans, s'indigneront de voir en nous des artistes consciencieux ; je sais qu'ils prétendront faire de la mosaïque un simple travail de maçonnerie, et poursuivront comme mauvais compagnon et rival ambitieux quiconque voudra en faire un art et y porter la flamme de l'enthousiasme ou la clarté de l'intelligence. Eh bien ! je proteste contre un tel blasphème ; je dis qu'un véritable mosaïste doit être peintre, et je soutiens que mon frère Francesco, élève de son père et de messer Tiziano, est un grand peintre ; et je le prouve en décla-

rant que les deux figures d'archange qui ont obtenu
les éloges de l'illustre commission nommée par le conseil, ont été imaginées, composées, dessinées et coloriées par mon frère, dont j'ai été l'apprenti et le manœuvre, en copiant fidèlement ses cartons. Nous avons
peut-être commis un grand crime en nous permettant
de consacrer à la république notre meilleur ouvrage,
en le lui offrant gratis et en secret, avec la modestie
qui sied à des jeunes gens, avec la prudence qui convient à des hommes voués à un autre dieu que l'argent
et la faveur ; mais, en nous accusant de fraude, on nous
force à renoncer à cette prudence et à cette modestie.
Nous demandons, en conséquence, qu'il soit prouvé
que nous n'avons tenté cette innovation que dans une
composition qui ne nous avait pas été commandée, et
que nous sommes prêts à enlever de la basilique, si le
gouvernement la juge indigne de figurer à côté des travaux des Bianchini. »

On consulta le devis des diverses compositions dessinées par les peintres et confiées aux mosaïstes ; on n'y
trouva pas les deux figures d'archange. Le procurateur
Melchiore pressa chacun des peintres de s'expliquer sur
le mérite de ces figures et sur la part qu'ils y avaient
prise. Comme ils avaient été investis, à cet égard, de
tous droits et de tous pouvoirs par l'État, il suffisait
d'une simple esquisse tracée par l'un d'eux pour que
les Zuccati, tenus d'exécuter à la lettre leurs intentions,
se fussent rendus coupables d'infidélité, de désobéissance et de fraude, en y employant un procédé de leur
choix et des matériaux non approuvés par la commission des procurateurs. Les peintres affirmèrent par serment n'avoir pas même eu l'idée de ces figures ; et
quant à leur mérite, ils affirmèrent également qu'ils

n'eussent pu rien créer de plus correct et de plus noble.
Le Titien fut interrogé deux fois. On connaissait son
amitié pour les Zuccati ; on connaissait aussi sa finesse,
son habileté à éluder les questions qu'il ne voulait pas
trancher. Sommé de dire s'il était l'auteur de ces figures, il répondit avec grâce : « Je voudrais l'être ; mais,
en conscience, je n'en ai pas même vu le dessin, et je
n'en soupçonnais pas l'existence avant l'examen qu'il
m'a été ordonné d'en faire comme membre de la commission. »

Les Bianchini soutinrent que les Zuccati n'étaient
pas capables de composer par eux-mêmes des ouvrages
dignes de tant d'éloges. Malgré l'assertion des peintres,
on fit une enquête dans laquelle le Bozza fut entendu,
comme ancien élève des Zuccati, et sommé de dire s'il
avait vu quelque peintre mettre la main à ces figures. Il
déclara qu'une seule fois il avait vu messer Orazio Vecelli, fils du Titien, venir de nuit dans l'atelier des
Zuccati à l'époque où ils y travaillaient. Orazio fut entendu, et attesta par serment qu'il ne les avait pas
même vues, et que sa visite de nuit à l'atelier de San-
Filippo n'avait d'autre but que de commander à Valerio
un bracelet de mosaïque qu'il voulait offrir à une
femme. Il n'y avait donc plus aucune preuve contre les
Zuccati. Ils furent acquittés, à la charge seulement de
remplacer à leurs frais, par des fragments de pierre ou
d'émail, les fragments de bois peint employés dans certains endroits de leurs figures. Cette partie de l'arrêt
ne fut rendue que pour la forme, afin de ne point en-
courager les novateurs. On n'en exigea même pas l'exécution, car ces fragments coloriés au pinceau existent
encore. Le barbarisme du procurateur-caissier a seul
été réintégré tel qu'il était sorti du docte cerveau de ce

magistrat, et au-dessous des deux archanges on lit cette autre inscription touchante, qui fait allusion aux persécutions souffertes par les Zuccati :

UBI DILIGENTER
INSPEXERIS ARTEMQ. AC LABO-
REM FRANCISCI ET VALERII
ZVCATI VENETORVM FRATRVM
AGNOVERIS TVM DEMVM IVDI-
CATO.

XX.

MALGRÉ l'heureuse issue de ce procès, il s'en fallait de beaucoup que la fortune des Zuccati prît une face heureuse. La santé de Francesco se rétablissait lentement. Aucun nouveau travail public n'était commandé aux mosaïstes. On parlait même de s'en tenir là, et de conserver toutes les anciennes mosaïques byzantines ; car les mœurs tournaient à l'austérité, et, tandis que de sages lois somptuaires couvraient de deuil les manteaux et les gondoles, les gens les moins graves affectaient, par esprit d'imitation, de s'envelopper de longues toges romaines et de ne porter que des ornements de fer et d'argent. Le mot d'économie était dans toutes les bouches ; la peste avait ébranlé le commerce, et, comme les générations passent promptement d'un excès à l'autre, après un luxe ruineux et des dépenses insensées, on arrivait à des réductions sordides, à des réformes puériles. Les artistes subissaient les tristes chances de ce moment de panique financière. Le procurateur-caissier n'était pas un sot isolé, mais le représentant d'un grand nombre d'esprits étroits.

Francesco était tombé dans un profond découragement. Artiste enthousiaste, il avait désiré, il avait espéré la gloire. Il l'avait servie comme on sert une noble maîtresse, par de nobles sacrifices, par un culte ardent, exclusif. Pour toute récompense, il s'était vu exposé à une prison affreuse, à une mort imminente, à un procès infamant. En outre, le succès de ses chefs-d'œuvre était contesté. Les hommes ne voient pas impunément le malheur fondre sur une tête d'élite. Ils sont pris aussi du vertige de la médiocrité, et cherchent tous les moyens d'excuser et de légitimer les maux dont est frappé le génie. C'était assez qu'on eût trouvé un petit fragment de bois dans une des figurines des Zuccati, pour qu'aussitôt tout le public pensât que la mosaïque entière était exécutée en bois. Les bourgeois allaient même jusqu'à dire qu'elle était en papier, et, convaincus de son peu de solidité, ils auraient cru manquer de patriotisme en levant la tête pour admirer la beauté des figures. Le jeune artiste était donc blessé au fond de l'âme et souffrait d'autant plus qu'il cachait sa blessure avec soin, et méprisait trop le public pour lui donner la satisfaction de le voir vaincu. Retiré au fond de sa petite chambre à San-Filippo, il passait ses journées à la fenêtre, absorbé dans de tristes pensées, et n'était plus distrait de sa douleur que par la contemplation des grands lierres de sa cour agités par la brise. Ce tranquille spectacle lui semblait délicieux après le séjour des plombs, où l'absence d'air avait miné lentement sa vie.

Au temps de sa bonne fortune et de ses somptueux amusements, Valerio avait contracté des dettes considérables; ses créanciers le tourmentaient. Francesco découvrit ce secret et consacra toutes ses économies au

payement de ces dettes. Valerio ne le sut que long-
temps après; il était bien assez triste sans que le remords vînt ajouter aux inquiétudes que lui causait la
santé de son frère chéri. L'idée de le perdre ébranlait
toutes les forces de son âme, et il sentait que, malgré
sa disposition naturelle à accepter les maux de la vie, il
ne pourrait jamais se consoler de sa perte. Incapable de
mélancolie, trop fort pour la résignation et trop fort
aussi pour le désespoir, il tombait souvent dans des accès de violente indignation auxquels succédaient de
brillantes espérances; et il entretenait Francesco de
rêves de gloire et de bonheur, quoiqu'au fond personne moins que lui n'eût besoin de gloire pour être
heureux.

Le vieux Sébastien les conjurait de reprendre le pinceau et de renoncer à la basse profession de mosaïste;
mais Francesco avait reçu un trop rude échec pour
s'abandonner à de nouvelles espérances. Essayer à
trente ans une nouvelle carrière était une résolution
trop forte pour un esprit si blessé, pour un corps si af-
faibli. A ses peines se joignaient celles de ses amis; sa
disgrâce avait fait perdre à Ceccato son privilége de
maîtrise; lui et Marini languissaient dans une affreuse
misère; Francesco sollicitait en vain le payement de son
année de travail. Les finances étaient, comme toutes les
autres parties de l'administration, désordonnées et lan-
guissantes. Toutes ses démarches étaient inutiles; on le
remettait de jour en jour, de semaine en semaine. La
haine secrète du procurateur-caissier n'était pas étrangère à ces retards de payement. C'était une vengeance
sourde qu'il tirait de l'ironie des Zuccati, trop peu pu-
nie à son gré par le conseil.

Les Zuccati étaient résolus à partager leur dernier

morceau de pain avec leurs fidèles apprentis. Ils nour-
rissaient Marini, Ceccato, sa jeune femme convales-
cente et son dernier enfant. Valerio tirait encore quelque
argent des Grecs installés à Venise, en leur vendant des
bijoux ; mais cette ressource ne serait plus suffisante
pour une si nombreuse famille, lorsque les économies
que Francesco avait pu garder seraient épuisées. Alors
Valerio se reprochait amèrement de n'en avoir fait aucune ; il sentait trop tard que la prodigalité est un vice.
« Oui, oui, disait-il en soupirant, l'homme qui dépense
en vains plaisirs et en sottes parades le prix de ses sueurs
ne mérite pas d'avoir des amis ; car il ne pourra pas les
secourir au jour de leur détresse. »

Aussi il fallait voir par quel zèle infatigable, par quels
ingénieux dévouements il réparait ses fautes passées. Il
avait divisé son étroit logement en trois parties : l'atelier, le réfectoire, et la chambre de Francesco. La nuit,
il dormait sur une natte dans le premier coin venu, le
plus souvent sur la terrasse élevée de sa mansarde. Le
jour, il travaillait assidûment, et faisait faire des tableaux de mosaïque à ses apprentis, espérant toujours
qu'un moment viendrait où les monuments de l'art ne
seraient plus mis au rang des objets de luxe et de fantaisie. Il veillait seul au détail du ménage, et s'il laissait
préparer le dîner à la femme de Ceccato, il ne souffrait
pas du moins qu'elle se fatiguât à l'aller acheter. Il allait
lui-même à la *Pesceria*, au marché aux herbes, dans
les *frittole*, et on le voyait, couvert de sueur, traverser les rues sinueuses avec un panier sous sa robe. S'il
rencontrait quelques-uns des jeunes praticiens qui
avaient partagé autrefois ses amusements et ses profu-
sions, il les évitait avec soin, ou leur cachait obstinément sa pénurie, dans la crainte qu'ils ne lui envoyassent

des secours dont la seule offre l'eût humilié. Il affectait de n'avoir rien perdu de sa gaieté ; mais ce rire forcé sur cette bouche flétrie, ces vifs regards dans des yeux brillants de fièvre et d'excitation, ne pouvaient tromper que des amitiés grossières ou des esprits préoccupés.

Un jour que Valerio traversait une de ces petites cours silencieuses et sombres qui servent de passage aux piétons, et où cependant quatre personnes ne se rencontrent pas face à face en plein jour, il vit, auprès d'un mur humide, un homme qui cherchait à s'appuyer et qui tombait en défaillance. Il s'approcha de lui et le retint dans ses bras. Mais quelle fut sa surprise lorsqu'il reconnut, dans cet homme en haillons, exténué par la faim, et qu'il avait pris pour un mendiant, son ancien élève Bartolomeo Bozza !

« Il y a donc dans Venise, s'écria-t-il, des artistes plus malheureux que moi ! »

Il lui fit avaler à la hâte quelques gouttes de vin d'Istrie dont il avait une bouteille dans son panier ; puis il lui donna des figues sur lesquelles l'infortuné se jeta avec voracité, et qu'il dévora sans ôter la peau. Lorsqu'il fut un peu apaisé, il reconnut l'homme charitable qui l'avait assisté. Un torrent de larmes s'échappa de ses yeux ; mais Valerio ne put jamais savoir si c'était la honte, le remords ou la reconnaissance qui faisait couler ses pleurs ; car le Bozza ne prononça pas une seule parole et s'efforça de fuir : le bon Valerio le retint.

« Où vas-tu, malheureux ? lui dit-il ; ne vois-tu pas que tes forces ne sont pas revenues, et que tu vas tomber un peu plus loin dans quelques instants ? Je suis pauvre aussi et ne puis t'offrir de l'argent ; mais viens avec moi, tes anciens amis t'ouvriront leurs bras ; et tant qu'il y aura une mesure de riz à San-Filippo, tu la partageras avec eux. »

Il l'emmena donc, et le Bozza se laissa entraîner machinalement sans montrer ni joie ni surprise.

XXI.

FRANCESCO ne put se défendre d'un mouvement de répugnance lorsque le Bozza parut devant lui : il savait que ce jeune homme, honnête d'ailleurs et incapable d'une action basse, n'avait aucune bonté, aucune affection, aucun sentiment généreux dans le cœur. Toutes les voix de la tendresse et de la sympathie étaient dominées en lui par celle d'un orgueil farouche et d'une implacable ambition. Cependant, quand il sut dans quel état Valerio avait trouvé le Bozza, Francesco courut chercher une de ses paires de chausses et une de ses meilleures robes, et les lui offrit, tandis que son frère lui préparait un repas substantiel. Dès ce moment, le Bozza fit partie de l'indigente famille, qui, à force d'économie, d'ordre et de labeur, vivait encore honorablement à San-Filippo. Valerio ne regrettait pas sa peine ; et quand il voyait, le soir, toute son ancienne école réunie autour d'un repas modeste, son âme s'épanouissait encore à la joie, et il s'abandonnait à une douce effusion. Alors les yeux inquiets de Francesco rencontraient ceux du Bozza toujours pleins d'indifférence ou de dédain. Le Bozza ne comprenait rien à l'héroïque dévouement des Zuccati. Il concevait si peu cette grandeur qu'il l'attribuait à des motifs d'intérêt personnel, au dessein de fonder une école nouvelle, d'exploiter le travail de leurs apprentis, ou de les enchaîner d'avance par de tels services qu'ils ne pussent passer à une école rivale. Ce que ses compagnons trouvaient à bon droit sublime, il le trouvait donc tout simplement habile.

Cependant la misère devenait menaçante de plus en plus. Les Zuccati étaient bien résolus à s'imposer les plus sévères privations avant d'avoir recours aux illustres maîtres dont ils possédaient l'amitié. La fortune de leur père était plus que médiocre; son orgueil s'était toujours refusé à recevoir aucun secours de fils placés, selon lui, dans une condition si basse. Tant qu'ils avaient été dans la prospérité, ils lui avaient fait passer une partie de leur salaire; et, pour qu'il consentît à recevoir cet argent, il avait fallu que le Titien le lui fît agréer en son propre nom. Maintenant que les Zuccati ne pouvaient plus assister leur père, le Titien continuait, pour son propre compte, à servir cette rente au vieillard, et les fils reconnaissants lui cachaient leur misère, dans la crainte d'abuser de sa générosité.

Heureusement le Tintoret veillait sur eux, quoique lui-même fût fort gêné à cette époque. L'art semblait tomber en discrédit; les confréries faisaient des *ex voto* au rabais; on parlait de vendre tous les tableaux des *scuole* pour en distribuer l'argent aux pauvres ouvriers des corporations. Les patriciens cachaient leur luxe au fond des palais, afin de n'être point frappés de trop rudes impôts en faveur des classes pauvres. Néanmoins le Tintoret trouvait encore moyen de secourir ses amis infortunés. Outre qu'à leur insu il leur faisait acheter beaucoup d'ornements, il ne cessait d'insister pour que le sénat leur donnât de l'emploi. Il réussit enfin à prouver la nécessité de nouvelles réparations à la basilique. Un

30.

certain nombre de parois de mosaïques byzantines (celles qu'on voit encore à Saint-Marc) pouvaient être conservées ; mais il fallait les lever entièrement et les replacer sur un nouveau mastic. D'autres parties étaient tout à fait irréparables, et il fallait les remplacer par de nouvelles compositions avant que le tout ne tombât en poussière, ce qui occasionnerait plus de dépenses qu'on ne pensait. Le sénat décréta ces travaux et vota des sommes à cet effet ; mais il décida que le nombre des ouvriers en mosaïque serait réduit, et que, pour faire cesser toute rivalité, il n'y aurait qu'un chef et qu'une école. Ce chef serait celui qu'après un concours de tous les ouvriers précédemment employés, les peintres de la commission jugeraient le plus habile ; son école serait recrutée aussitôt, non pas à son choix, selon ses sympathies et ses intérêts de famille, mais selon le degré d'habileté des autres concurrents reconnus par la commission. Il y aurait donc un grand prix, un second prix, et quatre accessits. Le nombre des maîtres serait limité à six.

La commission fut donc nommée et composée des peintres qui avaient examiné les travaux des Zuccati et des Bianchini. Le concours fut ouvert, et le sujet proposé fut un tableau de mosaïque représentant saint Jérôme. En même temps que le Tintoret porta cette heureuse nouvelle aux Zuccati, il leur remit les cent ducats qui leur étaient dus pour une année de travail, et qu'il avait enfin réussi à obtenir. Cette victoire imprévue sur une destinée si mauvaise et si effrayante ralluma l'énergie éteinte de Francesco et du Bozza, mais d'une manière bien différente ; car tandis que le jeune maître pressait dans ses bras son frère et ses chers apprentis, Bartolomeo, jetant un cri de joie âpre et sauvage comme celui d'un aigle marin, s'élança hors de l'atelier et ne reparut plus.

Son premier mouvement fut de courir chez les Bianchini, et de leur exposer leur situation respective. Le Bozza avait pour les Bianchini de la haine et du mépris ; mais il pouvait tirer parti d'eux. Il était bien évident pour lui que, soit partialité, soit justice, les travaux de Francesco et de ses élèves passeraient les premiers au concours. Les Bianchini n'étaient que des manœuvres, et certainement ne seraient admis qu'en sous-ordre aux travaux futurs de la république. D'un autre côté, le Bozza savait que l'état de langueur et de maladie de Francesco ne lui permettrait pas de travailler. Il pensait que Valerio produirait à lui seul les deux essais commandés aux Zuccati, que même les apprentis y mettraient la main ; car le délai accordé était court, et la ·commission voulait juger la promptitude aussi bien que le savoir des concurrents. Il se flattait donc, au fond de l'âme, de pouvoir rivaliser à lui seul contre toute cette école. Dans les derniers temps qu'il venait de passer à San-Filippo, il avait beaucoup étudié le dessin et cherché à s'emparer de tous les secrets de couleur et de ligne, que Valerio lui avait, du reste, naïvement et généreusement communiqués.

Quoique espérant surpasser les Zuccati, le Bozza ne s'aveuglait pourtant pas sur la difficulté de supplanter Francesco, dont le nom était déjà illustre, tandis que le sien était encore ignoré. Il fallait, pour l'écarter, que les procurateurs parvinssent à épouvanter les juges par les intrigues et les menaces de Melchiore. Or, les procurateurs étaient favorables aux Bianchini, qui les avaient adulés lâchement, en leur disant qu'ils se connaissaient beaucoup mieux en peinture et en mosaïque

que le Titien et le Tintoret. Résolu à lutter contre le talent des Zuccati, le Bozza n'avait plus qu'à se rendre favorable l'influence des Bianchini. Il le fit en démontrant aux Bianchini qu'ils ne pouvaient se passer de lui, puisqu'ils ignoraient absolument les règles du dessin, et que leurs travaux seraient infailliblement écartés du concours s'ils ne lui en abandonnaient la direction. Cette prétention insolente ne blessa pas les Bianchini. L'argent leur était encore plus cher que la louange ; et la froideur des peintres à leur égard, lors du dernier examen, leur avait laissé de grandes craintes pour l'avenir. Ils acceptèrent donc l'offre du Bozza, et consentirent même à lui donner d'avance dix ducats. Aussitôt il courut acheter, avec la moitié de cette somme, une belle chaîne qu'il envoya aux Zuccati, et que Francesco passa au cou de son frère sans savoir de quelle part elle venait.

De tous côtés on se mit au travail avec ardeur. Mais Francesco, un instant ranimé par l'espérance, compta trop sur ses forces, et, repris par la fièvre au bout de quelques jours, fut obligé d'interrompre son œuvre, et de surveiller de son lit les travaux de son école.

XXII.

CETTE rechute causa un si vif chagrin à Valerio qu'il faillit abandonner son travail et se retirer du concours. L'état de Francesco était grave, et les angoisses d'esprit qu'il éprouvait à l'aspect de son chef-d'œuvre commencé et interrompu, augmentaient encore ses souffrances physiques. Ces angoisses s'aggravèrent lorsque la femme de Ceccato vint lui dire étourdiment qu'elle avait vu en passant le Bozza dans l'atelier des Bianchini. Ce trait d'ingratitude lui parut si noir qu'il en pleura d'indignation, et qu'il eut un redoublement de fièvre. Valerio, le voyant si tourmenté, prétendit que la Nina s'était trompée, et qu'il allait s'en assurer par lui-même. Il ne pouvait croire en effet à tant d'insensibilité de la part d'un homme avec qui, malgré beaucoup de griefs, il avait partagé ses dernières ressources. Il courut à San-Fantino où était situé l'atelier des Bianchini, et il vit, par la porte entr'ouverte, le Bozza occupé à diriger le jeune Antonio. Il le fit demander, et, l'ayant emmené à quelque distance, il lui reprocha vivement sa conduite.

« En vous voyant partir précipitamment l'autre jour, lui dit-il, j'avais bien compris qu'au premier espoir de succès personnel vos anciens amis vous deviendraient étrangers ; je reconnaissais bien là l'égoïsme de l'artiste, et mon frère cherchait à l'excuser en disant que la soif de la gloire est une passion si impérieuse que tout se tait devant elle ; mais entre l'égoïsme et la méchanceté, entre l'ingratitude et la perfidie, il y a une distance que je ne croyais pas vous voir franchir si lestement. Honneur à vous, Bartolomeo ! vous m'avez donné une cuisante leçon, et vous m'avez fait douter de la sainte puissance des bienfaits.

— Ne parlez pas de bienfaits, messer, répondit le Bozza d'un ton sec ; je n'en ai accepté aucun. Vous m'avez secouru dans l'espérance que je vous deviendrais utile. Moi, je n'ai pas voulu vous être utile, et je vous ai payé vos services par un présent dont la valeur surpasse de beaucoup les dépenses que vous avez pu faire pour moi. »

En par'ant ainsi, le Bozza désignait de l'œil et du doigt la chaîne que Valerio portait au cou. A peine eut-il compris ce dont il s'agissait, qu'il l'atracha si violemment qu'elle se brisa en plusieurs morceaux.

« Est-il possible, s'écria-t-il en dévorant des larmes de honte et de colère, est-il possible que vous ayez eu l'audace de m'envoyer un présent ?

— Cela se fait tous les jours, répondit le Bozza; je ne nie pas l'obligeance que vous avez eue de me recueillir, et je vous sais même gré de m'avoir assez bien connu pour ne pas être en peine des avances que vous m'avez faites en me nourrissant.

— Ainsi, dit Valerio en tenant la chaîne dans sa main tremblante, et en fixant sur le Bozza des yeux étincelants de fureur, vous avez pris mon atelier pour une boutique, et vous avez cru que je tenais table ouverte par spéculation ? C'est ainsi que vous appréciez mes sacrifices, mon dévouement à des frères malheureux ! Quand, pour vous laisser le temps de travailler, je préparais moi-même votre repas, vous m'avez pris pour votre cuisinier ?

— Je n'ai pas eu de telles idées, répondit froidement le Bozza. J'ai pensé que vous vouliez vous attacher un artiste que vous ne jugiez pas sans talent, et, pour me dégager en m'acquittant avec vous, je vous ai fait un cadeau. N'est-ce pas l'usage ? »

A ces mots Valerio, exaspéré, lui jeta violemment la chaîne au visage. Le Bozza fut atteint près de l'œil, et le sang coula.

« Vous me payerez cet affront, dit-il avec calme ; si je me contiens ici, c'est que d'un mot je pourrais attirer dix poignards sur votre gorge. Nous nous reverrons ailleurs, j'espère.

— N'en doutez pas, » répondit Valerio.

Et ils se séparèrent.

En revenant chez lui, Valerio rencontra le Tintoret, et lui raconta ce qui venait de lui arriver. Il lui fit part aussi de la rechute de Francesco. Le maître s'en affligea sincèrement ; mais, voyant que le découragement était entré dans l'âme de Valerio, il se garda bien de lui donner ces consolations vulgaires qui aigrissent encore le chagrin chez les esprits ardents. Il affecta, au contraire, de partager ses doutes sur l'avenir, et de regarder le Bozza comme très-capable de le surpasser au concours, et de mener si bien l'école des Bianchini qu'elle l'emporterait sur celle des Zuccati.

« Cela est bien triste à penser, ajouta-t-il. Voilà des hommes qui ne savent rien en fait d'art ; mais, grâce à un jeune homme qui n'en savait pas davantage il y a peu de temps, grâce à la persévérance et à l'audace qui souvent tiennent lieu de génie, les plus beaux talents vont peut-être rentrer dans l'ombre, tandis que l'ignorance, ou tout au moins le mauvais goût, vont tenir le sceptre. Adieu l'art ! nous voici arrivés aux jours de la décadence !

— Ce mal n'est peut-être pas inévitable, mon cher maître ! s'écria Valerio, ranimé par ce feint abattement. Vive Dieu ! le concours n'est pas encore ouvert, et le Bozza n'a pas encore produit son chef-d'œuvre.

— Je ne te dissimulerai pas, reprit le Tintoret, que son commencement est fort beau. J'y ai jeté les yeux hier en passant à San-Fantino, et j'en ai été surpris ; car je ne croyais pas le Bozza capable d'un tel dessin. Son élève, le jeune Antonio, est plein de dispositions, et d'ailleurs Bartolomeo retouche son essai si minutieusement qu'il n'y laissera pas une tache. Il dirige aussi les deux autres; et les Bianchini sont des copistes si serviles, qu'avec un bon maître ils sont capables de bien dessiner par instinct d'imitation, sans comprendre le dessin.

— Mais enfin, maître, dit Valerio troublé, vous ne voudrez pas donner le prix à des charlatans, au détriment des vrais serviteurs de l'art? Messer Tiziano ne le voudra pas non plus?

— Mon cher enfant, dans cette lutte, nous ne sommes pas appelés à juger les hommes, mais les œuvres; et, pour plus d'intégrité, il est probable que les noms seront mis hors de cause. Tu sais d'ailleurs que l'usage est de prononcer sans avoir vu la signature d'aucun ouvrage. A cet effet, on la couvre d'une bande de papier avant de nous présenter le tableau. Cet usage est un symbole de l'impartialité qui doit dicter nos arrêts. Si le Bozza te surpasse, mon cœur en saignera; mais ma bouche dira la vérité. Si les Bianchini triomphent, je penserai que l'imposture l'emporte sur la loyauté, le vice sur la vertu; mais je ne suis pas l'inquisiteur, et je n'ai à juger que des compartiments d'émail plus ou moins bien arrangés dans un cadre.

— Je le sais bien, maître, reprit Valerio un peu piqué; mais pourquoi pensez-vous que l'école des Zuccati ne vous forcera pas à lui accorder la palme? C'est bien ainsi qu'elle l'entend. Qui vous demande une indulgence coupable? Nous n'en voudrions pas, en supposant que nous pussions l'obtenir de vous.

— Tu me parais si découragé, mon pauvre Valerio, et tu as un si énorme travail à faire, si ton frère ne se rétablit pas promptement, qu'en vérité je suis effrayé de la position où tu te trouves. D'ailleurs, Francesco malade, votre école existe-t-elle? Tu es un maître ha-

bile ; tu es doué d'une facilité merveilleuse , et l'inspiration semble venir au-devant de toi. Mais n'as-tu pas
toujours tourné le dos à la gloire ? N'es-tu pas insensible aux applaudissements de la foule ? Ne préfères-tu
pas les enivrements du plaisir, ou le *dolce far niente*,
aux titres, aux richesses et aux louanges ? Tu es un
homme admirablement doué, mon jeune maître ; ton
intelligence pourrait triompher de tout ; mais il ne faut
pas se le dissimuler, tu n'es point un artiste. Tu dédai-
gnes la lutte, tu méprises l'enjeu, tu es trop désintéressé pour descendre dans l'arène. Le Bozza, avec la
centième partie de ton génie, arrivera encore à tout par
l'ambition, par la persévérance, par la dureté de cœur.

— Maître, vous avez peut-être raison, dit Valerio,
qui avait écouté ce discours d'un air rêveur. Je vous
remercie de m'avoir exprimé vos craintes ; elles sont
l'effet d'une tendre sollicitude, et je les trouve trop bien
fondées ; cependant, maître, il faudra voir ! Adieu ! »

En parlant ainsi, Valerio, suivant l'usage du temps
et du pays, baisa la main de l'illustre maître, et franchit légèrement le Rialto.

XXIII.

VALERIO bouleversa tout en rentrant dans son atelier.
Il marchait avec feu , parlait haut , fredonnait d'un air
sombre le refrain d'une joyeuse chanson de table, disait d'un air tendre des paroles dures, brisait ses outils,
raillait ses élèves , et, s'approchant du lit de son frère,
il l'embrassait avec passion en lui disant d'un air moitié
fou, moitié inspiré : « Va, sois tranquille, Checo, tu

guériras, tu auras le grand prix, nous présenterons un chef-d'œuvre au concours; va, va! rien n'est perdu, la muse n'est pas encore remontée aux cieux. »

Francesco le regarda d'un air étonné.

« Qu'as-tu donc? lui dit-il; tout ce que tu dis est étrange. Qu'est-il donc arrivé? T'es-tu pris de querelle avec quelqu'un? As-tu rencontré les Bianchini?

— Explique-toi, maître, dis-nous ce qui s'est passé, ajouta Marini. Si j'en crois quelques propos que j'ai entendus malgré moi ce matin, le tableau du Bozza est déjà très-avancé, et l'on dit que ce sera un chef-d'œuvre; voilà pourquoi tu es tourmenté, maître, mais rassure-toi : nos efforts...

— Tourmenté, moi! s'écria Valerio; et depuis quand donc suis-je tourmenté quand un de mes élèves se distingue? Et dans quel moment de ma vie m'avez-vous vu m'affliger ou m'inquiéter des triomphes d'un artiste? En vérité! je suis un envieux, moi, n'est-ce pas?

— D'où te vient cette susceptibilité, mon bon maître? dit Ceccato. Qui de nous a jamais eu une pareille pensée? Mais dis-nous, nous t'en supplions, s'il est vrai que le Bozza ait tracé les lignes d'une admirable composition?

— Sans doute! répondit Valerio en souriant et en reprenant tout à coup sa douceur et sa gaieté ordinaires, il doit être capable de le faire; car je lui ai donné d'assez bons principes pour cela. Eh bien! qu'avez-vous donc, tous, à prendre cette pose morne? On dirait autant de saules penchés sur une citerne tarie. Voyons, qu'y a-t-il? La Nina a-t-elle oublié le dîner? Le procurateur-caissier nous aurait-il commandé un nouveau barbarisme?... Allons, enfants, à l'ouvrage! il n'y a pas un jour à perdre, il n'y a pas seule-

ment une heure. Allons, allons, les outils ! les émaux !
les boîtes ! et qu'on se surpasse, car le Bozza fait de
belles choses, et il s'agit d'en faire de plus belles encore. »

Dès ce moment la joie et l'activité revinrent habiter
le petit atelier de San-Filippo. Francesco sembla revenir à la vie en retrouvant dans tous ces regards amis
l'éclair d'espérance, le rayon de joie sainte, qui avaient
fait autrefois éclore les chefs-d'œuvre de la coupole
Saint-Marc. Le doute s'était un instant posé sur toutes
ces jeunes têtes, comme une voûte de plomb sur de
riantes cariatides ; mais Valerio l'avait chassé avec une
plaisanterie. L'effort immense de sa volonté s'était con-
centré au dedans de lui-même ; il ne le manifesta que
par un surcroît d'enjouement. Mais une révolution im-
portante s'était opérée dans Valerio, ce n'était plus le
même homme. S'il n'avait pas mordu à l'appât de la
vanité, s'il n'était pas devenu un de ces esprits jaloux
qui ne peuvent souffrir la gloire ou le triomphe d'autrui, du moins il s'était dévoué religieusement à sa profession ; son caractère était devenu sérieux sous une apparence de gaieté. Le malheur l'avait rudement éprouvé
dans la partie la plus sensible de son âme, en frappant
les êtres qu'il aimait, et en lui démontrant, par de dures leçons, les avantages de l'ordre. Il venait aussi d'apprendre la cause du dénûment où Francesco, malgré
son économie et la régularité de ses mœurs, s'était
trouvé le lendemain de son procès. En découvrant,
dans le coffre de son frère, les quittances de ses créanciers, Valerio avait pleuré comme l'enfant prodigue.
Les grandes âmes ont souvent de grandes taches ; mais
elles les effacent, et c'est là ce qui distingue leurs défauts de ceux du vulgaire. Aussi, depuis ce jour, Vale-

rio, quoique dans les plus belles conditions de fortune, ne se départit jamais des règles de modération et de simplicité qu'il s'imposa dans le secret de son cœur. Il ne dit jamais un mot de cette résolution à personne ; mais il montra sa reconnaissance à Francesco par le dévouement de toute sa vie, et sa fermeté d'âme par une moralité à toute épreuve.

Une douce joie, une gaieté laborieuse, les chants et les rires réveillèrent les échos endormis de cette petite salle. L'hiver était rude ; mais le bois ne manquait pas, et chacun avait désormais une belle robe de drap fourrée de zibeline et un chaud pourpoint de velours. Francesco se rétablit comme par miracle. La Nina recouvra sa fraîcheur et sa gentillesse, et devint enceinte d'un second enfant, dont l'attente la consola de la perte de son premier-né. Celui qui avait survécu à la peste grandissait à vue d'œil, et la petite Maria Robusti, sa marraine, venait souvent l'amuser dans l'atelier des Zuccati. Cette jeune fille charmante prenait un naïf intérêt aux travaux de ses jeunes compères, et déjà elle était en état d'en apprécier le mérite.

Enfin, le grand jour arriva, et tous les tableaux furent portés dans la sacristie de Saint-Marc, où la commission était assemblée. On avait adjoint le Sansovino aux maîtres précédemment nommés.

Valerio avait fait de son mieux ; une vive espérance était descendue dans son sein. Il arrivait au concours avec cette sainte confiance qui n'exclut pas la modestie. Il aimait l'art pour lui-même, il était heureux d'avoir réussi à rendre sa pensée, et l'injustice des hommes ne pouvait lui ôter cette innocente satisfaction. Son frère était vivement ému, mais sans mauvaise honte, sans haine et sans jalousie. Son beau visage pâle, ses lèvres délicates et frémissantes, son regard à la fois timide et fier, attendrirent vivement les maîtres de la commission. Tous désirèrent pouvoir lui adjuger le prix ; mais leur attention fut aussitôt détournée par un homme si blême, si tremblant, si convulsivement courbé en salutations demi-craintives, demi-insolentes, qu'ils en furent presque effrayés, comme on l'est à l'aspect d'un fou. Bientôt cependant le Bozza reprit un sang-froid et une tenue convenables ; mais à chaque instant il se sentait près de s'évanouir.

Les mosaïstes attendirent dans une pièce voisine, tandis que les peintres procédèrent à l'examen de leurs ouvrages. Au bout d'une heure, qui sembla au Bozza durer un siècle, ils furent appelés, et le Tintoret, marchant à leur rencontre, les pria de s'asseoir en silence. Sa figure rigide n'exprimait pour personne ce que chacun eût voulu y découvrir. Le silence ne fut pas difficile à faire observer. Tous avaient la poitrine oppressée, la gorge serrée, le cœur palpitant. Quand ils furent rangés sur le banc qui leur était destiné, le Titien, comme le doyen, prononça d'une voix haute et ferme, en se plaçant près des tableaux qu'on avait alignés le long du mur, la formule suivante :

« Nous, Vecelli dit Tiziano, Jacopo Robusti dit Tintoretto, Jacopo Sansovino, Jacopo Pistoja, Andrea Schiavone, Paolo Cagliari dit Veronese, tous maîtres en peinture, avoués par le sénat et par l'honorable et fraternelle corporation des peintres, commis par la glorieuse république de Venise, et nommés par le vénérable conseil des dix aux fonctions de juges des ouvrages présentés à ce concours, avec l'aide de Dieu, le flambeau de la raison et la probité du cœur, avons examiné attentivement, consciencieusement et impartialement lesdits ouvrages, et avons à l'unanimité déclaré seul digne d'être promu à la première maîtrise et direction de tous les autres maîtres ci-dessous nommés , l'auteur du tâbleau sur lequel nous avons inscrit le n° 1, avec le sceau de la commission. Ce tableau, dont nous ignorons l'auteur, fidèles que nous sommes au serment que nous avons prêté de ne pas lire les inscriptions avant d'avoir prononcé sur le mérite des œuvres, va être exposé à vos regards et aux nôtres. »

En même temps , le Tintoret souleva un des voiles qui couvraient le tableau, et enleva la bande qui cachait la signature. Un cri de bonheur s'échappa du sein de Francesco. Le tableau couronné était celui de son frère. Valerio , qui n'avait jamais compté , dans ses jours de confiance, que sur le second prix , demeura immobile, et n'osa se livrer à la joie qu'en voyant les transports de son frère.

Le second tableau couronné fut celui de Francesco; le troisième, celui de Bozza. Mais quand le Tintoret, qui prenait en pitié ses angoisses, et s'imaginait lui causer une grande joie , se retourna vers lui , croyant le voir comme les autres se lever et se découvrir , il fut forcé de l'appeler par trois fois. Le Bozza resta immobile, les bras croisés sur sa poitrine, le dos appuyé à la muraille, la tête plongée et cachée dans son sein. Un prix de troisième ordre était trop au-dessous de son ambition. Ses dents étaient si serrées et ses genoux si contractés qu'on fut presque forcé de l'emporter après le concours.

Les derniers prix échurent à Ceccato, à Gian-Antonio Bianchini et à Marini. Les deux autres Bianchini succombèrent ; mais la république leur donna plus tard de l'ouvrage, lorsqu'on reconnut qu'on avait trop limité le nombre des maîtres mosaïstes. Seulement leur tâche leur fut assignée dans des établissements où ils ne se trouvèrent plus en contact ni en rivalité avec les Zuccati, et leur haine fut à jamais réduite à l'impuissance.

XXIV.

AVANT de lever la séance, le Titien exhorta les jeunes lauréats à ne pas se croire arrivés à la perfection, mais à travailler long-temps encore d'après les modèles des anciens maîtres et les cartons des peintres. « C'est en vain, leur dit-il, qu'à la vue de parcelles brillantes, unies avec netteté et figurant une ressemblance grossière avec les objets du culte, le vulgaire s'inclinera ; c'est en vain que des gens prévenus nieront que la mosaïque puisse atteindre à la beauté de dessin de la peinture à fresque : que ceux d'entre vous qui sentent bien par quels procédés ils ont mérité nos suffrages et dépassé leurs émules persévèrent dans l'amour de la vérité et dans l'étude de la nature ; que ceux qui ont commis l'erreur de travailler sans règle et sans conviction profitent de leur défaite et s'adonnent sincèrement à l'étude. Il est toujours temps d'abjurer un faux système et de réparer le temps perdu. »

Il entra dans un examen détaillé de tous les ouvrages exposés au concours, et en fit ressortir les beautés et les défauts. Il insista surtout sur les fautes du Bozza, après avoir donné de grands éloges aux belles parties de son œuvre. Il reprocha au visage de saint Jérôme le caractère disgracieux des lignes, une certaine expression de dureté qui convenait moins à un saint qu'à un guerrier païen, un coloris de convention privé de vie, un regard froid, presque méprisant. « C'est une belle figure, ajouta-t-il, mais ce n'est pas saint Jérôme. »

Le Titien parla aussi des Bianchini, et tâcha d'adoucir l'amertume de leur défaite en louant leur travail sous un certain point de vue. Comme il avait coutume de mettre toujours la dose de miel un peu plus forte que celle d'absinthe, après avoir approuvé la partie matérielle de leurs ouvrages, il essaya d'en louer aussi le dessin ; mais au milieu d'une phrase un peu hasardée, il fut interrompu par le Tintoret, qui prononça ces paroles consignées dans le procès-verbal :

« *Io non ho fatto giudizio delle figure, nè della sua bontà, perchè non mi è sta domandà.* »

A la suite de cette mémorable matinée, le Titien donna un grand dîner à tous les peintres de la commission et à tous les mosaïstes couronnés. La petite Maria Robusti y parut vêtue en sibylle, et le Titien traça ce soir-là, d'après elle, l'esquisse de la tête de la Vierge enfant dans le beau tableau qu'on voit au musée de Venise. Le Bozza ne se montra point.

Le repas fut magnifique. On porta joyeusement la santé des lauréats. Le Titien observait avec étonnement le visage et les manières de Francesco. Il ne comprenait pas cette absence totale de jalousie, cet amour fraternel si tendre et si dévoué dans un artiste. Il savait pourtant que Francesco n'était pas dépourvu d'ambition ; mais le cœur de Francesco était plus grand encore que son génie. Valerio était ravi de la joie de son frère. Parfois il en était si attendri qu'il devenait mélancolique. Au dessert, Maria Robusti porta la santé du Titien, et, aussitôt après, Francesco, se levant, dit avec un front radieux en élevant sa coupe : « Je bois à mon maître,

Valerio Zuccato. » Les deux frères se jetèrent dans les bras l'un de l'autre et confondirent leurs larmes.

Le bon prêtre Alberto s'égaya, dit-on, un peu plus que de raison, en buvant seulement quelques gouttes des vins de Grèce que les convives avalaient à pleines coupes. Il était si doux et si naïf que toute son ivresse se tourna en expansion d'amitié et d'admiration.

Le vieux Zuccato vint à la fin du dîner ; il était de mauvaise humeur. « Mille grâces, maître, répondit-il au Titien qui lui offrait une coupe ; comment voulez-vous que je boive un jour comme celui-ci ?

— N'est-ce pas le plus beau jour de votre vie, compère ? reprit le Titien ; et à cause de cela, ne faut-il pas vider un flacon de Samos avec vos amis ?

— Non, maître, répliqua le vieillard, ce jour n'est pas beau pour moi. Il enchaîne à jamais mes fils à un métier ignoble, et condamne deux talents de premier ordre à des travaux indignes. Grand merci ! je ne vois pas là sujet de boire. »

Il se laissa pourtant fléchir lorsque ses fils portèrent sa santé. Puis la petite Maria vint jouer avec les boucles argentées de sa barbe, réclamant ce qu'elle appelait la grâce de son mari.

« Ouais ! dit Zuccato, cette plaisanterie dure-t-elle encore, ma belle enfant ?

— Si bien que je veux vous donner un repas de fiançailles au premier jour, » répondit le Tintoret en souriant.

L'histoire ne dit point si ce repas eut lieu, ni si Valerio Zuccato épousa Maria Robusti. Il est à croire qu'ils restèrent intimement liés et que les deux familles n'en firent jamais qu'une. Francesco voulut en vain abdiquer son autorité en vertu des droits de son frère ;

il fut forcé par la persévérance de celui-ci de reprendre
son rôle de premier maître, de sorte que le titre de
Valerio demeura purement honorifique. L'école des
Zuccati redevint florissante et joyeuse. Rien n'y fût
changé, si ce n'est que Valerio mena une vie régulière,
et que Gian-Antonio Bianchini, entraîné par les bons
exemples et gagné par les bons procédés, devint un artiste estimable dans son talent et dans sa conduite. Des
jours heureux se levèrent sur ce nouvel horizon, et les
Zuccati produisirent d'autres chefs-d'œuvre dont le
détail serait trop long, et que vous avez d'ailleurs, mes
enfants, tout le loisir d'aller admirer dans nos basili-
ques. Le *Saint Jérôme* du Bozza est dans la salle du
trésor, celui de Gian-Antonio dans la sacristie de Saint-
Marc, celui de Zuccato fut envoyé en présent au duc
de Savoie. Je ne saurais vous dire ce qu'il est devenu. »

Ici finit le récit de l'abbé. Des réclamations s'élevèrent relativement au Bozza. Malgré les grands torts de
cet artiste, ses grandes souffrances nous intéressaient.

« Le Bozza, reprit l'abbé, ne put supporter l'idée de
travailler sous les ordres des Zuccati. La crainte d'avoir
à les trouver encore généreux après toutes ses fautes
lui était plus affreuse que celle de tous les châtiments.
Il erra de ville en ville, travaillant tantôt à Bologne,
tantôt à Padoue, vivant de peu, et gagnant encore
moins. Malgré son grand talent et son diplôme, ses manières hautaines et son air sombre inspiraient la mé-
fiance. Il était peu sensible à la misère; mais l'obscurité
fit le tourment de sa vie. Il revint à Venise au bout de
quelques années, et les Zuccati obtinrent pour lui une
maîtrise et des travaux. Les temps étaient changés. Le
gouvernement était devenu moins strict dans ses réfor-

mes. Le Bozza put travailler; mais il paraît que le Tintoret ne put jamais lui pardonner sa conduite passée à
l'égard des Zuccati. Le rigide vieillard, forcé de lui
fournir des cartons, les lui faisait attendre si long-temps
que nous avons une lettre du Bozza où il se plaint
d'être réduit à la misère par les lenteurs interminables
du maître. Les Zuccati n'avaient rien de semblable à
craindre, ils pouvaient dessiner eux-mêmes leurs sujets, et d'ailleurs ils étaient aimés et estimés de tous les
maîtres. Ils ont poussé l'art de la mosaïque à un degré
de perfection qui n'a jamais été égalé. Le Bozza a laissé
de beaux ouvrages; mais il ne put jamais vaincre ses
défauts, parce que son âme était incomplète.

Marini et Ceccato paraissent avoir survécu aux Zuccati et les avoir remplacés au premier rang de la maîtrise.

Et maintenant, mes amis, ajouta l'abbé, si vous
examinez ces magnifiques parois de mosaïque du grand
siècle de la peinture vénitienne, et si vous vous rappelez ce que je vous montrais l'autre jour, à Torcello, des
fragments de l'ancienne gypsoplastique byzantine, vous
verrez que les destinées de cet art tout oriental ont été
liées à celles de la peinture jusqu'à l'époque des Zuccati; mais que plus tard, livrée à elle-même, la mosaïque s'abâtardit, et finit par se perdre entièrement.
Florence semble s'être emparée de cet art, mais elle l'a
réduit à la pure décoration. La nouvelle chapelle des
Médicis est remarquable par la richesse des matériaux
employés à la revêtir. Le lapis-lazuli veiné d'or, les
marbres les plus précieux, l'ambre gris, le corail, l'albâtre, le vert de Corse, la malachite, se dessinent en
arabesques et en ornements d'un goût très-pur. Mais
nos anciens tableaux d'un coloris ineffaçable, nos bril-

lants émaux si ingénieusement obtenus dans toutes les nuances désirables par la fabrique de verroterie de Murano, nos illustres maîtres mosaïstes, et nos riches corporations, et nos joyeuses compagnies, tout cela n'existe plus que pour constater, par des monuments, par des ruines ou par des souvenirs, la splendeur des temps qui ne sont plus. »

Le jour parut à l'horizon. Les mouettes cendrées s'élevèrent en troupes du fond des marécages de Palestrine, et sillonnèrent en tous sens l'air qui blanchissait sensiblement de minute en minute. Le soleil se leva avec une rapidité qui m'était inconnue, et la beauté de cette matinée me jeta dans une sorte d'extase.

« Voilà la seule chose que l'étranger ne puisse pas nous ôter, me dit l'abbé avec un triste sourire ; si un décret pouvait empêcher le soleil de se lever radieux sur nos coupoles, il y a long-temps que trois sbires eussent été lui signifier de garder ses sourires et ses regards d'amour pour les murs de Vienne. »

FIN DES MAITRES MOSAISTES.

L'ORCO.

—◆—

Nous étions, comme de coutume, réunis sous la treille. La soirée était orageuse, l'air pesant et le ciel chargé de nuages noirs que sillonnaient de fréquents éclairs. Nous gardions un silence mélancolique. On eût dit que la tristesse de l'atmosphère avait gagné nos cœurs, et nous nous sentions involontairement disposés aux larmes. Beppa surtout paraissait livrée à de douloureuses pensées. En vain l'abbé, qui s'effrayait des dispositions de l'assemblée, avait-il essayé, à plusieurs reprises et de toutes les manières, de ranimer la gaieté, ordinairement si vive, de notre amie. Ni questions, ni taquineries, ni prières, n'avaient pu la tirer de sa rêverie; les yeux fixés au ciel, promenant au hasard ses doigts sur les cordes frémissantes de sa guitare, elle semblait avoir perdu le souvenir de ce qui se passait autour d'elle, et ne plus s'inquiéter d'autre chose que des sons plaintifs qu'elle faisait rendre à son instrument et de la course capricieuse des nuages. Le bon Panorio, rebuté par le mauvais succès de ses tentatives, prit le parti de s'adresser à moi.

« Allons! me dit-il, cher Zorzi, essaie à ton tour, sur la belle capricieuse, le pouvoir de ton amitié. Il existe entre vous deux une sorte de sympathie magnétique, plus forte que tous mes raisonnements, et le son de ta voix réussit à la tirer de ses distractions les plus profondes.

— Cette sympathie magnétique dont tu me parles, répondis-je, cher abbé, vient de l'identité de nos sentiments. Nous avons souffert de la même manière et pensé les mêmes choses, et nous nous connaissons assez, elle et moi, pour savoir quel ordre d'idées nous rappellent les circonstances extérieures. Je vous parie que je devine, non pas l'objet, mais du moins la nature de sa rêverie. »

Et me tournant vers Beppa :

« Carissima, lui dis-je doucement, à laquelle de nos sœurs penses-tu ?

— A la plus belle, me répondit-elle sans se détourner, à la plus fière, à la plus malheureuse.

— Quand est-elle morte ? repris-je, m'intéressant déjà à celle qui vivait dans le souvenir de ma noble amie, et désirant m'associer par mes regrets à une destinée qui ne pouvait pas m'être étrangère.

— Elle est morte à la fin de l'hiver dernier, la nuit du bal masqué qui s'est donné au palais Servilio. Elle avait résisté à bien des chagrins, elle était sortie victorieuse de bien des dangers, elle avait traversé, sans succomber, de terribles agonies, et elle est morte tout d'un coup, sans laisser de trace, comme si elle eût été emportée par la foudre. Tout le monde ici l'a connue plus ou moins, mais personne autant que moi, parce que personne ne l'a autant aimée, et qu'elle se faisait connaître selon qu'on l'aimait. Les autres ne croient pas à sa mort, quoiqu'elle n'ait pas reparu depuis la nuit dont je te parle. Ils disent qu'il lui est arrivé bien souvent de disparaître ainsi pendant long-temps, et de revenir ensuite. Mais moi je sais qu'elle ne reviendra plus

et que son rôle est fini sur la terre. Je voudrais en douter que je ne le pourrais pas ; elle a pris soin de me faire
savoir la fatale vérité par celui-là même qui a été la
cause de sa mort. Et quel malheur c'est là, mon Dieu !
le plus grand malheur de ces époques malheureuses !
C'était une vie si belle que la sienne ! si belle et si pleine
de contrastes, si mystérieuse, si éclatante, si triste, si
magnifique, si enthousiaste, si austère, si voluptueuse,
si complète en sa ressemblance avec toutes les choses
humaines ! Non, aucune vie ni aucune mort n'ont été
semblables à celles-là. Elle avait trouvé le moyen, dans
ce siècle prosaïque, de supprimer de son existence toutes les mesquines réalités, et de n'y laisser que la poésie. Fidèle aux vieilles coutumes de l'aristocratie nationale, elle ne se montrait qu'après la chute du jour,
masquée, mais sans jamais se faire suivre de personne.
Il n'est pas un habitant de la ville qui ne l'ait rencontrée
errant sur les places ou dans les rues, pas un qui n'ait
aperçu sa gondole attachée sur quelque canal ; mais aucun ne l'a jamais vue en sortir ou y entrer. Quoique cette
gondole ne fût gardée par personne, on n'a jamais entendu
dire qu'elle eût été l'objet d'une seule tentative de vol.
Elle était peinte et équipée comme toutes les autres gondoles, et pourtant tout le monde la connaissait ; les enfants mêmes disaient en la voyant : « Voilà la gondole du
masque. » Quant à la manière dont elle marchait, et à
l'endroit d'où elle amenait le soir et où elle remmenait
le matin sa maîtresse, nul ne le pouvait seulement soupçonner. Les douaniers garde-côtes avaient bien vu souvent glisser une ombre noire sur les lagunes, et, la prenant pour une barque de contrebandier, lui avaient
donné la chasse jusqu'en pleine mer ; mais, le matin
venu, ils n'avaient jamais rien aperçu sur les flots qui

ressemblât à l'objet de leur poursuite, et, à la longue,
ils avaient pris l'habitude de ne plus s'en inquiéter, et
se contentaient de dire, en la revoyant : « Voilà encore
la gondole du masque. » La nuit, le masque parcourait
la ville entière, cherchant on ne sait quoi. On le voyait
tour à tour sur les places les plus vastes et dans les rues
les plus tortueuses, sur les ponts et sous la voûte des
grands palais, dans les lieux les plus fréquentés ou les
plus déserts. Il allait tantôt lentement, tantôt vite, sans
paraître s'inquiéter de la foule ou de la solitude, mais
ne s'arrêtait jamais. Il paraissait contempler avec une
curiosité passionnée les maisons, les monuments, les
canaux, et jusqu'au ciel de la ville, et savourer avec
bonheur l'air qui y circulait. Quand il rencontrait une
personne amie, il lui faisait signe de le suivre, et dispa-
raissait bientôt avec elle. Plus d'une fois il m'a ainsi
emmenée, du sein de la foule, dans quelque lieu désert,
et il s'est entretenu avec moi des choses que nous ai-
mions. Je le suivais avec confiance, parce que je savais
bien que nous étions amis ; mais beaucoup de ceux à
qui il faisait signe n'osaient pas se rendre à son invitation. Des histoires étranges circulaient sur son compte
et glaçaient le courage des plus intrépides. On disait que
plusieurs jeunes gens, croyant deviner une femme sous
ce masque et sous cette robe noire, s'étaient enamourés
d'elle, tant à cause de la singularité et du mystère de sa
vie que de ses belles formes et de ses nobles allures, et
qu'ayant eu l'imprudence de la suivre, ils n'avaient jamais reparu. La police, ayant même remarqué que ces
jeunes gens étaient tous Autrichiens, avait mis en jeu
toutes ses manœuvres pour les retrouver et pour s'emparer de celle qu'on accusait de leur disparition. Mais
les sbires n'avaient pas été plus heureux que les doua-

niers, et l'on n'avait jamais pu ni savoir aucune nouvelle des jeunes étrangers, ni mettre la main sur *elle*. Une aventure bizarre avait découragé les plus ardents limiers de l'inquisition viennoise. Voyant qu'il était impossible d'attraper le masque la nuit dans Venise, deux des argousins les plus zélés résolurent de l'attendre dans sa gondole même, afin de le saisir lorsqu'il y rentrerait pour s'éloigner. Un soir qu'ils la virent attachée au quai des Esclavons, ils descendirent dedans et s'y cachèrent. Ils y restèrent toute la nuit sans voir ni entendre personne ; mais, une heure environ avant le jour, ils crurent s'apercevoir que quelqu'un détachait la barque. Ils se levèrent en silence, et s'apprêtèrent à sauter sur leur proie ; mais au même instant un terrible coup de pied fit chavirer la gondole et les malencontreux agents de l'ordre public autrichien. Un d'eux se noya, et l'autre ne dut la vie qu'au secours que lui portèrent des contrebandiers. Le lendemain matin il n'y avait point trace de la barque, et la police put croire qu'elle était submergée ; mais le soir, on la vit attachée à la même place, et dans le même état que la veille. Alors une terreur superstitieuse s'empara de tous les argousins, et pas un ne voulut recommencer la tentative de la veille. Depuis ce jour, on ne chercha plus à inquiéter le masque, qui continua ses promenades comme par le passé.

Au commencement de l'automne dernier, il vint ici en garnison un officier autrichien, nommé le comte Franz Lichtenstein. C'était un jeune homme enthousiaste et passionné, qui avait en lui le germe de tous les grands sentiments et comme un instinct des nobles pensées. Malgré sa mauvaise éducation de grand seigneur, il avait su garantir son esprit de tout préjugé, et garder dans son cœur une place pour la liberté. Sa

32.

position le forçait à dissimuler en public ses idées et ses
goûts; mais dès que son service était achevé, il se hâtait de quitter son uniforme, auquel lui semblaient in-
dissolublement liés tous les vices du gouvernement qu'il
servait, et courait auprès des nouveaux amis que par
sa bonté et son esprit il s'était faits dans la ville. Nous ai-
mions surtout à l'entendre parler de Venise. Il l'avait
vue en artiste, avait déploré intérieurement sa servitude, et était arrivé à l'aimer autant qu'un Vénitien. Il
ne se lassait pas de la parcourir nuit et jour, ne se las-
sant pas de l'admirer. Il voulait, disait-il, la connaître
mieux que ceux qui avaient le bonheur d'y être nés.
Dans ses promenades nocturnes il rencontra le masque.
Il n'y fit pas d'abord grande attention; mais ayant bientôt remarqué qu'il paraissait étudier la ville avec la
même curiosité et le même soin que lui-même, il fut
frappé de cette étrange coïncidence, et en parla à plusieurs personnes. On lui conta tout d'abord les histoires
qui couraient sur la femme voilée, et on lui conseilla
de prendre garde à lui. Mais, comme il était brave jusqu'à la témérité, ces avertissements, au lieu de l'effrayer, excitèrent sa curiosité, et lui inspirèrent une
folle envie de faire connaissance avec le personnage
mystérieux qui épouvantait si fort le vulgaire. Voulant
garder vis-à-vis du masque le même incognito que celui-ci gardait vis-à-vis de lui, il s'habilla en bourgeois,
et commença ses promenades nocturnes. Il ne tarda pas
à rencontrer ce qu'il cherchait. Il vit, par un beau
clair de lune, la femme masquée, debout devant la
charmante église de *Saints-Jean-et-Paul*. Elle semblait contempler avec adoration les ornements délicats
qui en décorent le portail. Le comte s'approcha d'elle
à pas lents et silencieux. Elle ne parut pas s'en aperce-

voir, et ne bougea pas. Le comte, qui s'était arrêté un instant pour voir s'il était découvert, reprit sa marche et arriva tout près d'elle. Il l'entendit pousser un profond soupir; et comme il savait fort mal le vénitien, mais fort bien l'italien, il lui adressa la parole dans un toscan très-pur.

« Salut, dit-il, salut et bonheur à ceux qui aiment Venise!

— Qui êtes-vous? répondit le masque, d'une voix pleine et sonore comme celle d'un homme, mais douce comme celle d'un rossignol.

— Je suis un amant de la beauté.

— Êtes-vous de ceux dont l'amour brutal violente la beauté libre, ou de ceux qui s'agenouillent devant la beauté captive, et pleurent de ses larmes?

— Quand le roi des nuits voit la rose fleurir joyeusement sous l'haleine de la brise, il bat des ailes et chante; quand il la voit se flétrir sous le souffle brûlant de l'orage, il cache sa tête sous son aile et gémit. Ainsi fait mon âme.

— Suis-moi donc, car tu es un de mes fidèles. »

Et, saisissant la main du jeune homme, elle l'entraîna vers l'église. Quand celui-ci sentit cette main froide de l'inconnue serrer la sienne, et la vit se diriger avec lui vers le sombre enfoncement du portail, il se rappela involontairement les sinistres histoires qu'il avait entendu raconter, et, tout à coup saisi d'une terreur panique, il s'arrêta. Le masque se retourna, et, fixant sur le visage pâlissant de son compagnon un regard scrutateur, il lui dit:

« Vous avez peur? Adieu. »

Puis, lui lâchant le bras, elle s'éloigna à grands pas.

Franz eut honte de sa faiblesse, et, se précipitant vers elle, lui saisit la main à son tour et lui dit :

— Non, je n'ai pas peur. Allons. .

Sans rien répondre, elle continua sa marche. Mais, au lieu de se diriger vers l'église, comme la première fois, elle s'enfonça dans une des petites rues qui donnent sur la place. La lune s'était cachée, et l'obscurité la plus complète régnait dans la ville. Franz voyait à peine où il posait le pied, et ne pouvait rien distinguer dans les ombres profondes qui l'enveloppaient de toutes parts. Il suivait au hasard son guide, qui semblait au contraire connaître très-bien sa route. De temps en temps quelques lueurs, glissant à travers les nuages, venaient montrer à Franz le bord d'un canal, un pont, une voûte, ou quelque partie inconnue d'un dédale de rues profondes et tortueuses; puis tout retombait dans l'obscurité. Franz avait bien vite reconnu qu'il était perdu dans Venise, et qu'il se trouvait à la merci de son guide; mais, résolu à tout braver, il ne témoigna aucune inquiétude, et se laissa toujours conduire sans faire aucune observation. Au bout d'une grande heure, la femme masquée s'arrêta.

« C'est bien, dit-elle au comte, vous avez du cœur. Si vous aviez donné le moindre signe de crainte pendant notre course, je ne vous eusse jamais reparlé. Mais vous avez été impassible, je suis contente de vous. A demain donc, sur la place Saints-Jean-et-Paul, à onze heures. Ne cherchez pas à me suivre; ce serait inutile. Tournez cette rue à droite, et vous verrez la place Saint-Marc. Au revoir. »

Elle serra vivement la main du comte, et, avant qu'il eût eu le temps de lui répondre, disparut derrière l'angle de la rue. Le comte resta quelque temps immobile, encore tout étonné de ce qui venait de se passer, et indécis sur ce qu'il avait à faire. Mais, ayant réfléchi au peu de chances qu'il avait de retrouver la dame mystérieuse, et aux risques qu'il courrait de se perdre en la poursuivant, il prit le parti de retourner chez lui. Il suivit donc la rue à droite, se trouva en effet, au bout de quelques minutes, sur la place Saint-Marc, et de là regagna facilement son hôtel.

Le lendemain il fut fidèle au rendez-vous. Il arriva sur la place comme l'horloge de l'église sonnait onze heures. Il vit la femme masquée qui l'attendait debout sur les marches du portail.

« C'est bien, lui dit-elle, vous êtes exact. Entrons. »

En disant cela elle se retourna brusquement vers l'église. Franz, qui voyait la porte fermée et qui savait qu'elle ne s'ouvrait pour personne la nuit, crut que cette femme était folle. Mais quelle ne fut pas sa surprise en voyant que la porte cédait au premier effort ! Il suivit machinalement son guide, qui referma rapidement la porte après qu'il fut entré. Ils se trouvaient alors tous deux dans les ténèbres; mais Franz, se rappelant qu'une seconde porte, sans serrure, le séparait encore de la nef, ne conçut aucune inquiétude, et s'apprêta à la pousser devant lui pour entrer. Mais elle l'arrêta par le bras.

« Êtes-vous jamais venu dans cette église? lui demanda-t-elle brusquement.

— Vingt fois, répondit-il, et je la connais aussi bien que l'architecte qui l'a bâtie.

— Dites que vous croyez la connaître, car vous ne la connaissez réellement pas encore. Entrez. »

Franz poussa la seconde porte et pénétra dans l'inté-

rieúr de l'église. Elle était magnifiquement illuminée
de toutes parts et complétement déserte.

« Quelle cérémonie va-t-on célébrer ici? demanda
Franz stupéfait.

— Aucune. L'église m'attendait ce soir : voilà tout.
Suivez-moi. »

Le comte chercha en vain à comprendre le sens des
paroles que lui adressait le masque ; mais, toujours
subjugué par un pouvoir mystérieux, il le suivit avec
obéissance. Elle le mena au milieu de l'église, lui en fit
remarquer, comprendre et admirer l'ordonnance générale. Puis, passant à l'examen de chaque partie, elle lui
détailla tour à tour la nef, les colonnades, les chapelles,
les autels, les statues, les tableaux, tous les ornements ;
lui montra le sens de chaque chose, lui dévoila l'idée
cachée sous chaque forme, lui fit sentir toutes les
beautés des œuvres qui composaient l'ensemble, et le
fit pénétrer, pour ainsi dire, dans les entrailles de l'é-
glise. Franz écoutait avec une attention religieuse toutes les paroles de cette bouche éloquente qui se plaisait
à l'instruire, et, de moment en moment, reconnaissait
combien peu il avait compris auparavant cet ensemble
d'œuvres qui lui avaient semblé si faciles à comprendre. Quand elle finit, les lueurs du matin, pénétrant à
travers les vitraux, faisaient pâlir la lueur des cierges.
Quoiqu'elle eût parlé plusieurs heures et qu'elle ne se
fût pas assise un instant pendant toute la nuit, ni sa
voix ni son corps ne trahissaient aucune fatigue. Seulement sa tête s'était penchée sur son sein, qui battait
avec violence, et semblait écouter les soupirs qui s'en
exhalaient. Tout à coup elle redressa la tête, et, levant
ses deux bras au ciel, elle s'écria :

« O servitude ! servitude ! »

A ces paroles, des larmes roulant de dessous son masque allèrent tomber sur les plis de sa robe noire.

« Pourquoi pleurez-vous ? s'écria Franz en s'approchant d'elle.

— A demain, lui répondit-elle. A minuit, devant l'Arsenal. »

Et elle sortit par la porte latérale de gauche, qui se referma lourdement. Au même moment l'*Angelus* sonna. Franz, saisi par le bruit inattendu de la cloche, se retourna, et vit que tous les cierges étaient éteints. Il resta quelque temps immobile de surprise; puis il sortit de l'église par la grande porte, que les sacristains venaient d'ouvrir, et s'en retourna lentement chez lui, cherchant à deviner quelle pouvait être cette femme si hardie, si artiste, si puissante, si pleine de charme dans ses paroles et de majesté dans sa démarche.

Le lendemain, à minuit, le comte était devant l'Arsenal. Il y trouva le masque, qui l'attendait comme la veille, et qui, sans lui rien dire, se mit à marcher rapidement devant lui. Franz le suivit comme les deux nuits précédentes. Arrivé devant une des portes latérales de droite, le masque s'arrêta, introduisit dans la serrure une clef d'or que Franz vit briller aux rayons de la lune, ouvrit sans faire aucun bruit, et entra la première, en faisant signe à Franz d'entrer après elle. Celui-ci hésita un instant. Pénétrer la nuit dans l'Arsenal, à l'aide d'une fausse clef, c'était s'exposer à passer devant un conseil de guerre, si l'on était découvert, et il était presque impossible de ne pas l'être dans un endroit peuplé de sentinelles. Mais, en voyant le masque s'apprêter à refermer la porte devant lui, il se décida tout d'un coup à poursuivre l'aventure jusqu'au bout, et entra. La femme masquée lui fit traverser d'abord plu-

sieurs cours, ensuite des corridors et des galeries, dont
elle ouvrait toutes les portes avec sa clef d'or, et finit
par l'introduire dans de vastes salles remplies d'armes
de tout genre et de tout temps, qui avaient servi dans
les guerres de la république, soit à ses défenseurs, soit
à ses ennemis. Ces salles se trouvaient éclairées par des
fanaux de galères, placés à égales distances entre les
trophées. Elle montra au comte les armes les plus cu-
rieuses et les plus célèbres, lui disant le nom de ceux
à qui elles avaient appartenu, et celui des combats où
elles avaient été employées, lui racontant en détail les
exploits dont elles avaient été les instruments. Elle fit
revivre ainsi aux yeux de Franz toute l'histoire de Venise. Après avoir visité les quatre salles consacrées à
cette exposition, elle l'emmena dans une dernière, plus
vaste que toutes les autres et éclairée comme elles, où
se trouvaient des bois de construction, des débris de
navires de différentes grandeurs et de différentes formes, et des parties entières du dernier Bucentaure.
Elle apprit à son compagnon la propriété de tous les
bois, l'usage des navires, l'époque à laquelle ils avaient
été construits, et le nom des expéditions dont ils
avaient fait partie ; puis, lui montrant la galerie du
Bucentaure :

« Voilà, lui dit-elle d'une voix profondément triste,
les restes de notre royauté passée. C'est là le dernier
navire qui ait mené le doge épouser la mer. Maintenant
Venise est esclave, et les esclaves ne se marient point.
O servitude! ô servitude! »

Comme la veille, elle sortit après avoir prononcé ces
paroles, mais emmenant cette fois à sa suite le comte,
qui ne pouvait sans danger rester à l'Arsenal. Ils s'en
retournèrent de la même manière qu'ils étaient venus,

et franchirent la dernière porte sans avoir rencontré
personne. Arrivés sur la place, ils prirent un nouveau
rendez-vous pour le lendemain, et se séparèrent.

Le lendemain et tous les jours suivants, elle mena
Franz dans les principaux monuments de la ville, l'in-
troduisant partout avec une incompréhensible facilité,
lui expliquant tout ce qui se présentait à leurs yeux
avec une admirable clarté, déployant devant lui de
merveilleux trésors d'intelligence et de sensibilité. Celui-ci ne savait lequel admirer le plus, d'un esprit qui
comprenait si profondément toutes choses, ou d'un
cœur qui mêlait à toutes ses pensées de si beaux élans
de sensibilité. Ce qui n'avait d'abord été chez lui
qu'une fantaisie se changea bientôt en un sentiment
réel et profond. C'était la curiosité qui l'avait porté à
nouer connaissance avec le masque, et l'étonnement
qui l'avait fait continuer. Mais ensuite l'habitude qu'il
avait prise de le voir toutes les nuits devint pour lui
une véritable nécessité. Quoique les paroles de l'inconnue fussent toujours graves et souvent tristes, Franz y
trouvait un charme indéfinissable qui l'attachait à elle
de plus en plus, et il n'eût pu s'endormir, au lever du
jour, s'il n'avait, la nuit, entendu ses soupirs et vu
couler ses larmes. Il avait pour la grandeur et les souffrances qu'il soupçonnait en elle un respect si sincère
et si profond qu'il n'avait encore osé la prier ni d'ôter
son masque, ni de lui dire son nom. Comme elle ne lui
avait pas demandé le sien, il eût rougi de se montrer
plus curieux et plus indiscret qu'elle, et il était résolu
à tout attendre de son bon plaisir, et rien de sa propre
importunité. Elle sembla comprendre la délicatesse de
sa conduite et lui en savoir gré ; car, à chaque entrevue, elle lui témoigna plus de confiance et de sympa-

thie. Quoiqu'il n'eût pas été prononcé entre eux un seul mot d'amour, Franz eut donc lieu de croire qu'elle connaissait sa passion et se sentait disposée à la partager. Ses espérances suffisaient presque à son bonheur ; et quand il se sentait un désir plus vif de connaître celle qu'il nommait déjà intérieurement sa maîtresse, son imagination, frappée et comme rassurée par le merveilleux qui l'entourait, la lui peignait si parfaite et si belle qu'il redoutait en quelque sorte le moment où elle se dévoilerait à lui.

Une nuit qu'ils erraient ensemble sous les colonnades de Saint-Marc, la femme masquée fit arrêter Franz devant un tableau qui représentait une fille agenouillée devant le saint patron de la basilique et de la ville.

« Que dites-vous de cette femme ? lui dit-elle après lui avoir laissé le temps de la bien examiner.

— C'est, répondit-il, la plus merveilleuse beauté que l'on puisse, non pas voir, mais imaginer. L'âme inspirée de l'artiste a pu nous en donner la divine image, mais le modèle n'en peut exister qu'aux cieux. »

La femme masquée serra fortement la main de Franz.

« Moi, reprit-elle, je ne connais pas de visage plus beau que celui du glorieux saint Marc, et je ne saurais aimer d'autre homme que celui qui en est la vivante image. »

En entendant ces mots, Franz pâlit et chancela, comme frappé de vertige. Il venait de reconnaître que le visage du saint offrait avec le sien la plus exacte ressemblance. Il tomba à genoux devant l'inconnue, et, saisissant sa main, la baigna de ses larmes, sans pouvoir prononcer une parole.

« Je sais maintenant que tu m'appartiens, lui dit-elle

d'une voix émue, et que tu es digne de me connaître et de me posséder. A demain, au bal du palais Servilio. »

Puis elle le quitta comme les autres fois, mais sans prononcer les paroles, pour ainsi dire, sacramentelles qui terminaient ses entretiens de chaque nuit. Franz, ivre de joie, erra tout le jour dans la ville, sans pouvoir s'arrêter nulle part. Il admirait le ciel, souriait aux lagunes, saluait les maisons, et parlait au vent. Tous ceux qui le rencontraient le prenaient pour un fou et le lui montraient par leurs regards. Il s'en apercevait, et riait de la folie de ceux qui raillaient la sienne. Quand ses amis lui demandaient ce qu'il avait fait depuis un mois qu'on ne le voyait plus, il leur répondait : « Je vais être heureux, » et passait. Le soir venu, il alla acheter une magnifique écharpe et des épaulettes neuves, rentra chez lui pour s'habiller, mit le plus grand soin à sa toilette, et se rendit ensuite, revêtu de son uniforme, au palais Servilio.

Le bal était magnifique ; tout le monde, excepté les officiers de la garnison, était venu déguisé, selon la teneur des lettres d'invitation, et cette multitude de costumes variés et élégants, se mêlant et s'agitant au son d'un nombreux orchestre, offrait l'aspect le plus brillant et le plus animé. Franz parcourut toutes les salles, s'approcha de tous les groupes, et jeta les yeux sur toutes les femmes. Plusieurs étaient remarquablement belles, et pourtant aucune ne lui parut digne d'arrêter ses regards.

« Elle n'est pas ici, se dit-il en lui-même. J'en étais sûr ; ce n'est pas encore son heure. »

Il alla se placer derrière une colonne, auprès de l'entrée principale, et attendit, les yeux fixés sur la porte.

Bien des fois cette porte s'ouvrit ; bien des femmes en-
trèrent sans faire battre le cœur de Franz. Mais, au
moment où l'horloge allait sonner onze heures, il tres-
saillit, et s'écria assez haut pour être entendu de ses
voisins :

« La voilà ! »

Tous les yeux se tournèrent vers lui, comme pour
lui demander le sens de son exclamation. Mais, au
même instant, les portes s'ouvrirent brusquement, et
une femme qui entra attira sur elle tous les regards.
Franz la reconnut tout de suite. C'était la jeune fille du
tableau, vêtue en dogaresse du XVe siècle, et rendue
plus belle encore par la magnificence de son costume.
Elle s'avançait d'un pas lent et majestueux, regardant
avec assurance autour d'elle, ne saluant personne,
comme si elle eût été la reine du bal. Personne, excepté Franz, ne la connaissait ; mais tout le monde,
subjugué par sa merveilleuse beauté et son air de grandeur, s'écartait respectueusement et s'inclinait presque
sur son passage. Franz, à la fois ébloui et enchanté, la
suivait d'assez loin. Au moment où elle arrivait dans la
dernière salle, un beau jeune homme, portant le costume de Tasso, chantait, en s'accompagnant sur la guitare, une romance en l'honneur de Venise. Elle marcha droit à lui, et, le regardant fixement, lui demanda
qui il était pour oser porter un pareil costume et chanter Venise. Le jeune homme, atterré par ce regard,
baissa la tête en pâlissant, et lui tendit sa guitare. Elle
la prit, et, promenant au hasard sur les cordes ses
doigts blancs comme l'albâtre, elle entonna à son tour,
d'une voix harmonieuse et puissante, un chant bizarre
et souvent entrecoupé :

« Dansez, riez, chantez, gais enfants de Venise ! Pour

vous, l'hiver n'a point de frimas, la nuit pas de ténèbres, la vie pas de soucis. Vous êtes les heureux du
monde, et Venise est la reine des nations. Qui a dit
non ? Qui donc ose penser que Venise n'est pas toujours
Venise? Prenez garde ! Les yeux voient, les oreilles entendent, les langues parlent; craignez le conseil des
dix, si vous n'êtes pas de bons citoyens. Les bons citoyens dansent, rient et chantent, mais ne parlent pas.
Dansez, riez, chantez, gais enfants de Venise! — Venise, seule ville qui n'aies pas été créée par la main,
mais par l'esprit de l'homme, toi qui sembles faite
pour servir de demeure passagère aux âmes des justes,
et placée comme un degré pour elles de la terre aux
cieux; murs qu'habitèrent les fées, et qu'anime encore
un souffle magique; colonnades aériennes qui tremblez
dans la brume; aiguilles légères qui vous confondez
avec les mâts flottants des navires; arcades qui semblez
contenir mille voix pour répondre à chaque voix qui
passe; myriades d'anges et de saints qui semblez bondir
sur les coupoles et agiter vos ailes de marbre et de bronze
quand la brise court sur vos fronts humides; cité qui
ne gis pas, comme les autres, sur un sol morne et
fangeux, mais qui flottes, comme une troupe de cygnes,
sur les ondes, réjouissez-vous, réjouissez-vous, réjouissez-vous ! Une destinée nouvelle s'ouvre pour vous,
aussi belle que la première. L'aigle noir flotte au-dessus
du lion de Saint-Marc, et des pieds tudesques valsent
dans le palais des doges ! — Taisez-vous, harmonie de
la nuit ! Éteignez-vous, bruits insensés du bal ! Ne te
fais plus entendre, saint cantique des pêcheurs; cesse
de murmurer, voix de l'Adriatique ! Meurs, lampe de
la Madone; cache-toi pour jamais, reine argentée de la
nuit ! il n'y a plus de Vénitiens dans Venise ! — Rêvons-

33.

nous ? Sommes-nous en fête ? Oui , oui , dansons, rions, chantons ! C'est l'heure où l'ombre de Falicro descend lentement l'escalier des Géants , et s'assied immobile sur la dernière marche. Dansons, rions , chantons ! car tout à l'heure la voix de l'horloge dira : Minuit ! et le chœur des morts viendra crier à nos oreilles : Servitude ! servitude ! »

En achevant ces mots , elle laissa tomber sa guitare, qui rendit un son funèbre en heurtant les dalles, et l'horloge sonna. Tout le monde écouta sonner les douze coups dans un silence sinistre. Alors le maître du palais s'avança vers l'inconnue d'un air moitié effrayé, moitié irrité.

« Madame, lui dit-il d'une voix émue, qui m'a fait l'honneur de vous amener chez moi ?

— Moi , s'écria Franz en s'avançant ; et si quelqu'un le trouve mauvais, qu'il parle. »

L'inconnue, qui n'avait pas paru faire attention à la question du maître , leva vivement la tête en entendant la voix du comte.

« Je vis , s'écria-t-elle avec enthousiasme, je vivrai !»

Et elle se retourna vers lui avec un visage rayonnant. Mais, quand elle l'eut vu , ses joues pâlirent , et son front se chargea d'un sombre nuage.

« Pourquoi avez-vous pris ce déguisement ? lui dit-elle d'un ton sévère en lui montrant son uniforme.

— Ce n'est point un déguisement, répondit - il , c'est... »

Il n'en put dire davantage. Un regard terrible de l'inconnue l'avait comme pétrifié. Elle le considéra quelques secondes en silence , puis laissa tomber de ses yeux deux grosses larmes. Franz allait s'élancer vers elle. Elle ne lui en laissa pas le temps.

» Suivez-moi, » lui dit-elle d'une voix sourde.

Puis elle fendit rapidement la foule étonnée, et sortit du bal suivie du comte.

Arrivée au bas de l'escalier du palais, elle sauta dans sa gondole, et dit à Franz d'y monter après elle et de s'asseoir. Quand il l'eut fait, il jeta les yeux autour de lui, et n'apercevant point de gondolier :

« Qui nous conduira? dit-il.

— Moi, répondit-elle en saisissant la rame d'une main vigoureuse.

— Laissez-moi plutôt.

— Non. Les mains autrichiennes ne connaissent pas la rame de Venise. »

Et, imprimant à la gondole une forte secousse, elle la lança comme une flèche sur le canal. En peu d'instants ils furent loin du palais. Franz, qui attendait de l'inconnue l'explication de sa colère, s'étonnait et s'inquiétait de lui voir garder le silence.

« Où allons-nous? dit-il après un moment de réflexion.

— Où la destinée veut que nous allions, » répondit-elle d'une voix sombre; et, comme si ces mots eussent ranimé sa colère, elle se mit à ramer avec plus de vigueur encore. La gondole, obéissant à l'impulsion de sa main puissante, semblait voler sur les eaux. Franz voyait l'écume courir avec une éblouissante rapidité le long des flancs de la barque, et les navires, qui se trouvaient sur leur passage, fuir derrière lui comme des nuages emportés par l'ouragan. Bientôt les ténèbres s'épaissirent, le vent se leva, et le jeune homme n'entendit plus rien que le clapotement des flots et les sifflements de l'air dans ses cheveux; et il ne vit plus rien devant lui que la grande forme blanche de sa compagne au mi-

lieu de l'ombre. Debout à la poupe, les mains sur la
rame, les cheveux épars sur les épaules, et ses longs vêtement blancs en désordre abandonnés au vent, elle ressemblait moins à une femme qu'à l'esprit des naufrages
se jouant sur la mer orageuse.

« Où sommes-nous? s'écria Franz d'une voix agitée.

— Le capitaine a peur? » répondit l'inconnue avec
un rire dédaigneux.

Franz ne répondit pas. Il sentait qu'elle avait raison
et que la peur le gagnait. Ne pouvant la maîtriser, il
voulait au moins la dissimuler, et résolut de garder le
silence. Mais, au bout de quelques instants, saisi d'une
sorte de vertige, il se leva et marcha vers l'inconnue.

« Asseyez-vous, » lui cria celle-ci.

Franz, que sa peur rendait furieux, avançait toujours.

« Asseyez-vous, » lui répéta-t-elle d'une voix furieuse;
et, voyant qu'il continuait à avancer, elle frappa du pied
avec tant de violence que la barque trembla, comme si
elle eût voulu chavirer. Franz fut renversé par la secousse, et tomba évanoui au fond de la barque. Quand
il revint à lui, il vit l'inconnue qui pleurait, couchée à ses
pieds. Touché de son amère douleur, et oubliant tout
ce qui venait de se passer, il la saisit dans ses bras, la
releva et la fit asseoir à côté de lui; mais elle ne cessait
pas de pleurer.

« O mon amour! s'écria Franz en la serrant contre
son cœur, pourquoi ces larmes?

— Le Lion! le Lion! » lui répondit-elle en levant vers
le ciel son bras de marbre.

Franz porta ses regards vers le point du ciel qu'elle
lui montrait, et vit en effet la constellation du Lion qui
brillait solitaire au milieu des nuages.

« Qu'importe ? Les astres ne peuvent rien sur nos destinées ; et s'ils pouvaient quelque chose, nous trouverions des constellations favorables pour lutter contre les étoiles funestes. Vénus brille au ciel aussi bien que le Lion.

— Vénus est couchée, hélas ! et le Lion se lève. Et là-bas ! regarde là-bas ! qui peut lutter contre ce qui vient là-bas ? »

Elle prononça ces mots avec une sorte d'égarement, en abaissant le bras vers l'horizon. Franz tourna les yeux vers le côté qu'elle désignait, et vit un point noir qui se dessinait sur les flots au milieu d'une auréole de feu.

« Qu'est cela ? dit-il avec un profond étonnement.

— C'est le destin, répondit-elle, qui vient chercher sa victime. Laquelle ? vas-tu dire. Celle que je voudrai. Tu as bien entendu parler de ces gentilshommes autrichiens qui montèrent avec moi dans ma gondole, et ne reparurent jamais ?

— Oui. Mais cette histoire est fausse.

— Elle est vraie. Il faut que je dévore ou que je sois dévorée. Tout homme de ta nation qui m'aime et que je n'aime pas, meurt. Et tant que je n'en aimerai pas un, je vivrai et je ferai mourir. Et si j'en aime un, je mourrai. C'est mon sort.

— O mon Dieu ! qui donc es-tu ?

— Comme il avance ! Dans une minute il sera sur nous. Entends-tu ? entends-tu ?

Le point noir s'était approché avec une inconcevable rapidité, et avait pris la forme d'un immense bateau. Une lumière rouge sortait de ses flancs et l'entourait de toutes parts ; de grands fantômes se tenaient immobiles sur le pont, et une quantité innombrable de rames s'élevait et s'abaissait en cadence, frappant l'onde avec un bruit sinistre, et des voix caverneuses chantaient le *Dies iræ* en s'accompagnant de bruits de chaîne.

« O la vie! ô la vie! reprit l'inconnue avec désespoir. O Franz! voici le navire! le reconnais-tu?

— Non; je tremble devant cette apparition terrible, mais je ne la connais pas.

— C'est le Bucentaure. C'est lui qui a englouti tes compatriotes. Ils étaient ici, à cette même place, à cette même heure, assis à côté de moi, dans cette gondole. Le navire s'est approché comme il s'approche. Une voix m'a crié : Qui vive? j'ai répondu : Autriche. La voix m'a crié : Hais-tu ou aimes-tu? J'ai répondu : Je hais; et la voix m'a dit : Vis. Puis le navire a passé sur la gondole, a englouti tes compatriotes, et m'a portée en triomphe sur les flots.

— Et aujourd'hui?...

— Hélas! la voix va parler. »

En effet, une voix lugubre et solennelle, imposant silence au funèbre équipage du Bucentaure, cria : « Qui vive?

— Autriche, » répondit la voix tremblante de l'inconnue.

Un chœur de malédiction éclata sur le Bucentaure qui s'approchait avec une rapidité toujours croissante. Puis un nouveau silence se fit, et la voix reprit :

« Hais-tu ou aimes-tu? »

L'inconnue hésita un moment; puis, d'une voix éclatante comme le tonnerre, elle s'écria : « J'aime! »

Alors la voix dit :

« Tu as accompli ta destinée. Tu aimes l'Autriche! Meurs, Venise! »

Un grand cri, un cri déchirant, désespéré, fendit

l'air, et Franz disparut dans les flots. En remontant à
la surface, il ne vit plus rien, ni la gondole, ni le Bucentaure, ni sa bien-aimée. Seulement, à l'horizon,
brillaient de petites lumières ; c'étaient les fanaux des
pêcheurs de Murano. Il nagea du côté de leur île, et y
arriva au bout d'une heure. Pauvre Venise ! »

Beppa avait fini de parler ; des larmes coulaient de
ses yeux. Nous les regardâmes couler en silence, sans
chercher à la consoler. Mais tout d'un coup elle les es-
suya, et nous dit avec sa vivacité capricieuse : « Eh
bien ! qu'avez-vous donc à être si tristes ? Est-ce là
l'effet que produisent sur vous les contes de fées ? N'a-
vez-vous jamais entendu parler de l'*Orco*, le *Trilby*
vénitien ? Ne l'avez-vous jamais rencontré le soir, dans
les églises ou au Lido ? C'est un bon diable, qui ne fait
de mal qu'aux oppresseurs et aux traîtres. On peut dire
que c'est le véritable génie de Venise. Mais le vice-roi,
ayant appris indirectement et confusément l'aventure
périlleuse du comte de Lichtenstein, fit prier le patriar-
che de faire un grand exorcisme sur les lagunes, et depuis ce temps l'*Orco* n'a point reparu. »

FIN DE L'ORCO.

www.ingramcontent.com/pod-product-compliance
Lightning Source LLC
Chambersburg PA
CBHW072346030726
47505CB00014B/594